Jeunesse

LE COMTE DE MONTE-CRISTO

TOME 1

Alexandre Dumas

LE COMTE
DE MONTE-CRISTO

TOME 1

Certaines œuvres littéraires peuvent, par leur ampleur, sembler difficilement accessibles à de jeunes lecteurs. Ni adaptation, ni résumé, ce livre
propose une version abrégée du texte original : les coupures y sont effec-
tuées de manière à laisser intacts le ton et le style de l'auteur...

1

Marseille – L'arrivée

Le 24 février 1815, la vigie de Notre-Dame-de-la-Garde signala le trois-mâts le *Pharaon,* venant de Smyrne, Trieste et Naples.

Aussitôt, la plate-forme du fort Saint-Jean s'était couverte de curieux ; car c'est toujours une grande affaire à Marseille que l'arrivée d'un bâtiment, surtout quand ce bâtiment, comme le *Pharaon,* a été construit, gréé, arrimé sur les chantiers de la vieille Phocée, et appartient à un armateur de la ville.

Cependant ce bâtiment s'avançait sous ses trois huniers, son grand foc et sa brigantine, mais si lentement et d'une allure si triste, que les curieux, avec cet instinct qui pressent un malheur, se demandaient quel accident pouvait être arrivé à bord. Néanmoins les experts en navigation reconnaissaient que, si un accident était arrivé, ce ne pouvait être au bâtiment lui-même ; car il s'avançait dans toutes les conditions d'un navire parfaitement gouverné ; son ancre était au mouillage, ses haubans de beaupré décrochés ; et près du pilote, qui s'apprêtait à diriger le *Pharaon* par l'étroite entrée du port de Marseille, était un jeune homme au geste rapide et à l'œil actif, qui surveillait chaque mouvement du navire et répétait chaque ordre du pilote.

La vague inquiétude qui planait sur la foule avait particulièrement atteint un des spectateurs de l'esplanade de Saint-Jean, de sorte qu'il ne put attendre l'entrée du bâtiment dans le port ; il sauta dans une petite barque et ordonna de ramer au-devant du *Pharaon*, qu'il atteignit en face de l'anse de la Réserve.

En voyant venir cet homme, le jeune marin quitta son poste à côté du pilote, et vint, le chapeau à la main, s'appuyer à la muraille du bâtiment.

C'était un jeune homme de dix-huit à vingt ans, grand, svelte, avec de beaux yeux noirs et des cheveux d'ébène ; il y avait dans toute sa personne cet air de calme et de résolution particulier aux hommes habitués dès leur enfance à lutter avec le danger.

« Ah ! c'est vous, Dantès ! cria l'homme à la barque ; qu'est-il donc arrivé, et pourquoi cet air de tristesse répandu sur tout votre bord ?

— Un grand malheur, monsieur Morrel ! répondit le jeune homme, un grand malheur, pour moi surtout :

à la hauteur de Civita-Vecchia nous avons perdu ce brave capitaine Leclère.

— Et le chargement ? demanda vivement l'armateur.

— Il est arrivé à bon port, monsieur Morrel, et je crois que vous serez content sous ce rapport ; mais ce pauvre capitaine Leclère...

— Que lui est-il donc arrivé ? demanda l'armateur d'un air visiblement soulagé, que lui est-il donc arrivé, à ce brave capitaine ?

— Il est mort.

— Tombé à la mer ?

— Non, monsieur ; mort d'une fièvre cérébrale, au milieu d'horribles souffrances. »

Puis se retournant vers ses hommes :

« Holà hé ? dit-il, chacun à son poste pour le mouillage ! »

L'équipage obéit. Au même instant, les huit ou dix matelots qui le composaient s'élancèrent, les uns sur les écoutes, les autres sur les bras, les autres aux drisses, les autres aux hallebas des focs, enfin les autres aux cargues des voiles.

Le jeune marin jeta un coup d'œil nonchalant sur ce commencement de manœuvre, et voyant que ses ordres allaient s'exécuter, il revint à son interlocuteur.

« Et comment ce malheur est-il donc arrivé ? continua l'armateur, reprenant la conversation où elle venait d'être abandonnée.

— Mon Dieu, monsieur, de la façon la plus imprévue : après une longue conversation avec le commandant du port, le capitaine Leclère quitta Naples fort agité ; au bout de vingt-quatre heures la fièvre le prit, trois jours après il était mort... Pauvre capitaine !

— Dame ! que voulez-vous, monsieur Edmond, reprit l'armateur, qui paraissait se consoler de plus en plus, nous sommes tous mortels, et il faut bien que les anciens fassent place aux nouveaux ; sans cela il n'y aurait pas d'avancement ; et du moment que vous m'assurez que la cargaison...

— Est en bon état, monsieur Morrel, je vous en réponds. Voici un voyage que je vous donne le conseil de ne point escompter pour 25 000 francs de bénéfice. »

Puis, comme on venait de dépasser la tour ronde :

« Range à carguer les voiles de hune, le foc et la brigantine ! cria le jeune marin ; faites penaud ! »

L'ordre s'exécuta avec presque autant de promptitude que sur un bâtiment de guerre.

« Amène et cargue partout ! »

Au dernier commandement, toutes les voiles s'abaissèrent, et le navire s'avança d'une façon presque insensible, ne marchant plus que par l'impulsion donnée.

« Et maintenant si vous voulez monter, monsieur Morrel, dit Dantès voyant l'impatience de l'armateur, voici votre comptable, M. Danglars, qui sort de sa cabine, et qui vous donnera tous les renseignements que vous pouvez désirer. Quant à moi, il faut que je veille au mouillage et que je mette le navire en deuil. »

L'armateur ne se le fit pas dire deux fois. Il saisit un câble que lui jeta Dantès, et, avec une dextérité qui eût fait honneur à un homme de mer, il gravit les échelons cloués sur le flanc rebondi du bâtiment, tandis que celui-ci, retournant à son poste de second, cédait la conversation à celui qu'il avait annoncé sous le nom de Danglars, et qui, sortant de la cabine, s'avançait effectivement au-devant de l'armateur.

Le nouveau venu était un homme de vingt-cinq à vingt-six ans, d'une figure assez sombre, obséquieux envers ses supérieurs, insolent envers ses subordonnés ; aussi, outre son titre d'agent comptable, qui est toujours un motif de répulsion pour les matelots, était-il généralement aussi mal vu de l'équipage qu'Edmond Dantès au contraire en était aimé.

« Eh bien, monsieur Morrel, dit Danglars, vous savez déjà le malheur, n'est-ce pas ?

— Oui, oui. Pauvre capitaine Leclère ! C'était un brave et honnête homme !

— Et un excellent marin surtout, vieilli entre le ciel et l'eau, comme il convient à un homme chargé des intérêts d'une maison aussi importante que la maison Morrel & Fils, répondit Danglars.

— Mais, dit l'armateur, suivant des yeux Dantès, qui cherchait son mouillage... mais il me semble qu'il n'y a pas besoin d'être si vieux marin que vous le dites, Danglars, pour connaître son métier, et voici notre ami Edmond qui fait le sien, ce me semble, en homme qui n'a besoin de demander conseil à personne.

— Oui, dit Danglars en jetant sur Dantès un regard oblique où brilla un éclair de haine, oui, c'est jeune, et cela ne doute de rien. À peine le capitaine a-t-il été mort qu'il a pris le commandement sans consulter personne, et qu'il nous a fait perdre un jour et demi à l'île d'Elbe au lieu de revenir directement à Marseille.

— Quant à prendre le commandement du navire, dit l'armateur, c'était son devoir comme second ; quant à perdre un jour et demi à l'île d'Elbe, il a eu tort, à moins que le navire n'ait eu quelque avarie à réparer.

— Le navire se portait comme je me porte, et comme je désire que vous vous portiez, monsieur Morrel ; et cette journée et demie a été perdue par pur caprice, pour le plaisir d'aller à terre, voilà tout.

— Dantès, dit l'armateur se retournant vers le jeune homme, venez donc ici.

— Pardon, monsieur, dit Dantès, je suis à vous dans un instant. »

Puis s'adressant à l'équipage :

« Mouille ! » dit-il.

Aussitôt l'ancre tomba, et la chaîne fila avec bruit. Dantès resta à son poste, malgré la présence du pilote, jusqu'à ce que cette dernière manœuvre fût terminée ; puis alors :

« Abaissez la flamme à mi-mât, dit-il, mettez le pavillon en berne, croisez les vergues.

— Vous voyez, dit Danglars, il se croit déjà capitaine, sur ma parole.

— Et il l'est de fait, dit l'armateur.

— Oui, sauf votre signature et celle de votre associé, monsieur Morrel.

— Dame ! pourquoi ne le laisserions-nous pas à ce poste ? dit l'armateur ; il est jeune, je le sais bien ; mais il me paraît tout à la chose et fort expérimenté dans son état. »

Un nuage passa sur le front de Danglars.

« Pardon, monsieur Morrel, dit Dantès en s'approchant ; maintenant que le navire est mouillé, me voilà tout à vous : vous m'avez appelé, je crois ? »

Danglars fit un pas en arrière.

« Je voulais vous demander pourquoi vous vous étiez arrêté à l'île d'Elbe ?

— Je l'ignore, monsieur. C'était pour accomplir un dernier ordre du capitaine Leclère, qui, en mourant, m'avait remis un paquet pour le grand maréchal Bertrand.

— L'avez-vous donc vu, Edmond ?

— Qui ?

— Le grand maréchal.

— Oui. »

Morrel regarda autour de lui, et tira Dantès à part.

« Et comment va l'Empereur ? demanda-t-il vivement.

— Bien, autant que j'en ai pu juger par mes yeux.

— Vous avez donc vu l'Empereur aussi ?

— Il est entré chez le maréchal pendant que j'y étais.

— Et vous lui avez parlé ?

— C'est-à-dire que c'est lui qui m'a parlé, monsieur, dit Dantès en souriant.

— Et que vous a-t-il dit ?

— Il m'a fait des questions sur le bâtiment, sur l'époque de son départ pour Marseille, sur la route qu'il avait suivie et sur la cargaison qu'il portait. Je crois que, s'il eût été vide, et que j'en eusse été le maître, son intention eût été de l'acheter ; mais je lui ai dit que je n'étais que simple second, et que le bâtiment appartenait à la maison Morrel & Fils. "Ah ! ah ! a-t-il dit, je la connais. Les Morrel sont armateurs de père en fils, et il y avait un Morrel qui servait dans le même régiment que moi lorsque j'étais en garnison à Valence."

— C'est, pardieu, vrai ! s'écria l'armateur tout joyeux ; c'était Policar Morrel, mon oncle, qui est devenu capitaine. Dantès, vous direz à mon oncle que l'Empereur s'est souvenu de lui, et vous le verrez pleurer, le vieux grognard. Allons, allons, continua l'armateur en frappant amicalement sur l'épaule du jeune homme, vous avez bien fait, Dantès, de suivre les instructions du capitaine Leclère et de vous arrêter à l'île d'Elbe, quoique, si l'on savait que vous avez remis un paquet au maréchal et causé avec l'Empereur, cela pourrait vous compromettre.

— En quoi voulez-vous, monsieur, que cela me compromette ? dit Dantès ; je ne savais même pas ce que je portais, et l'Empereur ne m'a fait que les questions qu'il eût faites au premier venu. Mais, pardon, reprit Dantès, voici la santé et la douane qui nous arrivent : vous permettez, n'est-ce pas ?

— Faites, faites, mon cher Dantès. »

Le jeune homme s'éloigna, et à mesure qu'il s'éloignait, Danglars se rapprochait.

« Eh bien ! demanda-t-il, il paraît qu'il vous a donné de bonnes raisons de son mouillage à Porto-Ferrajo ?

— D'excellentes, mon cher monsieur Danglars.

— Tant mieux, répondit celui-ci, car c'est toujours pénible de voir un camarade qui ne fait pas son devoir.

— Dantès a fait le sien, répondit l'armateur, et il n'y a rien à dire. C'était le capitaine Leclère qui lui avait ordonné cette relâche.

— À propos du capitaine Leclère, ne vous a-t-il pas remis une lettre de lui ?

— Qui ?

— Dantès.

— À moi, non ! En avait-il donc une ?

— Je croyais qu'outre le paquet, le capitaine Leclère lui avait confié une lettre.

— De quel paquet voulez-vous parler, Danglars ?

— Mais de celui que Dantès a déposé en passant à Porto-Ferrajo.

— Comment savez-vous qu'il avait un paquet à déposer à Porto-Ferrajo ?

— Je passais devant la porte du capitaine qui était entr'ouverte, et je lui ai vu remettre un paquet et cette lettre à Dantès.

— Il ne m'en a point parlé, dit l'armateur ; mais s'il a cette lettre, il me la remettra. »

Danglars réfléchit un instant.

« Alors, monsieur Morrel, je vous prie, dit-il, ne parlez point de cela à Dantès. Je me serai trompé. »

En ce moment le jeune homme revenait, Danglars s'éloigna.

« Eh bien ! mon cher Dantès, êtes-vous libre ? demanda l'armateur.

— Oui, monsieur.

— La chose n'a pas été longue.

— Non, j'ai donné aux douaniers la liste de nos marchandises ; et quant à la consigne, elle avait envoyé avec le pilote côtier un homme à qui j'ai remis nos papiers.

— Alors, vous n'avez plus rien à faire ici ? »

Dantès jeta un regard rapide autour de lui.

« Non, tout est en ordre, dit-il.

— Vous pouvez donc alors venir dîner avec nous ?

— Excusez-moi, monsieur Morrel, excusez-moi, je vous en prie ; mais je dois ma première visite à mon père. Je n'en suis pas moins bien reconnaissant de l'honneur que vous me faites.

— Eh bien ! après cette première visite, nous comptons sur vous.

— Excusez-moi encore, monsieur Morrel ; mais après cette première visite, j'en ai une seconde qui ne me tient pas moins au cœur.

— Ah ! c'est vrai, Dantès, j'oubliais qu'il y a aux Catalans quelqu'un qui doit vous attendre avec non moins d'impatience que votre père : c'est la belle Mercédès. »

Dantès rougit.

« Ah ! ah ! dit l'armateur, cela ne m'étonne plus, qu'elle soit venue trois fois me demander des nouvelles du *Pharaon*. Peste ! Edmond, vous n'êtes point à plaindre, et vous avez là une jolie maîtresse.

— Ce n'est point ma maîtresse, monsieur, dit gravement le jeune marin, c'est ma fiancée.

— C'est quelquefois tout un, dit l'armateur en riant.

— Pas pour nous, monsieur, répondit Dantès.

— Allons, allons, mon cher Edmond, continua l'armateur, que je ne vous retienne pas ; vous avez assez bien fait mes affaires pour que je vous donne tout loisir de faire les vôtres. Avez-vous besoin d'argent ?

— Non, monsieur ; j'ai tous mes appointements du voyage, c'est-à-dire près de trois mois de solde.

— Vous êtes un garçon rangé, Edmond.

— Ajoutez que j'ai un père pauvre, monsieur Morrel.

— Oui, oui, je sais que vous êtes un bon fils. Allez donc voir votre père : j'ai un fils aussi, et j'en voudrais fort à celui qui, après un voyage de trois mois, le retiendrait loin de moi.

— Alors vous permettez ? dit le jeune homme en saluant.

— Oui, si vous n'avez rien de plus à me dire.

— Non.

— Le capitaine Leclère ne vous a pas, en mourant, donné une lettre pour moi ?

— Il lui eût été impossible d'écrire, monsieur ; mais cela me rappelle que j'aurai un congé de quelques jours à vous demander.

— Pour vous marier ?

— D'abord ; puis pour aller à Paris.

— Bon, bon ! vous prendrez le temps que vous voudrez, Dantès ; le temps de décharger le bâtiment nous prendra bien six semaines, et nous ne nous remettrons guère en mer avant trois mois ; seulement, dans trois mois, il faudra que vous soyez là. Le *Pharaon,* continua l'armateur, en frappant sur l'épaule du jeune marin, ne pourrait pas repartir sans son capitaine.

— Sans son capitaine ! s'écria Dantès les yeux brillants de joie ; faites bien attention à ce que vous dites là, monsieur, car vous venez de répondre aux plus secrètes espérances de mon cœur. Votre intention serait-elle de me nommer capitaine du *Pharaon* ?

— Si j'étais seul, je vous tendrais la main, mon cher Dantès, et je vous dirais : "C'est fait" ; mais j'ai un associé, et vous savez le proverbe italien : *"Che a compagno a padrone."* Mais la moitié de la besogne est faite au moins, puisque sur deux voix vous en avez déjà une. Rapportez-vous-en à moi pour vous obtenir l'autre, et je ferai de mon mieux.

— Oh ! monsieur Morrel, s'écria le jeune marin saisissant, les larmes aux yeux, les mains de l'armateur, monsieur Morrel, je vous remercie au nom de mon père et de Mercédès.

— C'est bien, c'est bien, Edmond, il y a un Dieu au ciel pour les braves gens, que diable ! Allez voir votre père, allez voir Mercédès, et revenez me voir après.

— Vous ne voulez pas que je vous ramène à terre ?

— Non, merci ; je reste à régler mes comptes avec Danglars. Avez-vous été content de lui pendant le voyage ?

— C'est selon le sens que vous attachez à cette question, monsieur : si c'est comme bon camarade, non ; car je crois qu'il ne m'aime pas depuis le jour où j'ai eu la bêtise, à la suite d'une petite querelle que nous avions eue ensemble, de lui proposer de nous arrêter dix minutes à l'île de Monte-Cristo pour vider cette querelle ; proposition que j'avais eu tort de lui faire, et qu'il avait eu, lui, raison de refuser. Si c'est comme comptable que vous me faites cette question, je crois qu'il n'y a rien à dire et que vous serez content de la façon dont sa besogne est faite.

— Mais, demanda l'armateur, voyons, Dantès, si vous étiez capitaine du *Pharaon,* garderiez-vous Danglars avec plaisir ?

— Capitaine ou second, monsieur Morrel, répondit Dantès, j'aurai toujours les plus grands égards pour ceux qui posséderont la confiance de mes armateurs.

— Allons, allons, Dantès, je vois qu'en tout point vous êtes un brave garçon ; que je ne vous retienne plus ; allez, car je vois que vous êtes sur des charbons.

— J'ai donc mon congé ? demanda Dantès.

— Allez, je vous dis.

— Vous permettez que je prenne votre canot ?

— Prenez.

— Au revoir, monsieur Morrel, et mille fois merci.

— Au revoir, mon cher Edmond, bonne chance ! »

Le jeune marin sauta dans le canot, alla s'asseoir à la poupe et donna l'ordre d'aborder à la Canebière. Deux matelots se penchèrent aussitôt sur leurs rames, et l'embarcation glissa aussi rapidement qu'il est possible de le faire au milieu des mille barques qui obstruent l'espèce de rue étroite qui conduit, entre deux rangées de navires, de l'entrée du port au quai d'Orléans.

L'armateur le suivit des yeux en souriant jusqu'au bord, le vit sauter sur les dalles du quai, et se perdre aussitôt au milieu de la foule bariolée, qui, de cinq heures du matin à neuf heures du soir, encombre cette fameuse rue de la Canebière, dont les Phocéens modernes sont si fiers, qu'ils disent avec le plus grand sérieux du monde, et avec cet accent qui donne tant de caractère à ce qu'ils disent : « Si Paris avait la Canebière, Paris serait un petit Marseille. »

En se retournant, l'armateur vit derrière lui Danglars, qui, en apparence, semblait attendre ses ordres, mais qui, en réalité, suivait comme lui le jeune marin du regard.

Seulement il y avait une grande différence dans l'expression de ce double regard qui suivait le même homme.

2

Le père et le fils

Laissons Danglars, aux prises avec le génie de la Haine, essayer de souffler contre son camarade quelque maligne supposition à l'oreille de l'armateur, et suivons Dantès, qui, après avoir parcouru la Canebière dans toute sa longueur, prend la rue de Noailles, entre dans une petite maison située du côté gauche des allées de Meillan, monte vivement les quatre étages d'un escalier obscur, et, se retenant à la rampe d'une main, comprimant de l'autre les battements de son cœur, s'arrête devant une porte entrebâillée, qui laisse voir jusqu'au fond d'une petite chambre.

Cette chambre était celle qu'habitait le père de Dantès.

La nouvelle de l'arrivée du *Pharaon* n'était pas

encore parvenue au vieillard, qui s'occupait, monté sur une chaise, à palissader, d'une main tremblante, quelques capucines, mêlées de clématites qui montaient en grimpant le long du treillage de sa fenêtre.

Tout à coup, il se sentit prendre à bras-le-corps, et une voix bien connue s'écria derrière lui :

« Mon père, mon bon père ! »

Le vieillard jeta un cri et se retourna ; puis, voyant son fils, il se laissa aller dans ses bras, tout tremblant et tout pâle.

« Qu'as-tu donc, père ? s'écria le jeune homme inquiet, serais-tu malade ?

— Non, non, mon cher Edmond, mon fils, mon enfant ! non ; mais je ne t'attendais pas, et la joie, le saisissement de te revoir ainsi à l'improviste... Ah ! mon Dieu ! il me semble que je vais mourir !

— Eh bien ! remets-toi donc, père ! c'est moi, c'est bien moi ! On dit toujours que la joie ne fait pas de mal, et voilà pourquoi je suis entré ici sans préparation. Voyons, souris-moi, au lieu de me regarder, comme tu le fais, avec des yeux égarés ; je reviens et nous allons être heureux.

— Ah, tant mieux, garçon ! reprit le vieillard, mais comment allons-nous être heureux ? tu ne me quittes donc plus ! Voyons, conte-moi ton bonheur !

— Que le Seigneur me pardonne, dit le jeune homme, de me réjouir d'un bonheur fait avec le deuil d'une famille, mais Dieu sait que je n'eusse pas désiré ce bonheur ; il arrive, et je n'ai pas la force de m'en affliger : le brave capitaine Leclère est mort, mon père, et il est probable que, par la protection de M. Morrel, je vais avoir sa place. Comprenez-vous, mon père ? capitaine à vingt ans !... avec cent louis d'appointements, et une part dans les bénéfices ! n'est-ce pas plus que ne pouvait vraiment l'espérer un pauvre matelot comme moi ?

— Oui, mon fils, oui, en effet, dit le vieillard, c'est bien heureux.

— Aussi, je veux que, du premier argent que je toucherai, vous ayez une petite maison avec un jardin pour planter vos clématites, vos capucines et vos chèvre-feuilles... Mais qu'as-tu donc, père ? on dirait que tu te trouves mal !

— Patience, patience ! ce ne sera rien. »

Et les forces manquant au vieillard, il se renversa en arrière.

« Voyons, voyons ! dit le jeune homme, un verre de vin, mon père, cela vous ranimera ; où mettez-vous votre vin ?

— Non, merci ! ne cherche pas ; je n'ai pas besoin, dit le vieillard essayant de retenir son fils.

— Si fait, si fait, père, indiquez-moi l'endroit... »

Et il ouvrit deux ou trois armoires.

« Inutile..., dit le vieillard, il n'y a plus de vin.

— Comment, il n'y a plus de vin ! dit en pâlissant à son tour Dantès, regardant alternativement les joues creuses et blêmes du vieillard et les armoires vides ;

comment, il n'y a plus de vin ! auriez-vous manqué d'argent, mon père ?

— Je n'ai manqué de rien, puisque te voilà, dit le vieillard.

— Cependant, balbutia Dantès, en essuyant la sueur qui coulait de son front, cependant, je vous avais laissé deux cents francs, il y a trois mois, en partant.

— Oui, oui, Edmond, c'est vrai ; mais tu avais oublié en partant une petite dette chez le voisin Caderousse : il me l'a rappelée, en me disant que, si je ne payais pas pour toi, il irait se faire payer chez M. Morrel ; alors, tu comprends, de peur que cela ne te fît du tort...

— Eh bien ?

— Eh bien ! j'ai payé, moi.

— Mais, s'écria Dantès, c'était cent quarante francs, que je devais à Caderousse !

— Oui, balbutia le vieillard.

— Et vous les avez donnés sur les deux cents francs que je vous avais laissés ? »

Le vieillard fit un signe de tête.

« De sorte que vous avez vécu trois mois avec soixante francs, murmura le jeune homme.

— Tu sais combien il me faut peu de chose, dit le vieillard.

— Oh ! mon Dieu, mon Dieu ! pardonnez-moi, s'écria Edmond en se jetant à genoux devant le bonhomme.

— Que fais-tu donc ?

— Oh ! vous m'avez déchiré le cœur.

— Bah ! te voilà, dit le vieillard en souriant, maintenant tout est oublié, car tout est bien.

— Oui, me voilà, dit le jeune homme, me voilà avec un bel avenir et un peu d'argent ; tenez, père, dit-il, prenez, prenez, et envoyez chercher tout de suite quelque chose. »

Et il vida sur la table ses poches, qui contenaient une vingtaine de pièces d'or, cinq ou six écus de cinq francs et de la menue monnaie.

Le visage du vieux Dantès s'épanouit.

« À qui cela ? dit-il.

— Mais à moi !... à toi !... à nous !... Prends, achète des provisions ; sois heureux, demain il y en aura d'autres.

— Doucement, doucement, dit le vieillard en souriant, avec ta permission j'userai modérément de ta bourse ; on croirait, si l'on me voyait acheter trop de choses à la fois, que j'ai été obligé d'attendre ton retour pour les acheter.

— Fais comme tu voudras ; mais avant toutes choses, prends une servante, père. Je ne veux plus que tu restes seul. J'ai du café de contrebande et d'excellent tabac dans un petit coffre de la cale, tu l'auras dès demain ; mais, chut ! voici quelqu'un.

— C'est Caderousse qui aura appris ton arrivée, et qui vient sans doute te faire son compliment de bon retour.

— Bon, encore des lèvres qui disent une chose tandis que le cœur en pense une autre ! murmura Edmond. Mais, n'importe, c'est un voisin qui nous a rendu service autrefois, qu'il soit le bienvenu. »

En effet, au moment où Edmond achevait la phrase à voix basse, on vit apparaître, encadrée par la porte du palier, la tête noire et barbue de Caderousse. C'était un homme de vingt-cinq à vingt-six ans : il tenait à la main un morceau de drap qu'en sa qualité de tailleur il s'apprêtait à changer en un revers d'habit.

« Hé ! te voilà donc revenu, Edmond ? dit-il avec un accent marseillais des plus prononcés et avec un large sourire qui découvrait ses dents blanches comme de l'ivoire.

— Comme vous voyez, voisin Caderousse, et prêt à vous être agréable en quelque chose que ce soit, répondit Dantès en dissimulant mal sa froideur sous cette offre de service.

— Merci, merci ; heureusement je n'ai besoin de rien, et ce sont même quelquefois les autres qui ont besoin de moi. » Dantès fit un mouvement. « Je ne dis pas cela pour toi, garçon. Je t'ai prêté de l'argent, tu me l'as rendu ; cela se fait entre bons voisins, et nous sommes quittes.

— On n'est jamais quitte envers ceux qui nous ont obligé, dit Dantès, car lorsqu'on ne leur doit plus l'argent on leur doit la reconnaissance.

— À quoi bon parler de cela ! Ce qui est passé est passé. Parlons de ton heureux retour, garçon. J'étais donc allé comme cela sur le port pour rassortir du drap marron, lorsque je rencontre l'ami Danglars :

« "Toi, à Marseille ?

« — Eh oui ! tout de même, me répondit-il.

« — Je te croyais à Smyrne.

« — J'y pourrais être, car j'en reviens.

« — Et Edmond, où est-il donc, le petit ?

« — Mais chez son père, sans doute", répondit Danglars ; et alors je suis venu, continua Caderousse, pour avoir le plaisir de serrer la main à un ami !

— Ce bon Caderousse, dit le vieillard, il nous aime tant !

— Certainement que je vous aime, et que je vous estime encore, attendu que les honnêtes gens sont rares ! Mais il paraît que tu reviens riche, garçon ? » continua le tailleur en jetant un regard oblique sur la poignée d'or et d'argent que Dantès avait déposée sur la table.

Le jeune homme remarqua l'éclair de convoitise qui illumina les yeux noirs de son voisin.

« Hé, mon Dieu ! dit-il négligemment, cet argent n'est point à moi ; je manifestais au père la crainte qu'il n'eût manqué de quelque chose en mon absence, et, pour me rassurer, il a vidé sa bourse sur la table. Allons, père, continua Dantès, remettez cet argent dans votre tirelire ; à moins que le voisin Caderousse n'en ait besoin à son tour, auquel cas il est bien à son service.

— Non pas, garçon, dit Caderousse, je n'ai besoin de rien, et, Dieu merci, l'état nourrit son homme ;

garde ton argent, garde : on n'en a jamais de trop ; ce qui n'empêche pas que je ne te sois obligé de ton offre comme si j'en profitais.

— C'était de bon cœur, dit Dantès.

— Je n'en doute pas. Eh bien ! te voilà donc au mieux avec M. Morrel, câlin que tu es ?

— M. Morrel a toujours eu beaucoup de bonté pour moi, répondit Dantès.

— En ce cas, tu as tort de refuser son dîner.

— Comment ! refuser son dîner ! reprit le vieux Dantès ; il t'avait donc invité à dîner ?

— Oui, mon père, reprit Edmond en souriant de l'étonnement que causait à son père l'excès d'honneur dont il était l'objet.

— Et pourquoi donc as-tu refusé, fils ? demanda le vieillard.

— Pour revenir plus tôt près de vous, mon père, répondit le jeune homme ; j'avais hâte de vous voir.

— Cela l'aura contrarié, ce bon M. Morrel, reprit Caderousse ; et quand on vise à être capitaine, c'est un tort que de contrarier son armateur.

— Je lui ai expliqué la cause de mon refus, reprit Dantès, et il l'a comprise, je crois.

— Ah ! c'est que pour être capitaine il faut un peu flatter ses patrons.

— J'espère être capitaine sans cela, répondit Dantès.

— Tant mieux, tant mieux ! cela fera plaisir à tous

les anciens amis, et je sais quelqu'un là-bas, derrière la citadelle de Saint-Nicolas, qui n'en sera pas fâché.

— Mercédès ? dit le vieillard.

— Oui, mon père, reprit Dantès, et, avec votre permission, maintenant que je vous ai vu, maintenant que je sais que vous vous portez bien et que vous avez tout ce qu'il vous faut, je vous demanderai la permission d'aller faire visite aux Catalans.

— Va, mon enfant, va, dit le vieux Dantès, et Dieu te bénisse dans ta femme comme il m'a béni dans mon fils !

— Sa femme ! dit Caderousse ; comme vous y allez, père Dantès ! elle ne l'est pas encore, ce me semble !

— Non mais, selon toute probabilité, répondit Edmond, elle ne tardera point à le devenir.

— N'importe, n'importe, dit Caderousse, tu as bien fait de te dépêcher, garçon.

— Pourquoi cela ?

— Parce que la Mercédès est une belle fille, et que les belles filles ne manquent pas d'amoureux, celle-là surtout ; ils la suivent par douzaines.

— Vraiment ? dit Edmond avec un sourire sous lequel perçait une légère nuance d'inquiétude.

— Oh ! oui, reprit Caderousse, et de beaux partis même ; mais, tu comprends, tu vas être capitaine, on n'aura garde de te refuser, toi !

— Ce qui veut dire, reprit Dantès avec un sourire qui dissimulait mal son inquiétude, que, si je n'étais pas capitaine...

— Hé ! hé ! fit Caderousse.

— Allons, allons, dit le jeune homme, j'ai meilleure opinion que vous des femmes en général, et de Mercédès en particulier, et, j'en suis convaincu, que je sois capitaine ou non, elle me restera fidèle.

— Tant mieux, tant mieux ! dit Caderousse, c'est toujours, quand on va se marier, une bonne chose que d'avoir la foi ; mais, n'importe, crois-moi, garçon, ne perds pas de temps à aller lui annoncer ton arrivée et à lui faire part de tes espérances.

— J'y vais », dit Edmond.

Et il embrassa son père, salua Caderousse d'un signe de tête et sortit.

Caderousse resta un instant encore ; puis, prenant congé du vieux Dantès, il descendit à son tour et alla rejoindre Danglars, qui l'attendait au coin de la rue Senac.

« Eh bien, dit Danglars, l'as-tu vu ?

— Je le quitte, dit Caderousse.

— Et a-t-il parlé de son espérance d'être capitaine ?

— Il en parle comme s'il l'était déjà.

— Patience ! dit Danglars, il se presse un peu trop, ce me semble !

— Dame ! il paraît que la chose lui est promise par M. Morrel.

— De sorte qu'il est bien joyeux ?

— C'est-à-dire qu'il en est insolent ; il m'a déjà fait ses offres de service comme si c'était un grand personnage ; il m'a offert de me prêter de l'argent comme s'il était un banquier.

— Et tu as refusé ?

— Parfaitement ; quoique j'eusse bien pu accepter, attendu que c'est moi qui lui ai mis à la main les premières pièces blanches qu'il a maniées ; mais, maintenant, M. Dantès n'aura plus besoin de personne, il va être capitaine.

— Bah ! dit Danglars, il ne l'est pas encore.

— Ma foi, ce serait bien fait qu'il ne le fût pas, dit Caderousse, ou sans cela il n'y aura plus moyen de lui parler.

— Que si nous le voulons bien, dit Danglars, il restera ce qu'il est, et peut-être même deviendra moins qu'il n'est.

— Que dis-tu ?

— Rien, je me parle à moi-même. Et il est toujours amoureux de la Catalane ?

— Amoureux fou ; il y est allé : mais ou je me trompe fort, ou il aura du désagrément de ce côté-là.

— Explique-toi.

— À quoi bon ?

— C'est plus important que tu ne crois : tu n'aimes pas Dantès, hein ?

— Je n'aime pas les arrogants.

— Eh bien, alors, dis-moi ce que tu sais relativement à la Catalane.

— Je ne sais rien de bien positif ; seulement, j'ai vu des choses qui me font croire, comme je te l'ai dit, que le futur capitaine aura du désagrément aux environs du chemin des Vieilles-Infirmeries.

— Qu'as-tu vu ? allons ! dis.

— Eh bien, j'ai vu que, toutes les fois que Mercédès vient en ville, elle y vient accompagnée d'un grand gaillard de Catalan à l'œil noir, à la peau rouge, très brun, très ardent, et qu'elle appelle "mon cousin".

— Ah, vraiment ? et crois-tu que ce cousin lui fasse la cour ?

— Je le suppose ; que diable peut faire un grand garçon de vingt et un ans à une belle fille de dix-sept !

— Et tu dis que Dantès est allé aux Catalans ?

— Il est parti devant moi.

— Si nous allions du même côté ; nous nous arrêterions à la Réserve ; et, tout en buvant un verre de vin de La Malgue, nous attendrions des nouvelles.

— Allons, dit Caderousse, mais c'est toi qui paies ?

— Certainement », répondit Danglars.

3

Les Catalans

À cent pas de l'endroit où Danglars et Caderousse, les regards à l'horizon et l'oreille au guet, sablaient le vin pétillant de La Malgue, s'élevait, derrière une butte nue et rongée par le soleil et le mistral, le petit village des Catalans.

Il faut que nos lecteurs nous suivent à travers l'unique rue de ce petit village, et entrent avec nous dans une de ces maisons auxquelles le soleil a donné au-dehors une belle couleur de feuille morte, et au-dedans une couche de badigeon, cette teinte blanche qui forme le seul ornement des posadas espagnoles.

Une belle jeune fille aux cheveux noirs comme le jais, aux yeux veloutés comme ceux de la gazelle, se tenait debout adossée à une cloison, et froissait entre ses doigts effilés et d'un dessin admirable une bruyère innocente dont elle arrachait les fleurs, et dont les débris jonchaient déjà le sol : en outre, ses bras nus jusqu'au coude, ses bras brunis, mais qui semblaient modelés sur ceux de la Vénus antique, frémissaient d'une sorte d'impatience fébrile, et elle frappait la terre de son pied souple et cambré, de sorte que l'on entrevoyait la forme pure, fière et hardie de sa jambe emprisonnée dans un bas de coton rouge à coins gris et bleus.

À trois pas d'elle, assis sur une chaise qu'il balançait d'un mouvement saccadé, appuyant son coude à un vieux meuble vermoulu, un grand garçon de vingt à vingt-deux ans la regardait d'un air où se combattaient l'inquiétude et le dépit ; ses yeux interrogeaient, mais le regard ferme et fixe de la jeune fille dominait son interlocuteur.

« Voyons, Mercédès, disait le jeune homme, voici Pâques qui va revenir, c'est le moment de faire une noce, répondez-moi !

— Je vous ai répondu cent fois, Fernand, et il faut en vérité que vous soyez bien ennemi de vous-même pour m'interroger de nouveau !

— Eh bien, répétez-le, je vous en supplie, répétez-le encore pour que j'arrive à le croire ! Dites-moi pour la centième fois que vous refusez mon amour, qu'approuvait votre mère ; faites-moi bien comprendre que vous vous jouez de mon bonheur, que ma vie et ma mort ne sont rien pour vous ! Ah ! mon Dieu, mon

Dieu ! avoir rêvé dix ans d'être votre époux, Mercédès, et perdre cet espoir qui était le seul but de ma vie ! Voyons, Mercédès, répondez ; est-ce bien résolu ?

— J'aime Edmond Dantès, dit froidement la jeune fille, et nul autre qu'Edmond ne sera mon époux.

— Et vous l'aimerez toujours ?

— Tant que je vivrai. »

Fernand baissa la tête comme un homme découragé, poussa un soupir qui ressemblait à un gémissement ; puis tout à coup relevant le front, les dents serrées et les narines entr'ouvertes :

« Mais s'il est mort ? dit-il.

— S'il est mort, je mourrai.

— Mais s'il vous oublie ?

— Mercédès ! cria une voix joyeuse au-dehors de la maison, Mercédès !

— Ah ! s'écria la jeune fille en rugissant de joie et en bondissant d'amour, tu vois bien qu'il ne m'a pas oubliée, puisque le voilà. »

Et elle s'élança vers la porte, qu'elle ouvrit en s'écriant :

« À moi, Edmond ! me voici. »

Fernand, pâle et frémissant, recula en arrière, comme fait un voyageur à la vue d'un serpent, et rencontrant sa chaise, y retomba assis.

Edmond et Mercédès étaient dans les bras l'un de l'autre. Le soleil ardent de Marseille, qui pénétrait à travers l'ouverture de la porte, les inondait d'un flot de lumière. D'abord ils ne virent rien de ce qui les entourait. Un immense bonheur les isolait du monde, et ils ne parlaient que par ces mots entrecoupés qui sont les élans d'une joie si vive qu'ils semblent l'expression de la douleur.

Tout à coup Edmond aperçut la figure sombre de Fernand, qui se dessinait dans l'ombre, pâle et menaçante.

« Ah ! pardon, dit Dantès en fronçant le sourcil à son tour, je n'avais pas remarqué que nous étions trois. »

Puis se tournant vers Mercédès :

« Qui est monsieur ? demanda-t-il.

— Monsieur sera votre meilleur ami, Dantès ; car c'est mon ami à moi, c'est mon cousin, c'est mon frère, c'est Fernand, c'est-à-dire l'homme qu'après vous, Edmond, j'aime le plus au monde ; ne le reconnaissez-vous pas ?

— Ah ! si fait », dit Edmond ; et, sans abandonner Mercédès, dont il tenait la main serrée dans une des siennes, il tendit avec un mouvement de cordialité son autre main au Catalan.

Mais Fernand, loin de répondre à ce geste amical, resta muet et immobile comme une statue.

Alors Edmond promena son regard investigateur de Mercédès émue et tremblante à Fernand sombre et menaçant.

Ce seul regard lui apprit tout.

La colère monta à son front.

« Je ne savais pas venir avec tant de hâte chez vous, Mercédès, pour y trouver un ennemi.

— Un ennemi ! s'écria Mercédès avec un regard de courroux à l'adresse de son cousin ; un ennemi chez moi, dis-tu, Edmond ! Si je croyais cela, je te prendrais sous le bras et je m'en irais à Marseille, quittant la maison pour n'y plus jamais rentrer. »

L'œil de Fernand lança un éclair.

« Et s'il t'arrivait malheur, mon Edmond, continuat-elle avec ce même flegme implacable qui prouvait à Fernand que la jeune fille avait lu jusqu'au plus profond de sa sinistre pensée, s'il t'arrivait malheur, je monterais sur le cap de Morgiou, et je me jetterais sur les rochers la tête la première. »

Fernand devint affreusement pâle.

« Mais tu t'es trompé, Edmond, poursuivit-elle, tu n'as point d'ennemi ici ; il n'y a que Fernand, mon frère, qui va te serrer la main comme à un ami dévoué. »

Et à ces mots la jeune fille fixa son regard impérieux sur le Catalan, qui, comme s'il eût été fasciné par ce regard, s'approcha lentement d'Edmond et lui tendit la main.

Sa haine, pareille à une vague impuissante, quoique furieuse, venait se briser contre l'ascendant que cette femme exerçait sur lui.

Mais à peine eut-il touché la main d'Edmond qu'il sentit qu'il avait fait tout ce qu'il pouvait faire, et qu'il s'élança hors de la maison.

« Oh ! s'écria-t-il en courant comme un insensé et en noyant ses mains dans ses cheveux, oh ! qui me délivrera donc de cet homme ? Malheur à moi ! malheur à moi !

— Hé ! le Catalan ! hé ! Fernand ! où cours-tu ? » dit une voix.

Le jeune homme s'arrêta tout court, regarda autour de lui et aperçut Caderousse attablé avec Danglars sous un berceau de feuillage.

« Hé ! dit Caderousse, pourquoi ne viens-tu pas ? Es-tu donc si pressé que tu n'aies pas le temps de dire bonjour aux amis ? »

Fernand regarda les deux hommes d'un air hébété, et ne répondit rien.

« Eh bien, voyons, le Catalan, te décides-tu ? »

Fernand essuya la sueur qui ruisselait de son front et entra sous la tonnelle.

« Bonjour, dit-il, vous m'avez appelé, n'est-ce pas ? »

Et il tomba plutôt qu'il ne s'assit sur un des sièges qui entouraient la table.

« Je t'ai appelé parce que tu courais comme un fou et que j'ai eu peur que tu n'allasses te jeter à la mer, dit en riant Caderousse. Que diable, quand on a des amis, c'est non seulement pour leur offrir un verre de vin mais encore pour les empêcher de boire trois ou quatre pintes d'eau ! »

Fernand poussa un gémissement qui ressemblait à un sanglot et laissa tomber sa tête sur ses deux poignets posés en croix sur la table.

« Eh bien ! veux-tu que je te dise, Fernand ? reprit Caderousse entamant l'entretien avec cette brutalité grossière des gens du peuple auxquels la curiosité fait oublier toute diplomatie ; eh bien ! tu as l'air d'un amant déconfit ! »

Et il accompagna cette plaisanterie d'un gros rire.

« Danglars, voici la chose : Fernand, que tu vois, et qui est un bon et brave Catalan, un des meilleurs pêcheurs de Marseille, est amoureux d'une belle fille qu'on appelle Mercédès ; mais malheureusement, il paraît que la belle fille de son côté est amoureuse du second du *Pharaon* ; et comme le *Pharaon* est entré aujourd'hui même dans le port, tu comprends ? »

Danglars enveloppa d'un regard perçant le jeune homme, sur le cœur duquel les paroles de Caderousse tombaient comme du plomb fondu.

« Et à quand la noce ? demanda-t-il.

— Oh ! elle n'est pas encore faite ! murmura Fernand.

— Non, mais elle se fera, dit Caderousse, aussi vrai que Dantès sera capitaine du *Pharaon,* n'est-ce pas, Danglars ? »

Danglars tressaillit à cette atteinte inattendue et se retourna vers Caderousse dont, à son tour, il étudia le visage pour voir si le coup était prémédité ; mais il ne lut rien que l'envie sur ce visage déjà presque hébété par l'ivresse.

« Eh bien ! dit-il en remplissant les verres, buvons

donc au capitaine Edmond Dantès, mari de la belle Catalane ! »

Caderousse porta son verre à sa bouche d'une main alourdie, et l'avala d'un trait. Fernand prit le sien et le brisa contre terre.

« Hé, hé, hé ! dit Caderousse, qu'aperçois-je donc là-bas, du haut de la butte, dans la direction des Catalans ? Regarde donc, Fernand, tu as meilleure vue que moi ; je crois que je commence à voir trouble, et, tu le sais, le vin est un traître ; on dirait deux amants qui marchent côte à côte et la main dans la main. Dieu me pardonne ! ils ne se doutent pas que nous les voyons, et les voilà qui s'embrassent ! »

Danglars ne perdait pas une des angoisses de Fernand, dont le visage se décomposait à vue d'œil.

« Les connaissez-vous, monsieur Fernand ? dit-il.

— Oui, répondit celui-ci d'une voix sourde, c'est M. Edmond et Mlle Mercédès.

— Ah ! voyez-vous ! dit Caderousse, et moi qui ne les reconnaissais pas ! Ohé, Dantès ! ohé ! la belle fille ! venez par ici un peu, et dites-nous à quand la noce !

— Veux-tu te taire ! » dit Danglars affectant de retenir Caderousse, qui, avec la ténacité des ivrognes, se penchait hors du berceau.

Il regarda successivement Caderousse et Fernand : l'un abruti par l'ivresse, l'autre dominé par l'amour.

« Je ne tirerai rien de ces niais-là, murmura-t-il, et j'ai grand'peur d'être ici entre un ivrogne et un poltron :

voici un envieux qui se grise avec du vin tandis qu'il devrait s'enivrer de fiel, voici un grand imbécile à qui on vient prendre sa maîtresse sous son nez et qui se contente de pleurer et de se plaindre comme un enfant. Décidément, le destin d'Edmond l'emporte, il épousera la belle fille, il sera capitaine et se moquera de nous : à moins que... » Un sourire livide se dessina sur les lèvres de Danglars. « ... à moins que je ne m'en mêle, ajouta-t-il.

— Holà ! continuait de crier Caderousse à moitié levé et les poings sur la table, holà, Edmond ! tu ne vois donc pas les amis, ou est-ce que tu es déjà trop fier pour leur parler ?

— Non, mon cher Caderousse, répondit Dantès, je ne suis pas fier ; mais je suis heureux, et le bonheur aveugle, je crois, encore plus que la fierté.

— À la bonne heure, voilà une explication ! dit Caderousse.

— Ainsi, la noce va avoir lieu incessamment, monsieur Dantès ? dit Danglars en saluant les deux jeunes gens.

— Le plus tôt possible, monsieur Danglars ; aujourd'hui tous les accords chez le papa Dantès, et demain ou après-demain, au plus tard, le dîner des fiançailles, ici, à la Réserve. Les amis y seront, je l'espère : c'est vous dire que vous êtes invité, monsieur Danglars ; c'est te dire que tu en es, Caderousse.

— Et Fernand, dit Caderousse en riant d'un rire pâteux, Fernand en est-il aussi ?

41

— Le frère de ma femme est mon frère, dit Edmond, et nous le verrions avec un profond regret, Mercédès et moi, s'écarter de nous dans un pareil moment. »

Fernand ouvrit la bouche pour répondre ; mais la voix expira dans sa gorge, et il ne put articuler un seul mot.

« Aujourd'hui les accords ; demain ou après-demain les fiançailles... diable ! vous êtes bien pressé.

— On est toujours pressé d'être heureux, monsieur Danglars, car lorsqu'on a souffert longtemps, on a grand'peine à croire au bonheur. Mais ce n'est pas l'égoïsme seul qui me fait agir : il faut que j'aille à Paris.

— Ah ! vraiment ! à Paris ; et c'est la première fois que vous y allez, Dantès ?

— Oui.

— Vous y avez affaire ?

— Pas pour mon compte : une dernière commission de notre pauvre capitaine Leclère à remplir ; vous comprenez, Danglars, c'est sacré. D'ailleurs, soyez tranquille, je ne prendrai que le temps d'aller et de revenir.

— Oui, oui, je comprends » dit tout haut Danglars. Puis tout bas :

« À Paris, pour remettre à son adresse sans doute la lettre que le grand maréchal lui a donnée. Pardieu ! cette lettre me fait pousser une idée, une excellente idée ! Ah ! Dantès, mon ami, tu n'es pas encore couché au registre du *Pharaon* sous le numéro 1. »

Puis se retournant vers Edmond, qui s'éloignait déjà :

« Bon voyage, lui cria-t-il.

— Merci », répondit Edmond en retournant la tête et en accompagnant ce mouvement d'un geste amical.

Puis les deux amants continuèrent leur route, calmes et joyeux comme deux élus qui montent au ciel.

4

Complot

Danglars suivit Edmond et Mercédès des yeux jusqu'à
ce que les deux amants eussent disparu à l'un des
angles du fort Saint-Nicolas ; puis, se retournant alors,
il aperçut Fernand, qui était retombé pâle et frémissant
sur sa chaise, tandis que Caderousse balbutiait les
paroles d'une chanson à boire.

« Ah çà ! mon cher monsieur, dit Danglars à Fernand, voilà un mariage qui ne me paraît pas faire le
bonheur de tout le monde ?

— Il me désespère, dit Fernand. Je voulais poignar-
der *l'homme*, mais la *femme* m'a dit que, s'il arrivait
malheur à son fiancé, elle se tuerait. Et avant que Mercédès ne meure, je mourrais moi-même.

— Voyons, dit Danglars, vous me paraissez un gentil garçon, et je voudrais, le Diable m'emporte, vous tirer de peine, mais...

— Oui, dit Caderousse, voyons.

— Mon cher, reprit Danglars, tu es aux trois quarts ivre ! achève la bouteille, et tu le seras tout à fait. Bois, et ne te mêle pas de ce que nous faisons. Pour ce que nous faisons il faut avoir toute sa tête.

— Moi, ivre, dit Caderousse, allons donc ! j'en boirais encore quatre, de tes bouteilles qui ne sont pas plus grandes que des flacons d'eau de Cologne ! Père Pamphile, du vin ! »

Et pour joindre la preuve à la proposition, Caderousse frappa avec son verre sur la table.

« Vous disiez, monsieur, reprit Fernand, que vous voudriez me tirer de peine ; mais, ajoutiez-vous...

— Oui, mais, ajoutais-je... pour vous tirer de peine il suffit que Dantès n'épouse pas celle que vous aimiez ; et le mariage peut très bien manquer, ce me semble, sans que Dantès meure. Supposez qu'il y ait entre Edmond et Mercédès les murailles d'une prison, ils seront séparés ni plus ni moins que s'il y avait la pierre d'une tombe. Eh bien, comprenez-vous qu'il n'y aurait pas besoin de le tuer ?

— Non certes, si on avait le moyen de faire arrêter Dantès. Mais ce moyen, l'avez-vous ?

— En cherchant bien, dit Danglars, on pourrait le trouver. Mais, continua-t-il, de quoi diable vais-je me mêler là ; est-ce que cela me regarde ?

— Je ne sais pas si cela vous regarde, dit Fernand

en lui saisissant le bras ; mais ce que je sais, c'est que vous avez quelque motif de haine particulière contre Dantès : celui qui hait lui-même ne se trompe pas aux sentiments des autres.

— Moi, des motifs de haine contre Dantès ? Aucun, sur ma parole. Je vous ai vu malheureux, et votre malheur m'a intéressé, voilà tout ; mais du moment où vous croyez que j'agis pour mon propre compte, adieu, mon cher ami, tirez-vous d'affaire comme vous pourrez. »

Et Danglars fit semblant de se lever à son tour.

« Non pas, dit Fernand en le retenant, restez ! Peu m'importe, au bout du compte, que vous en vouliez à Dantès ou que vous ne lui en vouliez pas : je lui en veux, moi ; je l'avoue hautement. Trouvez le moyen, et je l'exécute, pourvu qu'il n'y ait pas mort d'homme, car Mercédès a dit qu'elle se tuerait si l'on tuait Dantès. »

Caderousse, qui avait laissé tomber sa tête sur la table, releva le front, et regardant Fernand et Danglars avec des yeux lourds et hébétés :

« Tuer Dantès ! dit-il, qui parle de tuer Dantès ? Je ne veux pas qu'on le tue, moi, c'est mon ami, il a offert ce matin de partager son argent avec moi, comme j'ai partagé le mien avec lui. Je ne veux pas qu'on tue Dantès.

— Et qui te parle de le tuer, imbécile ? reprit Danglars ; il s'agit d'une simple plaisanterie : bois à sa santé, ajouta-t-il en remplissant le verre de Caderousse, et laisse-nous tranquilles.

— Oui, oui, à la santé de Dantès ! dit Caderousse en vidant son verre, à sa santé !... à sa santé... là !

— Mais le moyen... le moyen ? dit Fernand.

— Garçon, dit Danglars, une plume, de l'encre et du papier ! »

Le garçon prit le papier, l'encre et la plume, et les déposa sur la table.

« Quand on pense, dit Caderousse en laissant tomber sa main sur le papier, qu'il y a là de quoi tuer un homme plus sûrement que si on l'attendait au coin d'un bois pour l'assassiner ! J'ai toujours eu plus peur d'une plume, d'une bouteille d'encre et d'une feuille de papier, que d'une épée ou d'un pistolet.

— Le drôle n'est pas encore si ivre qu'il en a l'air, dit Danglars, versez-lui donc à boire, Fernand. »

Fernand remplit le verre de Caderousse, et celui-ci, en véritable buveur qu'il était, leva la main de dessus le papier et la porta à son verre.

Le Catalan suivit le mouvement jusqu'à ce que Caderousse, presque vaincu par cette nouvelle attaque, reposât ou plutôt laissât retomber son verre sur la table.

« Eh bien ? reprit le Catalan en voyant que le reste de la raison de Caderousse commençait à disparaître sous ce dernier verre de vin.

— Eh bien ! je disais donc, par exemple, reprit Danglars, que, si, après un voyage comme celui que vient de faire Dantès, et dans lequel il a touché à

Naples et à l'île d'Elbe, quelqu'un le dénonçait au procureur du roi comme agent bonapartiste...

— Je le dénoncerai, moi ! dit vivement le jeune homme.

— Oui ; mais alors on vous fait signer votre déclaration, on vous confronte avec celui que vous avez dénoncé : je vous fournis de quoi soutenir votre accusation, je le sais bien ; mais Dantès ne peut rester éternellement en prison, un jour ou l'autre, il en sort, et, ce jour où il en sort, malheur à celui qui l'y a fait entrer !

— Oh ! je ne demande qu'une chose, dit Fernand, c'est qu'il vienne me chercher une querelle !

— Oui, et Mercédès ! Mercédès ! qui vous prend en haine si vous avez seulement le malheur d'écorcher l'épiderme à son bien-aimé Edmond !

— C'est juste, dit Fernand.

— Non, non, reprit Danglars ; si on se décidait à une pareille chose, voyez-vous, il vaudrait bien mieux prendre tout bonnement, comme je le fais, cette plume, la tremper dans l'encre, et écrire de la main gauche, pour que l'écriture ne fût pas reconnue, une petite dénonciation ainsi conçue. »

Et Danglars, joignant l'exemple au précepte, écrivit de la main gauche et d'une écriture renversée, qui n'avait aucune analogie avec son écriture habituelle, les lignes suivantes, qu'il passa à Fernand, et que Fernand lut à demi-voix :

« *M. le procureur du roi est prévenu, par un ami du*

trône et de la religion, que le nommé Edmond Dantès, second du navire le Pharaon, arrivé ce matin de Smyrne après avoir touché à Naples et à Porto-Ferrajo, a été chargé, par Murat, d'une lettre pour l'usurpateur, et, par l'usurpateur, d'une lettre pour le comité bonapartiste de Paris.

« On aura la preuve de son crime en l'arrêtant ; car on trouvera cette lettre ou sur lui, ou chez son père, ou dans sa cabine à bord du Pharaon.

« À la bonne heure ! continua Danglars ; ainsi votre vengeance aurait le sens commun, car, d'aucune façon alors, elle ne pourrait retomber sur vous, et la chose irait toute seule ; il n'y aurait plus qu'à plier cette lettre, comme je le fais, et à écrire dessus : "À M. le procureur du roi." Tout serait dit. »

Et Danglars écrivit l'adresse en se jouant.

« Oui, tout serait dit, s'écria Caderousse, qui, par un dernier effort d'intelligence, avait suivi la lecture, et qui comprenait d'instinct tout ce qu'une pareille dénonciation pourrait entraîner de malheur ; oui, tout serait dit : seulement ce serait une infamie. »

Et il allongea le bras pour prendre la lettre.

« Aussi, dit Danglars en la poussant hors de la portée de sa main, aussi, ce que je dis et ce que je fais, c'est en plaisantant, et, le premier, je serais bien fâché qu'il arrivât quelque chose à Dantès, ce bon Dantès ! Aussi, tiens... »

Il prit la lettre, la froissa dans ses mains et la jeta dans un coin de la tonnelle.

« À la bonne heure ! dit Caderousse, Dantès est mon ami, et je ne veux pas qu'on lui fasse du mal.

— Hé ! qui diable y songe, à lui faire du mal ? ce n'est ni moi, ni Fernand, dit Danglars en se levant et en regardant le jeune homme, qui était demeuré assis, mais dont l'œil oblique couvait le papier dénonciateur jeté dans son coin.

— En ce cas, reprit Caderousse, qu'on nous donne du vin, je veux boire à la santé d'Edmond et de la belle Mercédès.

— Tu n'as déjà que trop bu, ivrogne, dit Danglars. Il est temps de rentrer. Donne-moi donc le bras et rentrons.

— Rentrons, dit Caderousse, mais je n'ai pas besoin de ton bras pour cela. Viens-tu, Fernand ? rentres-tu avec nous à Marseille ?

— Non, dit Fernand, je retourne aux Catalans, moi.

— Tu as tort, viens avec nous à Marseille, viens.

— Je n'ai pas besoin à Marseille, je n'y veux point aller.

— Comment as-tu dit cela ? tu ne veux pas, mon bonhomme ! eh bien, à ton aise ! liberté pour tout le monde ! Viens, Danglars, et laissons monsieur rentrer aux Catalans, puisqu'il le veut. »

Danglars profita de ce moment de bonne volonté de Caderousse pour l'entraîner du côté de Marseille ; seulement, pour ouvrir un chemin plus court et plus facile à Fernand, au lieu de revenir par le quai de la Rive-Neuve, il revint par la porte Saint-Victor.

Caderousse le suivait, tout chancelant, accroché à son bras.

Lorsqu'il eut fait une vingtaine de pas, Danglars se retourna et vit Fernand se précipiter sur le papier qu'il mit dans sa poche ; puis aussitôt, s'élançant hors de la tonnelle, le jeune homme tourna du côté du Pillon.

« Eh bien ! que fait-il donc ? dit Caderousse, il nous a menti ; il a dit qu'il allait aux Catalans, et il va à la ville ! Holà, Fernand ! tu te trompes, mon garçon !

— C'est toi qui vois trouble, dit Danglars, il suit tout droit le chemin des Vieilles-Infirmeries.

— En vérité ! dit Caderousse ; eh bien ! j'aurais juré qu'il tournait à droite ; décidément le vin est un traître.

— Allons, allons, murmura Danglars, je crois que maintenant la chose est bien lancée, et qu'il n'y a plus qu'à la laisser toute seule. »

5

Le repas des fiançailles

Le lendemain fut un beau jour. Le soleil se leva pur et brillant, et les premiers rayons d'un rouge pourpre diaprèrent de leurs rubis les pointes écumeuses des vagues.

Le repas avait été préparé au premier étage de la Réserve. Quoiqu'il ne fût indiqué que pour midi, dès onze heures du matin la balustrade était chargée de promeneurs impatients. C'étaient les marins privilégiés du *Pharaon* et quelques soldats, amis de Dantès. Tous avaient, pour faire honneur aux fiancés, fait voir le jour à leurs plus belles toilettes.

Le bruit circulait, parmi les futurs convives, que les armateurs du *Pharaon* devaient honorer de leur présence le repas de noces de leur second ; mais c'était de leur part un si grand honneur accordé à Dantès, que personne n'osait encore y croire.

Cependant Danglars, en arrivant avec Caderousse, confirma à son tour cette nouvelle. Il avait vu le matin M. Morrel lui-même, et M. Morrel lui avait dit qu'il viendrait dîner à la Réserve.

En effet, un instant après eux, M. Morrel fit à son tour son entrée dans la chambre et fut salué par les matelots du *Pharaon* d'un hourra unanime d'applaudissements. La présence de l'armateur était pour eux la confirmation du bruit qui courait déjà que Dantès serait nommé capitaine ; et comme Dantès était fort aimé à bord, ces braves gens remerciaient ainsi l'armateur de ce qu'une fois par hasard son choix était en harmonie avec leurs désirs.

Dès que les fiancés et ceux qui les accompagnaient furent en vue de la Réserve, M. Morrel descendit et s'avança au-devant d'eux. En le voyant venir, Edmond quitta le bras de sa fiancée et le passa sous celui de M. Morrel. L'armateur et la jeune fille donnèrent alors l'exemple en montant les premiers l'escalier de bois qui conduisait à la chambre où le dîner était servi, et qui cria pendant cinq minutes sous les pas pesants des convives.

« Mon père, dit Mercédès au vieux Dantès, en s'arrêtant au milieu de la table, vous à ma droite, je vous prie ; quant à ma gauche, j'y mettrai celui qui m'a servi de frère », ajouta-t-elle avec une douceur qui pénétra au plus profond du cœur de Fernand comme un coup de poignard.

Ses lèvres blêmirent, et sous la teinte bistrée de son mâle visage on put voir le sang se retirer peu à peu pour affluer au cœur.

Pendant ce temps Dantès avait exécuté la même manœuvre ; à sa droite il avait mis M. Morrel, à sa gauche Danglars ; puis de sa main il avait fait signe à chacun de se placer à sa fantaisie.

Déjà couraient autour de la table les saucissons d'Arles à la chair brune et au fumet accentué, les langoustes à la cuirasse éblouissante, les praires à la coquille rosée, les oursins qui semblent des châtaignes entourées de leur enveloppe piquante, les clovisses qui ont la prétention de remplacer avec supériorité, pour les gourmets du Midi, les huîtres du Nord ; enfin, tous ces hors-d'œuvre délicats que la vague roule sur sa rive sablonneuse, et que les pêcheurs reconnaissants désignent sous le nom générique de fruits de mer.

« Un beau silence ! dit le père de Dantès savourant un verre de vin jaune comme la topaze, que le père Pamphile en personne venait d'apporter devant Mercédès. Dirait-on qu'il y a ici trente personnes qui ne demandent qu'à rire ?

— Hé ! un mari n'est pas toujours gai, dit Caderousse.

— Le fait est, dit Dantès, que je suis trop heureux en ce moment pour être gai. Si c'est comme cela que vous l'entendez, voisin, vous avez raison ! La joie fait quelquefois un effet étrange, elle oppresse comme la douleur. »

Danglars observa Fernand, dont la nature impressionnable absorbait et renvoyait chaque émotion.

« Allons donc, dit-il, est-ce que vous craindriez quelque chose ? il me semble au contraire que tout va selon vos désirs ?

— Et c'est justement cela qui m'épouvante, dit Dantès, il me semble que l'homme n'est pas fait pour être si facilement heureux ! Le bonheur est comme ces palais des îles enchantées dont les dragons gardent les portes. Il faut combattre pour le conquérir ; et moi, en vérité, je ne sais en quoi j'ai mérité le bonheur d'être le mari de Mercédès.

— Le mari, le mari, dit Caderousse en riant ; pas encore, mon capitaine ; essaye un peu de faire le mari, et tu verras comme tu seras reçu ! »

Mercédès rougit.

Fernand se tourmentait sur sa chaise, tressaillait au moindre bruit, et de temps en temps essuyait de larges plaques de sueur qui perlaient sur son front comme les premières gouttes d'une pluie d'orage.

« Ma foi, dit Dantès, voisin Caderousse, ce n'est point la peine de me démentir pour si peu. Mercédès n'est point encore ma femme, c'est vrai... »

Il tira sa montre.

« Mais dans une heure et demie elle le sera ! »

Chacun poussa un cri de surprise, à l'exception du père Dantès, dont le large rire montra les dents encore belles. Mercédès sourit et ne rougit plus. Fernand saisit convulsivement le manche de son couteau.

« Dans une heure ! dit Danglars pâlissant lui-même ; et comment cela ?

— Oui, mes amis, répondit Dantès, grâce au crédit de M. Morrel, l'homme après mon père auquel je dois le plus au monde, toutes les difficultés sont aplanies. Nous avons acheté les bans, et à deux heures et demie le maire de Marseille nous attend à l'hôtel de ville. Or, comme une heure et un quart viennent de sonner, je ne crois pas me tromper de beaucoup en disant que dans une heure trente minutes Mercédès s'appellera Mme Dantès. »

Fernand ferma les yeux : un nuage de feu brûla ses paupières ; il s'appuya à la table pour ne pas défaillir, et, malgré tous ses efforts, ne put retenir un gémissement sourd qui se perdit dans le bruit des rires et des félicitations de l'assemblée.

« Ainsi, ce que nous prenions pour un repas de fiançailles, dit Danglars, est tout bonnement un repas de noces.

— Non pas, dit Dantès ; vous n'y perdrez rien, soyez tranquilles. Demain matin je pars pour Paris. Quatre jours pour aller, quatre jours pour revenir, un jour pour faire en conscience la commission dont je suis chargé, et le 1er mars je suis de retour ; au 2 mars donc le véritable repas de noces. »

Cette perspective d'un nouveau festin redoubla l'hilarité au point que le père Dantès, qui au commencement du dîner se plaignait du silence, faisait maintenant au milieu de la conversation générale de vains efforts pour placer son vœu de prospérité en faveur des futurs époux.

La pâleur de Fernand était presque passée sur les joues de Danglars ; quant à Fernand lui-même, il ne vivait plus et semblait un damné dans le lac de feu. Un des premiers, il s'était levé et se promenait de long en large dans la salle, essayant d'isoler son oreille du bruit des chansons et du choc des verres.

Caderousse s'approcha de lui au moment où Danglars, qu'il semblait fuir, venait de le rejoindre dans un angle de la salle.

« En vérité, dit Caderousse, à qui les bonnes façons de Dantès, et surtout le bon vin du père Pamphile avaient enlevé tous les restes de la haine dont le bonheur inattendu de Dantès avait jeté les germes dans son âme... en vérité, Dantès est un gentil garçon ; et quand je le vois assis près de sa fiancée, je me dis que c'eût été dommage de lui faire la mauvaise plaisanterie que vous complotiez hier.

— Aussi, dit Danglars, tu as vu que la chose n'a pas eu de suite ; ce pauvre M. Fernand était si bouleversé, qu'il m'avait fait de la peine d'abord ; mais du moment qu'il en a pris son parti, au point de s'être fait le premier garçon de noces de son rival, il n'y a plus rien à dire. »

Caderousse regarda Fernand, il était livide.

« Le sacrifice est d'autant plus grand, continua Danglars, qu'en vérité la fille est belle. Peste ! l'heureux coquin que mon futur capitaine ; je voudrais m'appeler Dantès douze heures seulement.

— Partons-nous ? demanda la douce voix de Mercédès ; voici deux heures qui sonnent, et l'on nous attend à deux heures un quart.

— Oui, oui, partons ! dit Dantès en se levant vivement.

— Partons ! » répétèrent en chœur tous les convives.

Au même instant, Danglars, qui ne perdait pas de vue Fernand assis sur le rebord de la fenêtre, le vit ouvrir des yeux hagards, se lever comme par un mouvement convulsif, et retomber assis sur l'appui de cette croisée ; presque au même instant, un bruit sourd retentit dans l'escalier ; le retentissement d'un pas pesant, une rumeur confuse de voix mêlées à un cliquetis d'armes couvrirent les exclamations des convives, si bruyantes qu'elles fussent, et attirèrent l'attention générale qui se manifesta à l'instant même par un silence inquiet.

Le bruit s'approcha ; trois coups retentirent dans le panneau de la porte ; chacun regarda son voisin d'un air étonné.

« Au nom de la loi ! » cria une voix vibrante, à laquelle aucune voix ne répondit.

Aussitôt la porte s'ouvrit, et un commissaire, ceint de son écharpe, entra dans la salle, suivi de quatre soldats armés, conduits par un caporal.

L'inquiétude fit place à la terreur.

« Qu'y a-t-il ? demanda l'armateur en s'avançant au-devant du commissaire qu'il connaissait ; bien certainement, monsieur, il y a méprise.

— S'il y a méprise, monsieur Morrel, répondit le commissaire, croyez que la méprise sera promptement réparée ; en attendant, je suis porteur d'un mandat d'arrêt ; et quoique ce soit avec regret que je remplis ma mission, il ne faut pas moins que je la remplisse : lequel de vous, messieurs, est Edmond Dantès ? »

Tous les regards se tournèrent vers le jeune homme, qui, fort ému mais conservant sa dignité, fit un pas en avant et dit :

« C'est moi, monsieur ; que me voulez-vous ?

— Edmond Dantès, reprit le commissaire, au nom de la loi, je vous arrête.

— Vous m'arrêtez ! dit Edmond avec une légère pâleur, mais pourquoi m'arrêtez-vous ?

— Je l'ignore, monsieur, mais votre premier interrogatoire vous l'apprendra. »

M. Morrel comprit qu'il n'y avait rien à faire contre l'inflexibilité de la situation : un commissaire ceint de son écharpe n'est plus un homme, c'est la statue de la loi, froide, sourde, muette.

Le vieillard, au contraire, se précipita vers l'officier : il y a des choses que le cœur d'un père ou d'une mère ne comprendra jamais ; il parla et supplia : larmes et prières ne pouvaient rien ; cependant son désespoir était si grand, que le commissaire en fut touché.

« Monsieur, fit-il, tranquillisez-vous ; peut-être votre fils a-t-il négligé quelque formalité de douane ou de santé, et, selon toute probabilité, lorsqu'on aura reçu de lui les renseignements qu'on désire en tirer, il sera mis en liberté.

— Ah çà ! qu'est-ce que cela signifie ? demanda en fronçant le sourcil Caderousse à Danglars qui jouait la surprise.

— Le sais-je, moi ? dit Danglars ; je suis comme toi : je vois ce qui se passe, je n'y comprends rien, et je reste confondu. »

Caderousse chercha des yeux Fernand : il avait disparu.

Toute la scène de la veille se représenta alors à son esprit avec une effrayante lucidité : on eût dit que la catastrophe venait de tirer le voile que l'ivresse de la veille avait jeté entre lui et sa mémoire.

« Oh ! oh ! dit-il d'une voix rauque, serait-ce la suite de la plaisanterie dont vous parliez hier, Danglars ? En ce cas, malheur à celui qui l'aurait faite, car elle est bien triste.

— Pas du tout ! s'écria Danglars, tu sais bien au contraire que j'ai déchiré le papier.

— Tu ne l'as pas déchiré, dit Caderousse ; tu l'as jeté dans un coin, voilà tout.

— Tais-toi, tu n'as rien vu, tu étais ivre.

— Où est Fernand ? demanda Caderousse.

— Le sais-je, moi ? répondit Danglars ; à ses affaires

probablement ; mais au lieu de nous occuper de cela, allons donc porter du secours à ces pauvres affligés. »

En effet, pendant cette conversation, Dantès avait, en souriant, serré la main à tous ses amis, et s'était constitué prisonnier en disant :

« Soyez tranquilles, l'erreur va s'expliquer, et probablement que je n'irai même pas jusqu'à la prison.

— Oh ! bien certainement, j'en répondrais », dit Danglars qui, en ce moment, s'approchait, comme nous l'avons dit, du groupe principal.

Dantès descendit l'escalier, précédé du commissaire de police et entouré par les soldats ; une voiture dont la portière était tout ouverte attendait à la porte, il y monta, deux soldats et le commissaire montèrent après lui ; la portière se referma, et la voiture reprit le chemin de Marseille.

« Adieu, Dantès ! adieu, Edmond ! » s'écria Mercédès en s'élançant sur la balustrade.

Le prisonnier entendit ce dernier cri, sorti comme un sanglot du cœur déchiré de sa fiancée, il passa la tête par la portière, cria : « Au revoir, Mercédès ! » et disparut à l'un des angles du fort Saint-Nicolas.

6

L'interrogatoire

À peine de Villefort fut-il hors de la maison des Saint-Méran, qu'il quitta son masque joyeux pour prendre l'air grave d'un homme appelé à cette suprême fonction de prononcer sur la vie de son semblable. Or, malgré la mobilité de sa physionomie, mobilité que le substitut avait, comme doit faire un habile acteur, plus d'une fois étudiée devant sa glace, ce fut cette fois un travail pour lui que de froncer son sourcil et d'assombrir ses traits. En effet, Gérard de Villefort était en ce moment aussi heureux qu'il est donné à un homme de le devenir : déjà riche par lui-même, il occupait à vingt-sept ans une place dans la magistrature, il épousait une jeune et belle personne qu'il aimait non passionnément, mais avec raison, comme un substitut du procureur du roi peut aimer ; et outre sa beauté, qui était remarquable, Mlle de Saint-Méran, sa fiancée, appartenait à une des familles les mieux en cour de l'époque, et outre l'influence de son père et de sa mère, qui, n'ayant point d'autre enfant, pouvaient la consacrer tout entière à leur gendre, elle apportait encore à son mari une dot de cinquante mille écus, qui, grâce aux espérances, ce mot atroce inventé par les entremetteurs de mariage, pouvait s'augmenter un jour d'un héritage d'un demi-million ; tous ces éléments réunis composaient donc pour Villefort un total de félicité éblouissant, à ce point qu'il lui semblait voir des taches au soleil, quand il avait longtemps regardé sa vie intérieure avec la vue de l'âme.

Comme il était arrivé à la porte de sa maison adossée au palais de justice, il entra majestueusement.

L'antichambre était pleine de gendarmes et d'agents de police ; au milieu d'eux, gardé à vue, enveloppé de regards flamboyants de haine, se tenait debout, calme et immobile, le prisonnier.

Villefort traversa l'antichambre, jeta un regard oblique sur Dantès, et après avoir pris une liasse que lui remit un agent, disparut en disant :

« Qu'on amène le prisonnier. »

Un instant après lui, Dantès entra.

Le jeune homme était toujours pâle, mais calme et souriant ; il salua son juge avec une politesse aisée, puis chercha des yeux un siège, comme s'il eût été dans le salon de l'armateur Morrel.

Ce fut alors seulement qu'il rencontra ce regard terne de Villefort, ce regard particulier aux hommes de palais, qui ne veulent pas qu'on lise dans leur pensée et qui font de leur œil un verre dépoli. Ce regard lui apprit qu'il était devant la justice, figure aux sombres façons.

« Qui êtes-vous et comment vous nommez-vous ? demanda Villefort en feuilletant ces notes que l'agent lui avait remises en entrant, et qui depuis une heure étaient déjà devenues volumineuses, tant la corruption des espionnages s'attache vite à ce corps malheureux qu'on nomme les prévenus.

— Je m'appelle Edmond Dantès, monsieur, répondit le jeune homme d'une voix calme et sonore ; je suis second à bord du navire le *Pharaon,* qui appartient à MM. Morrel et fils.

— Votre âge ? continua Villefort.

— Dix-neuf ans, répondit Dantès.

— Que faisiez-vous au moment où vous avez été arrêté ?

— J'assistais au repas de mes propres fiançailles, monsieur, dit Dantès d'une voix légèrement émue, tant ce contraste était douloureux, de ces moments de joie avec la lugubre cérémonie qui s'accomplissait, tant le visage sombre de M. de Villefort faisait briller de toute sa lumière la rayonnante figure de Mercédès.

— Vous assistiez au repas de vos fiançailles ? dit le substitut en tressaillant malgré lui.

— Oui, monsieur, je suis sur le point d'épouser une femme que j'aime depuis trois ans. »

Villefort, tout impassible qu'il était d'ordinaire, fut cependant frappé de cette coïncidence, et cette voix émue de Dantès, surpris au milieu de son bonheur, alla éveiller une fibre sympathique au fond de son âme : lui aussi se mariait, lui aussi était heureux, et on venait troubler son bonheur pour qu'il contribuât à détruire la joie d'un homme qui, comme lui, touchait déjà au bonheur.

Ce rapprochement philosophique, pensa-t-il, fera grand effet à mon retour dans le salon de M. de Saint-Méran ; et il arrangea d'avance dans son esprit, et pendant que Dantès attendait de nouvelles questions, les mots antithétiques à l'aide desquels les orateurs construisent ces phrases, ambitieuses d'applaudissements, qui parfois font croire à une véritable éloquence.

Lorsque son petit *speach* intérieur fut arrangé, Villefort sourit à son effet, et revenant à Dantès :

« Continuez, monsieur, dit-il.

— Que voulez-vous que je vous continue ?

— D'éclairer la justice.

— Que la justice me dise sur quel point elle veut être éclairée, et je lui dirai tout ce que je sais ; seulement, ajouta-t-il à son tour avec un sourire, je la préviens que je ne sais pas grand'chose.

— Avez-vous servi sous l'usurpateur ?

— J'allais être incorporé dans la marine militaire lorsqu'il est tombé.

— On dit vos opinions politiques exagérées, dit Villefort, à qui l'on n'avait pas soufflé un mot de cela, mais qui n'était pas fâché de poser la demande comme on pose une accusation.

— Mes opinions politiques, à moi, monsieur ? hélas ! c'est presque honteux à dire, mais je n'ai jamais eu ce qu'on appelle une opinion. J'ai dix-neuf ans à peine, comme j'ai déjà eu l'honneur de vous le dire ; je ne sais rien, je ne suis destiné à jouer aucun rôle ; le peu que je suis et que je serai, si l'on m'accorde la place que j'ambitionne, c'est à M. Morrel que je le devrai. Aussi, toutes mes opinions, je ne dirai pas politiques, mais privées, se bornent-elles à ces trois sentiments : j'aime mon père, je respecte M. Morrel et j'adore Mercédès. Voilà, monsieur, tout ce que je puis dire à la justice ; vous voyez que c'est peu intéressant pour elle. »

À mesure que Dantès parlait, Villefort regardait son visage à la fois si doux et si ouvert, et se sentait revenir à la mémoire les paroles de Renée de Saint-Méran, qui, sans le connaître, lui avait demandé son indulgence pour le prévenu. Avec l'habitude qu'avait déjà le substitut du crime et des criminels, il voyait, à chaque parole de Dantès, surgir la preuve de son innocence. En effet, ce jeune homme, on pourrait presque dire cet enfant, simple, naturel, éloquent de cette éloquence du cœur qu'on ne trouve jamais quand on la cherche, plein d'affection pour tous, parce qu'il était heureux et que le bonheur rend bons les méchants eux-mêmes, versait jusque sur son juge la douce affabilité qui débordait de son cœur ; Edmond n'avait dans le regard, dans la voix, dans le geste, tout rude et tout sévère qu'avait été Villefort envers lui, que caresses et bonté pour celui qui l'interrogeait.

« Pardieu, se dit Villefort, voici un charmant garçon, et je n'aurai pas grand'peine, je l'espère, à me faire bien voir de Renée en accomplissant la première recommandation qu'elle m'a faite ; ça me vaudra un bon serrement de main devant tout le monde et un charmant baiser dans un coin. »

Et à cette douce espérance, la figure de Villefort s'épanouit, de sorte que, lorsqu'il reporta ses regards de sa pensée à Dantès, Dantès, qui avait suivi tous les mouvements de physionomie de son juge, souriait comme sa pensée.

« Monsieur, dit Villefort, vous connaissez-vous quelques ennemis ?

— Des ennemis à moi ! dit Dantès ; j'ai le bonheur d'être trop peu de chose pour que ma position m'en ait fait. Quant à mon caractère, un peu vif peut-être, j'ai toujours essayé de l'adoucir envers mes subordonnés. J'ai dix ou douze matelots sous mes ordres ; qu'on les interroge, monsieur, et ils vous diront qu'ils m'aiment et me respectent, non pas comme un père, je suis trop jeune pour cela, mais comme un frère aîné.

— Mais, à défaut d'ennemis, peut-être avez-vous des jaloux : vous allez être nommé capitaine à dix-neuf ans, ce qui est un poste élevé dans votre état ; vous allez épouser une jolie femme qui vous aime, ce qui est un bonheur rare dans tous les États de la Terre : ces deux préférences du destin ont pu vous faire des envieux.

— Oui, vous avez raison. Vous devez mieux connaître les hommes que moi, et c'est possible ; mais si ces envieux devaient être parmi mes amis, je vous avoue que j'aime mieux ne pas les connaître, pour ne point être forcé de les haïr.

— Vous avez tort, monsieur. Il faut toujours autant que possible voir clair autour de soi ; et, en vérité, vous me paraissez un si digne jeune homme, que je vais m'écarter pour vous des règles ordinaires de la justice et vous aider à faire jaillir la lumière en vous communiquant la dénonciation qui vous amène devant moi : voici le papier accusateur ; reconnaissez-vous l'écriture ? »

Et Villefort tira la lettre de sa poche et la présenta à Dantès. Dantès regarda et lut. Un nuage passa sur son front, et il dit :

« Non, monsieur, je ne connais pas cette écriture ; elle est déguisée, et cependant elle est d'une forme assez franche. En tout cas, c'est une main habile qui l'a tracée. Je suis bien heureux, ajouta-t-il en regardant avec reconnaissance Villefort, d'avoir affaire à un homme tel que vous, car en effet mon envieux est un véritable ennemi. »

Et à l'éclair qui passa dans les yeux du jeune homme en prononçant ces paroles, Villefort put distinguer tout ce qu'il y avait de violente énergie cachée sous cette première douceur.

« Et maintenant, voyons, dit le substitut, répondez-moi franchement, monsieur, non pas comme un prévenu à son juge, mais comme un homme dans une fausse position répond à un autre homme qui s'intéresse à lui : qu'y a-t-il de vrai dans cette accusation anonyme ? »

Et Villefort jeta avec dégoût sur le bureau la lettre que Dantès venait de lui rendre.

« Tout et rien, monsieur, et voici la vérité pure, sur mon honneur de marin, sur mon amour pour Mercédès, sur la vie de mon père.

— Parlez, monsieur », dit tout haut Villefort.

Puis tout bas il ajouta :

« Si Renée pouvait me voir, j'espère qu'elle serait contente de moi, et qu'elle ne m'appellerait plus un coupeur de têtes ! »

« Eh bien ! en quittant Naples, le capitaine Leclère tomba malade d'une fièvre cérébrale : comme nous n'avions pas de médecin à bord et qu'il ne voulut relâcher sur aucun point de la côte, pressé qu'il était de se rendre à l'île d'Elbe, sa maladie empira si vite, que vers la fin du troisième jour, sentant qu'il allait mourir, il m'appela près de lui.

« "Mon cher Dantès, me dit-il, jurez-moi sur votre honneur de faire ce que je vais vous dire ; il y va des plus hauts intérêts.

« — Je vous le jure, capitaine, lui répondis-je.

« — Eh bien ! comme après ma mort le commandement du navire vous appartient en qualité de second, vous prendrez ce commandement, vous mettrez le cap sur l'île d'Elbe, vous débarquerez à Porto-Ferrajo, vous demanderez le grand maréchal, vous lui remettrez cette lettre ; peut-être alors vous remettra-t-on une autre lettre et vous chargera-t-on de quelque mission. Cette mission qui m'était réservée, Dantès, vous l'accomplirez à ma place et tout l'honneur en sera pour vous.

« — Je le ferai, capitaine, mais peut-être n'arrive-t-on pas si facilement que vous le pensez près du grand maréchal.

« — Voici une bague que vous lui ferez parvenir, dit le capitaine, et qui lèvera toutes les difficultés."

« Et à ces mots il me remit une bague.

« Il était temps : deux heures après le délire le prit ; le lendemain il était mort.

— Et que fîtes-vous alors ?

— Ce que je devais faire, monsieur, ce que tout autre eût fait à ma place : en tout cas, les prières d'un mourant sont sacrées ; mais chez les marins, les prières d'un supérieur sont des ordres que l'on doit accomplir. Je fis donc voile vers l'île d'Elbe, où j'arrivai le lendemain ; je consignai tout le monde à bord et je descendis seul à terre. Comme je l'avais prévu, on fit quelques difficultés pour m'introduire près du grand maréchal ; mais je lui envoyai la bague qui devait me servir de signe de reconnaissance, et toutes les portes s'ouvrirent devant moi. Il me reçut, m'interrogea sur les dernières circonstances de la mort du malheureux Leclère, et, comme celui-ci l'avait prévu, il me remit une lettre qu'il me chargea de porter en personne à Paris. Je le lui promis, car c'était accomplir les dernières volontés de mon capitaine. Je descendis à terre, je réglai rapidement toutes les affaires de bord ; puis je courus voir ma fiancée, que je retrouvai plus belle et plus aimante que jamais. Grâce à M. Morrel, nous passâmes par-dessus toutes les difficultés ecclésiastiques ; enfin, monsieur, j'assistais, comme je vous l'ai dit, au repas de mes fiançailles, j'allais me marier dans une heure, et je comptais partir demain pour Paris, lorsque, sur cette dénonciation que vous paraissez mépriser autant que moi, je fus arrêté.

— Oui, oui, murmura Villefort, tout cela me paraît être la vérité, et, si vous êtes coupable, c'est d'imprudence ; encore cette imprudence était-elle légitimée par les ordres de votre capitaine. Rendez-nous cette lettre qu'on vous a remise à l'île d'Elbe, donnez-moi votre parole de vous représenter à la première réquisition, et allez rejoindre vos amis.

— Ainsi je suis libre, monsieur ? s'écria Dantès au comble de la joie.

— Oui, seulement donnez-moi cette lettre.

— Elle doit être devant vous, monsieur ; car on me l'a prise avec mes autres papiers, et j'en reconnais quelques-uns dans cette liasse.

— Attendez, dit le substitut à Dantès qui prenait ses gants et son chapeau, attendez ; à qui est-elle adressée ?

— *À M. Noirtier, rue Coq-Héron, à Paris.* »

La foudre tombée sur Villefort ne l'eût point frappé d'un coup plus rapide et plus imprévu ; il retomba sur son fauteuil, d'où il s'était levé à demi pour atteindre la liasse de papiers saisis sur Dantès, et la feuilletant précipitamment, il en tira la lettre fatale, sur laquelle il jeta un regard empreint d'une indicible terreur.

« *M. Noirtier, rue Coq-Héron, n° 13*, murmura-t-il en pâlissant de plus en plus.

— Oui, monsieur, répondit Dantès étonné ; le connaissez-vous ?

— Non, répondit vivement Villefort : un fidèle serviteur du roi ne connaît pas les conspirateurs.

— Il s'agit donc d'une conspiration ? demanda Dantès, qui commençait, après s'être cru libre, à reprendre une terreur plus grande que la première. En tout cas, monsieur, je vous l'ai dit, j'ignorais complètement le contenu de la dépêche dont j'étais porteur.

— Oui, reprit Villefort d'une voix sourde ; mais vous savez le nom de celui à qui elle était adressée ?

— Pour la lui remettre à lui-même, monsieur, il fallait bien que je le susse.

— Et vous n'avez montré cette lettre à personne ? dit Villefort tout en lisant et en pâlissant à mesure qu'il lisait.

— À personne, monsieur, sur l'honneur !

— Tout le monde ignore que vous étiez porteur d'une lettre venant de l'île d'Elbe et adressée à M. Noirtier ?

— Tout le monde, monsieur, excepté celui qui me l'a remise.

— C'est trop, c'est encore trop ! » murmura Villefort.

Le front de Villefort s'obscurcissait de plus en plus à mesure qu'il avançait vers la fin ; ses lèvres blanches, ses mains tremblantes, ses yeux ardents faisaient passer dans l'esprit de Dantès les plus douloureuses appréhensions.

Après cette lettre, Villefort laissa tomber sa tête dans ses mains, et demeura un instant accablé.

« Ô mon Dieu ! qu'y a-t-il donc, monsieur ? » demanda timidement Dantès.

Villefort ne répondit pas, mais au bout de quelques instants il releva sa tête pâle et décomposée, et relut une seconde fois la lettre.

« Et vous dites que vous ne savez pas ce que contenait cette lettre ? reprit Villefort.

— Sur l'honneur, je le répète, monsieur, dit Dantès, je l'ignore. Mais qu'avez-vous vous-même, mon Dieu ! vous allez vous trouver mal ; voulez-vous que je sonne, voulez-vous que j'appelle ?

— Non, monsieur, dit Villefort en se levant vivement, ne bougez pas, ne dites pas un mot : c'est à moi de donner des ordres ici, et non pas à vous.

— Monsieur, dit Dantès blessé, c'était pour venir à votre aide.

— Je n'ai besoin de rien ; un éblouissement passager, voilà tout : occupez-vous de vous et non de moi, répondez. »

Dantès attendit l'interrogatoire qu'annonçait cette demande, mais inutilement : Villefort retomba sur son fauteuil, passa une main glacée sur son front ruisselant de sueur, et pour la troisième fois se mit à relire la lettre.

« Oh ! s'il sait ce que contient cette lettre, murmura-t-il, et qu'il apprenne jamais que Noirtier est le père de Villefort, je suis perdu, perdu à jamais ! »

Et de temps en temps il regardait Edmond, comme si son regard eût pu briser cette barrière invisible qui enferme dans le cœur les secrets que garde la bouche.

« Oh ! n'en doutons plus, s'écria-t-il tout à coup.

— Mais, au nom du Ciel, monsieur ! reprit le malheureux jeune homme, si vous doutez de moi, si vous me soupçonnez, interrogez-moi, et je suis prêt à vous répondre. »

Villefort fit sur lui-même un effort violent, et d'un ton qu'il voulait rendre assuré :

« Monsieur, dit-il, les charges les plus graves résultent de votre interrogatoire, je ne suis donc pas le maître, comme je l'avais espéré d'abord, de vous rendre à l'instant même la liberté ; je dois, avant de prendre une pareille mesure, consulter le juge d'instruction. En attendant, vous avez vu de quelle façon j'en ai agi envers vous.

— Oh ! oui, monsieur, s'écria Dantès, et je vous remercie, car vous avez été pour moi bien plutôt un ami qu'un juge.

— Eh bien ! monsieur, je vais vous retenir quelque temps encore prisonnier, le moins longtemps que je pourrai ; la principale charge qui existe contre vous, c'est cette lettre, et vous voyez... »

Villefort s'approcha de la cheminée, la jeta dans le feu et demeura jusqu'à ce qu'elle fût réduite en cendres.

« Et vous voyez, continua-t-il, je l'anéantis.

— Oh ! s'écria Dantès, monsieur, vous êtes plus que la justice, vous êtes la bonté !

— Mais, écoutez-moi, poursuivit Villefort, après un pareil acte, vous comprenez que vous pouvez avoir confiance en moi, n'est-ce pas ?

— Ô monsieur ! ordonnez, et je suivrai vos ordres.

— Non, dit Villefort en s'approchant du jeune homme, non, ce ne sont pas des ordres que je veux vous donner ; vous le comprenez, ce sont des conseils.

— Dites, je m'y conformerai comme à des ordres.

— Je vais vous garder jusqu'au soir ici, au palais de justice ; peut-être qu'un autre que moi viendra vous interroger : dites tout ce que vous m'avez dit, mais pas un mot de cette lettre.

— Je vous le promets, monsieur. »

C'était Villefort qui semblait supplier, c'était le prévenu qui rassurait le juge.

« Vous comprenez, dit-il en jetant un regard sur les cendres qui conservaient encore la forme du papier, et qui voltigeaient au-dessus des flammes : maintenant, cette lettre est anéantie, vous et moi savons seuls qu'elle a existé, on ne vous la représentera point ; niez-la donc si l'on vous en parle, niez-la hardiment, et vous êtes sauvé.

— Je nierai, monsieur, soyez tranquille, dit Dantès.

— Bien, bien ! » dit Villefort en portant la main au cordon d'une sonnette ; puis s'arrêtant au moment de sonner :

« C'était la seule lettre que vous eussiez ? dit-il.

— La seule.

— Faites-en serment. »

Dantès étendit la main.

« Je le jure », dit-il.

Villefort sonna.

Le commissaire de police entra.

Villefort s'approcha de l'officier public et lui dit quelques mots à l'oreille ; le commissaire répondit par un simple signe de tête.

« Suivez monsieur », dit Villefort à Dantès.

Dantès s'inclina, jeta un dernier regard de reconnaissance à Villefort et sortit.

À peine la porte fut-elle refermée derrière lui que les forces manquèrent à Villefort, et qu'il tomba presque évanoui sur un fauteuil.

Puis, au bout d'un instant :

« Ô mon Dieu ! murmura-t-il, à quoi tiennent la vie et la fortune !... Si le procureur du roi eût été à Marseille, si le juge d'instruction eût été appelé au lieu de moi, j'étais perdu ; et ce papier, ce papier maudit me précipitait dans l'abîme. Ah ! mon père ! mon père !

serez-vous donc toujours un obstacle à mon bonheur en ce monde, et dois-je lutter éternellement avec votre passé ! »

Puis tout à coup une lueur inattendue parut passer par son esprit et illumina son visage, un sourire se dessina sur sa bouche encore crispée, ses yeux hagards devinrent fixes et parurent s'arrêter sur une pensée.

« C'est cela, dit-il, oui, cette lettre, qui devait me perdre, fera ma fortune peut-être. Allons, Villefort, à l'œuvre ! »

Et après s'être assuré que le prévenu n'était plus dans l'antichambre, le substitut du procureur du roi sortit à son tour, et s'achemina vivement vers la maison de sa fiancée.

7

Le château d'If

En traversant l'antichambre, le commissaire de police fit signe à deux gendarmes, lesquels se placèrent l'un à droite, l'autre à gauche de Dantès ; on ouvrit une porte qui communiquait de l'appartement du procureur du roi au palais de justice, on suivit quelque temps un de ces grands corridors sombres qui font frissonner ceux-là qui y passent, quand même ils n'ont aucun motif de frissonner.

De même que l'appartement de Villefort communiquait au palais de justice, le palais de justice communiquait à la prison, sombre monument accolé au palais, et que regarde curieusement, de toutes ses ouvertures béantes, le clocher des Accoules qui se dresse devant lui.

Après nombre de détours dans le corridor qu'il suivait, Dantès vit s'ouvrir une porte avec un guichet de fer ; le commissaire de police frappa, avec un marteau de fer, trois coups qui retentirent pour Dantès comme s'ils étaient frappés sur son cœur ; la porte s'ouvrit, les deux gendarmes poussèrent légèrement leur prisonnier qui hésitait encore. Dantès franchit le seuil redoutable et la porte se referma bruyamment derrière lui.

Il respirait un autre air, un air méphitique et lourd : il était en prison.

On le conduisit dans une chambre assez propre, mais grillée et verrouillée ; il en résulta que l'aspect de sa demeure ne lui donna point trop de crainte : d'ailleurs, les paroles du substitut du procureur du roi, prononcées avec une voix qui avait paru à Dantès si pleine d'intérêt, résonnaient à son oreille comme une douce promesse d'espérance.

Il était déjà quatre heures lorsque Dantès avait été conduit dans sa chambre. On était, comme nous l'avons dit, au 1er mars ; le prisonnier se trouva donc bientôt dans la nuit.

Alors, le sens de l'ouïe s'augmenta chez lui du sens de la vue qui venait de s'éteindre ; au moindre bruit qui pénétrait jusqu'à lui, convaincu qu'on venait le mettre en liberté, il se levait vivement et faisait un pas vers la porte ; mais bientôt le bruit s'en allait mourant dans une autre direction, et Dantès retombait sur son escabeau.

Enfin, vers les dix heures du soir, au moment où

Dantès commençait à perdre l'espoir, un nouveau bruit se fit entendre, qui lui parut cette fois se diriger vers sa chambre : en effet, des pas retentirent dans le corridor et s'arrêtèrent devant sa porte, une clef tourna dans la serrure, les verrous grincèrent, et la massive barrière de chêne s'ouvrit, laissant voir tout à coup dans la chambre sombre l'éblouissante lumière de deux torches.

À la lueur de ces deux torches, Dantès vit briller les sabres et les mousquetons de quatre gendarmes.

Il avait fait deux pas en avant, il demeura immobile à sa place en voyant ce surcroît de force.

« Vous venez me chercher ? demanda Dantès.

— Oui, répondit un des gendarmes.

— De la part de M. le substitut du procureur du roi ?

— Mais je le pense.

— Bien, dit Dantès, je suis prêt à vous suivre. »

La conviction qu'on venait le chercher de la part de M. de Villefort ôtait toute crainte au malheureux jeune homme : il s'avança donc, calme d'esprit, libre de démarche, et se plaça de lui-même au milieu de son escorte.

Une voiture attendait à la porte de la rue, le cocher était sur son siège, un exempt était assis près du cocher.

« Est-ce donc pour moi que cette voiture est là ? demanda Dantès.

— C'est pour vous, répondit un des gendarmes, montez. »

Dantès voulut faire quelques observations, mais la portière s'ouvrit, il sentit qu'on le poussait ; il n'avait ni la possibilité, ni même l'intention de faire résistance : il se trouva en un instant assis au fond de la voiture, entre deux gendarmes ; les deux autres s'assirent sur la banquette de devant, et la pesante machine se mit à rouler avec un bruit sinistre.

Le prisonnier jeta les yeux sur les ouvertures, elles étaient grillées, il n'avait fait que changer de prison ; seulement celle-là roulait, et le transportait en roulant vers un but ignoré. À travers les barreaux serrés à pouvoir à peine y passer la main, Dantès reconnut cependant qu'on longeait la rue Caisserie, et que par la rue Saint-Laurent et la rue Taramise on descendait vers le quai.

Bientôt il vit à travers ses barreaux, à lui, et les barreaux du monument près duquel il se trouvait, briller les lumières de la Consigne.

La voiture s'arrêta, l'exempt descendit, s'approcha du corps de garde ; une douzaine de soldats en sortirent et se mirent en haie ; Dantès voyait, à la lueur des réverbères du quai, reluire leurs fusils.

« Serait-ce pour moi, se demanda-t-il, que l'on déploie une pareille force militaire ? »

L'exempt, en ouvrant la portière qui fermait à clef, quoique sans prononcer une seule parole, répondit à cette question, car Dantès vit entre les deux haies de soldats un chemin ménagé pour lui de la voiture au port.

Les deux gendarmes qui étaient assis sur la banquette de devant descendirent les premiers, puis on le fit descendre à son tour, puis ceux qui se tenaient à ses côtés le suivirent. On marcha vers un canot qu'un marinier de la douane maintenait près du quai par une chaîne. Les soldats regardèrent Dantès d'un air de curiosité hébétée. En un instant il fut installé à la poupe du bateau, toujours entre ses quatre gendarmes, tandis que l'exempt se tenait à la proue. Une violente secousse éloigna le bateau du bord, quatre rameurs nagèrent vigoureusement vers le Pillon. À un cri poussé de la barque, la chaîne qui ferme le port s'abaissa, et Dantès se trouva dans ce qu'on appelle le Frioul, c'est-à-dire hors du port.

Le premier mouvement du prisonnier, en se trouvant en plein air, avait été un mouvement de joie. L'air, c'est presque la liberté. Il respira donc à pleine poitrine cette brise vivace qui apporte sur ses ailes toutes ces senteurs inconnues de la nuit et de la mer. Bientôt cependant il poussa un soupir, il passait devant cette Réserve où il avait été si heureux le matin même pendant l'heure qui avait précédé son arrestation, et, à travers l'ouverture ardente de deux fenêtres, le bruit joyeux d'un bal arrivait jusqu'à lui.

Dantès joignit les mains, leva les yeux au ciel et pria.

La barque continuait son chemin ; elle avait dépassé la Tête-de-Mort, elle était en face de l'anse du Pharo ; elle allait doubler la batterie, c'était une manœuvre incompréhensible pour Dantès.

« Mais où donc me menez-vous ? demanda-t-il à l'un des gendarmes.

— Vous le saurez tout à l'heure.

— Mais encore...

— Il nous est interdit de vous donner aucune explication.

— La consigne ne vous défend pas de m'apprendre ce que je saurai dans dix minutes, dans une demi-heure, dans une heure peut-être. Seulement vous m'épargnez d'ici là des siècles d'incertitude. Je vous le demande comme si vous étiez mon ami : regardez, je ne veux ni me révolter ni fuir ; d'ailleurs je ne le puis : où allons-nous ?

— À moins que vous n'ayez un bandeau sur les yeux ou que vous ne soyez jamais sorti du port de Marseille, vous devez cependant deviner où vous allez ?

— Non.

— Regardez autour de vous, alors. »

Dantès se leva, jeta naturellement les yeux sur le point où paraissait se diriger le bateau, et à cent toises devant lui il vit s'élever la roche noire et ardue sur laquelle monte comme une superfétation du silex le sombre château d'If.

Cette forme étrange, cette prison autour de laquelle règne une si profonde terreur, cette forteresse qui fait vivre depuis trois cents ans Marseille de ses lugubres traditions, apparaissant ainsi tout à coup à Dantès, qui ne songeait point à elle, lui fit l'effet que fait au condamné à mort l'aspect de l'échafaud.

« Ah ! mon Dieu ! s'écria-t-il, le château d'If ! Et qu'allons-nous faire là ? »

Le gendarme sourit.

« Mais on ne me mène pas là pour être emprisonné ? continua Dantès. Le château d'If est une prison d'État, destinée seulement aux grands coupables politiques. Je n'ai commis aucun crime. Est-ce qu'il y a des juges d'instruction, des magistrats quelconques au château d'If ?

— Il n'y a, je suppose, dit le gendarme, qu'un gouverneur, des geôliers, une garnison et de bons murs. Allons, allons, l'ami, ne faites pas tant l'étonné ; car, en vérité, vous me feriez croire que vous reconnaissez ma complaisance en vous moquant de moi. »

Dantès serra la main du gendarme à la lui briser.

« Vous prétendez donc, dit-il, que l'on me conduit au château d'If pour m'y emprisonner ?

— C'est probable, dit le gendarme ; mais en tout cas, camarade, il est inutile de me serrer si fort.

— Sans autre information, sans autre formalité ? demanda le jeune homme.

— Les formalités sont remplies, l'information est faite.

— Ainsi, malgré la promesse de M. de Villefort... ?

— Je ne sais si M. de Villefort vous a fait une promesse, dit le gendarme ; mais ce que je sais, c'est que nous allons au château d'If. Eh bien ! que faites-vous donc ? Holà ! camarades, à moi ! »

Par un mouvement prompt comme l'éclair, qui

cependant avait été prévu par l'œil exercé du gendarme, Dantès avait voulu s'élancer à la mer ; mais quatre poignets vigoureux le retinrent au moment où ses pieds quittaient le plancher du bateau.

Il retomba au fond de la barque en hurlant de rage.

« Bon ! s'écria le gendarme en lui mettant un genou sur la poitrine, bon ! voilà comme vous tenez votre parole de marin. Fiez-vous donc aux gens doucereux ! Eh bien, maintenant, mon cher ami, faites un mouvement, un seul, et je vous loge une balle dans la tête. J'ai manqué à ma première consigne, mais, je vous en réponds, je ne manquerai pas à la seconde. »

Et il abaissa effectivement sa carabine vers Dantès, qui sentit s'appuyer le bout du canon contre sa tempe.

Un instant il eut l'idée de faire ce mouvement défendu, et d'en finir ainsi violemment avec le malheur inattendu qui s'était abattu sur lui et l'avait pris tout à coup dans ses serres de vautour. Mais, justement parce que ce malheur était inattendu, Dantès songea qu'il ne pouvait être durable ; puis les promesses de M. de Villefort lui revinrent à l'esprit ; puis, s'il faut le dire enfin, cette mort au fond d'un bateau, venant de la main d'un gendarme, lui apparut laide et nue.

Il retomba donc sur le plancher de la barque en poussant un hurlement de rage et en se rongeant les mains avec fureur.

Presque au même instant un choc violent ébranla le canot. Un des bateliers sauta sur le roc que la proue de la petite barque venait de toucher, une corde grinça en se déroulant autour d'une poulie, et Dantès comprit qu'on était arrivé et qu'on amarrait l'esquif.

En effet, ses gardiens, qui le tenaient à la fois par les bras et par le collet de son habit, le forcèrent de se relever, le contraignirent à descendre à terre, et le traînèrent vers les degrés qui montent à la porte de la citadelle, tandis que l'exempt, armé d'un mousqueton à baïonnette, le suivait par-derrière.

Dantès, au reste, ne fit point une résistance inutile : sa lenteur venait plutôt d'inertie que d'opposition ; il était étourdi et chancelant comme un homme ivre. Il vit de nouveau des soldats qui s'échelonnaient sur le talus rapide, il sentit des escaliers qui le forçaient de lever les pieds, il s'aperçut qu'il passait sous une porte et que cette porte se refermait derrière lui ; mais tout cela machinalement, comme à travers un brouillard, sans rien distinguer de positif. Il ne voyait même plus la mer, cette immense douleur des prisonniers qui regardent l'espace avec le sentiment terrible qu'ils sont impuissants à le franchir.

Il y eut une halte d'un moment pendant laquelle il essaya de recueillir ses esprits. Il regarda autour de lui : il était dans une cour carrée formée par quatre hautes murailles ; on entendait le pas lent et régulier des sentinelles, et chaque fois qu'elles passaient devant deux ou trois reflets que projetait sur les murailles la lueur de deux ou trois lumières qui brillaient dans l'intérieur du château, on voyait scintiller le canon de leurs fusils.

On attendit là dix minutes à peu près. Certains que

Dantès ne pouvait plus fuir, les gendarmes l'avaient lâché. On semblait attendre des ordres ; ces ordres arrivèrent.

« Où est le prisonnier ? demanda une voix.

— Le voici, répondirent les gendarmes.

— Qu'il me suive, je vais le conduire à son logement.

— Allez », dirent les gendarmes en poussant Dantès.

Le prisonnier suivit son conducteur, qui le conduisit effectivement dans une salle presque souterraine, dont les murailles nues et suantes semblaient imprégnées d'une vapeur de larmes. Une espèce de lampion posé sur un escabeau, et dont la mèche nageait dans une graisse fétide, illuminait les parois lustrées de cet affreux séjour, et montrait à Dantès son conducteur, espèce de geôlier subalterne, mal vêtu et de basse mine.

« Voici votre chambre pour cette nuit, dit-il ; il est tard, et M. le gouverneur est couché. Demain, quand il se réveillera et qu'il aura pris connaissance des ordres qui vous concernent, peut-être vous changera-t-il de domicile ; en attendant, voici du pain, il y a de l'eau dans cette cruche, de la paille là-bas dans un coin, c'est tout ce qu'un prisonnier peut désirer. Bonsoir. »

Et avant que Dantès eût songé à ouvrir la bouche pour lui répondre, avant qu'il eût remarqué où le geôlier posait ce pain, avant qu'il se fût rendu compte de l'endroit où gisait cette cruche, avant qu'il eût tourné les yeux vers le coin où l'attendait cette paille destinée à lui servir de lit, le geôlier avait pris le lampion, et, refermant la porte, enlevé au prisonnier ce reflet blafard qui lui avait montré comme à la lueur d'un éclair les murs ruisselants de sa prison.

Alors il se trouva seul dans les ténèbres et dans le silence, aussi muet et aussi sombre que ces voûtes dont il sentait le froid glacial s'abaisser sur son front brûlant.

Quand les premiers rayons du jour eurent ramené un peu de clarté dans cet antre, le geôlier revint avec ordre de laisser le prisonnier où il était. Dantès n'avait point changé de place. Une main de fer semblait l'avoir cloué à l'endroit même où la veille il s'était arrêté ; seulement son œil profond se cachait sous une enflure causée par la vapeur humide de ses larmes. Il était immobile et regardait la terre.

Il avait ainsi passé toute la nuit debout et sans dormir un seul instant.

Le geôlier s'approcha de lui, tourna autour de lui, mais Dantès ne parut pas le voir.

Il lui frappa sur l'épaule ; Dantès tressaillit et secoua la tête.

« N'avez-vous donc pas dormi ? demanda le geôlier.

— Je ne sais pas », répondit Dantès.

Le geôlier le regarda avec étonnement.

« N'avez-vous pas faim ? continua-t-il.

— Je ne sais pas, répondit encore Dantès.

— Voulez-vous quelque chose ?

— Je voudrais voir le gouverneur. »

Le geôlier haussa les épaules et sortit.

Dantès le suivit des yeux, tendit les mains vers la porte entr'ouverte, mais la porte se referma.

Alors sa poitrine sembla se déchirer dans un long sanglot. Les larmes, qui gonflaient sa poitrine, jaillirent comme deux ruisseaux ; il se précipita le front contre terre, et pria longtemps, repassant dans son esprit toute sa vie passée, et, se demandant à lui-même quel crime il avait commis dans cette vie, si jeune encore, qui méritait une si cruelle punition.

La journée se passa ainsi. À peine s'il mangea quelques bouchées de pain et but quelques gouttes d'eau. Tantôt il restait assis et absorbé dans ses pensées, tantôt il tournait tout autour de sa prison comme fait un animal sauvage enfermé dans une cage de fer.

Une pensée surtout le faisait bondir : c'est que, pendant cette traversée, où, dans son ignorance du lieu où on le conduisait, il était resté si calme et si tranquille, il aurait pu dix fois se jeter à la mer, et, une fois dans l'eau, grâce à son habileté à nager, grâce à cette habitude qui faisait de lui un des plus habiles plongeurs de Marseille, disparaître sous l'eau, échapper à ses gardiens, gagner la côte, fuir, se cacher dans quelque crique déserte, attendre un bâtiment génois ou catalan, gagner l'Italie ou l'Espagne, et de là écrire à Mercédès de venir le rejoindre. Quant à sa vie, dans aucune contrée il n'en était inquiet : partout les bons marins sont rares ; il parlait l'italien comme un Toscan, l'espagnol comme un enfant de la Vieille Castille ; il eût vécu libre, heureux avec Mercédès, son père, car son père fût venu le rejoindre ; tandis qu'il était prisonnier, enfermé au château d'If, dans cette infranchissable prison, ne sachant pas ce que devenait son père, ce que devenait Mercédès, et tout cela parce qu'il avait cru à la parole de Villefort : c'était à en devenir fou ; aussi Dantès se roulait-il furieux sur la paille fraîche que lui avait apportée son geôlier.

Le lendemain, à la même heure, le geôlier rentra.

« Eh bien ! lui demanda le geôlier, êtes-vous plus raisonnable aujourd'hui qu'hier ? »

Dantès ne répondit point.

« Voyons donc, dit celui-ci, un peu de courage ; désirez-vous quelque chose qui soit à ma disposition ? voyons, dites.

— Je désire parler au gouverneur.

— Hé ! dit le geôlier avec impatience, je vous ai déjà dit que c'est impossible.

— Pourquoi cela, impossible ?

— Parce que, par les règlements de la prison, il n'est point permis à un prisonnier de le demander. Ne vous absorbez pas dans un seul désir impossible, ou avant quinze jours vous serez fou.

— Ah ! tu crois ? dit Dantès.

— Oui, fou ; c'est toujours ainsi que commence la folie, nous en avons un exemple ici : c'est en offrant sans cesse un million au gouverneur, si on voulait le mettre en liberté, que le cerveau de l'abbé qui habitait cette chambre avant vous s'est détraqué.

— Écoute, dit Dantès, je ne suis pas un abbé, je ne

suis pas fou ; peut-être le deviendrai-je, mais malheureusement à cette heure j'ai encore tout mon bon sens : je vais te faire une autre proposition.

— Laquelle ?

— Je ne t'offrirai pas un million, moi, car je ne pourrais pas te le donner ; mais je t'offrirai cent écus si tu veux, la première fois que tu iras à Marseille, descendre jusqu'aux Catalans, et remettre une lettre à une jeune fille qu'on appelle Mercédès, pas même une lettre, deux lignes seulement.

— Si je portais ces deux lignes et que je fusse découvert, je perdrais ma place, qui est de mille livres par an, sans compter les bénéfices et la nourriture ; vous voyez donc bien que je serais un grand imbécile de risquer de perdre mille livres pour en gagner trois cents.

— Eh bien ! dit Dantès, écoute et retiens bien ceci : si tu refuses de porter deux lignes à Mercédès, ou tout au moins de la prévenir que je suis ici, un jour je t'attendrai caché derrière ma porte, et au moment où tu entreras, je te briserai la tête avec cet escabeau.

— Des menaces ! s'écria le geôlier en faisant un pas en arrière et en se mettant sur la défensive. Décidément la tête vous tourne. »

Dantès prit l'escabeau et le fit tournoyer autour de sa tête.

« C'est bien, c'est bien ! dit le geôlier ; eh bien, puisque vous le voulez absolument, on va prévenir le gouverneur.

— À la bonne heure ! » dit Dantès en reposant son

escabeau sur le sol et en s'asseyant dessus, la tête basse et les yeux hagards, comme s'il devenait réellement insensé.

Le geôlier sortit, et un instant après rentra avec quatre soldats et un caporal.

« Par ordre du gouverneur, dit-il, descendez le prisonnier un étage au-dessous de celui-ci.

— Au cachot alors, dit le caporal.

— Au cachot : il faut mettre les fous avec les fous. »

Les quatre soldats s'emparèrent de Dantès, qui tomba dans une espèce d'atonie et les suivit sans résistance.

On lui fit descendre quinze marches, et on ouvrit la porte d'un cachot dans lequel il entra en murmurant :

« Il a raison, il faut mettre les fous avec les fous. »

La porte se referma, et Dantès alla devant lui, les mains étendues jusqu'à ce qu'il sentît le mur ; alors il s'assit dans un angle et resta immobile, tandis que ses yeux, s'habituant peu à peu à l'obscurité, commençaient à distinguer les objets.

Le geôlier avait raison, il s'en fallait bien peu que Dantès ne fût fou.

8

Le numéro 34 et le numéro 27

Dantès passa par tous les degrés du malheur que subissent les prisonniers oubliés dans une prison.

Il commença par l'orgueil, qui est une suite de l'espoir et une conscience de l'innocence ; puis il en vint à douter de son innocence ; enfin il tomba du haut de son orgueil, il pria, non pas encore Dieu, mais les hommes : Dieu est le dernier recours. Le malheureux, qui devait commencer par le Seigneur, n'en arrive à espérer en Lui qu'après avoir épuisé toutes les autres espérances.

Dantès pria donc qu'on voulût bien le tirer de son cachot pour le mettre dans un autre, fût-il plus noir et plus profond. Un changement, même désavantageux, était toujours un changement, et procurerait à Dantès une distraction de quelques jours. Il pria donc qu'on lui accordât la promenade, l'air, des livres, des instruments. Rien de tout cela ne lui fut accordé ; mais n'importe, il demandait toujours. Il s'était habitué à parler à son nouveau geôlier, quoiqu'il fût encore, s'il était possible, plus muet que l'ancien ; mais parler à un homme, même à un muet, était encore un plaisir. Dantès parlait pour entendre le son de sa propre voix ; il avait essayé de parler lorsqu'il était seul, mais alors il se faisait peur.

Il supplia un jour le geôlier de demander pour lui un compagnon, quel qu'il fût, ce compagnon dût-il être cet abbé fou dont il avait entendu parler. Sous l'écorce du geôlier, si rude qu'elle soit, il reste toujours un peu de l'homme. Celui-ci avait souvent, au fond du cœur, et quoique son visage n'en eût rien dit, plaint ce malheureux jeune homme, à qui la captivité était si dure ; il transmit la demande du n° 34 au gouverneur ; mais celui-ci, prudent comme s'il eût été un homme politique, se figura que Dantès voulait ameuter les prisonniers, tramer quelque complot, s'aider d'un ami dans quelque tentative d'évasion, et il refusa.

Dantès avait épuisé le cercle des ressources humaines. Comme nous avons dit que cela devait arriver, il retourna alors vers Dieu.

Il pria, non pas avec ferveur, mais avec rage. En priant tout haut, il ne s'effrayait plus de ses paroles, alors il tombait dans des espèces d'extases ; il voyait Dieu éclatant à chaque mot qu'il prononçait ; toutes les actions de sa vie humble et perdue, il les rapportait à la volonté de ce Dieu puissant, s'en faisait des leçons, se proposait des tâches à accomplir, et, à la fin de chaque prière, glissait le vœu intéressé que les hommes trouvent bien plus souvent moyen d'adresser aux hommes qu'à Dieu : « Et pardonnez-nous nos offenses comme nous les pardonnons à ceux qui nous ont offensés. »

Malgré ses prières ferventes, Dantès demeura prisonnier.

Alors son esprit devint sombre, un nuage s'épaissit devant ses yeux. Dantès était un homme simple et sans éducation ; le passé était resté pour lui couvert de ce voile épais que soulève la science. Il ne pouvait, dans la solitude de son cachot et dans le désert de sa pensée, reconstruire les âges révolus, ranimer les peuples éteints, rebâtir les villes antiques, que l'imagination grandit et poétise, et qui passent devant les yeux, gigantesques et éclairées par le feu du ciel ; lui n'avait que son passé si court, son présent si sombre, son avenir si douteux : dix-neuf ans de lumière à méditer peut-être dans une éternelle nuit ! Aucune distraction ne pouvait donc lui venir en aide. Il se cramponnait à une seule idée, à celle de son bonheur, détruit sans cause apparente et par une fatalité inouïe. Dantès n'avait eu qu'une foi passagère basée sur la puissance ; il la perdit comme d'autres la perdent après le succès. Seulement il n'avait pas profité.

La rage succéda à l'ascétisme. Edmond lançait des

blasphèmes qui faisaient reculer d'horreur le geôlier, il brisait son corps contre les murs de sa prison, il s'en prenait avec fureur à tout ce qui l'entourait, et surtout à lui-même, de la moindre contrariété que lui faisait éprouver un grain de sable, un fétu de paille, un souffle d'air. Alors cette lettre dénonciatrice qu'il avait vue, que lui avait montrée Villefort, qu'il avait touchée, lui revenait à l'esprit ; chaque ligne flamboyait sur la muraille comme le *Mané, Thécel, Pharès* de Balthazar. Il se disait que c'était bien la haine des hommes, et non la vengeance de Dieu, qui l'avait plongé dans l'abîme où il était ; il vouait ces hommes inconnus à tous les supplices dont son ardente imagination lui fournissait l'idée, et il trouvait encore que les plus terribles étaient trop doux et surtout trop courts pour eux ; car après le supplice venait la mort, et dans la mort était, sinon le repos, du moins l'insensibilité qui lui ressemble.

À force de se dire à lui-même, à propos de ses ennemis, que le calme était dans la mort, et qu'à celui qui veut punir cruellement il faut d'autres moyens que la mort, il tomba dans l'immobilité morne des idées de suicide.

Dès que cette pensée eut germé dans l'esprit du jeune homme, il devint plus doux, plus souriant, il s'arrangea mieux de son lit dur et de son pain noir, mangea moins, ne dormit plus, et trouva à peu près supportable ce reste d'existence qu'il était sûr de laisser là quand il voudrait, comme on laisse un vêtement usé.

Il y avait deux moyens de mourir : l'un était simple, il s'agissait d'attacher son mouchoir à un barreau de la fenêtre et de se pendre ; l'autre consistait à faire semblant de manger et à se laisser mourir de faim. Le premier répugna fort à Dantès. Il avait été élevé dans l'horreur des pirates, gens que l'on pend aux vergues des bâtiments ; la pendaison était donc pour lui une espèce de supplice infamant qu'il ne voulait pas s'appliquer à lui-même ; il adopta donc le deuxième, et en commença l'exécution aussitôt.

Deux fois le jour, par la petite ouverture grillée qui ne lui laissait apercevoir que le ciel, il jetait ses vivres, d'abord gaiement, puis avec réflexion, puis avec regret ; il lui fallut le souvenir du serment qu'il s'était fait pour avoir la force de poursuivre ce terrible dessein. Ces aliments qui lui répugnaient autrefois, la faim, aux dents aiguës, les lui faisait paraître appétissants à l'œil et exquis à l'odorat. Alors il approchait ses dents du repas que, Tantale volontaire, il éloignait lui-même de sa bouche ; mais alors le souvenir de son serment lui revenait à l'esprit, et cette généreuse nature avait trop peur de se mépriser elle-même pour manquer à son serment. Il usa donc, rigoureux et impitoyable, le peu d'existence qui lui restait, et un jour vint où il n'eut plus la force de se lever pour jeter par la lucarne le souper qu'on lui apportait.

Le lendemain il ne voyait plus, il entendait à peine. Le geôlier croyait à une maladie grave ; Edmond espérait dans une mort prochaine.

La journée s'écoula ainsi : Edmond sentait un vague engourdissement, qui ne manquait pas d'un certain bien-être, le gagner. Les tiraillements nerveux de son estomac s'étaient assoupis ; les ardeurs de sa soif s'étaient calmées ; lorsqu'il fermait les yeux, il voyait une foule de lueurs brillantes pareilles à ces feux follets qui courent la nuit sur les terrains fangeux : c'était le crépuscule de ce pays inconnu qu'on appelle la mort.

Tout à coup le soir, vers neuf heures, il entendit un bruit sourd à la paroi du mur contre lequel il était couché.

Tant d'animaux immondes étaient venus faire leur bruit dans cette prison, que peu à peu Edmond avait habitué son sommeil à ne pas se troubler de si peu de chose ; mais cette fois, soit que ses sens fussent exaltés par l'abstinence, soit que réellement le bruit fût plus fort que de coutume, soit que dans ce moment suprême tout acquît de l'importance, Edmond souleva sa tête pour mieux entendre.

C'était un grattement égal qui semblait accuser soit une griffe énorme, soit une dent puissante, soit enfin la pression d'un instrument quelconque sur des pierres.

Bien qu'affaibli, le cerveau du jeune homme fut frappé par cette idée banale constamment présente à l'esprit des prisonniers – la liberté. Ce bruit arrivait si juste au moment où tout bruit allait cesser pour lui, qu'il lui semblait que Dieu se montrait enfin pitoyable à ses souffrances et lui envoyait ce bruit pour l'avertir de s'arrêter au bord de la tombe où chancelait déjà son pied. Qui pouvait savoir si un de ses amis, un de ces êtres bien-aimés auxquels il avait songé si souvent qu'il y avait usé sa pensée, ne s'occupait pas de lui en ce moment et ne cherchait pas à rapprocher la distance qui les séparait ?

Mais non, sans doute Edmond se trompait, et c'était un de ces rêves qui flottent à la porte de la mort.

Cependant Edmond écoutait toujours ce bruit. Ce bruit dura trois heures à peu près, puis Edmond entendit une sorte de croulement, après quoi le bruit cessa.

Quelques heures après, il reprit plus fort et plus rapproché.

« Plus de doute, se dit-il en lui-même, puisque ce bruit continue, malgré le jour, c'est quelque malheureux prisonnier comme moi qui travaille à sa délivrance. Oh ! si j'étais près de lui, comme je l'aiderais ! »

Puis tout à coup un nuage sombre passa sur cette aurore d'espérance dans ce cerveau habitué au malheur, et qui ne pouvait se reprendre que difficilement aux joies humaines : cette idée surgit aussitôt, que ce bruit avait pour cause le travail de quelques ouvriers que le gouverneur employait aux réparations d'une chambre voisine.

Il était facile de s'en assurer ; mais comment risquer une question ?

Alors il se dit :

« Il faut tenter l'épreuve, mais sans compromettre personne. Si le travailleur est un ouvrier ordinaire, je n'ai qu'à frapper contre mon mur, alors il cessera sa besogne pour tâcher de deviner quel est celui qui frappe et dans quel but il frappe ; mais comme son travail sera non seulement licite, mais encore commandé, il reprendra bientôt son travail. Si au contraire c'est un prisonnier, le bruit que je ferai l'effraiera ; il craindra d'être découvert ; il cessera son travail et ne le reprendra que ce soir, quand il croira tout le monde couché et endormi. »

Aussitôt Edmond se leva. Ses jambes ne vacillaient plus et ses yeux étaient sans éblouissements. Il alla vers un angle de sa prison, détacha une pierre minée par l'humidité, et revint frapper le mur à l'endroit même où le retentissement était le plus sensible.

Il frappa trois coups.

Dès le premier, le bruit avait cessé comme par enchantement.

Edmond écouta de toute son âme. Une heure s'écoula, deux heures s'écoulèrent, aucun bruit nouveau ne se fit entendre ; Edmond avait fait naître de l'autre côté de la muraille un silence absolu.

Plein d'espoir, Edmond mangea quelques bouchées de son pain, avala quelques gorgées d'eau, et, grâce à la constitution puissante dont la nature l'avait doué, se retrouva à peu près comme auparavant.

La journée s'écoula, le silence durait toujours.

La nuit vint sans que le bruit eût recommencé.

« C'est un prisonnier », se dit Edmond avec une indicible joie.

Dès lors sa tête s'embrasa, la vie lui revint violente à force d'être active.

Trois jours s'écoulèrent, soixante-douze mortelles heures comptées minute par minute !

Enfin un soir, comme le geôlier venait de faire sa dernière visite, comme pour la centième fois Dantès collait son oreille à la muraille, il lui sembla qu'un ébranlement imperceptible répondait sourdement dans sa tête, mise en rapport avec les pierres silencieuses.

Dantès se recula pour bien rasseoir son cerveau ébranlé, fit quelques tours dans la chambre, et replaça son oreille au même endroit.

Il n'y avait plus de doute, il se faisait quelque chose de l'autre côté : le prisonnier avait reconnu le danger de sa manœuvre et en avait adopté quelque autre, et, sans doute, pour continuer son œuvre avec plus de sécurité, il avait substitué le levier au ciseau.

Enhardi par cette découverte, Edmond résolut de venir en aide à l'infatigable travailleur. Il commença par déplacer son lit, derrière lequel il lui semblait que l'œuvre de délivrance s'accomplissait, et chercha des yeux un objet avec lequel il pût entamer la muraille, faire tomber le ciment humide, desceller une pierre enfin.

Rien ne se présenta à sa vue ; il n'avait ni couteau ni instrument tranchant ; du fer à ses barreaux seulement, et il s'était assuré si souvent que ses barreaux étaient bien scellés, que ce n'était plus même la peine d'essayer de les ébranler.

Pour tout ameublement, un lit, une chaise, une table, un seau, une cruche.

À ce lit, il y avait bien des tenons de fer, mais ces tenons étaient scellés au bois par des vis. Il eût fallu un tournevis pour tirer ces vis et arracher ces tenons.

À la table et à la chaise, rien ; au seau, il y avait eu autrefois une anse, mais cette anse avait été enlevée.

Il n'y avait plus pour Dantès qu'une ressource, c'était de briser sa cruche, et, avec un des morceaux de grès taillé en angle, de se mettre à la besogne.

Il laissa tomber la cruche sur un pavé, et la cruche vola en éclats.

Dantès choisit deux ou trois éclats aigus, les cacha dans sa paillasse, et laissa les autres épars sur la terre. La rupture de sa cruche était un accident trop naturel pour que l'on s'en inquiétât.

En trois jours il parvint, avec des précautions inouïes, à enlever tout le ciment et à mettre à nu la pierre. La muraille était faite de moellons au milieu desquels, pour ajouter à la solidité, avait pris place de temps en temps une pierre de taille. C'était une de ces pierres de taille qu'il avait presque déchaussée, et qu'il s'agissait maintenant d'ébranler dans son alvéole.

Dantès essaya avec ses ongles, mais ces ongles étaient insuffisants pour cela.

Les morceaux de la cruche introduits dans les intervalles se brisaient lorsque Dantès voulait s'en servir en manière de levier.

Après une heure de tentatives inutiles, Dantès se releva la sueur de l'angoisse sur le front.

Allait-il donc être arrêté ainsi dès le début, et lui faudrait-il attendre, inerte et inutile, que son voisin, qui de son côté se lasserait peut-être, eût tout fait ?

Alors une idée lui passa par l'esprit ; il demeura debout et souriant ; son front humide de sueur se sécha tout seul.

Le geôlier apportait tous les jours la soupe de Dantès dans une casserole de fer-blanc. Cette casserole avait un manche de fer ; c'était ce manche de fer qu'ambitionnait Dantès, et qu'il eût payé, si on les lui avait demandées en échange, de dix années de sa vie.

Le geôlier versait le contenu de cette casserole dans l'assiette de Dantès. Après avoir mangé sa soupe avec une cuiller de bois, Dantès lavait cette assiette, qui servait ainsi chaque jour.

Le soir, Dantès posa son assiette à terre, à mi-chemin de la porte à la table ; le geôlier, en entrant, mit le pied sur l'assiette et la brisa en mille morceaux.

Il n'y avait rien à dire contre Dantès : il avait eu le tort de laisser son assiette à terre, c'est vrai, mais le geôlier avait eu celui de ne pas regarder à ses pieds.

Le geôlier se contenta donc de grommeler.

Puis il regarda autour de lui dans quoi il pouvait verser la soupe. Le mobilier de Dantès se bornait à cette seule assiette, il n'y avait pas de choix.

« Laissez la casserole, dit Dantès, vous la reprendrez en m'apportant demain mon déjeuner. »

Ce conseil flattait la paresse du geôlier, qui n'avait pas besoin ainsi de remonter, de redescendre et de remonter encore.

Il laissa la casserole.

Dantès frémit de joie.

Cette fois il mangea vivement la soupe et la viande. Puis, après avoir attendu une heure, pour être certain que le geôlier ne se raviserait point, il dérangea son lit, prit sa casserole, introduisit le bout du manche entre la pierre de taille et les moellons voisins, et commença de faire le levier.

Une légère oscillation prouva à Dantès que la besogne venait à bien.

En effet, au bout d'une heure, la pierre était tirée du mur, où elle laissait une excavation de plus d'un pied et demi de diamètre.

Puis, voulant mettre à profit cette nuit, il continua de creuser avec acharnement.

À l'aube du jour il replaça la pierre dans son trou, repoussa son lit contre la muraille, et se coucha.

Le déjeuner consistait en un morceau de pain. Le geôlier entra et posa ce morceau de pain sur la table.

« Eh bien ! vous ne m'apportez pas une autre assiette ? demanda Dantès.

— Non, dit le porte-clefs, vous êtes un brise-tout : vous avez détruit votre cruche, et vous êtes cause que j'ai cassé votre assiette. Si tous les prisonniers faisaient autant de dégât, le gouvernement n'y pourrait pas tenir. On vous laisse la casserole ; on vous versera votre soupe dedans ; de cette façon vous ne casserez pas votre ménage, peut-être. »

Dantès leva les yeux au ciel, et joignit ses mains sous sa couverture.

Ce morceau de fer qui lui restait faisait naître dans son cœur un élan de reconnaissance plus vif vers le ciel, que ne lui avaient jamais causé dans sa vie passée les plus grands biens qui lui étaient survenus. Seulement il avait remarqué que depuis qu'il avait commencé à travailler, lui, le prisonnier ne travaillait plus.

N'importe, ce n'était pas une raison pour cesser sa tâche ; si son voisin ne venait pas à lui, c'était lui qui irait à son voisin.

Toute la journée il travailla sans relâche ; le soir, il avait, grâce à son nouvel instrument, tiré à la muraille plus de dix poignées de débris de moellons, de plâtre et de ciment. Il continua de travailler toute la nuit ; mais, après deux ou trois heures de labeur, il rencontra un obstacle.

Le fer ne mordait plus et glissait sur une surface plane.

Dantès toucha l'obstacle avec ses mains et reconnut qu'il avait atteint une poutre.

Cette poutre traversait ou plutôt barrait entièrement le trou qu'avait commencé Dantès.

Maintenant il fallait creuser dessus ou dessous.

Le malheureux jeune homme n'avait point songé à cet obstacle.

« Oh ! mon Dieu, mon Dieu ! s'écria-t-il, je Vous

avais cependant tant prié, que j'espérais que Vous m'aviez entendu. Mon Dieu ! après m'avoir ôté la liberté de la vie, mon Dieu ! après m'avoir ôté le calme de la mort, mon Dieu ! qui m'avez rappelé à l'existence, mon Dieu ! ayez pitié de moi, ne me laissez pas mourir dans le désespoir !

— Qui parle de Dieu et de désespoir en même temps ? » articula une voix qui semblait venir de dessous terre et qui, assourdie par l'opacité, parvenait au jeune homme avec un accent sépulcral.

Edmond sentit se dresser ses cheveux sur sa tête, et il recula sur les genoux.

« Ah ! murmura-t-il, j'entends parler un homme. »

Il y avait quatre ou cinq ans qu'Edmond n'avait entendu parler que son geôlier, et pour le prisonnier le geôlier n'est pas un homme : c'est une porte vivante ajoutée à sa porte de chêne, c'est un barreau de chair ajouté à ses barreaux de fer.

« Au nom du Ciel ! s'écria Dantès, vous qui avez parlé, parlez encore, quoique votre voix m'ait épouvanté ; qui êtes-vous ?

— Qui êtes-vous vous-même ? demanda la voix.

— Un malheureux prisonnier, reprit Dantès, qui ne faisait, lui, aucune difficulté de répondre.

— De quel pays ?

— Français.

— Votre nom ?

— Edmond Dantès.

— Votre profession ?

— Marin.

— Depuis combien de temps êtes-vous ici ?

— Depuis le 28 février 1815.

— Votre crime ?

— Je suis innocent.

— Mais de quoi vous accuse-t-on ?

— D'avoir conspiré pour le retour de l'Empereur.

— Comment ! pour le retour de l'Empereur ! l'Empereur n'est donc plus sur le trône ?

— Il a abdiqué à Fontainebleau en 1814, et a été relégué à l'île d'Elbe. Mais vous-même, depuis quel temps êtes-vous donc ici, que vous ignorez tout cela ?

— Depuis 1811. »

Dantès frissonna ; cet homme avait quatre ans de prison de plus que lui.

« C'est bien, ne creusez plus, dit la voix en parlant fort vite ; seulement dites-moi à quelle hauteur se trouve l'excavation que vous avez faite.

— Au ras de la terre.

— Comment est-elle cachée ?

— Derrière mon lit.

— A-t-on dérangé votre lit depuis que vous êtes en prison ?

— Jamais.

— Sur quoi donne votre chambre ?

— Sur un corridor.

— Et le corridor ?

— Aboutit à la cour.

— Hélas ! murmura la voix.

— Oh ! mon Dieu ! qu'y a-t-il donc ? s'écria Dantès.

— Il y a que je me suis trompé, et que j'ai pris le mur que vous creusez pour celui de la citadelle !

— Et si vous aviez réussi ?

— Je me jetais à la nage, je gagnais une des îles qui environnent le château d'If, soit l'île de Daume, soit l'île de Tiboulen, soit même la côte, et alors j'étais sauvé. Mais maintenant tout est perdu.

— Tout ?

— Oui. Rebouchez votre trou avec précaution, ne travaillez plus, ne vous occupez de rien, et attendez de mes nouvelles.

— Qui êtes-vous au moins ?... dites-moi qui vous êtes !

— Je suis... je suis le n° 27.

— Vous défiez-vous donc de moi ? » demanda Dantès.

Edmond crut entendre comme un rire amer percer la voûte et monter jusqu'à lui.

« Oh ! je suis bon chrétien, s'écria-t-il, devinant instinctivement que cet homme songeait à l'abandonner ; je vous jure sur le Christ que je me ferai tuer plutôt que de laisser entrevoir à vos bourreaux et aux miens l'ombre de la vérité ; mais, au nom du Ciel, ne me privez pas de votre présence, ne me privez pas de votre voix, ou, je vous le jure, car je suis au bout de ma force, je me brise la tête contre la muraille, et vous aurez ma mort à vous reprocher.

— Quel âge avez-vous ? votre voix semble être celle d'un jeune homme.

— Je ne sais pas mon âge, car je n'ai pas mesuré le temps depuis que je suis ici. Ce que je sais, c'est que j'allais avoir dix-neuf ans lorsque j'ai été arrêté le 28 février 1815.

— Pas tout à fait vingt-six ans, murmura la voix. Allons, à cet âge on n'est pas encore un traître.

— Oh ! non ! non ! je vous le jure, répéta Dantès. Je vous l'ai déjà dit et je vous le redis, je me ferai couper en morceaux plutôt que de vous trahir.

— Vous avez bien fait de me parler, vous avez bien fait de me prier ; car j'allais former un autre plan et m'éloigner de vous. Mais votre âge me rassure, je vous rejoindrai, attendez-moi.

— Quand cela ?

— Il faut que je calcule nos chances, laissez-moi vous donner le signal.

— Mais vous ne m'abandonnerez pas, vous ne me laisserez pas seul, vous viendrez à moi ou vous me permettrez d'aller à vous ? Nous fuirons ensemble, et, si nous ne pouvons fuir, nous parlerons, vous, des gens que vous aimez, moi, des gens que j'aime. Vous devez aimer quelqu'un ?

— Je suis seul au monde.

— Alors vous m'aimerez, moi : si vous êtes jeune, je serai votre camarade ; si vous êtes vieux, je serai votre fils. J'ai un père qui doit avoir soixante-dix ans, s'il vit encore ; je n'aimais que lui et une jeune fille qu'on

111

appelait Mercédès. Mon père ne m'a pas oublié, j'en suis sûr ; mais elle, Dieu sait si elle pense encore à moi. Je vous aimerai comme j'aimais mon père.

— C'est bien, dit le prisonnier, à demain. »

Ce peu de paroles furent dites avec un accent qui convainquit Dantès ; il n'en demanda pas davantage, se releva, prit les mêmes précautions pour les débris tirés du mur qu'il avait déjà prises, et repoussa son lit contre la muraille.

Dès lors Dantès se laissa aller tout entier à son bonheur ; il n'allait plus être seul certainement, peut-être même allait-il être libre ; le pis-aller, s'il restait prisonnier, était d'avoir un compagnon ; or, la captivité partagée n'est plus qu'une demi-captivité. Les plaintes qu'on met en commun sont presque des prières ; des prières qu'on fait à deux sont presque des actions de grâces.

Le lendemain, après la visite du matin et comme il venait d'écarter son lit de la muraille, il entendit frapper trois coups à intervalles égaux ; il se précipita à genoux.

« Est-ce vous ? dit-il ; me voilà !

— Votre geôlier est-il parti ? demanda la voix.

— Oui, répondit Dantès, il ne reviendra que ce soir ; nous avons douze heures de liberté.

— Je puis donc agir ? dit la voix.

— Oh ! oui, oui, sans retard, à l'instant même, je vous en supplie ! »

Aussitôt la portion de terre sur laquelle Dantès, à

moitié perdu dans l'ouverture, appuyait ses deux mains sembla céder sous lui ; il se rejeta en arrière, tandis qu'une masse de terre et de pierres détachées se précipitait dans un trou qui venait de s'ouvrir au-dessous de l'ouverture que lui-même avait faite ; alors, au fond de ce trou sombre et dont il ne pouvait mesurer la profondeur, il vit paraître une tête, des épaules, et enfin un homme tout entier qui sortit avec assez d'agilité de l'excavation pratiquée.

9

Un savant italien

Dantès prit dans ses bras ce nouvel ami, si longtemps et si impatiemment attendu, et l'attira vers sa fenêtre, afin que le peu de jour qui pénétrait dans le cachot l'éclairât tout entier.

C'était un personnage de petite taille, aux cheveux blanchis par la peine plutôt que par l'âge, à l'œil pénétrant, caché sous d'épais sourcils qui grisonnaient, à la barbe encore noire et descendant jusque sur sa poitrine ; la maigreur de son visage creusé par des rides profondes, la ligne hardie de ses traits caractéristiques révélaient un homme plus habitué à exercer ses facultés morales que ses forces physiques. Le front du nouveau venu était couvert de sueur.

Quant à son vêtement, il était impossible d'en distinguer la forme primitive, car il tombait en lambeaux.

Il paraissait avoir soixante-cinq ans au moins, quoiqu'une certaine vigueur dans les mouvements annonçât qu'il avait moins d'années peut-être que n'en accusait une longue captivité.

Il accueillit avec une sorte de plaisir les protestations enthousiastes du jeune homme ; son âme glacée sembla pour un instant se réchauffer et se fondre au contact de cette âme ardente. Il le remercia de sa cordialité avec une certaine chaleur, quoique sa déception eût été grande de trouver un second cachot où il croyait rencontrer la liberté.

« Voyons d'abord, dit-il, s'il y a moyen de faire disparaître aux yeux de vos geôliers les traces de mon passage. Toute notre tranquillité à venir est dans leur ignorance de ce qui s'est passé. »

Alors il se pencha vers l'ouverture, prit la pierre, qu'il souleva facilement malgré son poids, et la fit entrer dans le trou.

Puis le nouveau venu traîna la table au-dessous de la fenêtre.

« Montez sur cette table », dit-il à Dantès.

Dantès obéit, monta sur la table, et, devinant les intentions de son compagnon, appuya le dos au mur et lui présenta les deux mains.

Celui dont Dantès ignorait encore le véritable nom monta alors plus lestement que n'eût pu le faire présager son âge, sur la table d'abord, puis de la table sur les mains de Dantès, puis de ses mains sur ses épaules ; ainsi courbé en deux, il glissa sa tête entre le premier rang de barreaux.

Un instant après il retira vivement la tête.

« Oh ! oh, dit-il, je m'en étais douté. »

Et il se laissa glisser le long du corps de Dantès sur la table, et de la table sauta à terre.

« De quoi vous étiez-vous douté ? » demanda le jeune homme anxieux, en sautant à son tour auprès de lui.

Le vieux prisonnier méditait.

« Oui, dit-il, c'est cela ; la quatrième face de votre cachot donne sur une galerie extérieure, espèce de chemin de ronde où passent les patrouilles et où veillent les sentinelles.

— Eh bien ? dit Dantès.

— Vous voyez qu'il est impossible de fuir par votre cachot.

— Alors ? continua le jeune homme avec son accent interrogateur.

— Alors, dit le vieux prisonnier, que la volonté de Dieu soit faite ! »

Et une teinte de profonde résignation s'étendit sur les traits du vieillard.

Dantès regarda cet homme qui renonçait ainsi et avec tant de philosophie à une espérance nourrie depuis si longtemps, avec un étonnement mêlé d'admiration.

« Maintenant voulez-vous me dire qui vous êtes ?
demanda Dantès.

— Oh ! mon Dieu, oui, si cela peut encore vous
intéresser, maintenant que je ne puis plus vous être bon
à rien.

— Vous pouvez être bon à me consoler et à me soutenir, car vous me semblez fort parmi les forts. »

L'abbé sourit tristement.

« Je suis l'abbé Faria, dit-il, prisonnier depuis 1811,
comme vous le savez, au château d'If ; mais j'étais
depuis trois ans renfermé dans la forteresse de Fenes-
trelles. En 1811, on m'a transféré du Piémont en
France. J'étais loin de me douter alors de ce que vous
m'avez dit tout à l'heure : c'est que, quatre ans plus
tard, le colosse serait renversé. Qui règne donc en
France ? est-ce Napoléon II ?

— Non, c'est Louis XVIII.

— Louis XVIII, le frère de Louis XVI ! les décrets
du ciel sont étranges et mystérieux. Quelle a donc été
l'intention de la Providence en abaissant l'homme
qu'elle avait élevé, et en élevant celui qu'elle avait
abaissé ? »

Dantès suivait des yeux cet homme qui oubliait un
instant sa propre destinée pour se préoccuper ainsi des
destinées du monde.

« Mais pourquoi êtes-vous enfermé, vous ?

— Moi ? parce que, comme Machiavel, au milieu de
tous ces principicules qui faisaient de l'Italie un nid de
petits royaumes tyranniques et faibles, j'ai voulu un

grand et seul empire, compact et fort ; parce que j'ai cru trouver mon César Borgia dans un niais couronné qui a fait semblant de me comprendre pour me mieux trahir. C'était le projet d'Alexandre VI et de Clément VII ; il échouera toujours, puisqu'ils l'ont entrepris inutilement et que Napoléon n'a pu l'achever ; décidément l'Italie est maudite ! »

Et le vieillard baissa la tête.

Dantès ne comprenait pas comment un homme pouvait risquer sa vie pour de pareils intérêts ; il est vrai que, s'il connaissait Napoléon pour l'avoir vu et lui avoir parlé, il ignorait complètement en revanche ce que c'était que Clément VII et Alexandre VI.

« N'êtes-vous pas, dit Dantès, commençant à partager l'opinion de son geôlier, qui était l'opinion générale au château d'If, le prêtre que l'on croit... malade ?

— Que l'on croit fou, vous voulez dire, n'est-ce pas ?

— Je n'osais, dit Dantès en souriant.

— Oui, oui, continua Faria avec un rire amer, oui, c'est moi qui passe pour fou, c'est moi qui divertis depuis si longtemps les hôtes de cette prison. »

Dantès demeura un instant immobile et muet.

« Ainsi, vous renoncez à fuir ? lui dit-il.

— Je vois la fuite impossible ; c'est se révolter contre Dieu que de tenter ce que Dieu ne veut pas qui s'accomplisse.

— Pourquoi vous décourager ? ce serait trop demander aussi à la Providence que de vouloir réussir du premier coup. Ne pouvez-vous pas recommencer dans un autre sens ce que vous avez fait dans celui-ci ?

— Mais savez-vous ce que j'ai fait, pour parler ainsi de recommencer ? Savez-vous qu'il m'a fallu quatre ans pour faire les outils que je possède ? savez-vous que depuis deux ans je gratte et creuse une terre dure comme le granit ? savez-vous que parfois, le soir, j'étais heureux quand j'avais enlevé un pouce carré de ce vieux ciment, devenu aussi dur que la pierre elle-même ? Savez-vous, savez-vous que, pour loger toute cette terre et toutes ces pierres que j'enterrais, il m'a fallu percer la voûte d'un escalier, dans le tambour duquel tous ces décombres ont été tour à tour enseve-lis ? savez-vous, enfin, que je croyais toucher au but de tous mes travaux, que je me sentais juste la force d'accomplir cette tâche, et que voilà que Dieu non seulement recule ce but, mais le transporte je ne sais où ? Ah ! je vous le dis, je vous le répète, je ne ferai plus rien désormais pour essayer de reconquérir ma liberté, puisque la volonté de Dieu est qu'elle soit perdue à tout jamais. »

Edmond baissa la tête pour ne pas avouer à cet homme que la joie d'avoir un compagnon l'empêchait de compatir comme il eût dû à la douleur qu'éprou-vait le prisonnier de n'avoir pu se sauver.

L'abbé Faria se laissa aller sur le lit d'Edmond, et Edmond resta debout.

Le jeune homme n'avait jamais songé à la fuite. Il y a de ces choses qui semblent tellement impossibles qu'on n'a pas même l'idée de les tenter, et qu'on les évite d'instinct.

Mais maintenant qu'Edmond avait vu un vieillard se cramponner à la vie avec tant d'énergie et lui donner l'exemple des résolutions désespérées, il se mit à réfléchir et à mesurer son courage. Un autre avait tenté ce qu'il n'avait pas même eu l'idée de faire ; un autre moins jeune, moins fort, moins adroit que lui, s'était procuré, à force d'adresse et de patience, tous les instruments dont il avait eu besoin pour cette incroyable opération qu'une mesure mal prise avait pu seule faire échouer ; un autre avait fait tout cela, rien n'était donc impossible à Dantès.

Le jeune homme réfléchit un instant.

« J'ai trouvé ce que vous cherchiez », dit-il au vieillard.

Faria tressaillit.

« Vous ? dit-il, et en relevant la tête d'un air qui indiquait que, si Dantès disait la vérité, le découragement de son compagnon ne serait pas de longue durée. Vous, voyons, qu'avez-vous trouvé ?

— Le corridor que vous avez percé pour venir de chez vous ici s'étend dans le même sens que la galerie extérieure, n'est-ce pas ?

— Oui.

— Il doit n'en être éloigné que d'une quinzaine de pas.

— Tout au plus.

— Eh bien ! vers le milieu du corridor nous perçons

121

un chemin formant comme la branche d'une croix. Cette fois vous prenez mieux vos mesures. Nous débouchons sur la galerie extérieure. Nous tuons la sentinelle et nous nous évadons. Il ne faut, pour que ce plan réussisse, que du courage, vous en avez ; que de la vigueur, je n'en manque pas. Je ne parle pas de la patience, vous avez fait vos preuves et je ferai les miennes.

— Un instant, répondit l'abbé. J'ai pu percer un mur et détruire un escalier, mais je ne percerai pas une poitrine et ne détruirai pas une existence. »

Dantès fit un léger mouvement de surprise.

« Comment, dit-il, pouvant être libre, vous seriez retenu par un semblable scrupule ?

— Mais, vous-même, dit Faria, pourquoi n'avez-vous pas un soir assommé votre geôlier avec le pied de votre table, revêtu ses habits et essayé de fuir ?

— C'est que l'idée ne m'en est pas venue, dit Dantès.

— C'est que vous avez une telle horreur instinctive pour un pareil crime, une telle horreur, que vous n'y avez pas même songé », reprit le vieillard.

Dantès resta confondu : c'était en effet l'explication de ce qui s'était passé à son insu dans son esprit ou plutôt dans son âme, car il y a des pensées qui viennent de la tête, et d'autres qui viennent du cœur.

« Attendons une occasion, croyez-moi, et si cette occasion se présente, profitons-en.

— Vous avez pu attendre, vous, dit Dantès en sou-

pirant ; ce long travail vous faisait une occupation de
tous les instants, et quand vous n'aviez pas votre travail pour vous distraire, vous aviez vos espérances pour
vous consoler.

— Puis, dit l'abbé, je ne m'occupais point qu'à cela.

— Que faisiez-vous donc ?

— J'écrivais ou j'étudiais.

— On vous donne donc du papier, des plumes et de
l'encre ?

— Non, dit l'abbé, mais je m'en fais.

— Vous vous faites du papier, des plumes et de
l'encre ! s'écria Dantès.

— Oui. »

Dantès regarda cet homme avec admiration ; seulement il avait encore peine à croire à ce qu'il disait. Faria
s'aperçut de ce léger doute.

« Quand vous viendrez chez moi, lui dit-il, je vous
montrerai un ouvrage entier, résultat des pensées, des
recherches et des réflexions de toute ma vie. C'est un
*Traité sur la possibilité d'une monarchie générale en Ita-
lie.* Cela fera un grand volume in-quarto.

— Mais, pour un pareil ouvrage, il vous a fallu faire
des recherches historiques. Vous avez donc des livres ?

— À Rome, j'avais à peu près cinq mille volumes
dans ma bibliothèque. À force de les lire et de les relire,
j'ai découvert qu'avec cent cinquante ouvrages bien
choisis, on a sinon le résumé complet des connaissances humaines, du moins tout ce qu'il est utile à un
homme de savoir. J'ai consacré trois années de ma vie

à lire et à relire ces cent cinquante volumes, de sorte que je les savais à peu près par cœur lorsque j'ai été arrêté. Dans ma prison, avec un léger effort de mémoire, je me les suis rappelés tout à fait.

— Mais vous savez donc plusieurs langues ?

— Je parle cinq langues vivantes : l'allemand, le français, l'italien, l'anglais et l'espagnol. »

De plus en plus émerveillé, Edmond commençait à croire presque surnaturelles les facultés de cet homme étrange. Il voulut le trouver en défaut sur un point quelconque, et continua :

« Mais si l'on ne vous a pas donné de plumes, dit-il, avec quoi avez-vous pu écrire ce traité volumineux !

— Je m'en suis fait d'excellentes avec les cartilages des têtes de ces énormes merlans que l'on nous sert quelquefois pendant les jours maigres.

— Mais de l'encre ! dit Dantès ; avec quoi vous êtes-vous fait de l'encre ?

— Il y avait autrefois une cheminée dans mon cachot, dit Faria ; cette cheminée a été bouchée quelque temps avant mon arrivée sans doute, mais pendant de longues années on y avait fait du feu ; tout l'intérieur en est donc tapissé de suie. Je fais dissoudre cette suie dans une portion du vin qu'on me donne tous les dimanches, cela me fournit de l'encre excellente. Pour les notes particulières et qui ont besoin d'attirer les yeux, je me pique les doigts et j'écris avec mon sang.

— Et quand pourrai-je voir tout cela ? demanda Dantès.

— Quand vous voudrez, répondit Faria.

— Oh ! tout de suite ! s'écria le jeune homme.

— Suivez-moi donc », dit l'abbé.

Et il rentra dans le corridor souterrain, où il disparut. Dantès le suivit.

10

La chambre de l'abbé

Après avoir passé en se courbant, mais cependant avec assez de facilité, par le passage souterrain, Dantès arriva à l'extrémité opposée du corridor qui donnait dans la chambre de l'abbé. Là le passage se rétrécissait et offrait à peine l'espace suffisant pour qu'un homme pût se glisser en rampant. La chambre de l'abbé était dallée ; c'était en soulevant une de ces dalles placée dans le coin le plus obscur, qu'il avait commencé la laborieuse opération dont Dantès avait vu la fin.

À peine entré et debout, le jeune homme examina cette chambre mystérieuse avec la plus grande attention. Au premier aspect, elle ne présentait rien de particulier.

« Voyons, dit-il à l'abbé, j'ai hâte d'examiner vos trésors. »

L'abbé alla vers la cheminée, déplaça avec le ciseau
qu'il tenait toujours à la main la pierre qui formait
autrefois l'âtre et qui cachait une cavité assez profonde ; c'est dans cette cavité qu'étaient renfermés tous
les objets dont il avait parlé à Dantès.

« Que voulez-vous voir d'abord ? lui demanda-t-il.

— Montrez-moi votre grand ouvrage sur la royauté
en Italie. »

Faria tira de l'armoire précieuse trois ou quatre rou-
leaux de linge tournés sur eux-mêmes, comme des
feuilles de papyrus ; c'étaient des bandes de toile larges
de quatre pouces à peu près, et longues de dix-huit.
Ces bandes, numérotées, étaient couvertes d'une écriture que Dantès put lire, car elle était écrite dans la
langue maternelle de l'abbé, c'est-à-dire en italien,
idiome qu'en sa qualité de Provençal Dantès comprenait parfaitement.

« Maintenant je m'étonne d'une chose, dit Dantès,
c'est que les jours vous aient suffi pour toute cette
besogne.

— J'avais les nuits, répondit Faria.

— Les nuits ! êtes-vous donc de la nature des chats,
et voyez-vous clair pendant la nuit ?

— Non ; mais Dieu a donné à l'homme l'intelligence pour venir en aide à la pauvreté de ses sens ; je
me suis procuré de la lumière.

— Comment cela ?

— De la viande qu'on m'apporte je sépare la graisse, je la fais fondre, et j'en tire une espèce d'huile compacte. Tenez, voilà ma bougie. »

Et l'abbé montra à Dantès une espèce de lampion pareil à ceux qui servent dans les illuminations publiques.

« Mais du feu ?

— Voici deux cailloux et du linge brûlé.

— Mais des allumettes ?

— J'ai feint une maladie de peau, et j'ai demandé du soufre, que l'on m'a accordé. »

Dantès posa les objets qu'il tenait sur la table, et baissa la tête, écrasé sous la persévérance et la force de cet esprit.

« Ce n'est pas tout, continua Faria ; car il ne faut pas mettre tous ses trésors dans une seule cachette ; refermons celle-ci. »

Ils posèrent la dalle à sa place ; l'abbé sema un peu de poussière dessus, y passa son pied pour faire disparaître toute trace de solution de continuité, s'avança vers son lit et le déplaça.

Derrière le chevet, caché par une pierre qui le refermait avec une herméticité presque parfaite, était un trou, et dans ce trou une échelle de corde longue de vingt-cinq à trente pieds.

Dantès, tout en ayant l'air d'examiner l'échelle, pensait cette fois à autre chose ; une idée avait traversé son esprit : c'est que cet homme si intelligent, si ingénieux, si profond, verrait peut-être clair dans l'obscurité de son propre malheur, où jamais lui-même n'avait rien pu distinguer.

« À quoi songez-vous ? demanda l'abbé en souriant, et prenant l'absorption de Dantès pour une admiration portée au plus haut degré.

— Je pense que vous m'avez raconté votre vie, et que vous ne connaissez pas la mienne.

— Votre vie, jeune homme, est bien courte pour renfermer des événements de quelque importance.

— Elle renferme un immense malheur, dit Dantès, un malheur que je n'ai pas mérité ; et je voudrais, pour ne plus blasphémer Dieu comme je l'ai fait quelquefois, pouvoir m'en prendre aux hommes de mon malheur.

— Alors, vous vous prétendez innocent du fait qu'on vous impute.

— Complètement innocent, sur la tête des deux seules personnes qui me sont chères, sur la tête de mon père et de Mercédès !

— Voyons, dit l'abbé en refermant sa cachette et en repoussant son lit à sa place, racontez-moi donc votre histoire. »

Le récit achevé, l'abbé réfléchit profondément.

« Il y a, dit-il au bout d'un instant, un axiome de droit d'une grande profondeur. Si vous voulez découvrir le coupable, cherchez d'abord celui à qui le crime commis peut être utile. À qui votre disparition pouvait-elle être utile ?

— À personne, mon Dieu ! j'étais si peu de chose.

— Ne répondez pas ainsi, car la réponse manque à

la fois de logique et de philosophie ; tout est relatif, mon cher ami. Chaque individu, depuis le plus bas jusqu'au plus haut degré de l'échelle sociale, groupe autour de lui tout un petit monde d'intérêts ayant ses tourbillons et ses atomes crochus. Revenons-en donc à votre monde à vous. Vous alliez être nommé capitaine du *Pharaon* ?

— Oui.

— Vous alliez épouser une belle jeune fille ?

— Oui.

— Quelqu'un avait-il intérêt à ce que vous ne devinssiez pas capitaine du *Pharaon* ?

— Non ; j'étais fort aimé à bord. Un seul homme avait quelque motif de m'en vouloir, j'avais eu quelque temps auparavant une querelle avec lui, et je lui avais proposé un duel qu'il avait refusé.

— Allons donc ! Cet homme, comment se nom-mait-il ?

— Danglars.

— Qu'était-il à bord ?

— Agent comptable.

— Si vous fussiez devenu capitaine, l'eussiez-vous conservé dans son poste ?

— Non, si la chose eût dépendu de moi, car j'avais cru remarquer quelques infidélités dans ses comptes.

— Bien. Maintenant, quelqu'un a-t-il assisté à votre dernier entretien avec le capitaine Leclère ?

— Non, nous étions seuls.

— Quelqu'un a-t-il pu entendre votre conversation ?

— Oui, car la porte était ouverte ; et même... attendez... oui, oui, Danglars est passé juste au moment où le capitaine Leclère me remettait le paquet destiné au grand maréchal.

— Bon, fit l'abbé, nous sommes sur la voie. Avez-vous amené quelqu'un avec vous à terre quand vous avez relâché à l'île d'Elbe ?

— Personne.

— On vous a remis une lettre ?

— Oui, le grand maréchal.

— Cette lettre, qu'en avez-vous fait ?

— Je l'ai mise dans mon portefeuille.

— Vous aviez donc votre portefeuille sur vous. Comment un portefeuille devant contenir une lettre officielle pouvait-il tenir dans la poche d'un marin ?

— Vous avez raison, mon portefeuille était à bord.

— De Porto-Ferrajo à bord qu'avez-vous fait de cette lettre ?

— Je l'ai tenue à la main.

— Quand vous êtes remonté sur le *Pharaon,* chacun a donc pu voir que vous teniez une lettre ?

— Oui.

— Maintenant, écoutez bien ; réunissez tous vos souvenirs : vous rappelez-vous dans quels termes était rédigée la dénonciation ?

— Oh ! oui ; je l'ai relue trois fois, et chaque parole en est restée dans ma mémoire.

— Répétez-la-moi. »

Dantès se recueillit un instant.

« La voici, dit-il, textuellement :

« M. *le procureur du roi est prévenu par un ami du trône et de la religion que le nommé Edmond Dantès, second du navire le* Pharaon, *arrivé ce matin de Smyrne, après avoir touché à Naples et à Porto-Ferrajo, a été chargé par Murat d'un paquet pour l'usurpateur, et par l'usurpateur d'une lettre pour le comité bonapartiste de Paris.*

« *On aura la preuve de son crime en l'arrêtant, car on trouvera cette lettre ou sur lui, ou chez son père, ou dans sa cabine à bord du* Pharaon. »

L'abbé haussa les épaules.

« C'est clair comme le jour, dit-il, et il faut que vous ayez eu le cœur bien naïf et bien bon pour n'avoir pas deviné la chose tout d'abord.

— Vous croyez ? s'écria Dantès. Ah ! ce serait bien infâme !

— Quelle était l'écriture de la lettre anonyme ?

— Une écriture renversée. »

L'abbé sourit.

« Contrefaite, n'est-ce pas ?

— Bien hardie pour être contrefaite.

— Attendez », dit-il.

Il prit sa plume, ou plutôt ce qu'il appelait ainsi, la trempa dans l'encre, et écrivit de la main gauche, sur un linge préparé à cet effet, les deux ou trois premières lignes de la dénonciation.

Dantès recula et regarda presque avec terreur l'abbé.

« Oh ! c'est étonnant, s'écria-t-il, comme cette écriture ressemblait à celle-ci.

— C'est que la dénonciation avait été écrite de la main gauche. J'ai observé une chose, continua l'abbé.

— Laquelle ?

— C'est que toutes les écritures tracées de la main droite sont variées, et que toutes les écritures tracées de la main gauche se ressemblent.

— Vous avez donc tout vu, tout observé ?

— Continuons. Quelqu'un avait-il intérêt à ce que vous n'épousassiez pas Mercédès ?

— Oui ! un jeune homme qui l'aimait.

— Son nom ?

— Fernand.

— C'est un nom espagnol.

— Il était catalan.

— Croyez-vous que celui-ci était capable d'écrire la lettre ?

— Non ! celui-ci m'eût donné un coup de couteau, voilà tout. D'ailleurs, continua Dantès, il ignorait tous les détails consignés dans la dénonciation.

— Vous ne les aviez donnés à personne ?

— À personne.

— Pas même à votre maîtresse ?

— Pas même à ma fiancée.

— C'est Danglars.

— Oh ! maintenant j'en suis sûr.

— Attendez... Danglars connaissait-il Fernand ?

— Non... Si... Je me rappelle...

— Quoi ?

— La surveille de mon mariage, je les ai vus attablés ensemble sous la tonnelle du père Pamphile. Danglars était amical et railleur, Fernand était pâle et troublé.

— Ils étaient seuls ?

— Non, ils avaient avec eux un troisième compagnon, bien connu de moi, qui sans doute leur avait fait faire connaissance, un tailleur nommé Caderousse ; mais celui-ci était déjà ivre ; attendez... attendez... Comment ne me suis-je pas rappelé cela ? Près de la table où ils buvaient étaient un encrier, du papier, des plumes. »

Dantès porta la main à son front.

« Oh ! c'est là, c'est là que la lettre aura été écrite. Oh ! les infâmes ! les infâmes !

— Voulez-vous encore savoir autre chose ? dit l'abbé en riant.

— Oui, oui, puisque vous approfondissez tout, puisque vous voyez clair en toutes choses. Je veux savoir pourquoi je n'ai été interrogé qu'une fois, pourquoi on ne m'a pas donné de juges, et comment je suis condamné sans arrêt.

— Oh ! ceci, dit l'abbé, c'est un peu plus grave ; la justice a des allures sombres et mystérieuses qu'il est difficile de pénétrer. Ce que nous avons fait jusqu'ici pour découvrir vos deux ennemis était un jeu d'enfant ; il va falloir, sur ce sujet, me donner les indications les plus précises.

— Voyons, interrogez-moi, car en vérité vous voyez plus clair dans ma vie que moi-même.

— Qui vous a interrogé ? est-ce le procureur du roi, le substitut, le juge d'instruction ?

— C'était le substitut.

— Jeune, ou vieux ?

— Jeune : vingt-sept ou vingt-huit ans.

— Bien ! pas corrompu encore, mais ambitieux déjà, dit l'abbé. Quelles furent ses manières avec vous ?

— Douces plutôt que sévères.

— Lui avez-vous tout raconté ?

— Tout.

— Et ses manières ont-elles changé dans le courant de l'interrogatoire ?

— Un instant elles ont été altérées lorsqu'il eut lu la lettre qui me compromettait ; il parut comme accablé de mon malheur.

— De votre malheur ?

— Oui.

— Et vous êtes bien sûr que c'était votre malheur qu'il plaignait ?

— Il m'a donné une grande preuve de sa sympathie, du moins.

— Laquelle ?

— Il a brûlé la seule pièce qui pouvait me compromettre.

— Laquelle ? la dénonciation ?

— Non, la lettre.

— Il a brûlé la lettre, dites-vous ?

— Oui, en me disant : "Vous voyez, il n'existe que cette preuve-là contre vous, et je l'anéantis."

— Cette conduite est trop sublime pour être naturelle.

— Vous croyez ?

— J'en suis sûr. À qui cette lettre était-elle adressée ?

— À M. Noirtier, rue Coq-Héron, n° 13, à Paris.

— Pouvez-vous présumer que votre substitut eût quelque intérêt à ce que cette lettre disparût ?

— Peut-être ; car il m'a fait promettre deux ou trois fois, dans mon intérêt, disait-il, de ne parler à personne de cette lettre, et il m'a même fait jurer de ne pas prononcer le nom qui était inscrit sur l'adresse.

— Noirtier ? répéta l'abbé... Noirtier ? j'ai connu un Noirtier, un Noirtier qui avait été girondin dans la Révolution. Comment s'appelait votre substitut, à vous ?

— De Villefort. »

L'abbé éclata de rire.

Dantès le regarda avec stupéfaction.

« Qu'avez-vous ? dit-il.

— Pauvre enfant, pauvre jeune homme ! Et ce magistrat a été bon pour vous ?

— Oui.

— Ce digne substitut a brûlé, anéanti la lettre ?

— Oui.

— Cet honnête pourvoyeur du bourreau vous a fait jurer de ne jamais prononcer le nom de Noirtier ?

— Oui.

— Ce Noirtier, pauvre aveugle que vous êtes, savez-vous ce que c'était que ce Noirtier ?... Ce Noirtier, c'était son père ! »

La foudre, tombée aux pieds de Dantès et lui creusant un abîme au fond duquel s'ouvrirait l'enfer, lui eût produit un effet moins prompt, moins électrique, moins écrasant, que ces paroles inattendues ; il se levait, saisissant sa tête à deux mains comme pour l'empêcher d'éclater.

« Son père ! son père ! s'écria-t-il.

— Oui, son père, qui s'appelle Noirtier de Villefort », reprit l'abbé.

Alors une lumière fulgurante traversa le cerveau du prisonnier ; tout ce qui lui était demeuré obscur fut à l'instant même éclairé d'un jour éclatant. Ces tergiversations de Villefort pendant l'interrogatoire, cette lettre détruite, ce serment exigé, cette voix presque suppliante du magistrat qui, au lieu de menacer, semblait implorer, tout lui revint à la mémoire ; il jeta un cri, chancela un instant comme un homme ivre, puis, s'élançant par l'ouverture qui conduisait de la cellule de l'abbé à la sienne :

« Oh ! dit-il, il faut que je sois seul pour penser à tout cela. »

Et, en arrivant dans son cachot, il tomba sur son lit, où le porte-clefs le retrouva le soir, assis, les yeux fixes, les traits contractés, mais immobile et muet comme une statue.

Pendant ces heures de méditation qui s'étaient écoulées comme des secondes, il avait pris une terrible résolution et fait un formidable serment.

Une voix tira Dantès de cette rêverie, c'était celle de l'abbé Faria, qui, ayant reçu à son tour la visite de son geôlier, venait inviter Dantès à souper avec lui. Sa qualité de fou reconnue, et surtout de fou divertissant, donnait au vieux prisonnier quelques privilèges, comme celui d'avoir du pain un peu plus blanc et un petit flacon de vin le dimanche. Or, on était justement arrivé au dimanche, et l'abbé venait inviter son jeune compagnon à partager son pain et son vin.

Dantès le suivit. Toutes les lignes de son visage s'étaient remises et avaient repris leur place accoutumée, mais avec une roideur et une fermeté, si l'on peut le dire, qui accusaient une résolution prise. L'abbé le regarda fixement.

« Je suis fâché de vous avoir aidé dans vos recherches, et de vous avoir dit ce que je vous ai dit, fit-il.

— Pourquoi cela ? demanda Dantès.

— Parce que je vous ai infiltré dans le cœur un sentiment qui n'y était point, la vengeance. »

Dantès sourit.

« Parlons d'autre chose », dit-il.

L'abbé le regarda encore un instant et hocha tristement la tête ; puis, comme l'en avait prié Dantès, il parla d'autre chose.

Le vieux prisonnier était un de ces hommes dont la

conversation, comme celle des gens qui ont beaucoup souffert, contient des enseignements nombreux et renferme un intérêt soutenu ; mais elle n'était pas égoïste, et ce malheureux ne parlait jamais de ses malheurs.

Dantès écoutait chacune de ses paroles avec admiration : les unes correspondaient à des idées qu'il avait déjà et à des connaissances qui étaient du ressort de son état de marin ; les autres touchaient à des choses inconnues, et, comme ces aurores boréales qui éclairent les navigateurs dans les latitudes australes, montraient au jeune homme des paysages et des horizons nouveaux, illuminés de lueurs fantastiques. Dantès comprit le bonheur qu'il y aurait pour une organisation intelligente à suivre cet esprit élevé sur les hauteurs morales, philosophiques ou sociales sur lesquelles il avait l'habitude de se jouer.

« Vous devriez m'apprendre un peu de ce que vous savez, dit Dantès, ne fût-ce que pour ne pas vous ennuyer avec moi. Il me semble maintenant que vous devez préférer la solitude à un compagnon sans éducation et sans portée comme moi. Si vous consentez à ce que je vous demande, je m'engage à ne plus vous parler de fuir. »

L'abbé sourit.

« Hélas ! mon enfant, dit-il, la science humaine est bien bornée, et quand je vous aurai appris les mathématiques, la physique, l'histoire et les trois ou quatre langues vivantes que je parle, vous saurez ce que je sais ;

or, toute cette science, je serai deux ans à peine à la verser de mon esprit dans le vôtre.

— Deux ans ! dit Dantès : vous croyez que je pourrais apprendre toutes ces choses en deux ans ?

— Dans leur application, non ; dans leurs principes, oui. Apprendre n'est point savoir ; il y a les sachants et les savants : c'est la mémoire qui fait les uns, c'est la philosophie qui fait les autres.

— Voyons, dit Dantès, que m'apprendrez-vous d'abord ? J'ai hâte de commencer ; j'ai soif de science.

— Tout ! » dit l'abbé.

En effet, dès le soir, les deux prisonniers arrêtèrent un plan d'éducation qui commença de s'exécuter le lendemain. Dantès avait une mémoire prodigieuse, une facilité de conception extrême : la disposition mathématique de son esprit le rendait apte à tout comprendre par le calcul, tandis que la poésie du marin corrigeait tout ce que pouvait avoir de trop matériel la démonstration réduite à la sécheresse des chiffres ou à la rectitude des lignes. Il savait déjà d'ailleurs l'italien et un peu de romaïque qu'il avait appris dans ses voyages d'Orient. Avec ces deux langues, il comprit bientôt le mécanisme de toutes les autres, et, au bout de six mois, il commençait à parler l'espagnol, l'anglais et l'allemand.

Comme il l'avait dit à l'abbé Faria, soit que la distraction que lui donnait l'étude lui tînt lieu de liberté, soit qu'il fût, comme nous l'avons vu déjà, rigide observateur de sa parole, il ne parlait plus de fuir, et les journées s'écoulaient pour lui rapides et instructives. Au bout d'un an, c'était un autre homme.

Quant à l'abbé Faria, Dantès remarquait que, malgré la distraction que sa présence avait apportée à sa captivité, il s'assombrissait tous les jours. Une pensée incessante et éternelle paraissait assiéger son esprit ; il tombait dans de profondes rêveries, soupirait involontairement, se levait tout à coup, croisait les bras, et se promenait sombre tout autour de sa prison.

Un jour il s'arrêta tout à coup au milieu d'un de ces cercles cent fois répétés qu'il décrivait autour de sa chambre, et s'écria :

« Ah ! s'il n'y avait pas de sentinelle !

— Il n'y aura de sentinelle qu'autant que vous le voudrez bien, dit Dantès qui avait suivi sa pensée à travers la boîte de son cerveau comme à travers un cristal.

— Ah ! je vous l'ai dit, reprit l'abbé, je répugne à un meurtre.

— Et cependant ce meurtre, s'il est commis, le sera par l'instinct de notre conservation, par un sentiment de défense personnelle.

— N'importe, je ne saurais...

— Vous y pensez cependant ?

— Sans cesse, sans cesse, murmura l'abbé.

— Et vous aviez trouvé un moyen, n'est-ce pas ? dit vivement Dantès.

— Oui, s'il arrivait qu'on pût mettre sur la galerie une sentinelle aveugle et sourde.

— Elle sera aveugle, elle sera sourde, répondit le jeune homme avec un accent de résolution qui épouvanta l'abbé.

— Non, non ! s'écria-t-il, impossible. »

Dantès voulut le retenir sur ce sujet, mais l'abbé secoua la tête et refusa de répondre davantage.

Trois mois s'écoulèrent.

« Êtes-vous fort ? » demanda un jour l'abbé à Dantès.

Dantès, sans répondre, prit le ciseau, le tordit comme un fer à cheval et le redressa.

« Vous engageriez-vous à ne tuer la sentinelle qu'à la dernière extrémité ?

— Oui, sur l'honneur.

— Alors, dit l'abbé, nous pourrions exécuter notre dessein.

— Et combien nous faudrait-il pour l'exécuter ?

— Un an au moins.

— Mais nous pourrions nous mettre au travail ?

— Tout de suite.

— Oh ! voyez donc, nous avons perdu un an ! s'écria Dantès.

— Trouvez-vous que nous l'ayons perdu ? dit l'abbé.

— Oh ! pardon, pardon, s'écria Edmond rougissant.

— Chut ! dit l'abbé ; l'homme n'est jamais qu'un homme, et vous êtes encore un des meilleurs que j'aie connus. Tenez, voici mon plan. »

L'abbé montra alors à Dantès un dessin qu'il avait tracé : c'était le plan de sa chambre, de celle de Dantès, et du corridor qui joignait l'une à l'autre. Au milieu de cette galerie, il établissait un boyau pareil à celui qu'on pratique dans les mines. Ce boyau menait les deux prisonniers sous la galerie où se promenait la sentinelle. Une fois arrivés là, ils pratiquaient une large excavation, descellaient une des dalles qui formaient le plancher de la galerie ; la dalle, à un moment donné, s'enfonçait sous le poids du soldat, qui disparaissait, englouti dans l'excavation. Dantès se précipitait sur lui au moment où, tout étourdi de sa chute, il ne pouvait se défendre, le liait, le bâillonnait, et tous deux alors, passant par une des fenêtres de cette galerie, descendaient le long de la muraille extérieure à l'aide de l'échelle de corde, et se sauvaient.

Dantès battit des mains, et ses yeux étincelèrent de joie ; ce plan était si simple qu'il devait réussir.

Le même jour, les mineurs se mirent à l'ouvrage avec d'autant plus d'ardeur, que ce travail succédait à un long repos et ne faisait, selon toute probabilité, que continuer la pensée intime et secrète de chacun d'eux.

Plus d'un an se passa à ce travail, exécuté avec un ciseau, un couteau et un levier de bois pour tous instruments. Pendant cette année, et tout en travaillant, Faria continuait d'instruire Dantès. L'abbé, homme du grand monde, avait en outre dans ses manières une sorte de majesté mélancolique dont Dantès, grâce à l'esprit d'assimilation dont la nature l'avait doué, sut extraire cette politesse élégante qui lui manquait, et ces façons aristocratiques que l'on n'acquiert d'habitude que par le frottement des classes élevées ou la société des hommes supérieurs.

Au bout de quinze mois le trou était achevé ; l'excavation était faite sous la galerie ; les deux ouvriers n'avaient plus qu'une crainte, c'était de voir le sol s'effondrer de lui-même sous les pieds du soldat. On obvia à cet inconvénient en plaçant une espèce de petite poutre, comme un support. Dantès était occupé à la placer, lorsqu'il entendit tout à coup Faria, resté dans la chambre du jeune homme, qui l'appelait avec un accent de détresse. Dantès rentra vivement, et aperçut l'abbé, debout au milieu de la chambre, pâle, la sueur au front et les mains crispées.

« Oh ! mon Dieu ! s'écria Dantès, qu'y a-t-il, et qu'avez-vous donc ?

— Vite, vite ! dit l'abbé, écoutez-moi. »

Dantès regarda le visage livide de Faria, ses yeux cernés d'un cercle bleuâtre, ses lèvres blanches, ses cheveux hérissés ; et, d'épouvante, il laissa tomber à terre le ciseau qu'il tenait à la main.

« Mais qu'y a-t-il donc ? s'écria Edmond.

— Je suis perdu ! dit l'abbé. Écoutez-moi. Un mal terrible, mortel peut-être, va me saisir. À ce mal il n'est qu'un remède, je vais vous le dire : courez vite chez moi ; levez le pied du lit ; ce pied est creux ; vous y trouverez un petit flacon de cristal à moitié plein d'une liqueur rouge ; apportez-le, ou plutôt, non, je pourrais

145

être surpris ici ; aidez-moi à rentrer chez moi pendant que j'ai encore quelques forces. Qui sait ce qui va arriver, et le temps que durera l'accès ? »

Dantès, sans perdre la tête, bien que le malheur qui le frappait fût immense, descendit dans le corridor, traînant son malheureux compagnon après lui, et se retrouva dans la chambre de l'abbé, qu'il déposa sur son lit.

« Merci, dit l'abbé, frissonnant de tous ses membres comme s'il sortait d'une eau glacée. Voici le mal qui vient, je vais tomber en catalepsie ; peut-être j'écumerai, je me roidirai, je crierai ; tâchez que l'on n'entende pas mes cris, c'est l'important ; car alors, peut-être me changerait-on de chambre, et nous serions séparés à tout jamais. Quand vous me verrez immobile, froid et mort, pour ainsi dire, seulement à cet instant, entendez-vous bien, desserrez-moi les dents avec le couteau, faites couler dans ma bouche huit à dix gouttes de cette liqueur, et peut-être reviendrai-je.

— Peut-être ? soupira douloureusement Dantès.

— À moi ! à moi ! s'écria l'abbé, je me... je me m... »

L'accès fut si subit et si violent, que le malheureux prisonnier ne put même achever le mot commencé ; un nuage passa sur son front, rapide et sombre comme les tempêtes de la mer ; la crise dilata ses yeux, tordit sa bouche, empourpra ses joues ; il s'agita, écuma, rugit ; mais, ainsi qu'il l'avait recommandé lui-même, Dantès étouffa ses cris sous sa couverture. Cela dura deux heures. Alors, plus inerte qu'une masse, plus pâle et plus froid que le marbre, plus brisé qu'un roseau foulé aux pieds, il tomba, se roidit encore dans une dernière convulsion, et devint livide.

Edmond attendit que cette mort apparente eût envahi le corps et glacé jusqu'au cœur ; alors il prit le couteau, introduisit la lame entre les dents, desserra avec une peine infinie les mâchoires crispées, compta l'une après l'autre dix gouttes de la liqueur rouge, et attendit.

Une heure s'écoula sans que le vieillard fît le moindre mouvement. Dantès craignait d'avoir attendu trop tard, et le regardait les mains enfoncées dans ses cheveux. Enfin une légère coloration parut sur ses joues ; ses yeux, constamment restés ouverts et atones, reprirent leur regard ; un faible soupir s'échappa de sa bouche ; il fit un mouvement.

« Sauvé ! sauvé ! » s'écria Dantès.

Le malade ne pouvait point parler encore, mais il étendit avec une anxiété visible la main vers la porte. Dantès écouta, et entendit les pas du geôlier ; il allait être sept heures, et Dantès n'avait pas eu le loisir de mesurer le temps.

Le jeune homme bondit vers l'ouverture, s'y enfonça, replaça la dalle au-dessus de sa tête, et rentra chez lui.

Un instant après, sa porte s'ouvrit à son tour, et le geôlier, comme d'habitude, trouva le prisonnier assis sur son lit.

À peine eut-il le dos tourné, à peine le bruit des pas

se fut-il perdu dans le corridor, que Dantès, dévoré d'inquiétude, reprit, sans songer à manger, le chemin qu'il venait de faire, et, soulevant la dalle avec sa tête, rentra dans la chambre de l'abbé.

Celui-ci avait repris connaissance ; mais il était toujours étendu, inerte et sans force, sur son lit.

« La dernière fois, dit l'abbé, l'accès dura une demi-heure, après quoi j'eus faim et me relevai seul ; aujourd'hui, je ne puis remuer ni ma jambe ni mon bras droit ; ma tête est embarrassée, ce qui prouve un épanchement au cerveau. La troisième fois, j'en resterai paralysé entièrement ou je mourrai sur le coup.

— Non, non, rassurez-vous, vous ne mourrez pas. Ce troisième accès, s'il vous prend, vous trouvera libre. Nous vous sauverons comme cette fois, et mieux que cette fois ; car nous aurons tous les secours nécessaires.

— Mon ami, dit le vieillard, ne vous abusez pas, la crise qui vient de se passer m'a condamné à une prison perpétuelle. Pour fuir, il faut pouvoir marcher.

— Eh bien ! nous attendrons huit jours, un mois, deux mois s'il le faut ; dans cet intervalle, vos forces reviendront. Tout est préparé pour notre fuite, et nous avons la liberté d'en choisir l'heure et le moment. Le jour où vous vous sentirez assez de force pour nager, eh bien, ce jour-là nous mettrons notre projet à exécution.

— Je ne nagerai plus, dit Faria : ce bras est paralysé, non pas pour un jour, mais à jamais. Soulevez-le vous-même, et voyez ce qu'il pèse. »

Le jeune homme souleva le bras, qui retomba insensible. Il poussa un soupir.

« Vous êtes convaincu maintenant, n'est-ce pas, Edmond ? dit Faria. C'est un héritage de famille ; mon père est mort à la troisième crise, mon aïeul aussi. Le médecin qui m'a composé cette liqueur, et qui n'est autre que le fameux Cabanis, m'a prédit le même sort. Quant à vous, fuyez, partez ! Vous êtes jeune, adroit et fort, ne vous inquiétez pas de moi, je vous rends votre parole.

— C'est bien, dit Dantès. Eh bien, alors, moi aussi, je resterai. »

Puis, se levant et étendant une main solennelle sur le vieillard :

« Par le sang du Christ, je jure de ne vous quitter qu'à votre mort ! »

Faria considéra ce jeune homme si noble, si simple, si élevé, et lut sur ses traits, animés par l'expression du dévouement le plus pur, la sincérité de son affection et la loyauté de son serment.

« Allons, dit le malade, j'accepte ; merci. »

Puis, lui tendant la main :

« Vous serez peut-être récompensé de ce dévouement si désintéressé, lui dit-il ; mais comme je ne puis et que vous ne voulez pas partir, il importe que nous bouchions le souterrain fait sous la galerie : le soldat peut remarquer en marchant la sonorité de l'endroit miné, appeler l'attention d'un inspecteur, et alors nous serions découverts et séparés. Allez faire cette besogne, dans laquelle je ne puis plus malheureusement vous aider ; employez-y toute la nuit s'il le faut, et ne revenez que demain après la visite du geôlier, j'aurai quelque chose d'important à vous dire. »

Dantès prit la main de l'abbé, qui le rassura par un sourire, et sortit avec cette obéissance et ce respect qu'il avait voués à son vieil ami.

11

Le trésor

Lorsque Dantès rentra le lendemain matin dans la
chambre de son compagnon de captivité, il trouva
Faria assis, le visage calme. Sous le rayon qui glissait à
travers l'étroite fenêtre de sa cellule, il tenait ouvert
dans sa main gauche, la seule dont l'usage lui fût resté,
un morceau de papier auquel l'habitude d'être roulé en
un mince volume avait imprimé la forme d'un cylindre
rebelle à s'étendre.

Il montra sans rien dire le papier à Dantès.

« Qu'est cela ? demanda celui-ci.

— Regardez bien, dit l'abbé en souriant.

— Je regarde de tous mes yeux, dit Dantès, et je ne
vois rien qu'un papier à demi brûlé, et sur lequel sont

tracés des caractères gothiques avec une encre singulière.

— Ce papier, mon ami, dit Faria, est, je puis tout
vous avouer maintenant, puisque je vous ai éprouvé, ce
papier, c'est mon trésor, dont à compter d'aujourd'hui
la moitié vous appartient. »

Une sueur froide passa sur le front de Dantès.
Jusqu'à ce jour, et pendant quel espace de temps ! il
avait évité de parler avec Faria de ce trésor, source de
l'accusation de folie qui pesait sur le pauvre abbé.
Aujourd'hui, ces quelques mots, échappés à Faria
après une crise si pénible, semblaient annoncer une
grave rechute d'aliénation mentale.

« Votre trésor ? » balbutia Dantès.

Faria sourit.

« Oui, dit-il : en tout point vous êtes un noble cœur,
Edmond, et je comprends, à votre pâleur et à votre frisson, ce qui se passe en vous en ce moment. Non, soyez
tranquille, je ne suis pas fou. Ce trésor existe, Dantès,
et, s'il ne m'a pas été donné de le posséder, vous le pos-
séderez, vous : personne n'a voulu m'écouter ni me
croire parce qu'on me jugeait fou ; mais vous, qui devez
savoir que je ne le suis pas, écoutez-moi, et vous me
croirez après si vous voulez. »

« Hélas ! murmura Edmond en lui-même, le voilà
retombé : ce malheur me manquait ! »

Puis, tout haut :

« Mon ami, dit-il à Faria, votre accès vous a peut-être
fatigué ; ne voulez-vous pas prendre un peu de repos ?

Demain, si vous le désirez, j'entendrai votre histoire ; mais aujourd'hui je veux vous soigner, voilà tout.

— Vous persistez dans votre incrédulité, Edmond, répondit Faria : ma voix ne vous a pas convaincu. Je vois qu'il vous faut des preuves. Eh bien ! lisez ce papier que je n'ai jamais montré à personne.

— Demain, mon ami, dit Edmond, répugnant à se prêter à la folie du vieillard.

— Nous n'en parlerons que demain, mais lisez ce papier aujourd'hui. »

« Ne l'irritons pas », pensa Edmond.

Et prenant le papier dont la moitié manquait, consumée qu'elle avait été sans doute par quelque accident, il lut :

Ce trésor, qui peut monter à deux
d'écus romains dans l'angle le plus él
de la seconde ouverture, lequel
déclare lui appartenir en toute pro
tier.

                              25 avril 149.

« Eh bien ? dit Faria quand le jeune homme eut fini sa lecture.

— Mais, répondit Dantès, je ne vois là que des lignes tronquées, des mots sans suite ; les caractères sont interrompus par l'action du feu, et restent inintelligibles.

— Pour vous, mon ami, qui les lisez pour la première fois ; mais non pour moi qui ai pâli dessus pendant bien des nuits, qui ai reconstruit chaque phrase, complété chaque pensée.

— Et vous croyez avoir retrouvé ce sens suspendu ?

— J'en suis sûr, vous en jugerez vous-même ; mais d'abord écoutez l'histoire de ce papier :

« Vous savez, dit l'abbé, que j'étais le secrétaire, le familier, l'ami du cardinal Spada, le dernier des princes de ce nom. Je dois à ce digne seigneur tout ce que j'ai goûté de bonheur en cette vie. Il n'était pas riche, bien que les richesses de sa famille fussent proverbiales et que j'aie entendu dire souvent : "Riche comme un Spada." J'avais vu souvent monseigneur travailler à compulser des livres antiques, et fouiller avidement dans la poussière des manuscrits de famille. Un jour que je lui reprochais ses inutiles veilles et l'espèce d'abattement qui les suivait, il me regarda en souriant amèrement et m'ouvrit un livre qui est l'histoire de la ville de Rome. Là, au vingtième chapitre de la *Vie du pape Alexandre VI*, il y avait les lignes suivantes, que je n'ai pu jamais oublier :

« *Les grandes guerres de la Romagne étaient terminées. César Borgia, qui avait achevé sa conquête, avait besoin d'argent pour acheter l'Italie tout entière. Le pape avait également besoin d'argent pour en finir avec Louis XII, roi de France, encore terrible malgré ses derniers revers.*

« *Sa Sainteté eut une idée. Elle résolut de faire deux cardinaux.*

« En choisissant deux des grands personnages de Rome, deux riches surtout, voici ce qui revenait au Saint-Père de la spéculation : d'abord il avait à vendre les grandes charges et les emplois magnifiques dont ces deux cardinaux étaient en possession ; en outre, il pouvait compter sur un prix très brillant de la vente de ces deux chapeaux.

« Le pape et César Borgia trouvèrent d'abord les deux cardinaux futurs ; c'étaient Jean Rospigliosi, puis César Spada. Ceux-là trouvés, César trouva bientôt des acquéreurs pour leur charge. Passons à la dernière partie de la spéculation, il est temps. Le pape et César Borgia invitèrent à dîner ces deux cardinaux. On dressa le couvert dans la vigne que possédait le pape près de Saint-Pierre-ès-Liens. Spada, homme prudent et qui aimait uniquement son neveu, jeune capitaine de la plus belle espérance, prit du papier, une plume, et fit son testament.

« Spada partit vers les deux heures pour la vigne de Saint-Pierre-ès-Liens : le pape l'y attendait. La première figure qui frappa les yeux de Spada fut celle de son neveu tout paré, tout gracieux. Spada pâlit ; et César, qui lui décocha un regard plein d'ironie, laissa voir qu'il avait tout prévu, que le piège était bien dressé.

« On dîna. Une heure après, un médecin les déclarait tous deux empoisonnés par des morilles vénéneuses. Aussitôt César et le pape s'empressèrent d'envahir l'héritage, sous prétexte de rechercher les papiers des défunts. Mais l'héritage consistait en ceci, un morceau de papier sur lequel Spada avait écrit : *"Je lègue à mon neveu bien-aimé mes coffres, mes livres, parmi lesquels mon beau bréviaire à coins d'or, désirant qu'il garde ce souvenir de son oncle affectionné."*

« Les héritiers cherchèrent partout, admirèrent le bréviaire, firent main basse sur les meubles, et s'étonnèrent que Spada, l'homme riche, fût effectivement le plus misérable des oncles ; de trésors, aucun : si ce n'est des trésors de science renfermés dans la bibliothèque et les laboratoires.

« Ce fut tout. Mais le neveu avait eu le temps de dire en rentrant à sa femme :

« "Cherchez parmi les papiers de mon oncle ; il y a un testament réel."

« On chercha plus activement. Ce fut en vain.

« Les Spada restèrent dans une aisance douteuse, un mystère éternel pesa sur cette sombre affaire. J'arrive au dernier de la famille, à celui-là dont je fus le secrétaire, au comte de Spada. Le fameux bréviaire était resté dans la famille, et c'était le comte de Spada qui le possédait.

« À la vue des papiers de toutes sortes, titres, contrats, parchemins, qu'on gardait dans les archives de la famille, et qui tous venaient du cardinal empoisonné, je me mis à mon tour, comme vingt serviteurs, vingt intendants, vingt secrétaires qui m'avaient précédé, à compulser les liasses formidables : malgré l'activité et la religion de mes recherches, je ne retrouvai absolument rien. Tout fut inutile ; je restai dans mon ignorance, et le comte de Spada dans sa misère. Mon patron mourut. En 1807, un mois avant mon arrestation et quinze jours après la mort du comte de Spada, le 25 du mois de décembre –, vous allez comprendre tout à l'heure comment la date de ce jour mémorable est restée dans mon souvenir –, je relisais pour la millième fois ces papiers, lorsque, fatigué de cette étude assidue, mal disposé par un dîner assez lourd que j'avais fait, je laissai tomber ma tête sur mes deux mains et m'endormis : il était trois heures de l'après-midi.

« Je me réveillai comme la pendule sonnait six heures.

« Je levai la tête, j'étais dans l'obscurité la plus profonde. Je pris d'une main une bougie toute préparée, et de l'autre je cherchai un papier que je comptais allumer à un dernier reste de flamme dansant au-dessus du foyer ; mais, craignant, dans l'obscurité, de prendre un papier précieux à la place d'un papier inutile, j'hésitais, lorsque je me rappelai avoir vu, dans le fameux bréviaire qui était posé sur la table à côté de moi, un vieux papier tout jaune par le haut qui avait l'air de servir de signet et qui avait traversé les siècles, maintenu à sa place par la vénération des héritiers. Je cherchai, en tâtonnant, cette feuille inutile, je la trouvai, je la tordis, et, la présentant à la flamme mourante, je l'allumai.

« Mais, sous mes doigts, comme par magie, à mesure que le feu montait, je vis des caractères jaunâtres sortir du papier blanc et apparaître sur la feuille ; alors la terreur me prit : je serrai dans mes mains le papier, j'étouffai le feu, j'allumai directement la bougie au foyer, je rouvris avec une indicible émotion la lettre froissée, et je reconnus qu'une encre mystérieuse et sympathique avait tracé ces lettres, apparentes seulement au contact de la vive chaleur. Un peu plus du tiers du papier avait été consumé par la flamme : c'est ce papier que vous avez lu ce matin. Maintenant, lisez cet autre papier, rapprochez les deux fragments, et jugez vous-même. »

Dantès obéit ; les deux fragments rapprochés donnaient l'ensemble suivant :

Cejourd'hui 25 avril 1498, a... yant été invité à dîner par Sa Sainteté Alexandre VI, et craignant que, non... content de m'avoir fait payer le chapeau, il ne veuille hériter de moi et ne me ré... serve le sort des cardinaux Caprara et Bentivoglio, morts empoisonnés... je déclare à mon neveu Guido Spada, mon légataire universel, que j'ai en... foui dans un endroit qu'il connaît pour l'avoir visité avec moi, c'est-à-dire dans... les grottes de la petite île de Monte-Cristo, tout ce que je pos... sédais de lingots, d'or monnayé, pierreries, diamants, bijoux ; que seul... je connais l'existence de ce trésor, qui peut monter à peu près à deux mil... lions d'écus romains, et qu'il trouvera ayant levé la vingtième roch... e à partir de la petite crique de l'Est en droite ligne. Deux ouvertu... res ont été pratiquées dans ces grottes : le trésor est dans l'angle le plus é... loigné de la deuxième ; lequel trésor je lui lègue et cède en tou... te propriété, comme à mon seul héritier.

25 avril 1498.

Ces... are † Spada.

« Eh bien, comprenez-vous enfin ? dit Faria.

— C'était la déclaration du cardinal Spada et le testament que l'on cherchait depuis si longtemps ? dit Edmond encore incrédule.

— Oui, mille fois oui.

— Qui l'a reconstruite ainsi ?

— Moi, qui, à l'aide du fragment restant, ai deviné le reste en mesurant la longueur des lignes par celle du papier, et en pénétrant dans le sens caché au moyen du sens visible ; comme on se guide dans un souterrain par un reste de lumière qui vient d'en haut.

— Et qu'avez-vous fait quand vous avez cru avoir acquis cette conviction ?

— J'ai voulu partir, et je suis parti à l'instant même, emportant avec moi le commencement de mon grand travail sur l'unité d'un royaume d'Italie ; mais depuis longtemps la police impériale, qui, dans ce temps, au contraire de ce que Napoléon a voulu depuis, quand un fils lui fut né, voulait la division des provinces, avait les yeux sur moi : mon départ précipité, dont elle était loin de deviner la cause, éveilla ses soupçons, et au moment où je m'embarquais à Piombino je fus arrêté.

« Maintenant, continua Faria en regardant Dantès avec une expression presque paternelle, maintenant, mon ami, vous en savez autant que moi : si nous nous sauvons jamais ensemble, la moitié de mon trésor est à vous ; si je meurs ici et que vous vous sauviez seul, il vous appartient en totalité.

— Mais, demanda Dantès hésitant, ce trésor n'a-t-il pas dans ce monde quelque plus légitime possesseur que nous ?

— Non, non, rassurez-vous, la famille est éteinte complètement, le dernier comte Spada, d'ailleurs, m'a fait son héritier ; en me léguant ce bréviaire symbolique il m'a légué ce qu'il contenait ; non, non, tranquillisez-vous : si nous mettons la main sur cette fortune, nous pouvons en jouir sans remords.

— Et vous dites que ce trésor renferme...

— Deux millions d'écus romains, treize millions à peu près de notre monnaie.

— Impossible ! dit Dantès, effrayé par l'énormité de la somme.

— Impossible ! et pourquoi ? reprit le vieillard. La famille Spada était une des plus vieilles et des plus puissantes familles du XVe siècle. D'ailleurs, dans ces temps où toute spéculation et toute industrie étaient absentes, ces agglomérations d'or et de bijoux ne sont pas rares ; il y a encore aujourd'hui des familles romaines qui meurent de faim près d'un million en diamants et en pierreries transmis par majorat, et auquel elles ne peuvent toucher. »

Edmond croyait rêver : il flottait entre l'incrédulité et la joie.

« Je n'ai gardé si longtemps le secret avec vous, continua Faria, d'abord que pour vous éprouver, et ensuite pour vous surprendre. Si nous nous fussions évadés avant mon accès de catalepsie, je vous conduisais à Monte-Cristo ; maintenant, ajouta-t-il avec un soupir, c'est vous qui m'y conduirez. Eh bien, Dantès ! vous ne me remerciez pas ?

— Ce trésor vous appartient, mon ami, dit Dantès, il appartient à vous seul, et je n'y ai aucun droit ; je ne suis point votre parent.

— Vous êtes mon fils, Dantès, s'écria le vieillard, vous êtes l'enfant de ma captivité ; mon état me condamnait au célibat : Dieu vous a envoyé à moi pour consoler à la fois l'homme qui ne pouvait être père, et le prisonnier qui ne pouvait être libre. »

Et Faria tendit le bras qui lui restait au jeune homme, qui se jeta à son cou en pleurant.

12

Le troisième accès

Maintenant que ce trésor qui avait été si longtemps l'objet des méditations de l'abbé pouvait assurer le bonheur à venir de celui que Faria aimait véritablement comme son fils, il avait encore doublé de valeur à ses yeux : tous les jours il s'appesantissait sur la quotité de ce trésor, expliquant à Dantès tout ce qu'avec treize ou quatorze millions de fortune un homme dans nos temps modernes pouvait faire de bien à ses amis ; et alors le visage de Dantès se rembrunissait, car le serment de vengeance qu'il avait fait se représentait à sa pensée, et il songeait, lui, combien dans nos temps modernes un homme, avec treize ou quatorze millions de fortune, pouvait faire de mal à ses ennemis.

L'abbé ne connaissait pas l'île de Monte-Cristo, mais

Dantès la connaissait ; il avait souvent passé devant cette île, située à vingt-cinq milles de la Pianosa, entre la Corse et l'île d'Elbe, et une fois même il y avait relâché. Cette île était, avait toujours été et est encore complètement déserte ; c'est un rocher de forme presque conique, qui semble avoir été poussé par quelque cataclysme volcanique du fond de l'abîme à la surface de la mer.

Dantès faisait le plan de l'île à Faria, et Faria donnait des plans à Dantès sur les moyens à employer pour retrouver le trésor.

Mais Dantès était loin d'être aussi enthousiaste et surtout aussi confiant que le vieillard. Certes, il était bien certain maintenant que Faria n'était pas fou, mais il ne pouvait croire que ce dépôt existât encore, et quand il ne regardait pas le trésor comme chimérique, il le regardait du moins comme absent.

Cependant, comme si le destin eût voulu ôter aux prisonniers leur dernière espérance, et leur faire comprendre qu'ils étaient condamnés à une prison perpétuelle, un nouveau malheur les atteignit : la galerie du bord de la mer, qui depuis longtemps menaçait ruine, avait été reconstruite ; on avait réparé les assises et bouché avec d'énormes quartiers de roc le trou déjà à demi comblé par Dantès. Une nouvelle porte, plus forte, plus inexorable que les autres, s'était donc encore refermée sur eux.

« Vous voyez bien, disait le jeune homme avec une douce tristesse à Faria, que Dieu veut m'ôter jusqu'au mérite de ce que vous appelez mon dévouement pour vous. Je vous ai promis de rester éternellement avec vous, et je ne suis plus libre maintenant de ne pas tenir ma promesse ; je n'aurai pas plus le trésor que vous, et nous ne sortirons d'ici ni l'un ni l'autre. Au reste, mon véritable trésor, voyez-vous, mon ami, n'est pas celui qui m'attendait sous les sombres murailles de Monte-Cristo, c'est votre présence, c'est notre cohabitation de cinq ou six heures par jour, malgré nos geôliers ; ce sont ces rayons d'intelligence que vous avez versés dans mon cerveau. »

Aussi, ce furent pour les deux infortunés, sinon d'heureux jours, du moins des jours assez promptement écoulés que les jours qui suivirent : Faria, sans avoir retrouvé l'usage de sa main et de son pied, avait reconquis toute la netteté de son intelligence, et avait peu à peu, outre les connaissances morales que nous avons détaillées, appris à son jeune compagnon ce métier patient et sublime du prisonnier, qui de rien sait faire quelque chose ; ils s'occupaient donc éternellement ; Faria de peur de se voir vieillir, Dantès de peur de se rappeler son passé presque éteint, et qui ne flottait plus au profond de sa mémoire que comme une lumière lointaine, égarée dans la nuit.

Mais, sous ce calme superficiel, il y avait dans le cœur du jeune homme et dans celui du vieillard peut-être bien des élans retenus, bien des soupirs étouffés, qui se faisaient jour lorsque Faria était resté seul et qu'Edmond était rentré chez lui.

Une nuit, Edmond se réveilla en sursaut, croyant s'être entendu appeler.

Il ouvrit les yeux et essaya de percer les épaisseurs de l'obscurité.

Son nom, ou plutôt une voix plaintive qui essayait d'articuler son nom, arriva jusqu'à lui.

Il se leva sur son lit, la sueur de l'angoisse au front, et écouta. Plus de doute, la plainte venait du cachot de son compagnon.

« Grand Dieu ! murmura Dantès, serait-ce... ? »

Et il déplaça son lit, tira la pierre, se lança dans le corridor, et parvint à l'extrémité opposée ; la dalle était levée.

À la lueur de cette lampe informe et vacillante dont nous avons parlé, Edmond vit le vieillard pâle, debout encore, et se cramponnant au bois de son lit. Ses traits étaient bouleversés par ces horribles symptômes qu'il connaissait déjà et qui l'avaient tant épouvanté lorsqu'ils étaient apparus pour la première fois.

« Eh bien ! mon ami, dit Faria résigné, vous comprenez, n'est-ce pas, et je n'ai besoin de rien vous apprendre ? »

Edmond poussa un cri douloureux. Puis, reprenant sa force un instant ébranlée par ce coup imprévu :

« Oh ! dit-il, je vous ai déjà sauvé une fois, je vous sauverai bien une seconde ! »

Et il souleva le pied du lit, et en tira le flacon encore au tiers plein de la liqueur rouge.

« Eh bien, essayez donc ! Vous ferez comme la première fois, seulement vous n'attendrez pas si long-temps. Si, après m'avoir versé douze gouttes dans la bouche au lieu de dix, vous voyez que je ne reviens pas, alors vous verserez le reste. Maintenant portez-moi sur mon lit, car je ne puis plus me tenir debout. »

Edmond prit le vieillard dans ses bras, et le déposa sur le lit.

« Maintenant, ami, dit Faria, seule condition de ma vie misérable, vous que le Ciel m'a donné un peu tard, mais enfin qu'il m'a donné, présent inappréciable et dont je le remercie, au moment de me séparer de vous pour jamais, je vous souhaite tout le bonheur, toute la prospérité que vous méritez : mon fils, je vous bénis ! »

Le jeune homme se jeta à genoux, appuyant sa tête contre le lit du vieillard.

« Mais surtout écoutez bien ce que je vous dis à ce moment suprême : si vous parvenez à fuir, rappelez-vous que le pauvre abbé que tout le monde croyait fou ne l'était pas. Courez à Monte-Cristo, profitez de notre fortune, profitez-en, vous avez assez souffert. »

Une secousse violente interrompit le vieillard. Dantès releva la tête ; il vit les yeux qui s'injectaient de rouge ; on eût dit qu'une vague de sang venait de monter de sa poitrine à son front.

« Adieu ! adieu ! murmura le vieillard en pressant convulsivement la main du jeune homme, adieu !... »

Et, se relevant par un dernier effort dans lequel il rassembla toutes ses facultés :

« Monte-Cristo ! dit-il, n'oubliez pas Monte-Cristo ! »

Et il retomba sur son lit.

La crise fut terrible : des membres tordus, des paupières gonflées, une écume sanglante, un corps sans mouvement, voilà ce qui resta sur ce lit de douleur à la place de l'être intelligent qui s'y était couché un instant auparavant.

Lorsque Dantès crut le moment arrivé, il prit le couteau, desserra les dents, compta l'une après l'autre douze gouttes, et attendit.

Il attendit dix minutes, un quart d'heure, une demi-heure, rien ne bougea. Alors il approcha la fiole des lèvres violettes de Faria, et, sans avoir besoin de desserrer les mâchoires restées ouvertes, il versa toute la liqueur qu'elle contenait.

Le remède produisit un effet galvanique ; un violent tremblement secoua les membres du vieillard, ses yeux se rouvrirent, effrayants à voir, il poussa un soupir qui ressemblait à un cri, puis tout ce corps frissonnant rentra peu à peu dans son immobilité.

Les yeux seuls restèrent ouverts.

Une demi-heure, une heure, une heure et demie s'écoulèrent. Pendant cette heure et demie d'angoisse, Edmond, penché sur son ami, la main appliquée à son cœur, sentit successivement ce corps se refroidir, et ce cœur éteindre son battement de plus en plus sourd et profond. Enfin rien ne survécut, le dernier frémissement de son cœur cessa, la face devint livide, les yeux restèrent ouverts, mais le regard se ternit.

Il était six heures du matin, le jour commençait à paraître, et son rayon blafard, envahissant le cachot, faisait pâlir la lumière mourante de la lampe. Des reflets étranges passaient sur le visage du cadavre, lui donnant de temps en temps des apparences de vie. Tant que dura cette lutte du jour et de la nuit, Dantès put douter encore ; mais dès que le jour eut vaincu, il comprit qu'il était seul avec un cadavre.

Alors une terreur profonde et invincible s'empara de lui ; il n'osa plus arrêter ses yeux sur ces yeux fixes et blancs qu'il essaya plusieurs fois mais inutilement de fermer, et qui se rouvraient toujours. Il éteignit la lampe, la cacha soigneusement et s'enfuit, replaçant de son mieux la dalle au-dessus de sa tête.

D'ailleurs il était temps, le geôlier allait venir.

Cette fois, il commença sa visite par Dantès : en sortant de son cachot, il allait passer dans celui de Faria, auquel il portait à déjeuner et du linge.

Rien d'ailleurs n'indiquait chez cet homme qu'il eût connaissance de l'accident arrivé.

Il sortit.

Dantès fut alors pris d'une indicible impatience de savoir ce qui allait se passer dans le cachot de son malheureux ami ; il rentra donc dans la galerie souterraine, et arriva à temps pour entendre les exclamations du porte-clefs, qui appelait à l'aide.

Bientôt les autres porte-clefs arrivèrent ; puis on

entendit ce pas lourd et régulier habituel aux soldats, même hors de leur service. Derrière les soldats arriva le gouverneur.

Edmond entendit le bruit du lit, sur lequel on agitait le cadavre ; il entendit la voix du gouverneur qui ordonnait de lui jeter de l'eau au visage, et qui, voyant que malgré cette immersion le prisonnier ne revenait pas, envoya chercher le médecin.

Le gouverneur sortit, et quelques paroles de compassion parvinrent aux oreilles de Dantès, mêlées à des rires de moquerie.

« Allons, allons, disait l'un, le fou est allé rejoindre ses trésors, bon voyage !

— Il n'aura pas, avec tous ses millions, de quoi payer son linceul, disait l'autre.

— Oh ! reprit une troisième voix, les linceuls du château d'If ne coûtent pas cher.

— Peut-être, dit un des premiers interlocuteurs, comme c'est un homme d'église, on fera quelques frais en sa faveur.

— Alors, il aura les honneurs du sac. »

Des allées et venues se firent entendre. Un instant après, un bruit de toile froissée parvint aux oreilles de Dantès, le lit cria sur ses ressorts, un pas alourdi comme celui d'un homme qui soulève un fardeau s'appesantit sur la dalle, puis le lit cria de nouveau sous le poids qu'on lui rendait.

Alors les pas s'éloignèrent, les voix allèrent s'affaiblissant, le bruit de la porte avec sa serrure criarde et ses verrous grinçants se fit entendre, un silence plus morne que celui de la solitude, le silence de la mort, envahit tout, jusqu'à l'âme glacée du jeune homme.

Alors il souleva lentement la dalle avec sa tête, et jeta un regard investigateur dans la chambre.

La chambre était vide : Dantès sortit de la galerie.

Sur le lit, couché dans le sens de la longueur, et faiblement éclairé par un jour brumeux qui pénétrait à travers la fenêtre, on voyait un sac de toile grossière, sous les larges plis duquel se dessinait confusément une forme longue et raide : c'était le dernier linceul de Faria, ce linceul qui, au dire des guichetiers, coûtait si peu cher. Ainsi, tout était fini : une séparation matérielle existait déjà entre Dantès et son vieil ami. Faria, l'utile, le bon compagnon auquel il s'était habitué avec tant de force, n'existait plus que dans son souvenir. Alors il s'assit au chevet de ce lit terrible, et se plongea dans une sombre et amère mélancolie.

Seul ! il était redevenu seul ; il était retombé dans le silence ; il se retrouvait en face du néant !

Seul ! plus même la vue, plus même la voix du seul être humain qui l'attachait encore à la terre ! Ne valait-il pas mieux, comme Faria, s'en aller demander à Dieu l'énigme de la vie, au risque de passer par la porte lugubre des souffrances ?

L'idée du suicide, chassée par son ami, écartée par sa présence, revint alors se dresser comme un fantôme près du cadavre de Faria.

Mais Dantès recula à l'idée de cette mort infamante,

et passa précipitamment de ce désespoir à une soif ardente de vie et de liberté.

« Mourir ! oh ! non, s'écria-t-il, ce n'est pas la peine d'avoir tant vécu, d'avoir tant souffert, pour mourir maintenant ! Non, je veux reconquérir ce bonheur qu'on m'a enlevé. Avant que je meure, j'oubliais que j'ai mes bourreaux à punir, et peut-être bien aussi, qui sait ! quelques amis à récompenser. Mais à présent on va m'oublier ici, et je ne sortirai de mon cachot que comme Faria. »

Mais à cette parole Edmond resta immobile, les yeux fixes, comme un homme frappé d'une idée subite, mais que cette idée épouvante. Tout à coup il se leva, porta la main à son front comme s'il avait le vertige, fit deux ou trois tours dans la chambre et revint s'arrêter devant le lit...

« Oh ! oh ! murmura-t-il, qui m'envoie cette pensée ? est-ce Vous, mon Dieu ? Puisqu'il n'y a que les morts qui sortent librement d'ici, prenons la place des morts. »

Et, comme pour ne pas donner à la pensée le temps de détruire cette résolution désespérée, il se pencha vers le sac hideux, l'ouvrit avec le couteau que Faria avait fait, retira le cadavre du sac, l'emporta chez lui, le coucha dans son lit, le coiffa du lambeau de linge dont il avait l'habitude de se coiffer lui-même, le couvrit de sa couverture, baisa une dernière fois ce front glacé, essaya de refermer ces yeux rebelles qui continuaient de rester ouverts, effrayants par l'absence de

la pensée, tourna la tête le long du mur, afin que le geôlier, en apportant son repas du soir, crût qu'il était couché comme c'était souvent son habitude, rentra dans
la galerie, tira le lit contre la muraille, rentra dans
l'autre chambre, prit dans l'armoire l'aiguille, le fil, jeta
ses haillons pour qu'on sentît bien sous la toile les
chairs nues, se glissa dans le sac éventré, se plaça dans
la situation où était le cadavre, et referma la couture en
dedans.

On aurait pu entendre battre son cœur, si par malheur on fût entré en ce moment.

Voici ce qu'il comptait faire :

Si, pendant le trajet, les fossoyeurs reconnaissaient
qu'ils portaient un vivant au lieu de porter un mort,
Dantès ne leur donnait pas le temps de se reconnaître ;
d'un vigoureux coup de couteau il ouvrait le sac, pro-
fitait de leur terreur et s'échappait : s'ils voulaient
l'arrêter, il jouait du couteau.

S'ils le conduisaient jusqu'au cimetière et le dépo-
saient dans une fosse, il se laissait couvrir de terre ;
puis, comme c'était la nuit, à peine les fossoyeurs
avaient-ils le dos tourné, qu'il s'ouvrait un passage à
travers la terre molle et fuyait : il espérait que le poids
ne serait pas trop grand pour qu'il pût le soulever.

S'il se trompait, si au contraire la terre était trop
pesante, il mourrait étouffé, et tant mieux ! tout était
fini.

Le premier danger que courait Dantès, c'était que le

173

geôlier, en lui apportant son souper de sept heures, s'aperçût de la substitution opérée.

Lorsque sept heures du soir s'approchèrent, les angoisses de Dantès commencèrent véritablement. Sa main, appuyée sur son cœur, essayait d'en comprimer les battements, tandis que de l'autre il essuyait la sueur de son front qui ruisselait le long de ses tempes. Les heures s'écoulèrent sans amener aucun mouvement dans le château, et Dantès comprit qu'il avait échappé à ce premier danger ; c'était d'un bon augure. Enfin, vers l'heure fixée par le gouverneur, des pas se firent entendre dans l'escalier. Edmond comprit que le moment était venu, rappela tout son courage, retenant son haleine ; heureux s'il eût pu retenir en même temps et comme elle les pulsations précipitées de ses artères.

On s'arrêta à la porte, le pas était double. Dantès devina que c'étaient les deux fossoyeurs qui le venaient chercher. Ce soupçon se changea en certitude quand il entendit le bruit qu'ils faisaient en déposant la civière.

La porte s'ouvrit, une lumière voilée parvint aux yeux de Dantès. Au travers de la toile qui le couvrait, il vit deux ombres s'approcher de son lit. Une troisième restait à la porte, tenant un falot à la main. Chacun des deux hommes qui s'étaient approchés du lit saisit le sac par une de ses extrémités.

« C'est qu'il est encore lourd, pour un vieillard si maigre ! dit l'un d'eux en le soulevant par la tête.

— On dit que chaque année ajoute une demi-livre au poids des os », dit l'autre en le prenant par les pieds.

On transporta le prétendu mort du lit sur la civière. Edmond se raidissait pour mieux jouer son rôle de trépassé. On le posa sur la civière, et le cortège, éclairé par l'homme au falot qui marchait devant, monta l'escalier.

Tout à coup l'air frais et âpre de la nuit l'inonda. Dantès reconnut le mistral. Ce fut une sensation subite, pleine à la fois de délices et d'angoisses.

Les porteurs firent une vingtaine de pas, puis s'arrêtèrent et déposèrent la civière sur le sol.

Un des porteurs s'éloigna, et Dantès entendit ses souliers retentir sur les dalles.

« Éclaire-moi donc, animal, dit celui des deux porteurs qui s'était éloigné, ou je ne trouverai jamais ce que je cherche. »

L'homme au falot obéit à l'injonction.

Une exclamation de satisfaction indiqua que le fossoyeur avait trouvé ce qu'il cherchait.

« Enfin, dit l'autre, ce n'est pas sans peine.

— Oui, répondit-il, mais il n'aura rien perdu pour attendre. »

À ces mots il se rapprocha d'Edmond, qui entendit déposer près de lui un corps lourd et retentissant. Au même moment, une corde entoura ses pieds d'une vive et douloureuse pression.

« Eh bien ! le nœud est-il fait ? demanda celui des fossoyeurs qui était resté inactif.

— Et bien fait, dit l'autre, je t'en réponds.

— En ce cas, en route. »

Et la civière soulevée reprit son chemin.

On fit cinquante pas à peu près, puis on s'arrêta pour ouvrir une porte ; puis on se remit en route. Le bruit des flots se brisant contre les rochers, sur lesquels est bâti le château, arrivait plus distinctement à l'oreille de Dantès à mesure que l'on avançait.

« Mauvais temps ! dit un des porteurs. Il ne fera pas bon d'être en mer cette nuit.

— Oui, l'abbé court grand risque d'être mouillé », dit l'autre ; et ils éclatèrent de rire.

Dantès ne comprit pas très bien la plaisanterie, mais ses cheveux ne s'en dressèrent pas moins sur sa tête.

« Bon, nous voilà arrivés ! reprit le premier.

— Plus loin, plus loin, dit l'autre : tu sais bien que le dernier est resté en route, brisé sur les rochers, et que le gouverneur nous a dit le lendemain que nous étions des fainéants. »

On fit encore quatre ou cinq pas en montant toujours, puis Dantès sentit qu'on le prenait par la tête et par les pieds, et qu'on le balançait.

« Une, dirent les fossoyeurs.

— Deux.

— Trois ! »

En même temps Dantès se sentit lancé en effet dans un vide énorme, traversant les airs comme un oiseau blessé, tombant, tombant toujours avec une épouvante qui lui glaçait le cœur. Quoique tiré en bas par quelque chose de pesant qui précipitait son vol rapide, il lui sembla que cette chute durait un siècle. Enfin, avec un bruit épouvantable, il entra comme une flèche dans une eau glacée, qui lui fit pousser un cri étouffé à l'instant même par l'immersion.

Dantès avait été lancé dans la mer, au fond de laquelle l'entraînait un boulet de trente-six attaché à ses pieds.

La mer est le cimetière du château d'If.

13

L'île de Tiboulen

Dantès, étourdi, presque suffoqué, eut cependant la présence d'esprit de retenir son haleine, et, comme sa main droite, ainsi que nous l'avons dit, préparé qu'il était à toutes les chances, tenait son couteau tout ouvert, il éventra rapidement le sac, sortit le bras, puis la tête ; mais, alors, malgré ses mouvements pour soulever le boulet, il continua de se sentir entraîné. Alors il se cambra, cherchant la corde qui liait ses jambes, et, par un effort suprême, il la trancha précisément au moment où il suffoquait. Alors, donnant un vigoureux coup de pied, il remonta libre à la surface de la mer, tandis que le boulet entraînait dans ses profondeurs inconnues le tissu grossier qui avait failli devenir son linceul.

Dantès ne prit que le temps de respirer, et replongea une seconde fois ; car la première précaution qu'il devait prendre était d'éviter les regards.

Lorsqu'il reparut pour la seconde fois, il était déjà à cinquante pas au moins du lieu de sa chute. Il vit au-dessus de sa tête un ciel noir et tempétueux, à la surface duquel le vent balayait quelques nuages rapides, découvrant parfois un petit coin d'azur rehaussé d'une étoile ; devant lui s'étendait la plaine sombre et mugissante, dont les vagues commençaient à bouillonner comme à l'approche d'une tempête, tandis que derrière lui, plus noir que la mer, plus noir que le ciel, montait, comme un fantôme menaçant, le géant de granit, dont la pointe sombre semblait un bras étendu pour ressaisir sa proie ; sur la roche la plus haute était un falot éclairant deux ombres.

Il lui sembla que ces deux ombres se penchaient sur la mer avec inquiétude ; en effet, ces étranges fossoyeurs devaient avoir entendu le cri qu'il avait jeté en traversant l'espace. Dantès plongea donc de nouveau, et fit un trajet assez long entre deux eaux ; cette manœuvre lui était jadis familière, et attirait d'ordinaire autour de lui, dans l'anse du Pharo, de nombreux admirateurs, lesquels l'avaient proclamé bien souvent le plus habile nageur de Marseille.

Lorsqu'il revint à la surface de la mer, le falot avait disparu.

Il fallait s'orienter. De toutes les îles qui entourent le château d'If, l'île la plus sûre était celle de Tiboulen.

En ce moment, il vit briller comme une étoile le phare de Planier.

En se dirigeant droit sur ce phare, il laissait l'île de Tiboulen un peu à gauche ; en appuyant un peu à gauche, il devait donc rencontrer cette île sur son chemin.

Mais il y avait une lieue, au moins, du château d'If à cette île.

Souvent, dans la prison, Faria répétait au jeune homme, en le voyant abattu et paresseux :

« Dantès, ne vous laissez pas aller à cet amollissement : vous vous noierez, si vous essayez de vous enfuir et que vos forces n'aient pas été entretenues. »

Sous l'onde lourde et amère, cette parole était venue tinter aux oreilles de Dantès ; il avait eu hâte de remonter alors et de fendre les lames, pour voir si effectivement il n'avait pas perdu de ses forces. Il vit avec joie que son inaction forcée ne lui avait rien ôté de sa puissance et de son agilité, et sentit qu'il était toujours maître de l'élément où, tout enfant, il s'était joué.

D'ailleurs, la peur, cette rapide persécutrice, doublait la vigueur de Dantès.

Il nageait, et déjà le château terrible s'était un peu fondu dans la vapeur nocturne ; il ne le distinguait pas, mais il le sentait toujours.

Une heure s'écoula, pendant laquelle Dantès, exalté par le sentiment de la liberté qui avait envahi toute sa personne, continua de fendre les flots dans la direction qu'il s'était faite.

Tout à coup il lui sembla que le ciel, déjà si obscur, s'assombrissait encore ; qu'un nuage épais, lourd, compact, s'abaissait vers lui ; en même temps il sentit une violente douleur au genou : l'imagination lui dit alors que c'était le choc d'une balle, et qu'il allait immédiatement entendre l'explosion du coup de fusil ; mais l'explosion ne retentit pas. Dantès allongea la main et sentit une résistance ; il retira son autre jambe à lui et toucha la terre, il vit alors quel était l'objet qu'il avait pris pour un nuage.

À vingt pas de lui s'élevait une masse de rochers aux formes bizarres, qu'on prendrait pour un foyer immense pétrifié au moment de sa plus ardente combustion : c'était l'île de Tiboulen.

Dantès se releva, fit quelques pas en avant, et s'étendit en remerciant Dieu sur ces pointes de granit, qui lui semblèrent à cette heure plus douces que ne lui avait jamais paru le lit le plus doux.

Puis, malgré le vent, malgré la tempête, malgré la pluie qui commençait à tomber, brisé de fatigue qu'il était, il s'endormit.

Au bout d'une heure, il se réveilla sous le grondement d'un immense coup de tonnerre ; la tempête était déchaînée dans l'espace, et battait l'air de son vol éclatant ; de temps en temps un éclair descendait du ciel comme un serpent de feu, éclairant les flots et les nuages qui roulaient au-devant les uns des autres comme les vagues d'un immense chaos.

Une roche qui surplombait offrit un abri momentané

à Dantès ; il s'y réfugia, et presque au même instant la tempête éclata dans toute sa fureur.

Il se rappela alors que depuis vingt-quatre heures il n'avait pas mangé. Il avait faim, il avait soif.

Dantès étendit les mains et la tête, et but l'eau de la tempête dans le creux d'un rocher.

Comme il se relevait, un éclair, qui semblait ouvrir le ciel jusqu'au pied du trône éblouissant de Dieu, illumina l'espace. À la lueur de cet éclair, à un quart de lieue de lui, Dantès vit apparaître comme un spectre un petit bâtiment pêcheur emporté à la fois par l'orage et par le flot. Une seconde après, à la cime d'une vague, le fantôme reparut, s'approchant avec une effroyable rapidité. Dantès voulut crier, chercha quelque lambeau de linge à agiter en l'air pour leur faire voir qu'ils se perdaient. À la lueur d'un autre éclair, le jeune homme vit quatre hommes cramponnés aux mâts et aux étais ; un cinquième se tenait à la barre du gouvernail brisé. Au-dessus du mât tordu comme un roseau, claquait en l'air, à coups précipités, une voile en lambeaux ; tout à coup les liens qui la retenaient encore se rompirent, et elle disparut, emportée dans les sombres profondeurs du ciel, pareille à ces grands oiseaux blancs qui se dessinent sur les nuages noirs.

En même temps un craquement effroyable se fit entendre, des cris d'agonie arrivèrent jusqu'à Dantès. Cramponné comme un sphinx à son rocher, d'où il plongeait sur l'abîme, un nouvel éclair lui montra le petit bâtiment brisé, et, parmi les débris, des têtes au visage désespéré, des bras étendus vers le ciel.

Puis tout rentra dans la nuit ; le terrible spectacle avait eu la durée de l'éclair.

La tempête seule, cette grande chose de Dieu, continuait de rugir avec les vents et d'écumer avec les flots.

Peu à peu le vent s'abattit ; le ciel roula vers l'occident de gros nuages gris et pour ainsi dire déteints par l'orage ; l'azur reparut avec les étoiles plus scintillantes que jamais. Bientôt, vers l'est, une longue bande rougeâtre dessina, à l'horizon, des ondulations d'un bleu noir ; les flots bondirent ; une subite lueur courut sur leurs cimes écumeuses et les changea en crinières d'or.

C'était le jour.

Dantès resta immobile et muet devant ce grand spectacle, comme s'il le voyait pour la première fois. En effet, depuis le temps qu'il était au château d'If, il l'avait oublié.

Il se retourna vers la forteresse.

Le sombre bâtiment sortait du sein des vagues avec cette imposante majesté des choses immobiles, qui semblent à la fois surveiller et commander.

Il pouvait être cinq heures du matin ; la mer continuait de se calmer.

« Dans deux ou trois heures, se dit Edmond, le porte-clefs va rentrer dans ma chambre, trouvera le cadavre de mon pauvre ami, le reconnaîtra, me cherchera vainement, et donnera l'alarme. Oh ! mon Dieu ! mon Dieu ! voyez si j'ai assez souffert, et si Vous pouvez faire pour moi plus que je ne puis faire moi-même. »

Au moment où Edmond, dans une espèce de délire occasionné par l'épuisement de sa force et le vide de son cerveau, prononçait anxieusement cette prière ardente, il vit apparaître à la pointe de l'île de Pomègue, dessinant sa voile latine à l'horizon, un petit bâtiment que l'œil d'un marin pouvait seul reconnaître pour une tartane génoise sur la ligne encore à demi éclose de la mer. Elle venait du port de Marseille et gagnait le large en poussant l'écume étincelante devant la proue aiguë qui ouvrait une route plus facile à ses flancs rebondis.

« Oh ! s'écria Edmond, dire que dans une demi-heure j'aurais rejoint ce navire si je ne craignais pas d'être questionné, reconnu pour un fugitif et reconduit à Marseille ! Que faire ? que leur dire ? quelle fable inventer dont ils puissent être la dupe ? Ces gens-là sont tous des contrebandiers, des demi-pirates. Ils aimeront mieux me vendre que de faire une bonne action stérile.

« Attendons.

« Mais attendre est chose impossible : je meurs de faim, dans quelques heures le peu de forces qui me reste sera évanoui ; d'ailleurs l'heure de la visite approche ; l'éveil n'est pas encore donné, peut-être ne se doutera-t-on de rien : je puis me faire passer pour un des matelots de ce petit bâtiment qui s'est brisé cette nuit. Cette fable ne manquera point de vraisemblance ; nul ne viendra pour me contredire, ils sont bien engloutis tous. Allons. »

Et, tout en disant ces mots, Dantès tourna les yeux vers l'endroit où le petit navire s'était brisé, et tressaillit. À l'arête d'un rocher était resté accroché le bonnet phrygien d'un des matelots naufragés, et tout près de là flottaient quelques débris de la carène.

En un instant la résolution de Dantès fut prise, il se remit à la mer, nagea vers le bonnet, s'en couvrit la tête, saisit une des solives, et se dirigea pour couper la ligne que devait suivre le bâtiment.

« Maintenant je suis sauvé », murmura-t-il.

Et cette conviction lui rendit ses forces.

Bientôt il aperçut la tartane, qui, ayant le vent presque debout, courait des bordées entre le château d'If et la tour de Planier.

Dantès, quoiqu'il fût à peu près certain de la route que suivait le bâtiment, l'accompagna des yeux avec une certaine anxiété jusqu'au moment où il lui vit faire son abatée et revenir à lui.

Alors il s'avança à sa rencontre ; mais avant qu'ils se fussent joints, le bâtiment commença de virer de bord.

Aussitôt Dantès, par un effort suprême, se leva presque debout sur l'eau, agitant son bonnet, et jetant un de ces cris lamentables comme en poussent les marins en détresse, et qui semblent la plainte de quelque génie de la mer.

Cette fois on le vit et on l'entendit. La tartane interrompit sa manœuvre et tourna le cap de son côté. En même temps il vit qu'on se préparait à mettre une chaloupe à la mer.

Un instant après, la chaloupe, montée par deux hommes, se dirigea de son côté, battant la mer de son double aviron. Dantès alors laissa glisser la solive dont il pensait n'avoir plus besoin, et nagea vigoureusement pour épargner la moitié du chemin à ceux qui venaient à lui.

Cependant le nageur avait compté sur des forces presque absentes. Ses bras commençaient à se raidir, ses jambes avaient perdu leur flexibilité, ses mouvements devenaient durs et saccadés, sa poitrine était haletante.

Il poussa un second cri, les deux rameurs redoublèrent d'énergie, et l'un d'eux lui cria en italien :

« Courage ! »

Le mot lui arriva au moment où une vague, qu'il n'avait plus la force de surmonter, passait au-dessus de sa tête et le couvrait d'écume.

Un violent effort le ramena à la surface de la mer.

Il lui sembla alors qu'on le saisissait par les cheveux, puis il ne vit plus rien, il n'entendit plus rien, il était évanoui.

Lorsqu'il rouvrit les yeux, Dantès se trouva sur le pont de la tartane, qui continuait son chemin ; son premier regard fut pour voir quelle direction elle suivait : on continuait de s'éloigner du château d'If.

Dantès était tellement épuisé que l'exclamation de joie qu'il fit fut prise pour un soupir de douleur.

Comme nous l'avons dit, il était couché sur le pont : un matelot lui frottait les membres avec une couverture de laine ; un autre, qu'il reconnut pour celui qui lui avait crié courage, lui introduisait l'orifice d'une gourde dans la bouche ; un troisième, vieux marin, qui était à la fois le pilote et le patron, le regardait avec le sentiment de pitié égoïste qu'éprouvent en général les hommes pour un malheur auquel ils ont échappé la veille et qui peut les atteindre le lendemain.

« Qui êtes-vous ? demanda en mauvais français le patron.

— Je suis, répondit Dantès en mauvais italien, un matelot maltais ; nous venions de Syracuse, nous étions chargés de vins et de panoline. Le grain de cette nuit nous a surpris au cap Morgiou, et nous avons été brisés contre ces rochers que vous voyez là-bas.

— D'où venez-vous ?

— De ces rochers où j'avais eu le bonheur de me cramponner, tandis que notre pauvre capitaine s'y brisait la tête. Nos trois autres compagnons se sont noyés. Je crois que je suis le seul qui reste vivant ; j'ai aperçu votre navire, et, craignant d'avoir longtemps à attendre sur cette île isolée et déserte, je me suis hasardé sur un débris de notre bâtiment pour essayer de venir jusqu'à vous. Merci, continua Dantès, vous m'avez sauvé la vie ; j'étais perdu quand l'un de vos matelots m'a saisi par les cheveux.

— C'est moi, dit un matelot à la figure franche et ouverte, encadrée de longs favoris noirs, et il était temps, vous couliez.

— Oui, dit Dantès en lui tendant la main, oui, mon ami, et je vous remercie une seconde fois.

— Ma foi ! dit le marin, j'hésitais presque ; avec votre barbe de six pouces de long et vos cheveux d'un pied, vous aviez plus l'air d'un brigand que d'un honnête homme. »

Dantès se rappela effectivement que depuis qu'il était au château d'If il ne s'était pas coupé les cheveux, et ne s'était point fait la barbe.

« Oui, dit-il, c'est un vœu que j'avais fait à Notre-Dame del Pie de la Grotta, dans un moment de danger, d'être dix ans sans couper mes cheveux ni ma barbe. C'est aujourd'hui l'expiration de mon vœu, et j'ai failli me noyer pour mon anniversaire.

— Maintenant, qu'allons-nous faire de vous ? demanda le patron.

— Hélas ! répondit Dantès, ce que vous voudrez : la felouque que je montais est perdue, le capitaine est mort ; comme vous le voyez, j'ai échappé au même sort, mais absolument nu ; heureusement je suis assez bon matelot ; jetez-moi dans le premier port où vous relâcherez, et je trouverai toujours de l'emploi sur un bâtiment marchand.

— Vous connaissez la Méditerranée ?

— J'y navigue depuis mon enfance.

— Vous savez les bons mouillages ?

— Il y a peu de ports, même des plus difficiles, dans lesquels je ne puisse entrer ou dont je ne puisse sortir les yeux fermés.

— Eh bien ! dites donc, patron, demanda le matelot qui avait crié courage à Dantès, si le camarade dit vrai, qui empêche qu'il ne reste avec nous ?

— Oui, s'il dit vrai, dit le patron d'un air de doute ; mais dans l'état où est le pauvre diable, on promet beaucoup, quitte à tenir ce qu'on peut.

— Je tiendrai plus que je n'ai promis, dit Dantès.

— Oh ! oh ! fit le patron en riant, nous verrons cela.

— Quand vous voudrez, reprit Dantès en se relevant : où allez-vous ?

— À Livourne.

— Eh bien, alors, au lieu de courir des bordées qui vous font perdre du temps précieux, pourquoi ne serrez-vous pas tout simplement le vent au plus près ?

— Parce que nous irions donner droit sur l'île de Rion.

— Vous en passerez à plus de vingt brasses.

— Prenez donc le gouvernail, dit le patron, et que nous jugions de votre science. »

Le jeune homme alla s'asseoir au gouvernail, s'assura par une légère pression que le bâtiment était obéissant, et, voyant que, sans être de première finesse, il ne se refusait pas :

« Aux bras et aux boulines », dit-il.

Les quatre matelots qui formaient l'équipage coururent à leur poste, tandis que le patron les regardait faire.

« Halez », continua Dantès.

Les matelots obéirent avec assez de précision.

« Et maintenant, amarrez ; bien. »

Cet ordre fut exécuté comme les deux premiers, et le petit bâtiment, au lieu de continuer de courir des bordées, commença de s'avancer vers l'île de Rion, près de laquelle il passa comme l'avait prédit Dantès, en la laissant par tribord à une vingtaine de brasses.

« Bravo ! dit le patron.

— Bravo ! » répétèrent les matelots.

Et tous regardaient, émerveillés, cet homme dont le regard avait retrouvé une intelligence, et le corps une vigueur qu'on était loin de soupçonner en lui.

« Vous voyez, dit Dantès en quittant la barre, que je pourrai vous être de quelque utilité, pendant la traversée du moins. Si vous ne voulez pas de moi à Livourne, eh bien ! vous me laisserez là ; et sur mes premiers mois de solde, je vous rembourserai ma nourriture jusque-là, et les habits que vous allez me prêter.

— C'est bien, c'est bien, dit le patron ; nous pourrons nous arranger si vous êtes raisonnable.

— Un homme vaut un homme, dit Dantès, ce que vous donnez aux camarades, vous me le donnerez, et tout sera dit.

— Ce n'est pas juste, dit le matelot qui avait tiré Dantès de la mer, car vous en savez plus que nous.

— Et en quoi diable cela te regarde-t-il, Jacopo ? dit le patron ; chacun est libre de s'engager pour la somme qui lui convient.

— C'est juste, dit Jacopo, c'était une simple observation que je faisais.

— Eh bien ! tu ferais bien mieux encore de prêter

à ce brave garçon, qui est tout nu, un pantalon et une vareuse, si toutefois tu en as de rechange.

— Non, dit Jacopo, mais j'ai une chemise et un pantalon.

— C'est tout ce qu'il me faut, dit Dantès ; merci, mon ami. »

Jacopo se laissa glisser par l'écoutille et remonta un instant après avec les deux vêtements, que Dantès revêtit avec un indicible bonheur.

« Maintenant, vous faut-il encore autre chose ? demanda le patron.

— Un morceau de pain et une seconde gorgée de cet excellent rhum dont j'ai déjà goûté ; car il y a bien longtemps que je n'ai rien pris. »

En effet, il y avait quarante heures à peu près.

On apporta à Dantès un morceau de pain, et Jacopo lui présenta la gourde.

« La barre à bâbord ! » cria le capitaine en se retournant vers le timonier.

Dantès jeta un coup d'œil du même côté en portant la gourde à sa bouche, mais la gourde resta à moitié chemin.

« Tiens, demanda le patron, que se passe-t-il donc au château d'If ? »

En effet, un petit nuage blanc, nuage qui attirait l'attention de Dantès, venait d'apparaître, couronnant les créneaux du bastion sud du château d'If.

Une seconde après, le bruit d'une explosion lointaine vint mourir à bord de la tartane.

Les matelots levèrent la tête en se regardant les uns les autres.

« Que veut dire cela ? demanda le patron.

— Il se sera sauvé quelque prisonnier cette nuit, dit Dantès, et l'on tire le canon d'alarme. »

Le patron jeta un regard sur le jeune homme, qui, en disant ces paroles, avait porté la gourde à sa bouche ; mais il le vit savourer la liqueur qu'elle contenait avec tant de calme et de satisfaction, que, s'il eut un soupçon quelconque, ce soupçon ne fit que traverser son esprit et mourut aussitôt.

« Voilà du rhum qui est diablement fort », dit Dantès essuyant avec la manche de sa chemise son front ruisselant de sueur.

« En tout cas, murmura le patron en le regardant, si c'est lui, tant mieux ; car j'ai fait là l'acquisition d'un fier homme. »

Sous le prétexte qu'il était fatigué, Dantès demanda alors à s'asseoir au gouvernail. Le timonier, enchanté d'être relayé dans ses fonctions, consulta de l'œil le patron, qui lui fit de la tête signe qu'il pouvait remettre la barre à son nouveau compagnon.

Dantès ainsi placé put rester les yeux fixés du côté de Marseille.

« Quel quantième du mois tenons-nous ? demanda Dantès à Jacopo, qui était venu s'asseoir près de lui en perdant de vue le château d'If.

— Le 28 de février, répondit celui-ci.

— De quelle année ? demanda encore Dantès.

— Comment, de quelle année ! Vous demandez de quelle année ?

— Oui, reprit le jeune homme, je vous demande de quelle année.

— Vous avez oublié l'année où nous sommes ?

— Que voulez-vous ! j'ai eu si grand-peur cette nuit, dit en riant Dantès, que j'ai failli en perdre l'esprit, si bien que ma mémoire en est demeurée toute troublée : je vous demande donc le 28 février de quelle année nous sommes ?

— De l'année 1829 », dit Jacopo.

Il y avait quatorze ans, jour pour jour, que Dantès avait été arrêté.

Il était entré à dix-neuf ans au château d'If ; il en sortait à trente-trois ans.

Un douloureux sourire passa sur ses lèvres, il se demanda ce qu'était devenue Mercédès pendant ce temps où elle avait dû le croire mort.

Puis un éclair de haine s'alluma dans ses yeux en songeant à ces trois hommes auxquels il devait une si longue et si cruelle captivité.

Et il renouvela contre Danglars, Fernand et Villefort ce serment d'implacable vengeance qu'il avait déjà prononcé dans sa prison.

Et ce serment n'était plus une vaine menace, car, à cette heure, le plus fin voilier de la Méditerranée n'eût certes pu rattraper la petite tartane qui cinglait à pleines voiles vers Livourne.

14

Les contrebandiers

Dantès n'avait point encore passé un jour à bord, qu'il avait déjà reconnu à qui il avait affaire : sans avoir été à l'école de l'abbé Faria, le digne patron de la *Jeune-Amélie* – c'était le nom de la tartane génoise – savait à peu près toutes les langues qui se parlent autour de ce grand lac qu'on appelle la Méditerranée, depuis l'arabe jusqu'au provençal ; cela lui donnait de grandes facilités de communications, soit avec les navires qu'il rencontrait en mer, soit avec les petites barques qu'il relevait le long des côtes, soit enfin avec ces gens sans nom, sans patrie, sans état apparent, comme il y en a toujours sur les dalles des quais qui avoisinent les ports de mer, et qui vivent de ressources mystérieuses et cachées : on devine que Dantès était à bord d'un bâtiment contre-bandier.

Edmond eut donc l'avantage de savoir ce qu'était son patron sans que son patron pût savoir ce qu'il était ; de quelque côté que l'attaquassent le vieux marin ou ses camarades, il tint bon, et ne fit aucun aveu. Ce fut donc le Génois, tout subtil qu'il était, qui se laissa duper par Edmond.

Et puis, peut-être le Génois était-il comme ces gens d'esprit qui ne savent jamais que ce qu'ils doivent savoir, et qui ne croient que ce qu'ils ont intérêt à croire.

Ce fut dans cette situation réciproque que l'on arriva à Livourne.

Edmond devait tenter là une première épreuve ; c'était de savoir s'il se reconnaîtrait lui-même, depuis quatorze ans qu'il ne s'était vu. Aux yeux de ses camarades, son vœu était accompli : vingt fois déjà il avait relâché à Livourne, il connaissait un barbier rue Saint-Ferdinand, il entra chez lui pour se faire couper la barbe et les cheveux.

Le barbier regarda avec étonnement cet homme à la longue chevelure et à la barbe épaisse et noire, mais il se mit à la besogne sans observation.

Lorsque l'opération fut terminée, Edmond demanda un miroir et se regarda.

Il avait alors trente-trois ans, et ses quatorze ans de prison avaient apporté un grand changement moral dans sa figure.

Dantès était entré au château d'If avec ce visage rond, riant et épanoui du jeune homme heureux, à qui les premiers pas dans la vie ont été faciles : tout cela était bien changé.

Sa figure ovale s'était allongée, sa bouche rieuse avait pris ces lignes fermes et arrêtées qui indiquent la résolution ; ses sourcils s'étaient arqués sous une ride unique, pensive ; ses yeux s'étaient empreints d'une profonde tristesse, du fond de laquelle jaillissaient de temps en temps les sombres éclairs de la misanthropie et de la haine ; son teint, éloigné si longtemps de la lumière du jour et des rayons du soleil, avait pris cette couleur mate qui fait, quand leur visage est encadré dans des cheveux noirs, la beauté aristocratique des hommes du Nord ; cette science profonde qu'il avait acquise avait en outre reflété sur tout son visage une auréole d'intelligente sécurité ; en outre, il avait, quoique naturellement d'une taille assez haute, acquis cette vigueur trapue d'un corps toujours concentrant ses forces en lui.

À l'élégance des formes nerveuses et grêles, avait succédé la solidité des formes arrondies et musculeuses. Quant à sa voix, les prières, les sanglots et les imprécations l'avaient changée, tantôt en un timbre d'une douceur étrange, tantôt en une accentuation rude et presque rauque.

En outre, sans cesse dans un demi-jour et dans l'obscurité, ses yeux avaient acquis cette singulière faculté de distinguer les objets pendant la nuit, comme font ceux de l'hyène et du loup.

Edmond sourit en se voyant : il était impossible que son meilleur ami, si toutefois il lui restait un ami, le reconnût : il ne se reconnaissait pas lui-même.

Le patron de la *Jeune-Amélie,* qui tenait beaucoup à garder parmi ses gens un homme de la valeur d'Edmond, lui avait proposé quelques avances sur sa part de bénéfices futurs, et Edmond avait accepté ; son premier soin, en sortant de chez le barbier, fut donc d'entrer dans un magasin, et d'acheter un vêtement complet de matelot : ce vêtement fort simple se compose d'un pantalon blanc, d'une chemise rayée et d'un bonnet phrygien.

C'est sous ce costume qu'Edmond reparut devant le patron de la *Jeune-Amélie*, auquel il fut obligé de répéter son histoire. Le patron ne voulait pas reconnaître dans ce matelot coquet et élégant l'homme à la barbe épaisse, aux cheveux mêlés d'algues et au corps trempé d'eau de mer, qu'il avait accueilli nu et mourant sur le pont de son navire.

Entraîné par sa bonne mine, il renouvela donc à Dantès ses propositions d'engagement ; mais Dantès, qui avait ses projets, ne les voulut accepter que pour trois mois.

Au reste, c'était un équipage fort actif que celui de la *Jeune-Amélie*. À peine était-il depuis huit jours à Livourne, que les flancs rebondis du navire étaient remplis de mousselines peintes, de cotons prohibés, de poudre anglaise et de tabac. Il s'agissait de débarquer tout cela sur le rivage de la Corse, d'où certains spéculateurs se chargeaient de faire passer la cargaison en France.

On partit ; Edmond fendit de nouveau cette mer azurée, premier horizon de sa jeunesse qu'il avait revu si souvent dans les rêves de sa prison.

Le lendemain, en montant sur le pont, le patron trouva Dantès appuyé à la muraille du bâtiment, et regardant avec une expression étrange un entassement de rochers granitiques que le soleil levant inondait d'une lumière rosée : c'était l'île de Monte-Cristo.

La *Jeune-Amélie* la laissa à trois quarts de lieue à peu près à tribord, et continua son chemin vers la Corse.

Dantès songeait, tout en longeant cette île au nom si retentissant pour lui, qu'il n'aurait qu'à sauter à la mer, et que dans une demi-heure il serait sur cette terre promise. Mais là, que ferait-il, sans instruments pour découvrir son trésor, sans armes pour le défendre ? D'ailleurs, que diraient les matelots ? que penserait le patron ? Il fallait attendre.

Heureusement Dantès savait attendre : il avait attendu quatorze ans sa liberté ; il pouvait bien, maintenant qu'il était libre, attendre six mois ou un an la richesse.

N'eût-il pas accepté la liberté sans la richesse, si on la lui eût proposée ?

Le lendemain on se réveilla à la hauteur d'Aleria. Tout le jour on courut des bordées, le soir des feux s'allumèrent sur la côte. À la disposition de ces feux on reconnut sans doute qu'on pouvait débarquer, car un fanal monta au lieu de pavillon à la corne du petit bâtiment, et l'on s'approcha à portée de fusil du rivage.

Dantès avait remarqué, pour ces circonstances solennelles sans doute, que le patron de la *Jeune-Amélie* avait monté sur pivot deux petites couleuvrines qui, sans faire grand bruit, pouvaient envoyer une jolie balle de quatre à la livre à mille pas.

Mais pour ce soir-là la précaution fut superflue ; tout se passa le plus doucement et le plus poliment du monde. À deux heures du matin, tout le chargement était passé du bord de la *Jeune-Amélie* sur la terre ferme.

La nuit même, tant le patron de la *Jeune-Amélie* était un homme d'ordre, la répartition de la prime fut faite : chaque homme eut cent livres toscanes de part, c'est-à-dire à peu près quatre-vingts francs de notre monnaie.

Mais l'expédition n'était pas finie ; on mit le cap sur la Sardaigne. Il s'agissait d'aller recharger le bâtiment qu'on venait de décharger.

La nouvelle cargaison était pour le duché de Lucques. Elle se composait presque entièrement de cigares de La Havane et de vin de Xérès et de Malaga.

Là on eut maille à partir avec la gabelle, cette éternelle ennemie du patron de la *Jeune-Amélie*. Un douanier resta sur le carreau, et deux matelots furent blessés.

Deux mois et demi s'écoulèrent dans ces courses successives. Edmond était devenu aussi habile caboteur qu'il était autrefois hardi marin ; il avait lié connaissance avec tous les contrebandiers de la côte ; il avait appris tous les signes maçonniques à l'aide desquels ces demi-pirates se connaissent entre eux.

Il avait passé et repassé vingt fois son île de Monte-Cristo, mais dans tout cela il n'avait pas une seule fois trouvé l'occasion d'y débarquer. Il avait beau chercher dans son imagination, si féconde qu'elle fût, il ne trouvait pas d'autres moyens d'arriver à l'île tant souhaitée, que de s'y faire conduire.

Dantès flottait dans cette hésitation, lorsque le patron, qui avait mis une grande confiance en lui, le prit un soir par le bras et l'emmena dans une taverne de la via del Oglio, dans laquelle avait l'habitude de se réunir ce qu'il y a de mieux en contrebandiers à Livourne.

Cette fois, il était question d'une grande affaire : il s'agissait d'un bâtiment chargé de tapis turcs, d'étoffes du Levant et de cachemires ; il fallait trouver un terrain neutre où l'échange pût se faire, puis tenter de jeter ces objets sur les côtes de France.

La prime était énorme si l'on réussissait ; il s'agissait de cinquante à soixante piastres par homme.

Le patron de la *Jeune-Amélie* proposa comme lieu de débarquement l'île de Monte-Cristo, laquelle était complètement déserte.

À ce mot de Monte-Cristo, Dantès tressaillit de joie ;

il se leva pour cacher son émotion, et fit un tour dans la taverne enfumée où tous les idiomes du monde connu venaient se fondre dans la langue franque.

Lorsqu'il se rapprocha des deux interlocuteurs, il était décidé que l'on relâcherait à Monte-Cristo, et que l'on partirait pour cette expédition dès la nuit suivante.

Edmond consulté fut d'avis que cette île offrait toutes les sécurités possibles, et que les grandes entreprises, pour réussir, avaient besoin d'être menées vite.

Rien ne fut donc changé au programme arrêté. Il fut convenu que l'on appareillerait le lendemain soir, et que l'on tâcherait, la mer étant belle et le vent favorable, de se trouver le surlendemain soir dans les eaux de l'île neutre.

15

L'île de Monte-Cristo

Enfin Dantès, par un de ces bonheurs inespérés qui arrivent parfois à ceux sur lesquels la rigueur du sort s'est longtemps lassée, Dantès allait arriver à son but par un moyen simple et naturel, et mettre le pied dans l'île sans inspirer à personne aucun soupçon.

Le lendemain à sept heures du soir, tout fut prêt.

La mer était calme : avec un vent frais venant du sud-est, on naviguait sous un ciel d'azur. Dantès déclara que tout le monde pouvait se coucher et qu'il se chargeait du gouvernail.

Quand le Maltais (c'est ainsi que l'on appelait Dantès) avait fait une pareille déclaration, cela suffisait, et chacun s'en allait coucher tranquille.

Quand le patron se réveilla, le navire marchait sous

toutes ses voiles ; il n'y avait pas un lambeau de toile qui ne fût gonflé par le vent ; on faisait plus de deux lieues et demie à l'heure.

L'île de Monte-Cristo grandissait à l'horizon.

Edmond rendit le bâtiment à son maître, et alla s'étendre à son tour dans son hamac ; mais, malgré sa nuit d'insomnie, il ne put fermer l'œil un seul instant.

Deux heures après, il remonta sur le pont ; le bâtiment était en train de doubler l'île d'Elbe. On voyait s'élancer dans l'azur du ciel le sommet flamboyant de Monte-Cristo.

Dantès ordonna au timonier de mettre la barre à bâbord, afin de laisser la Pianosa à droite ; il avait calculé que cette manœuvre devrait raccourcir la route de deux ou trois nœuds.

Vers cinq heures du soir on eut la vue complète de l'île. On en apercevait les moindres détails, grâce à cette limpidité atmosphérique qui est particulière à la lumière que versent les rayons du soleil à son déclin.

Edmond dévorait des yeux cette masse de rochers qui passait par toutes les couleurs crépusculaires, depuis le rose vif jusqu'au bleu foncé ; de temps en temps des bouffées ardentes lui montaient au visage, son front s'empourprait, un nuage pourpre passait devant ses yeux.

Jamais joueur dont toute la fortune est en jeu n'eut, sur un coup de dé, les angoisses que ressentait Edmond dans ses paroxysmes d'espérance.

La nuit vint. À dix heures du soir on aborda. La *Jeune-Amélie* était la première au rendez-vous.

Dantès, malgré son empire ordinaire sur lui-même, ne put se contenir ; il sauta le premier sur le rivage ; s'il l'eût osé, comme Brutus, il eût baisé la terre.

Il faisait nuit close ; mais à onze heures la lune se leva du milieu de la mer, dont elle argenta chaque frémissement ; puis les rayons, à mesure qu'elle se leva, commencèrent à se jouer, blanches cascades de lumière, sur les roches entassées.

Un signal arboré à une demi-lieue en mer, et auquel la *Jeune-Amélie* répondit aussitôt par un signal pareil, indiqua que le moment était venu de se mettre à la besogne.

Le bâtiment retardataire, rassuré par le signal qui devait faire connaître au dernier arrivé qu'il y avait toute sécurité à s'aboucher, apparut bientôt blanc et silencieux comme un fantôme, et vint jeter l'ancre à une encablure du rivage.

Aussitôt le transport commença.

Dantès songeait, tout en travaillant, au hourra de joie que d'un seul mot il pourrait provoquer parmi tous ces hommes, s'il disait tout haut l'incessante pensée qui bourdonnait tout bas à son oreille et à son cœur. Mais tout au contraire de révéler le magnifique secret, il craignait d'avoir, par ses allées et ses venues, ses observations minutieuses et sa préoccupation continuelle, éveillé les soupçons. Heureusement, pour cette cir-

constance du moins, que chez lui un passé bien douloureux reflétait sur son visage une tristesse indélébile.

Personne ne se doutait donc de rien, et lorsque le
lendemain, en prenant un fusil, du plomb et de la
poudre, Dantès manifesta le désir d'aller tuer
quelqu'une de ces nombreuses chèvres sauvages que
l'on voyait sauter de rocher en rocher, on n'attribua
cette excursion de Dantès qu'à l'amour de la chasse ou
au désir de la solitude. Il n'y eut que Jacopo qui insista
pour le suivre. Dantès ne voulut pas s'y opposer, craignant, par cette répugnance à être accompagné, d'inspirer quelques soupçons. Mais à peine eut-il fait un
quart de lieue, qu'ayant trouvé l'occasion de tirer et de
tuer un chevreau, il envoya Jacopo le porter à ses compagnons, les invitant à le faire cuire et à lui donner,
lorsqu'il serait cuit, le signal d'en manger sa part en
tirant un coup de fusil.

Dantès continua son chemin en se retournant de
temps en temps. Par une route perdue entre deux
murailles de roches, il se rapprocha de l'endroit où il
supposait que les grottes avaient dû exister. Tout en
suivant le rivage de la mer, et en examinant les
moindres objets avec une attention sérieuse, il crut
remarquer sur certains rochers des entailles creusées
par la main de l'homme. Cependant, à soixante pas du
port à peu près, il sembla à Edmond, toujours caché à
ses compagnons par les accidents du terrain, que les
entailles s'arrêtaient ; seulement elles n'aboutissaient à
aucune grotte. Un gros rocher rond, posé sur une base

solide, était le seul but auquel elles semblassent conduire. Edmond pensa qu'au lieu d'être arrivé à la fin, il n'était peut-être, tout au contraire, qu'au commencement ; il prit en conséquence le contre-pied et retourna sur ses pas.

Pendant ce temps ses compagnons préparaient le déjeuner, allaient puiser de l'eau à la source, transportaient le pain et les fruits à terre, et faisaient cuire le chevreau. Juste au moment où ils le tiraient de sa broche improvisée, ils aperçurent Edmond, qui, léger et hardi comme un chamois, sautait de rocher en rocher : ils tirèrent un coup de fusil pour lui donner le signal. Le chasseur changea aussitôt de direction et revint tout courant à eux. Mais au moment où tous le suivaient des yeux dans l'espèce de vol qu'il exécutait, taxant son adresse de témérité, comme pour donner raison à leurs craintes, le pied manqua à Edmond ; on le vit chanceler à la cime d'un rocher, pousser un cri et disparaître.

Tous bondirent d'un seul élan, car tous aimaient Edmond, malgré sa supériorité ; cependant ce fut Jacopo qui arriva le premier.

Il trouva Edmond étendu, sanglant et presque sans connaissance ; il avait dû rouler d'une hauteur de douze ou quinze pieds. On lui introduisit dans la bouche quelques gouttes de rhum, et ce remède, qui avait déjà eu tant d'efficacité sur lui, produisit le même effet que la première fois.

Edmond rouvrit les yeux, se plaignit de souffrir une

vive douleur au genou, une grande pesanteur à la tête et des élancements insupportables dans les reins. On voulut le transporter jusqu'au rivage ; mais Dantès déclara qu'il aimait mieux mourir où il était que de supporter les douleurs atroces que lui occasionnerait le mouvement, si faible qu'il fût.

« Eh bien, dit le patron, advienne que pourra, mais il ne sera pas dit que nous avons laissé sans secours un brave compagnon comme vous. Nous ne partirons que ce soir. »

Cette proposition étonna fort les matelots, quoique aucun d'eux ne la combattît, au contraire. Le patron était un homme si rigide, que c'était la première fois qu'on le voyait renoncer à une entreprise ou même retarder son exécution.

Aussi Dantès ne voulut-il pas souffrir qu'on fît en sa faveur une si grave infraction aux règles de la discipline établie à bord.

« Non, dit-il au patron, j'ai été un maladroit, et il est juste que je porte la peine de ma maladresse. Laissez-moi une petite provision de biscuit, un fusil, de la poudre et des balles pour tuer des chevreaux, ou même pour me défendre, et une pioche pour me construire, si vous tardiez trop à me venir prendre, une espèce de maison.

— Mais nous serons au moins huit jours absents, dit le patron, et encore faudra-t-il que nous nous détournions de notre route pour te venir prendre.

— Écoutez, patron Baldi, il y a un moyen de tout

concilier, dit Jacopo : partez, moi je resterai avec le blessé pour le soigner.

— Et tu renonceras à ta part du partage, dit Edmond, pour rester avec moi ?

— Oui, dit Jacopo, et sans regret.

— Allons, tu es un brave garçon, Jacopo, dit Edmond, et Dieu te récompensera de ta bonne volonté ; mais je n'ai besoin de personne, merci : un jour ou deux de repos me remettront, et j'espère trouver dans ces rochers certaines herbes excellentes pour les contusions. »

Et un sourire étrange passa sur les lèvres de Dantès ; il serra la main de Jacopo avec effusion, mais il demeura inébranlable dans sa résolution de rester, et de rester seul.

Les contrebandiers laissèrent à Edmond ce qu'il demandait, et s'éloignèrent, non sans se retourner plusieurs fois, lui faisant à chaque fois qu'ils se retournaient tous les signes d'un cordial adieu, auquel Edmond répondait de la main seulement, comme s'il ne pouvait remuer le reste du corps.

Puis, lorsqu'ils eurent disparu :

« C'est étrange, murmura Dantès en riant, que ce soit parmi de pareils hommes que l'on trouve des preuves d'amitié et des actes de dévouement. »

Alors il se traîna avec précaution jusqu'au sommet d'un rocher qui lui dérobait l'aspect de la mer, et de là il vit la tartane achever son appareillage, lever l'ancre, se balancer gracieusement comme une mouette qui va prendre son vol, et partir.

Au bout d'une heure, elle avait complètement disparu ; du moins, de l'endroit où était demeuré le blessé, il était impossible de la voir.

Alors Dantès se releva, plus souple et plus léger qu'un des chevreaux qui bondissaient parmi les myrtes et les lentisques sur ces rochers sauvages, prit son fusil d'une main, sa pioche de l'autre, et courut à cette roche à laquelle aboutissaient les entailles qu'il avait remarquées sur les rochers.

« Et maintenant, s'écria-t-il en se rappelant cette histoire du pêcheur arabe que lui avait racontée Faria, maintenant, Sésame, ouvre-toi ! »

Seulement une chose inquiétait Edmond : comment avait-on pu, sans employer des forces considérables, hisser ce rocher, qui pesait peut-être cinq ou six milliers, sur l'espèce de base où il reposait ?

Tout à coup une idée vint à Dantès.

« Au lieu de le faire monter, se dit-il, on l'aura fait descendre. »

En effet, il vit qu'une pente légère avait été pratiquée ; le rocher avait glissé sur sa base, et était venu s'arrêter à l'endroit où un autre rocher, gros comme une pierre de taille ordinaire, lui avait servi de cale.

Mais le roc était à la fois trop lourd et calé trop solidement par le rocher inférieur, pour qu'une force humaine pût l'ébranler.

Dantès réfléchit alors que c'était cette cale elle-même qu'il fallait attaquer.

Mais par quel moyen ?

Dantès jeta les yeux autour de lui, comme font tous les hommes embarrassés ; et son regard tomba sur une corne de mouflon pleine de poudre, que lui avait laissée son ami Jacopo.

Il sourit : l'invention infernale allait faire son œuvre.

À l'aide de sa pioche, Dantès creusa, entre le rocher supérieur et celui sur lequel il était posé, un conduit de mine, puis il le bourra de poudre ; puis, effilant son mouchoir et le roulant dans le salpêtre, il en fit une mèche.

Le feu mis à cette mèche, Dantès s'éloigna.

L'explosion ne se fit pas attendre : le rocher supérieur fut en un instant soulevé par l'incalculable force, le rocher inférieur vola en éclats ; par la petite ouverture qu'avait d'abord pratiquée Dantès, s'échappa tout un monde d'insectes frémissants, et une couleuvre énorme, gardienne de ce chemin mystérieux, roula sur ses volutes bleuâtres et disparut.

Dantès s'approcha : le rocher supérieur, désormais sans appui, inclinait vers l'abîme ; l'intrépide chercheur en fit le tour, choisit l'endroit le plus vacillant, appuya une branche d'olivier dans une de ses arêtes, et, pareil à Sisyphe, se raidit de toute sa puissance contre le rocher.

Le rocher, déjà ébranlé par la commotion, chancela ; Dantès redoubla d'efforts : on eût dit un de ces Titans qui déracinaient des montagnes pour faire la guerre au maître des dieux. Enfin le rocher céda, roula, bondit, se précipita et disparut, s'engloutissant dans la mer.

Il laissait découverte une place circulaire, et mettait au jour un anneau de fer scellé au milieu d'une dalle de forme carrée.

Dantès poussa un cri de joie et d'étonnement : jamais plus magnifique résultat n'avait couronné une première tentative.

Il voulut continuer ; mais ses jambes tremblaient si fort, mais son cœur battait si violemment, mais un nuage si brûlant passait devant ses yeux, qu'il fut forcé de s'arrêter.

Ce moment d'hésitation eut la durée de l'éclair, Edmond passa son levier dans l'anneau, leva vigoureusement, et la dalle descellée s'ouvrit, découvrant la pente rapide d'une sorte d'escalier qui allait s'enfonçant dans l'ombre d'une grotte de plus en plus obscure.

Un autre se fût précipité, eût poussé des exclamations de joie ; Dantès s'arrêta, pâlit, douta.

« Voyons, se dit-il, soyons homme ! Accoutumé à l'adversité, ne nous laissons pas abattre par une déception, ou sans cela ce serait donc pour rien que j'aurais souffert ! Le cœur se brise lorsque, après avoir été dilaté outre mesure par l'espérance à la tiède haleine, il rentre et se renferme dans la froide réalité ! Faria a fait un rêve : le cardinal Spada n'a rien enfoui dans cette grotte, peut-être même n'y est jamais venu, ou, s'il y est venu, César Borgia, l'intrépide aventurier, infatigable et sombre larron, y est venu après lui, a découvert sa trace, a suivi les mêmes brisées que moi, comme moi a soulevé cette pierre, et, descendu avant moi, ne m'a rien laissé à prendre après lui. »

Il resta un moment immobile, pensif, les yeux fixés sur cette ouverture sombre et continue.

« Cependant, si Borgia y était venu, s'il eût retrouvé et pris le trésor, Borgia, l'homme qui comparait l'Italie à un artichaut, et qui la mangeait feuille à feuille, Borgia savait trop bien l'emploi du temps pour avoir perdu le sien à replacer ce rocher sur sa base.

« Descendons. »

Alors il descendit, le sourire du doute sur les lèvres, et murmurant ce dernier mot de la sagesse humaine :

« Peut-être !... »

Mais, au lieu de ténèbres qu'il s'était attendu à trouver, au lieu d'une atmosphère opaque et viciée, Dantès ne vit qu'une douce lueur décomposée en jour bleuâtre ; l'air et la lumière filtraient non seulement par l'ouverture qui venait d'être pratiquée, mais encore par des gerçures de rochers invisibles du sol extérieur.

Après quelques secondes de séjour dans cette grotte, le regard de Dantès, habitué, comme nous l'avons dit, aux ténèbres, put sonder les angles les plus reculés de la caverne. Il se rappela les termes du testament qu'il savait par cœur : *« Dans l'angle le plus éloigné de la seconde ouverture »*, disait ce testament.

Dantès avait pénétré seulement dans la première

grotte, il fallait maintenant chercher l'entrée de la seconde.

Dantès examina les couches de pierres et alla frapper à une des parois qui lui parut celle où devait être cette ouverture, masquée sans doute pour plus grandes précautions.

La pioche résonna pendant un instant, tirant du rocher un son mat dont la compacité faisait germer la sueur au front de Dantès ; enfin il sembla au mineur persévérant qu'une portion de la muraille granitique répondait par un écho plus sourd et plus profond à l'appel qui lui était fait : il rapprocha son regard ardent de la muraille et reconnut, avec le tact du prisonnier, ce que nul autre n'eût reconnu peut-être, c'est qu'il devait y avoir là une ouverture.

Cependant, pour ne pas faire une besogne inutile, Dantès, qui avait étudié le prix du temps, sonda les autres parois avec sa pioche, interrogea le sol avec la crosse de son fusil, ouvrit le sable aux endroits suspects, et, n'ayant rien trouvé, rien reconnu, revint à la portion de la muraille qui rendait ce son consolateur.

Il frappa de nouveau avec plus de force.

Alors il vit une chose singulière, c'est que, sous les coups de l'instrument, une espèce d'enduit se soulevait et tombait en écailles, découvrant une pierre blanchâtre et molle, pareille à nos pierres de taille ordinaires.

Dantès frappa alors par le bout aigu de la pioche, qui entra d'un pouce dans la porte-muraille.

C'était là qu'il fallait fouiller.

Par un mystère étrange de l'organisation humaine, plus les preuves que Faria ne s'était pas trompé devaient, en s'accumulant, rassurer Dantès, plus son cœur défaillant se laissait aller au doute et presque au découragement ; la pioche descendit s'échappant presque de ses mains ; il la posa sur le sol, s'essuya le front, et remonta vers le jour, se donnant à lui-même le prétexte de voir si personne ne l'épiait, mais, en réalité, parce qu'il avait besoin d'air, parce qu'il sentait qu'il allait s'évanouir.

L'île était déserte et le soleil à son zénith semblait la couvrir de son œil de feu ; au loin, de petites barques de pêcheurs ouvraient leurs ailes sur la mer d'un bleu de saphir.

Dantès n'avait encore rien pris : mais c'était bien long de manger dans un pareil moment ; il avala une gorgée de rhum et rentra dans la grotte le cœur raffermi.

La pioche qui lui avait semblé si lourde était redevenue légère ; il la souleva comme il eût fait d'une plume, et se remit vigoureusement à la besogne.

Après quelques coups, il introduisit dans une des fissures la pointe de la pioche, pesa sur le manche et vit avec joie une pierre rouler comme sur des gonds et tomber à ses pieds.

Dès lors Dantès n'eut plus qu'à tirer chaque pierre à lui avec la dent de fer de la pioche, et chaque pierre à son tour roula près de la première.

Enfin, après une nouvelle hésitation d'un instant, Dantès passa de cette première grotte dans la seconde.

Cette seconde grotte était plus basse, plus sombre et d'un aspect plus effrayant que la première ; l'air, qui n'y pénétrait que par l'ouverture pratiquée à l'instant même, avait cette odeur méphitique que Dantès s'était étonné de ne pas trouver dans la première. Dantès donna le temps à l'air extérieur d'aller raviver cette atmosphère morte, et entra.

À gauche de l'ouverture était un angle profond et sombre.

Mais, nous l'avons dit, pour l'œil de Dantès il n'y avait pas de ténèbres.

Il sonda du regard la seconde grotte : elle était vide comme la première.

Le trésor, s'il existait, était enterré dans cet angle sombre.

L'heure de l'angoisse était arrivée ; deux pieds de terre à fouiller, c'était tout ce qui restait à Dantès entre la suprême joie et le suprême désespoir.

Il s'avança vers l'angle, et, comme pris d'une résolution subite, il attaqua le sol hardiment.

Au cinquième ou sixième coup de pioche le fer résonna sur du fer.

Jamais tocsin funèbre, jamais glas frémissant ne produisit pareil effet sur celui qui l'entendit. Dantès n'aurait rien rencontré qu'il ne fût certes pas devenu plus pâle.

Il sonda à côté de l'endroit où il avait sondé déjà, et

rencontra la même résistance mais non pas le même son.

« C'est un coffre de bois cerclé de fer », dit-il.

En un instant un emplacement de trois pieds de long sur deux pieds de large à peu près fut déblayé, et Dantès put reconnaître un coffre de bois de chêne cerclé de fer ciselé. Au milieu du couvercle resplendissaient, sur une plaque d'argent que la terre n'avait pu ternir, les armes de la famille Spada, c'est-à-dire une épée posée en pal sur un écusson ovale, comme sont les écussons italiens, et surmonté d'un chapeau de cardinal.

Dantès les reconnut facilement : l'abbé Faria les lui avait tant de fois dessinées !

Dès lors il n'y avait plus de doute, le trésor était bien là ; on n'eût pas pris tant de précautions pour remettre à cette place un coffre vide.

En un instant tous les alentours du coffre furent déblayés, et Dantès vit apparaître tour à tour la serrure du milieu, placée entre deux cadenas, et les anses des faces latérales.

Dantès introduisit le côté tranchant de sa pioche entre le coffre et le couvercle, pesa sur le manche de la pioche, et le couvercle après avoir crié éclata. Une large ouverture des ais rendit les ferrures inutiles, elles tombèrent à leur tour, serrant encore de leurs ongles tenaces les planches entamées par leur chute, et le coffre fut découvert.

Une fièvre vertigineuse s'empara de Dantès ; il saisit

son fusil, l'arma et le plaça près de lui. D'abord il ferma les yeux, comme font les enfants, pour apercevoir, dans la nuit étincelante de leur imagination, plus d'étoiles qu'ils n'en peuvent compter dans un ciel encore éclairé, puis il les rouvrit et demeura ébloui.

Trois compartiments scindaient le coffre.

Dans le premier brillaient de rutilants écus d'or aux fauves reflets.

Dans le second, des lingots mal polis, mais rangés en bon ordre, et qui n'avaient de l'or que le poids et la valeur.

Dans le troisième enfin, à demi plein, Edmond remua à poignées les diamants, les perles, les rubis, qui, cascade étincelante, faisaient, en retombant les uns sur les autres, le bruit de la grêle sur les vitres.

Après avoir touché, palpé, enfoncé ses mains frémissantes dans l'or et les pierreries, Edmond se releva et prit sa course à travers les cavernes avec la tremblante exaltation d'un homme qui touche à la folie. Il sauta sur un rocher d'où il pouvait découvrir la mer, et n'aperçut rien ; il était seul, bien seul, avec ces richesses incalculables, inouïes, fabuleuses, qui lui appartenaient : seulement rêvait-il ou était-il éveillé ? faisait-il un songe fugitif ou étreignait-il corps à corps une réalité ?

Il avait besoin de revoir son or, et cependant il sentait qu'il n'aurait pas la force en ce moment de soutenir sa vue. Un instant il appuya ses deux mains sur le haut de sa tête, comme pour empêcher la raison de s'enfuir ; puis il s'élança tout au travers de l'île, sans suivre non pas de chemin – il n'y en a pas dans l'île de Monte-Cristo –, mais de ligne arrêtée, faisant fuir les chèvres sauvages et effrayant les oiseaux de mer par ses cris et ses gesticulations. Puis, par un détour, il revint, doutant encore, se précipitant de la première grotte dans la seconde, et se retrouvant en face de cette mine d'or et de diamants.

Cette fois il tomba à genoux, comprimant de ses deux mains convulsives son cœur bondissant, et murmurant une prière intelligible pour Dieu seul.

Bientôt il se sentit plus calme et partant plus heureux, car de cette heure seulement il commençait à croire à sa félicité.

Il se mit alors à compter sa fortune ; il y avait mille lingots d'or de deux à trois livres chacun ; ensuite il empila vingt-cinq mille écus d'or, pouvant valoir chacun quatre-vingts francs de notre monnaie actuelle, tous à l'effigie du pape Alexandre VI et de ses prédécesseurs, et il s'aperçut que le compartiment n'était qu'à moitié vide ; enfin il mesura dix fois la capacité de ses deux mains en perles, en pierreries, en diamants, dont beaucoup, montés par les meilleurs orfèvres de l'époque, offraient une valeur d'exécution remarquable même à côté de leur valeur intrinsèque.

Dantès vit le jour baisser et s'éteindre peu à peu. Il craignit d'être surpris s'il restait dans la caverne, et sortit son fusil à la main. Un morceau de biscuit et quelques gorgées de vin furent son souper. Puis il replaça la pierre, se coucha dessus, et dormit à peine quelques heures, couvrant de son corps l'entrée de la grotte.

Cette nuit fut à la fois une de ces nuits délicieuses et terribles comme cet homme aux foudroyantes émotions en avait déjà passé deux ou trois dans sa vie.

16

L'inconnu

Le jour vint. Dantès l'attendait depuis longtemps les yeux ouverts. À ses premiers rayons il se leva, monta, comme la veille, sur le rocher le plus élevé de l'île, afin d'explorer les alentours ; comme la veille, tout était désert.

Edmond descendit, leva la pierre, emplit ses poches de pierreries, replaça du mieux qu'il put les planches et les ferrures du coffre, le recouvrit de terre, piétina cette terre, jeta du sable dessus, afin de rendre l'endroit fraîchement retourné pareil au reste du sol ; sortit de la grotte, replaça la dalle, amassa sur la dalle des pierres de différentes grosseurs, introduisit de la terre dans les intervalles, planta dans ces intervalles des myrtes et des bruyères, arrosa les plantations nouvelles afin qu'elles semblassent anciennes, effaça les traces de ses pas amassés autour de cet endroit, et attendit avec impatience le retour de ses compagnons. En effet, il ne s'agissait plus maintenant de passer son temps à regarder cet or et ces diamants et à rester à Monte-Cristo comme un dragon surveillant d'inutiles trésors. Mais il fallait retourner dans la vie parmi les hommes, et prendre dans la société le rang, l'influence et le pouvoir que donne en ce monde la richesse, la première et la plus grande des forces dont peut disposer la créature humaine.

Les contrebandiers revinrent le sixième jour. Dantès reconnut de loin le port et la marche de la *Jeune-Amélie*. Lorsque ses compagnons abordèrent, il leur annonça, tout en se plaignant encore, un mieux sensible ; puis à son tour il écouta le récit des aventuriers.

Ce voyage n'avait pas été mauvais. Tous, et surtout Jacopo, regrettaient que Dantès n'en eût pas été, afin d'avoir sa part des bénéfices qu'il avait rapportés, part qui se montait à cinquante piastres.

Edmond demeura impénétrable, il se rembarqua le soir même, et suivit le patron à Livourne.

À Livourne il alla chez un Juif et vendit cinq mille francs chacun quatre de ses plus petits diamants. Le Juif aurait pu s'informer comment un pêcheur se trouvait possesseur de pareils objets ; mais il s'en garda bien, il gagnait mille francs sur chaque.

Le lendemain il acheta une barque toute neuve qu'il donna à Jacopo, en ajoutant à ce don cent piastres afin

222

qu'il pût engager un équipage ; et cela à la condition que Jacopo irait à Marseille demander des nouvelles d'un vieillard nommé Louis Dantès et qui demeurait aux Allées de Meillan, et d'une jeune fille qui demeurait au village des Catalans et que l'on nommait Mercédès.

Ce fut à Jacopo à croire qu'il faisait un rêve : Edmond lui raconta alors qu'il s'était fait marin par un coup de tête, et parce que sa famille lui refusait l'argent nécessaire à son entretien ; mais qu'en arrivant à Livourne il avait touché la succession d'un oncle qui l'avait fait son seul héritier. L'éducation élevée de Dantès donnait à ce récit une telle vraisemblance, que Jacopo ne douta point un instant que son ancien compagnon ne lui eût dit la vérité.

D'un autre côté, comme l'engagement d'Edmond à bord de la *Jeune-Amélie* était expiré, il prit congé du patron, qui essaya d'abord de le retenir, mais qui, ayant appris comme Jacopo l'histoire de l'héritage, renonça dès lors à l'espoir de vaincre la résolution de son ancien matelot.

Le lendemain, Jacopo mit à la voile pour Marseille : il devait retrouver Edmond à Monte-Cristo.

Le même jour, Dantès partit sans dire où il allait, prenant congé de l'équipage de la *Jeune-Amélie* par une gratification splendide, et du patron avec la promesse de lui donner un jour ou l'autre de ses nouvelles.

Dantès alla à Gênes.

Au moment où il arrivait, on essayait un petit yacht

commandé par un Anglais qui, ayant entendu dire que les Génois étaient les meilleurs constructeurs de la Méditerranée, avait voulu avoir un yacht construit à Gênes ; l'Anglais avait fait prix à quarante mille francs : Dantès en offrit soixante mille, à la condition que le bâtiment lui serait livré le jour même. L'Anglais était allé faire un tour en Suisse, en attendant que son bâtiment fût achevé ; il ne devait revenir que dans trois semaines ou un mois : le constructeur pensa qu'il aurait le temps d'en remettre un autre sur le chantier. Dantès emmena le constructeur chez un Juif, passa avec lui dans l'arrière-boutique, et le Juif compta soixante mille francs au constructeur.

Le constructeur offrit à Dantès ses services, pour lui composer un équipage ; mais Dantès le remercia en disant qu'il avait l'habitude de naviguer seul, et que la seule chose qu'il désirait était qu'on exécutât dans la cabine, à la tête du lit, une armoire à secret dans laquelle se trouveraient trois compartiments à secret aussi : il donna la mesure de ces compartiments, qui furent exécutés le lendemain.

Deux heures après, Dantès sortait du port de Gênes escorté par les regards d'une foule de curieux qui voulaient voir le seigneur espagnol qui avait l'habitude de naviguer seul.

Dantès s'en tira à merveille : avec l'aide du gouvernail et sans avoir besoin de le quitter, il fit faire à son bâtiment toutes les évolutions voulues ; on eût dit un être intelligent, prêt à obéir à la moindre impulsion donnée ; et Dantès convint en lui-même que les Génois méritaient leur réputation de premiers constructeurs du monde.

Les curieux suivirent le petit bâtiment des yeux jusqu'à ce qu'ils l'eussent perdu de vue, et alors les discussions s'établirent pour savoir où il allait : les uns penchèrent pour la Corse, les autres pour l'île d'Elbe ; ceux-ci offrirent de parier qu'il allait en Espagne, ceux-là soutinrent qu'il allait en Afrique. Nul ne pensa à nommer l'île de Monte-Cristo.

C'était cependant à Monte-Cristo qu'allait Dantès.

L'île était déserte, personne ne paraissait y avoir abordé depuis que Dantès en était parti ; il alla à son trésor, tout était dans le même état qu'il l'avait laissé.

Le lendemain son immense fortune était transportée à bord du yacht, et enfermée dans les trois compartiments de l'armoire à secret.

Dantès attendit huit jours encore. Pendant ces huit jours il fit manœuvrer son yacht autour de l'île, l'étudiant comme un écuyer étudie un cheval : au bout de ce temps, il en connaissait toutes les qualités et tous les défauts ; Dantès se promit d'augmenter les unes et de remédier aux autres.

Le huitième jour, Dantès vit un petit bâtiment qui venait sur l'île toutes voiles dehors, et reconnut la barque de Jacopo. Il fit un signal auquel Jacopo répondit, et, deux heures après, la barque était près du yacht.

Il y avait une triste réponse à chacune des deux demandes faites par Edmond.

Le vieux Dantès était mort.

Mercédès avait disparu.

Edmond écouta ces deux nouvelles d'un visage calme ; mais aussitôt il descendit à terre, en défendant que personne l'y suivît.

Deux heures après il revint : deux hommes de la barque de Jacopo passèrent sur son yacht pour l'aider à la manœuvre, et il donna l'ordre de mettre le cap sur Marseille.

Un matin donc, le yacht, suivi de la petite barque, entra bravement dans le port de Marseille et s'arrêta juste en face de l'endroit où, ce soir de fatale mémoire, on l'avait embarqué pour le château d'If.

Ce ne fut pas sans un certain frémissement que, dans le canot de Santé, Dantès vit venir à lui un gendarme. Mais Dantès, avec cette assurance parfaite qu'il avait acquise, lui présenta un passeport anglais qu'il avait acheté à Livourne, et moyennant ce laissez-passer étranger, beaucoup plus respecté en France que le nôtre, il descendit sans difficulté à terre.

Chaque pas qu'il faisait oppressait son cœur d'une émotion nouvelle : tous ses souvenirs d'enfance, souvenirs indélébiles, éternellement présents à la pensée, étaient là se dressant à chaque coin de place, à chaque angle de rue, à chaque borne de carrefour. En arrivant au bout de la rue de Noailles, et en apercevant les Allées de Meillan, il sentit ses genoux qui fléchissaient, et il faillit tomber sous les roues d'une voiture. Enfin il arriva jusqu'à la maison qu'avait habitée son père.

Il s'appuya contre un arbre, et resta quelque temps pensif et regardant les derniers étages de cette pauvre petite maison ; enfin, il s'avança vers la porte, en franchit le seuil, demanda s'il n'y avait pas un logement vacant, et, quoiqu'il fût occupé, insista si longtemps pour visiter celui du cinquième, que la concierge monta et demanda, de la part d'un étranger, aux personnes qui l'habitaient la permission de voir les deux pièces dont il était composé.

Les personnes qui habitaient ce petit logement étaient un jeune homme et une jeune femme qui venaient de se marier depuis huit jours seulement.

En voyant ces deux jeunes gens, Dantès poussa un profond soupir.

Au reste, rien ne rappelait plus à Dantès l'appartement de son père : ce n'était plus le même papier ; tous les vieux meubles, ces amis d'enfance d'Edmond, présents à son souvenir dans tous leurs détails, avaient disparu. Les murailles seules étaient restées les mêmes.

Dantès se tourna du côté du lit, il était à la même place que celui de l'ancien locataire ; malgré lui les yeux d'Edmond se mouillèrent de larmes : c'était à cette place que le vieillard avait dû expirer en nommant son fils.

Les deux jeunes gens regardaient avec étonnement cet homme au front sévère, sur les joues duquel coulaient deux grosses larmes sans que son visage sourcillât. Mais, comme toute douleur porte avec elle sa religion, les jeunes gens ne firent aucune question à

227

l'inconnu, seulement ils se retirèrent en arrière pour le laisser pleurer tout à son aise ; et quand il se retira ils l'acccompagnèrent, en lui disant qu'il pouvait revenir quand il le voudrait et que leur pauvre maison lui serait toujours hospitalière.

En passant à l'étage au-dessous, Edmond s'arrêta devant une autre porte et demanda si c'était toujours le tailleur Caderousse qui demeurait là. Mais le concierge lui répondit que l'homme dont il parlait avait fait de mauvaises affaires, et tenait une petite auberge sur la route de Bellegarde à Beaucaire.

Dantès descendit, demanda l'adresse du propriétaire de la maison des Allées de Meillan, se rendit chez lui, se fit annoncer sous le nom de lord Wilmore – c'était le nom et le titre qui étaient portés sur son passe-port –, et lui acheta cette petite maison pour la somme de vingt-cinq mille francs. C'était dix mille francs au moins de plus qu'elle ne valait. Mais Dantès, s'il la lui eût faite un demi-million, l'aurait payée le prix qu'il en eût demandé.

Le jour même, les jeunes gens du cinquième étage furent prévenus par le notaire qui avait fait le contrat que le nouveau propriétaire leur donnait le choix d'un appartement dans toute la maison, sans augmenter en aucune façon leur loyer, à la condition qu'ils lui céde-raient les deux chambres qu'ils habitaient.

Cet événement étrange occupa pendant plus de huit jours tous les habitués des Allées de Meillan, et fit faire mille conjectures dont pas une ne se trouva être exacte.

Mais ce qui surtout brouilla toutes les cervelles et troubla tous les esprits, c'est qu'on vit le soir le même homme qu'on avait vu entrer dans la maison des Allées de Meillan se promener dans le petit village des Catalans et entrer dans une pauvre maison de pêcheurs où il resta plus d'une heure à demander des nouvelles de plusieurs personnes qui étaient mortes ou qui avaient disparu depuis plus de quinze ou seize ans.

Le lendemain, les gens chez lesquels il était entré pour faire toutes ces questions reçurent en cadeau une barque catalane toute neuve, garnie de deux seines et d'un chalut.

Ces braves gens eussent bien voulu remercier le généreux questionneur, mais en les quittant on l'avait vu, après avoir donné quelques ordres à un marin, monter à cheval et sortir de Marseille par la porte d'Aix.

17

L'auberge du *Pont du Gard*

Ceux qui comme moi ont parcouru à pied le Midi de la France ont pu remarquer, entre Bellegarde et Beaucaire, une petite auberge où pend, sur une plaque de tôle qui grince au moindre vent, une grotesque représentation du pont du Gard. Cette petite auberge, en prenant pour règle le cours du Rhône, est située au côté gauche de la route, tournant le dos au fleuve ; elle est accompagnée de ce que dans le Languedoc on appelle un jardin, c'est-à-dire que la face opposée à celle qui ouvre sa porte aux voyageurs donne sur un enclos où rampent quelques oliviers rabougris et quelques figuiers sauvages, au feuillage argenté par la poussière. Dans leurs intervalles poussent, pour tout légume, des aulx, des piments et des échalotes. Enfin, à l'un de ses angles, comme une sentinelle oubliée, un grand pin parasol élance mélancoliquement sa tige flexible, tandis que sa cime, épanouie en éventail, craque sous un soleil de trente degrés.

Depuis sept ou huit ans à peu près, cette petite auberge était tenue par un homme et une femme ayant pour tout domestiques une fille de chambre appelée Trinette, et un garçon d'écurie répondant au nom de Pacaud ; double coopération qui, au reste, suffisait largement aux besoins du service, depuis qu'un canal creusé de Beaucaire à Aigues-Mortes avait fait succéder victorieusement les bateaux au roulage accéléré, et le coche à la diligence.

Ce canal, comme pour rendre plus vifs encore les regrets du malheureux aubergiste qu'il ruinait, passait à cent pas à peu près de l'auberge.

L'hôtelier qui tenait cette petite auberge pouvait être un homme de quarante à quarante-cinq ans, grand, sec et nerveux, véritable type méridional avec ses yeux enfoncés et brillants, son nez en bec d'aigle et ses dents blanches comme celles d'un animal carnassier. Ses cheveux, qui semblaient, malgré les premiers souffles de l'âge, ne pouvoir se décider à blanchir, étaient, ainsi que sa barbe qu'il portait en collier, épais, crépus et à peine parsemés de quelques poils blancs. Son teint, hâlé naturellement, s'était encore couvert d'une nouvelle couche de bistre par l'habitude que le pauvre diable avait prise de se tenir depuis le matin jusqu'au soir sur le seuil de sa porte, pour voir si, soit à pied, soit en voiture, il ne lui arrivait pas quelque pratique ; attente presque toujours déçue, et pendant laquelle il n'opposait à l'ardeur dévorante du soleil d'autre préservatif pour son visage qu'un mouchoir rouge, noué sur sa tête à la manière des muletiers espagnols. Cet homme, c'était notre ancienne connaissance Gaspard Caderousse.

Caderousse se tenait donc, comme c'était son habitude, devant sa porte, promenant son regard mélancolique d'un petit gazon pelé, où picoraient quelques poules, aux deux extrémités du chemin désert qui s'enfonçait, d'un côté au midi, et de l'autre au nord, quand tout à coup la voix aigre de sa femme le força de quitter son poste. Il rentra en grommelant et monta au premier, laissant néanmoins la porte toute grande ouverte, comme pour inviter les voyageurs à ne pas l'oublier en passant.

Cependant, s'il fût resté à son poste, Caderousse aurait pu voir poindre, du côté de Bellegarde, un cavalier et un cheval. Le cavalier était un prêtre vêtu de noir et coiffé d'un chapeau à trois cornes.

Arrivé devant la porte, il mit pied à terre, et, tirant l'animal par la bride, il alla l'attacher au tourniquet d'un contrevent délabré qui ne tenait plus qu'à un gond ; puis, s'avançant vers la porte en essuyant d'un mouchoir de coton rouge son front ruisselant de sueur, le prêtre frappa trois coups sur le seuil, du bout ferré de la canne qu'il tenait à la main.

Aussitôt le grand chien noir se leva, et fit quelques

pas en aboyant et en montrant ses dents blanches et aiguës ; double démonstration hostile, qui prouvait le peu d'habitude qu'il avait de la société.

Aussitôt un pas lourd ébranla l'escalier de bois rampant le long de la muraille, et que descendait, en se courbant et à reculons, l'hôte du pauvre logis à la porte duquel se tenait le prêtre.

« Me voilà ! disait Caderousse tout étonné, me voilà ! Veux-tu te taire, Margotin ! N'ayez pas peur, monsieur, il aboie, mais il ne mord pas. Vous désirez du vin, n'est-ce pas ? car il fait une polissonne de chaleur... Ah ! pardon, interrompit Caderousse en voyant à quelle sorte de voyageur il avait affaire, pardon, je ne savais pas qui j'avais l'honneur de recevoir. Que désirez-vous, que demandez-vous, monsieur l'abbé ? je suis à vos ordres. »

Le prêtre regarda cet homme pendant deux ou trois secondes avec une attention étrange ; il parut même chercher à attirer de son côté, sur lui, l'attention de l'aubergiste. Puis, voyant que les traits de celui-ci n'exprimaient d'autre sentiment que la surprise de ne pas recevoir une réponse, il jugea qu'il était temps de faire cesser cette surprise, et dit avec un accent italien très bien prononcé :

« N'êtes-vous pas monsou Caderousse ?

— Oui, monsou, dit l'hôte, peut-être encore plus étonné de la demande qu'il ne l'avait été du silence, je le suis en effet, Gaspard Caderousse, pour vous servir.

— Gaspard Caderousse... oui, je crois que c'est là

le prénom et le nom. Vous demeuriez autrefois Allées de Meillan, n'est-ce pas, au quatrième ?

— C'est cela.

— Et vous y exerciez la profession de tailleur ?

— Oui, mais l'état a mal tourné : il fait si chaud à ce coquin de Marseille, que l'on finira, je crois, par ne plus s'y habiller du tout. Mais, à propos de chaleur, ne voulez-vous pas vous rafraîchir, monsieur l'abbé ?

— Si fait, donnez-moi une bouteille de votre meilleur vin, et nous reprendrons la conversation, s'il vous plaît, où nous la laissons.

— Comme il vous fera plaisir, monsieur l'abbé », dit Caderousse.

Et pour ne pas perdre cette occasion de placer une des dernières bouteilles de vin de Cahors qui lui restaient, Caderousse se hâta de lever une trappe pratiquée dans le plancher même de cette espèce de chambre de rez-de-chaussée, qui servait à la fois de salle et de cuisine.

Lorsque, au bout de cinq minutes, il reparut, il trouva l'abbé assis sur un escabeau, le coude appuyé à une table longue.

« Vous êtes seul ? demanda l'abbé à son hôte, tandis que celui-ci posait devant lui la bouteille et un verre.

— Oh, mon Dieu ! oui, seul ou à peu près, monsieur l'abbé, car j'ai ma femme qui ne me peut aider en rien, attendu qu'elle est toujours malade, la pauvre Carconte.

— Ah, vous êtes marié ! dit le prêtre avec une sorte d'intérêt, et en jetant autour de lui un regard qui paraissait estimer à sa mince valeur le maigre mobilier du pauvre vieillard.

— Vous trouvez que je ne suis pas riche, n'est-ce pas, monsieur l'abbé ? dit en soupirant Caderousse ; mais que voulez-vous ! il ne suffit pas d'être honnête homme pour prospérer dans ce monde. »

L'abbé fixa sur lui un regard perçant.

« Oui, honnête homme ; de cela, je puis m'en vanter, monsieur, dit l'hôte en soutenant le regard de l'abbé, une main sur sa poitrine, et en hochant la tête du haut en bas ; et dans notre époque tout le monde n'en peut pas dire autant.

— Tant mieux si ce dont vous vous vantez est vrai, dit l'abbé ; car tôt ou tard, j'en ai la ferme conviction, l'honnête homme est récompensé et le méchant puni.

— C'est votre état de dire cela, monsieur l'abbé ; c'est votre état de dire cela, reprit Caderousse avec une expression amère ; après cela, on est libre de ne pas croire ce que vous dites.

— Vous avez tort de parler ainsi, monsieur, dit l'abbé, car peut-être vais-je être moi-même pour vous, tout à l'heure, une preuve de ce que j'avance.

— Que voulez-vous dire ? demanda Caderousse d'un air étonné.

— Je veux dire qu'il faut que je m'assure, avant tout, si vous êtes celui à qui j'ai affaire.

— Quelles preuves voulez-vous que je vous donne ?

— Avez-vous connu en 1814 ou 1815 un marin qui s'appelait Dantès ?

— Dantès !... si je l'ai connu, ce pauvre Edmond ! je le crois bien ! c'était même un de mes meilleurs amis, s'écria Caderousse dont un rouge pourpre envahit le visage, tandis que l'œil clair et assuré de l'abbé semblait se dilater pour couvrir tout entier celui qu'il interrogeait.

— Oui, je crois en effet qu'il s'appelait Edmond.

— S'il s'appelait Edmond, le petit ! je le crois bien ! aussi vrai que je m'appelle, moi, Gaspard Caderousse. Et qu'est-il devenu, monsieur, ce pauvre Edmond ? continua l'aubergiste ; l'auriez-vous connu ? vit-il encore ? est-il libre ? est-il heureux ?

— Il est mort prisonnier, plus désespéré et plus misérable que les forçats qui traînent leur boulet au bagne de Toulon. »

Une pâleur mortelle succéda, sur le visage de Caderousse, à la rougeur qui s'en était d'abord emparée. Il se retourna, et l'abbé lui vit essuyer une larme avec un coin du mouchoir rouge qui lui servait de coiffure.

« Pauvre petit ! murmura Caderousse. Eh bien ! voilà encore une preuve de ce que je vous disais, monsieur l'abbé, que le Bon Dieu n'était bon que pour les mauvais. Ah ! continua Caderousse avec ce langage coloré des gens du Midi, le monde va de mal en pire. Qu'il tombe donc du ciel deux jours de poudre et une heure de feu, et que tout soit dit !

— Vous paraissez aimer ce garçon de tout votre cœur, monsieur ? demanda l'abbé.

— Oui, je l'aime bien, dit Caderousse, quoique j'aie à me reprocher d'avoir un instant envié son bonheur. Mais depuis, je vous le jure, foi de Caderousse, j'ai bien plaint son malheureux sort. »

Il se fit un instant de silence, pendant lequel le regard fixe de l'abbé ne cessa point un instant d'interroger la physionomie mobile de l'aubergiste.

« Et vous l'avez connu, le pauvre petit ? continua Caderousse.

— J'ai été appelé à son lit de mort pour lui offrir les derniers secours de la religion, répondit l'abbé.

— Et de quoi est-il mort ? demanda Caderousse d'une voix étranglée.

— Et de quoi meurt-on en prison quand on y meurt à trente ans, si ce n'est de la prison elle-même ? »

Caderousse essuya la sueur qui coulait sur son front.

« Ce qu'il y a d'étrange dans tout cela, reprit l'abbé, c'est que Dantès, à son lit de mort, sur le Christ dont il baisait les pieds, m'a toujours juré qu'il ignorait la véritable cause de sa captivité.

— C'est vrai, c'est vrai, murmura Caderousse, il ne pouvait pas le savoir ; non, monsieur l'abbé, il ne mentait pas, le pauvre petit.

— C'est ce qui fait qu'il m'a chargé d'éclaircir son malheur, qu'il n'avait jamais pu éclaircir lui-même, et de réhabiliter sa mémoire, si cette mémoire avait reçu quelque souillure. »

Et le regard de l'abbé, devenant de plus en plus fixe, dévora l'expression presque sombre qui apparut sur le visage de Caderousse.

« Un riche Anglais, continua l'abbé, son compagnon d'infortune, et qui sortit de prison à la seconde Restauration, était possesseur d'un diamant d'une grande valeur. En sortant, il voulut laisser à Dantès, qui, dans une maladie qu'il avait faite, l'avait soigné comme un frère, un témoignage de sa reconnaissance en lui laissant ce diamant. Dantès, au lieu de s'en servir pour séduire ses geôliers, qui d'ailleurs pouvaient le perdre et le trahir après, le conserva toujours précieusement pour le cas où il sortirait de prison ; car, s'il sortait de prison, sa fortune était assurée par la vente seule de ce diamant.

— C'était donc, comme vous dites, demanda Caderousse avec des yeux ardents, un diamant d'une grande valeur ?

— Tout est relatif, reprit l'abbé : d'une grande valeur pour Edmond ; ce diamant était estimé cinquante mille francs.

— Cinquante mille francs ! dit Caderousse ; mais il était donc gros comme une noix ?

— Non, pas tout à fait, dit l'abbé, mais vous allez en juger vous-même, car je l'ai sur moi. »

Caderousse sembla chercher sous les vêtements de l'abbé le dépôt dont il parlait.

L'abbé tira de sa poche une petite boîte de chagrin noir, l'ouvrit, et fit briller aux yeux éblouis de Caderousse l'étincelante merveille, montée sur une bague d'un admirable travail.

« Et cela vaut cinquante mille francs ?

— Sans la monture, qui est elle-même d'un certain prix », dit l'abbé.

Et il referma l'écrin, et remit dans sa poche le diamant, qui continuait d'étinceler au fond de la pensée de Caderousse.

« Mais comment vous trouvez-vous avoir ce diamant en votre possession, monsieur l'abbé ? demanda Caderousse. Edmond vous a donc fait son héritier ?

— Non, mais son exécuteur testamentaire. "J'avais trois bons amis et une fiancée, m'a-t-il dit ; tous quatre, j'en suis sûr, me regrettent amèrement : l'un de ces bons amis s'appelait Caderousse." »

Caderousse frémit.

« "L'autre, continua l'abbé sans paraître s'apercevoir de l'émotion de Caderousse, l'autre s'appelait Danglars ; le troisième, a-t-il ajouté, bien que mon rival, m'aimait aussi." »

Un sourire diabolique éclaira les traits de Caderousse, qui fit un mouvement pour interrompre l'abbé.

« Attendez, dit l'abbé, laissez-moi finir, et si vous avez quelque observation à me faire, vous me la ferez tout à l'heure. "L'autre, bien que mon rival, m'aimait aussi, et s'appelait Fernand. Quant à ma fiancée, son nom était…" Je ne me rappelle plus le nom de la fiancée, dit l'abbé.

— Mercédès, dit Caderousse.

— Ah ! oui, c'est cela, reprit l'abbé avec un soupir étouffé, Mercédès !

— Eh bien ? demanda Caderousse.

— Donnez-moi une carafe d'eau », dit l'abbé.

Caderousse s'empressa d'obéir.

L'abbé remplit le verre et but quelques gorgées.

« Où en étions-nous ? demanda-t-il en posant son verre sur la table.

— La fiancée s'appelait Mercédès.

— Oui, c'est cela. "Vous irez à Marseille..." C'est toujours Dantès qui parle, comprenez-vous ?

— Parfaitement.

— "Vous vendrez ce diamant, vous ferez cinq parts, et vous les partagerez entre ces bons amis, les seuls êtres qui m'aient aimé sur la Terre !"

— Comment, cinq parts ? dit Caderousse : vous ne m'avez nommé que quatre personnes !

— Parce que la cinquième est morte, à ce qu'on m'a dit... La cinquième était le père de Dantès...

— Hélas, oui ! dit Caderousse ému par les passions qui s'entrechoquaient en lui ; hélas, oui ! le pauvre homme, il est mort !

— J'ai appris cet événement à Marseille, répondit l'abbé en faisant un effort pour paraître indifférent ; mais il y a si longtemps que cette mort est arrivée, que je n'ai pu recueillir aucun détail... Sauriez-vous quelque chose de la fin de ce vieillard, vous ?

— Hé ! dit Caderousse, qui peut savoir cela mieux que moi ?... Je demeurais porte à porte avec le bonhomme... Hé ! mon Dieu ! oui, un an à peine après la disparition de son fils, il mourut, le pauvre vieillard !

— Mais de quoi mourut-il ?

— Les médecins ont nommé la maladie... une gastro-entérite, je crois ; ceux qui le connaissaient ont dit qu'il était mort de douleur... et moi qui l'ai presque vu mourir, je dis qu'il est mort... »

Caderousse s'arrêta.

« Mort de quoi ? reprit avec anxiété le prêtre.

— Eh bien, mort de faim !

— De faim ! s'écria l'abbé bondissant sur son escabeau, de faim ! les plus vils animaux ne meurent pas de faim ! les chiens qui errent dans les rues trouvent une main compatissante qui leur jette un morceau de pain, et un homme, un chrétien est mort de faim au milieu d'autres hommes qui se disaient chrétiens comme lui ! Impossible ! oh ! c'est impossible !

— J'ai dit ce que j'ai dit, reprit Caderousse.

— Et tu as tort, dit une voix dans l'escalier ; de quoi te mêles-tu ? »

Les deux hommes se retournèrent, et virent à travers les barres de la rampe la tête malade de la Carconte ; elle s'était traînée jusque-là et écoutait la conversation, assise sur la dernière marche, la tête appuyée sur ses genoux.

« De quoi te mêles-tu toi-même, femme ! dit Caderousse. Monsieur demande des renseignements, la politesse veut que je les lui donne.

— Oui, mais la prudence veut que tu les lui refuses.

Qui te dit dans quelle intention on veut te faire parler, imbécile ?

— Dans une excellente, madame, je vous en réponds, dit l'abbé. Votre mari n'a donc rien à craindre, pourvu qu'il réponde franchement. »

La Carconte grommela quelques paroles qu'on ne put entendre, laissa retomber sur ses genoux sa tête un instant soulevée, et continua de trembler la fièvre, laissant son mari libre de continuer la conversation, mais placée de manière à n'en pas perdre un mot.

Pendant ce temps, l'abbé avait bu quelques gorgées d'eau et s'était remis.

« Mais, reprit-il, ce malheureux vieillard était-il donc si abandonné de tout le monde qu'il soit mort d'une pareille mort ?

— Oh monsieur ! reprit Caderousse, ce n'est pas que Mercédès la Catalane ni M. Morrel l'aient abandonné, mais le pauvre vieillard s'était pris d'une antipathie profonde pour Fernand, celui-là même, continua Caderousse avec un sourire ironique, que Dantès vous a dit être de ses amis.

— Ne l'était-il donc pas ? dit l'abbé.

— Gaspard, Gaspard, murmura la femme du haut de son escalier, fais attention à ce que tu vas dire. »

Caderousse fit un mouvement d'impatience, et, sans accorder d'autre réponse à celle qui l'interrompait :

« Peut-on être l'ami de celui dont on convoite la femme ? répondit-il à l'abbé. Dantès, qui était un cœur d'or, appelait tous ces gens-là ses amis... Pauvre

Edmond !... Au fait, il vaut mieux qu'il n'ait rien su ; il aurait eu trop de peine à leur pardonner au moment de la mort... Et quoi qu'on dise, continua Caderousse dans son langage qui ne manquait pas d'une sorte de rude poésie, j'ai encore plus de peur de la malédiction des morts que de la haine des vivants.

— Imbécile ! dit la Carconte.

— Savez-vous donc, continua l'abbé, ce que Fernand a fait contre Dantès ?

— Si je le sais ? Je le crois bien !

— Parlez, alors.

— Gaspard, fais ce que tu veux, tu es le maître, dit la femme ; mais si tu m'en croyais, tu ne dirais rien.

— Cette fois, je crois que tu as raison, femme, dit Caderousse.

— Vous voulez alors, dit l'abbé, que je donne à ces gens, que vous regardez comme d'indignes et faux amis, une récompense destinée à la fidélité ?

— C'est vrai, vous avez raison, dit Caderousse. D'ailleurs, que serait pour eux maintenant le legs du pauvre Edmond ? une goutte d'eau tombant à la mer !

— Libre à vous de vous taire, mon ami, dit l'abbé avec l'accent de la plus profonde indifférence, et je respecte vos scrupules ; d'ailleurs, ce que vous faites là est d'un homme vraiment bon : n'en parlons donc plus. De quoi étais-je chargé ? d'une simple formalité. Je vendrai donc ce diamant. »

Et il tira le diamant de sa poche, ouvrit l'écrin, et le fit briller aux yeux éblouis de Caderousse.

« Viens donc voir, femme ! dit celui-ci d'une voix rauque.

— Un diamant ! dit la Carconte se levant et descendant d'un pas assez ferme l'escalier : qu'est-ce donc que ce diamant ?

— N'as-tu pas entendu, femme ! dit Caderousse, c'est un diamant que le petit nous a légué : à son père d'abord, à ses trois amis Fernand, Danglars et moi, et à Mercédès sa fiancée. Le diamant vaut cinquante mille francs.

— Oh, le beau joyau ! dit-elle.

— Le cinquième de cette somme nous appartient alors ? dit Caderousse.

— Oui, monsieur, répondit Edmond, plus la part du père de Dantès que je me crois autorisé à répartir sur vous quatre.

— Et pourquoi sur quatre ? demanda la Carconte.

— Parce que vous étiez les quatre amis d'Edmond.

— Les amis ne sont pas ceux qui trahissent, répondit sourdement à son tour la femme.

— Oui, oui, dit Caderousse, et c'est ce que je disais : c'est presque une profanation, presque un sacrilège, que de récompenser la trahison, le crime peut-être.

— C'est vous qui l'avez voulu, reprit tranquillement l'abbé en remettant le diamant dans la poche de sa soutane. Maintenant, donnez-moi l'adresse des amis d'Edmond, afin que je puisse exécuter ses dernières volontés. »

La sueur coulait à lourdes gouttes du front de Caderousse ; il vit l'abbé se lever, se diriger vers la porte, comme pour jeter un coup d'œil d'avis à son cheval, et revenir.

Caderousse et sa femme se regardaient avec une indicible expression.

« Le diamant serait tout entier pour nous, dit Caderousse.

— Le crois-tu ? répondit la femme.

— Un homme d'église ne voudrait pas nous tromper.

— Fais comme tu voudras, dit la femme ; quant à moi, je ne m'en mêle pas. »

Et elle reprit le chemin de l'escalier toute grelottante ; ses dents claquaient malgré la chaleur ardente qu'il faisait.

« À quoi êtes-vous décidé ? demanda l'abbé.

— À tout vous dire, répondit Caderousse.

— Je crois en vérité que c'est ce qu'il y a de mieux à faire, dit le prêtre ; non pas que je tienne à savoir les choses que vous voudriez me cacher, mais enfin, si vous pouvez m'amener à distribuer le legs selon les vœux du testateur, ce sera mieux.

— Je l'espère, répondit Caderousse les joues enflammées par la rougeur de l'espérance et de la cupidité.

— Je vous écoute, dit l'abbé.

— Attendez, reprit Caderousse, on pourrait nous interrompre à l'endroit le plus intéressant, et ce serait désagréable ; d'ailleurs, il est inutile que personne sache que vous êtes venu ici. »

Et il alla à la porte de son auberge et ferma la porte, à laquelle, pour surcroît de précaution, il mit la barre de nuit.

Pendant ce temps, l'abbé avait choisi sa place pour écouter tout à son aise ; il s'était assis dans un angle, de manière à demeurer dans l'ombre tandis que la lumière tomberait en plein sur le visage de son interlocuteur. Quant à lui, la tête inclinée, les mains jointes ou plutôt crispées, il s'apprêtait à écouter de toutes ses oreilles.

Caderousse approcha un escabeau et s'assit en face de lui.

« Souviens-toi que je ne te pousse à rien ! dit la voix tremblante de la Carconte, comme si à travers le plancher elle eût pu voir la scène qui se préparait.

— C'est bien, c'est bien, dit Caderousse, n'en parlons plus, je prends tout sur moi. »

Et il commença.

18

Le récit

« Avant tout, dit Caderousse, je dois, monsieur, vous prier de me promettre une chose.

— Laquelle ? demanda l'abbé.

— C'est que jamais, si vous faites un usage quelconque des détails que je vais vous donner, on ne saura que ces détails viennent de moi, car ceux dont je vais vous parler sont riches et puissants, et s'ils me touchaient seulement du bout du doigt, ils me briseraient comme verre.

— Soyez tranquille, mon ami, dit l'abbé, je suis prêtre, et les confessions meurent dans mon sein ; rappelez-vous que nous n'avons d'autre but que d'accomplir dignement les dernières volontés de notre ami : parlez donc sans ménagements, comme sans haine ;

dites la vérité, toute la vérité : je ne connais pas et ne connaîtrai probablement jamais les personnes dont vous allez me parler. »

Cette promesse positive parut donner à Caderousse un peu d'assurance.

« Eh bien ! en ce cas, dit Caderousse, je veux, je dirai même plus, je dois vous détromper sur ces amitiés que le pauvre Edmond croyait sincères et dévouées.

« Deux hommes étaient jaloux de lui, monsieur, l'un par amour, l'autre par ambition, Fernand et Danglars.

— Et de quelle façon se manifesta cette jalousie, dites ?

— Ils dénoncèrent Edmond comme agent bonapartiste.

— Mais lequel des deux le dénonça, lequel des deux fut le vrai coupable ?

— Tous deux, monsieur ; ce fut Danglars qui écrivit la dénonciation de la main gauche pour que son écriture ne fût pas reconnue, et Fernand qui l'envoya.

— Mais, s'écria tout à coup l'abbé, vous étiez là, vous !

— Moi ! dit Caderousse étonné, qui vous a dit que j'y étais ? »

L'abbé vit qu'il s'était lancé trop avant.

« Personne, dit-il ; mais pour être si bien au fait de tous ces détails, il faut que vous en ayez été le témoin ?

— C'est vrai, dit Caderousse, d'une voix étouffée, j'y étais.

— Et vous ne vous êtes pas opposé à cette infamie ? dit l'abbé : alors vous êtes leur complice.

— Monsieur, dit Caderousse, ils m'avaient fait boire tous deux au point que j'en avais à peu près perdu la raison. Je ne voyais plus qu'à travers un nuage. Je dis tout ce que peut dire un homme dans cet état ; mais ils me répondirent tous deux que c'était une plaisanterie qu'ils avaient voulu faire et que cette plaisanterie n'aurait pas de suite.

— Le lendemain, monsieur, le lendemain, vous vîtes bien qu'elle en avait ; cependant vous ne dîtes rien ; vous étiez là cependant lorsqu'il fut arrêté.

— Oui, monsieur, j'étais là, et je voulus parler, je voulus tout dire, mais Danglars me retint. "Et s'il est coupable par hasard, me dit-il, s'il a véritablement relâché à l'île d'Elbe, s'il est véritablement chargé d'une lettre pour le comité bonapartiste de Paris, si on trouve cette lettre sur lui, ceux qui l'auront soutenu passeront pour ses complices."

« J'eus peur de la politique telle qu'elle se faisait alors. Je l'avoue, je me tus ; ce fut une lâcheté, j'en conviens, mais ce ne fut pas un crime.

— Je comprends, vous laissâtes faire, voilà tout.

— Oui, monsieur, répondit Caderousse, et c'est mon remords de la nuit et du jour. J'en demande bien souvent pardon à Dieu, je vous le jure, d'autant plus que cette action, la seule que j'aie sérieusement à me reprocher dans tout le cours de ma vie, est sans doute la cause de mes adversités. J'expie un instant d'égoïsme ; aussi c'est ce que je dis toujours à la Carconte lorsqu'elle se plaint : "Tais-toi, femme, c'est Dieu qui le veut ainsi." »

Et Caderousse baissa la tête avec tous les signes d'un vrai repentir.

« Bien, monsieur, dit l'abbé, vous avez parlé avec franchise : s'accuser ainsi, c'est mériter son pardon.

— Malheureusement, dit Caderousse, Edmond est mort et ne m'a pas pardonné, lui.

— Il ignorait, dit l'abbé.

— Mais il sait maintenant, peut-être, reprit Caderousse ; on dit que les morts savent tout. »

Il se fit un instant de silence : l'abbé s'était levé et se promenait pensif ; il revint à sa place et se rassit.

« Vous m'avez déjà nommé un certain M. Morrel, dit-il. Qu'était-ce que cet homme ?

— C'était l'armateur du *Pharaon,* le patron de Dantès.

— Et quel rôle a joué cet homme dans toute cette triste affaire ? demanda l'abbé.

— Le rôle d'un homme honnête, courageux et affectionné, monsieur. Vingt fois il intercéda pour Edmond. Quand l'Empereur rentra, il écrivit, pria, menaça, si bien qu'à la seconde Restauration il fut fort persécuté comme bonapartiste. Dix fois, comme je vous l'ai dit, il était venu chez le père de Dantès pour le retirer chez lui, et la veille ou la surveille de sa mort, je vous l'ai dit encore, il avait laissé sur la cheminée une bourse avec laquelle on paya les dettes du bonhomme et l'on subvint à son enterrement ; de sorte que le pauvre vieillard put du moins mourir comme il avait vécu, sans faire de tort à personne. C'est encore moi qui ai la bourse, une grande bourse en filet rouge.

— Et, demanda l'abbé, ce M. Morrel vit-il encore ?

— Oui, dit Caderousse.

— En ce cas, reprit l'abbé, ce doit être un homme béni de Dieu, il doit être riche... heureux ?... »

Caderousse sourit amèrement.

« Oui, heureux comme moi, dit-il.

— M. Morrel serait malheureux ! s'écria l'abbé.

— Il touche à la misère, monsieur, et bien plus, il touche au déshonneur.

— Comment cela ?

— Oui, reprit Caderousse, c'est comme cela ; après vingt-cinq ans de travail, après avoir acquis la plus honorable place dans le commerce de Marseille, M. Morrel est ruiné de fond en comble. Il a perdu cinq vaisseaux en deux ans, a essuyé trois banqueroutes effroyables, et n'a plus d'espérance maintenant que dans ce même *Pharaon* que commandait le pauvre Dantès, et qui doit revenir des Indes avec un chargement de cochenille et d'indigo. Si ce navire-là manque comme les autres, il est perdu.

— Et, dit l'abbé, il a une femme, des enfants, le malheureux ?

— Oui, il a une femme qui, dans tout cela, se conduit comme une sainte ; il a une fille qui allait épouser un homme qu'elle aimait, et à qui sa famille ne veut plus laisser épouser une fille ruinée ; il a un fils enfin lieutenant dans l'armée. Mais, vous le comprenez bien, tout cela double sa douleur au lieu de l'adoucir, à ce pauvre cher homme. S'il était seul, il se brûlerait la cervelle et tout serait dit.

— C'est affreux ! murmura le prêtre.

— Voilà comme Dieu récompense la vertu, monsieur, dit Caderousse. Tenez, moi qui n'ai jamais fait une mauvaise action, à part ce que je vous ai raconté, moi, je suis dans la misère ; moi, après avoir vu mourir ma pauvre femme de la fièvre sans pouvoir rien faire pour elle, je mourrai de faim comme est mort le père Dantès, tandis que Fernand et Danglars roulent sur l'or.

— Et comment cela ?

— Parce que tout leur a tourné à bien, tandis qu'aux honnêtes gens tout tourne à mal.

— Qu'est devenu Danglars ? le plus coupable, n'est-ce pas ? l'instigateur ?

— Ce qu'il est devenu ? il a quitté Marseille ; il est entré, sur la recommandation de M. Morrel qui ignorait son crime, comme commis d'ordre chez un banquier espagnol ; à l'époque de la guerre d'Espagne, il s'est chargé d'une part dans les fournitures de l'armée française, et a fait fortune ; alors, avec ce premier argent, il a joué sur les fonds et a triplé, quadruplé ses capitaux ; et, veuf lui-même de la fille de son banquier, il a épousé une veuve, Mme de Nargonne, fille de M. de Servieux, chambellan du roi actuel, et qui jouit de la plus grande faveur. Il s'était fait millionnaire, on l'a fait baron ; de sorte qu'il est baron Danglars maintenant, qu'il a un hôtel rue du Mont-Blanc, dix chevaux dans ses écuries, six laquais dans son antichambre, et je ne sais combien de millions dans ses caisses.

— Ah ! fit l'abbé avec un singulier accent, et Fernand ?

— Fernand, c'est bien autre chose encore !

— Mais comment a pu faire fortune un pauvre pêcheur catalan, sans ressources, sans éducation ? cela me passe, je vous l'avoue.

— Et cela passe tout le monde aussi ; il faut qu'il y ait dans sa vie quelque étrange secret que personne ne sait.

— Mais enfin, par quels échelons visibles a-t-il monté à cette haute fortune ou à cette haute position ?

— À toutes deux, monsieur, à toutes deux ! lui a fortune et position tout ensemble.

— C'est un conte que vous me faites là !

— Le fait est que la chose en a bien l'air ; mais écoutez, et vous allez comprendre.

« Fernand était tombé à la conscription. Napoléon revint, une levée extraordinaire fut décrétée, et Fernand fut forcé de partir.

« Il fut enrégimenté dans les troupes actives, gagna la frontière avec son régiment, et assista à la bataille de Ligny.

« La nuit qui suivit la bataille, il était de planton à

la porte d'un général qui avait des relations secrètes avec l'ennemi. Cette nuit même le général devait rejoindre les Anglais. Il proposa à Fernand de l'accompagner ; Fernand accepta, quitta son poste et suivit le général.

« Ce qui eût fait passer Fernand à un conseil de guerre, si Napoléon fût resté sur le trône, lui servit de recommandation près des Bourbons. Il rentra en France avec l'épaulette de sous-lieutenant ; et comme la protection du général, qui est en haute faveur, ne l'abandonna point, il était capitaine en 1823, lors de la guerre d'Espagne, c'est-à-dire au moment même où Danglars risquait ses premières spéculations. Fernand était espagnol, il fut envoyé à Madrid pour y étudier l'esprit de ses compatriotes ; il y retrouva Danglars, s'aboucha avec lui, promit à son général un appui parmi les royalistes de la capitale et des provinces, reçut des promesses, prit de son côté des engagements, guida son régiment par des chemins connus de lui seul dans des gorges gardées par les royalistes, et enfin rendit dans cette courte campagne de tels services, qu'après la prise du Trocadéro il fut nommé colonel et reçut la croix d'officier de la Légion d'honneur, avec le titre de comte.

— Destinée ! destinée ! murmura l'abbé.

— Oui, mais écoutez, ce n'est pas le tout. La guerre d'Espagne finie, la carrière de Fernand se trouvait compromise par la longue paix qui promettait de régner en Europe. La Grèce seule était soulevée contre la Tur-

quie, et venait de commencer la guerre de son indépen
dance. Fernand sollicita et obtint la permission d'aller
servir en Grèce, en demeurant toujours porté néanmoins sur les contrôles de l'armée.

« Quelque temps après on apprit que le comte de
Morcerf – c'était le nom qu'il portait – était au service
d'Ali-Pacha, avec le grade de général instructeur.

« Ali-Pacha fut tué, comme vous savez ; mais avant
de mourir, il récompensa les services de Fernand en lui
laissant une somme considérable avec laquelle Fernand
revint en France, où son grade de lieutenant général lui
fut confirmé.

— De sorte qu'aujourd'hui... ? demanda l'abbé.

— De sorte qu'aujourd'hui, poursuivit Caderousse,
il possède un hôtel magnifique à Paris, rue du Helder,
n° 27. »

L'abbé ouvrit la bouche, demeura un instant comme
un homme qui hésite ; mais, faisant un effort sur lui-
même :

« Et Mercédès, dit-il, on m'a assuré qu'elle avait disparu ?

— Disparu, dit Caderousse, oui, comme disparaît le
soleil pour se lever le lendemain plus éclatant.

— A-t-elle donc fait fortune aussi ? demanda l'abbé
avec un sourire ironique.

— Mercédès est à cette heure une des plus grandes
dames de Paris, continua Caderousse.

— Continuez, dit l'abbé : il me semble que j'écoute
le récit d'un rêve. Mais j'ai vu moi-même des choses si

extraordinaires, que celles que vous me dites m'étonnent moins.

— Mercédès fut d'abord désespérée du coup qui lui enlevait Edmond. Au milieu de son désespoir, une nouvelle douleur vint l'atteindre, ce fut le départ de Fernand, de Fernand dont elle ignorait le crime, et qu'elle regardait comme son frère.

« Fernand partit, Mercédès demeura seule.

« Trois mois s'écoulèrent pour elle dans les larmes ; pas de nouvelles d'Edmond, pas de nouvelles de Fernand ; rien devant les yeux qu'un vieillard qui s'en allait de désespoir.

« Un soir, après être restée toute la journée assise, comme c'était son habitude, à l'angle des deux chemins qui se rendent de Marseille aux Catalans, elle rentra chez elle plus abattue qu'elle ne l'avait encore été : ni son amant ni son ami ne revenaient par l'un ou l'autre de ces deux chemins, et elle n'avait de nouvelles ni de l'un ni de l'autre.

« Tout à coup il lui sembla entendre un pas connu ; elle se retourna avec anxiété, la porte s'ouvrit, et elle vit apparaître Fernand avec son uniforme de sous-lieutenant.

« Ce n'était pas la moitié de ce qu'elle pleurait, mais c'était une portion de sa vie passée qui revenait à elle.

« Mercédès saisit les mains de Fernand avec un transport que celui-ci prit pour de l'amour, et qui n'était que la joie de n'être pas seule au monde et de revoir enfin un ami après les longues heures de la tristesse solitaire. Et puis, il faut le dire, Fernand n'avait jamais été haï, il n'était pas aimé, voilà tout ; un autre tenait tout le cœur de Mercédès, cet autre était absent... était disparu... était mort peut-être. À cette dernière idée, Mercédès éclatait en sanglots et se tordait les bras de douleur ; mais cette idée, qu'elle repoussait autrefois quand elle lui était suggérée par un autre, lui revenait maintenant toute seule à l'esprit ; d'ailleurs, de son côté, le vieux Dantès ne cessait de dire : "Notre Edmond est mort, car s'il n'était pas mort il nous reviendrait."

« Le vieillard mourut, comme je vous l'ai dit. S'il eût vécu, peut-être Mercédès ne fût-elle jamais devenue la femme d'un autre ; car il eût été là pour lui reprocher son infidélité. Fernand comprit cela. Quand il connut la mort du vieillard, il revint. Cette fois, il était lieutenant. Au premier voyage, il n'avait pas dit à Mercédès un mot d'amour ; au second, il lui rappela qu'il l'aimait.

« Mercédès lui demanda six mois encore pour attendre et pleurer Edmond.

— Au fait, dit l'abbé avec un sourire amer, cela faisait dix-huit mois en tout. Que peut demander davantage l'amant le plus adoré ! »

Puis il murmura les paroles du poète anglais : « *Frailly, ty name is woman !* »

« Six mois après, reprit Caderousse, le mariage eut lieu à l'église des Accoules.

— C'était la même église où elle devait épouser

Edmond, murmura le prêtre ; il n'y avait que le fiancé de changé, voilà tout.

— Mercédès se maria donc, continua Caderousse ; mais, quoique aux yeux de tous elle parût calme, elle ne manqua pas moins de s'évanouir en passant devant la Réserve, où dix-huit mois auparavant avaient été célébrées ses fiançailles avec celui qu'elle eût vu qu'elle aimait encore, si elle eût osé regarder au fond de son cœur.

« Fernand, plus heureux, mais non pas plus tranquille, car je le vis à cette époque et il craignait sans cesse le retour d'Edmond, Fernand s'occupa aussitôt de dépayser sa femme et de s'exiler lui-même ; il y avait à la fois trop de dangers et de souvenirs à rester aux Catalans. Huit jours après la noce, ils partirent.

— Et revîtes-vous Mercédès ? demanda le prêtre.

— Oui, au moment de la guerre d'Espagne, à Perpignan, où Fernand l'avait laissée ; elle faisait alors l'éducation de son fils. »

L'abbé tressaillit.

« De son fils ? dit-il.

— Oui, répondit Caderousse, du petit Albert.

— Mais pour instruire ce fils, continua l'abbé, elle avait donc reçu de l'éducation elle-même ? il me semblait avoir entendu dire à Edmond que c'était la fille d'un simple pêcheur, belle, mais inculte.

— Oh ! dit Caderousse, connaissait-il donc si mal sa propre fiancée ! Mercédès eût pu devenir reine, monsieur, si la couronne se devait poser seulement sur

les têtes les plus belles et les plus intelligentes. Sa for
tune grandissait déjà, et elle grandissait avec sa fortune.
Elle apprenait le dessin, elle apprenait la musique, elle
apprenait tout. D'ailleurs, je crois, entre nous, qu'elle
ne faisait tout cela que pour se distraire, pour oublier,
et qu'elle ne mettait tant de choses dans sa tête que
pour combattre ce qu'elle avait dans le cœur. Mais
maintenant tout doit être dit, continua Caderousse ; la
fortune et les honneurs l'ont consolée sans doute. Elle
est riche, elle est comtesse, et cependant... »

Caderousse s'arrêta.

« Cependant, quoi ? demanda l'abbé.

— Cependant je suis sûr qu'elle n'est pas heureuse,
dit Caderousse.

— Et qui vous le fait croire ?

— Eh bien, quand je me suis trouvé trop malheureux moi-même, j'ai pensé que mes anciens amis
m'aideraient en quelque chose. Je me suis présenté
chez Danglars, qui ne m'a pas même reçu. J'ai été chez
Fernand, qui m'a fait remettre cent francs par son valet
de chambre.

— Alors vous ne les vîtes ni l'un ni l'autre.

— Non ; mais Mme de Morcerf m'a vu, elle.

— Comment cela ?

— Lorsque je suis sorti, une bourse est tombée à
mes pieds ; elle contenait vingt-cinq louis : j'ai levé
vivement la tête, et j'ai vu Mercédès qui refermait la
persienne.

— Et M. de Villefort ? demanda l'abbé.

— Oh ! lui n'avait pas été mon ami ; lui, je ne le connaissais pas ; lui, je n'avais rien à lui demander.

— Mais ne savez-vous point ce qu'il est devenu, et la part qu'il a prise au malheur d'Edmond ?

— Non ; je sais seulement que quelque temps après l'avoir fait arrêter il a épousé Mlle de Saint-Méran, et bientôt a quitté Marseille. Sans doute que le bonheur lui aura souri comme aux autres, sans doute qu'il est riche comme Danglars, considéré comme Fernand ; moi seul, vous le voyez, suis resté pauvre, misérable et oublié de Dieu.

— Vous vous trompez, mon ami, dit l'abbé : Dieu peut paraître oublier parfois quand Sa justice se repose ; mais il vient toujours un moment où Il se souvient, et en voici la preuve. »

À ces mots l'abbé tira le diamant de sa poche, et le présentant à Caderousse :

« Tenez, mon ami, lui dit-il, prenez ce diamant, car il est à vous.

— Comment, à moi seul ! s'écria Caderousse, ah ! monsieur, ne raillez-vous pas ?

— Ce diamant devait être partagé entre ses amis : Edmond n'avait qu'un seul ami, le partage devient donc inutile. Prenez ce diamant et vendez-le ; il vaut cinquante mille francs, je vous le répète, et cette somme, je l'espère, suffira pour vous tirer de la misère.

— Oh ! monsieur, dit Caderousse en avançant timidement une main et en essuyant de l'autre la sueur qui perlait sur son front ; oh ! monsieur, ne faites pas une plaisanterie du bonheur ou du désespoir d'un homme !

— Je sais ce que c'est que le bonheur et ce que c'est que le désespoir, et je ne jouerai jamais à plaisir avec ces sentiments. Prenez donc, mais en échange... »

Caderousse, qui touchait déjà le diamant, retira sa main.

L'abbé sourit.

« En échange, continua-t-il, donnez-moi cette bourse de soie rouge que M. Morrel avait laissée sur la cheminée du vieux Dantès, et qui, me l'avez-vous dit, est encore entre vos mains. »

Caderousse, de plus en plus étonné, alla vers une grande armoire de chêne, l'ouvrit, et donna à l'abbé une bourse longue, de soie rouge flétrie, et autour de laquelle glissaient deux anneaux de cuivre dorés autrefois.

L'abbé la prit, et en sa place donna le diamant à Caderousse.

« Oh ! vous êtes un homme de Dieu, monsieur, s'écria Caderousse, car en vérité personne ne savait qu'Edmond vous avait donné ce diamant, et vous auriez pu le garder. »

« Bien, se dit tout bas l'abbé, tu l'eusses fait, à ce qu'il paraît, toi. »

L'abbé se leva, prit son chapeau et ses gants.

« Ah çà, demanda-t-il, tout ce que vous m'avez dit est bien vrai, n'est-ce pas, et je puis y croire en tout point ?

— Tenez, monsieur l'abbé, dit Caderousse, voici dans le coin de ce mur un christ de bois bénit ; voici sur ce bahut le livre d'évangiles de ma femme : ouvrez ce livre, et je vais vous jurer dessus, la main étendue vers le christ, je vais vous jurer sur le salut de mon âme, sur la foi de chrétien, que je vous ai dit toutes choses comme elles s'étaient passées, et comme l'ange des hommes le dira à l'oreille de Dieu le jour du Jugement dernier !

— C'est bien, dit l'abbé convaincu par cet accent que Caderousse disait la vérité, c'est bien, que cet argent vous profite ! Adieu, je retourne loin des hommes qui se font tant de mal les uns aux autres. »

Et l'abbé, se délivrant à grand'peine des enthousiastes élans de Caderousse, leva lui-même la barre de la porte, sortit, remonta à cheval, salua une dernière fois l'aubergiste, qui se confondait en adieux bruyants, et partit suivant la même direction qu'il avait déjà suivie pour venir.

Quand Caderousse se retourna, il vit derrière lui la Carconte plus pâle et plus tremblante que jamais.

« Est-ce bien vrai, ce que j'ai entendu ? dit-elle.

— Quoi ? qu'il nous donnait le diamant pour nous tout seuls ? dit Caderousse presque fou de joie.

— Oui.

— Rien de plus vrai, car le voilà. »

La femme le regarda un instant, puis d'une voix sourde :

« Et s'il était faux ? » dit-elle.

Caderousse pâlit et chancela.

« Faux, murmura-t-il, faux... et pourquoi cet homme m'aurait-il donné un diamant faux ?

— Pour avoir ton secret sans le payer, imbécile ! »

Caderousse resta un instant étourdi sous le poids de cette supposition.

« Oh ! dit-il au bout d'un instant, et en prenant son chapeau, qu'il posa sur le mouchoir rouge noué autour de sa tête, nous allons bien le savoir.

— Et comment cela ?

— C'est la foire à Beaucaire ; il y a des bijoutiers de Paris : je vais aller le leur montrer. Toi, garde la maison, femme, dans deux heures je serai de retour. »

Et Caderousse s'élança hors de la maison, et prit tout courant la route opposée à celle que venait de prendre l'inconnu.

« Cinquante mille francs ! murmura la Carconte restée seule, c'est de l'argent... mais ce n'est pas une fortune. »

19

Les registres des prisons

Le lendemain du jour où s'était passée, sur la route de Bellegarde à Beaucaire, la scène que nous venons de raconter, un homme de trente à trente-deux ans, vêtu d'un frac bleu barbeau, d'un pantalon de nankin et d'un gilet blanc, ayant à la fois la tournure et l'accent britanniques, se présenta chez le maire de Marseille.

« Monsieur, lui dit-il, je suis le premier commis de la maison Thomson & French de Rome. Nous sommes depuis dix ans en relations avec la maison Morrel & Fils de Marseille. Nous avons une centaine de mille francs à peu près engagés dans ces relations ; et nous ne sommes pas sans inquiétudes, attendu que l'on dit que la maison menace ruine : j'arrive donc tout exprès de Rome pour vous demander des renseignements sur cette maison.

— Monsieur, répondit le maire, je sais effectivement que depuis quatre ou cinq ans le malheur semble poursuivre M. Morrel : il a successivement perdu quatre ou cinq bâtiments et essuyé trois ou quatre banqueroutes. Voilà tout ce que je puis vous dire, monsieur : si vous voulez en savoir davantage, adressez-vous à M. de Boville, inspecteur des prisons, rue de Noailles, n° 15 ; il a, je crois, deux cent mille francs placés dans la maison Morrel. »

L'Anglais salua, sortit, et s'achemina de ce pas particulier aux fils de la Grande-Bretagne vers la rue indiquée.

M. de Boville était dans son cabinet : en l'apercevant, l'Anglais fit un mouvement de surprise qui semblait indiquer que ce n'était point la première fois qu'il se trouvait devant celui auquel il venait faire visite. Quant à M. de Boville, il était si désespéré, qu'il était évident que toutes les facultés de son esprit, absorbées dans la pensée qui l'occupait en ce moment, ne laissaient ni à sa mémoire ni à son imagination le loisir de s'égarer dans le passé.

L'Anglais, avec le flegme de sa nation, lui posa à peu près dans les mêmes termes la même question qu'il venait de poser au maire de Marseille.

« Oh, monsieur ! s'écria M. de Boville, vos craintes sont malheureusement on ne peut plus fondées, et vous voyez un homme désespéré. J'avais deux cent mille francs placés dans la maison Morrel : ces deux cent mille francs étaient la dot de ma fille, que je comptais marier dans quinze jours. Et voilà que M. Morrel est venu ici, il y a à peine une demi-heure, pour me dire que, si son bâtiment le *Pharaon* n'était pas rentré d'ici au 15, il se trouverait dans l'impossibilité de me rembourser. »

L'Anglais parut réfléchir un instant, puis dit :

« Ainsi, monsieur, cette créance vous inspire des craintes ?

— C'est-à-dire que je la regarde comme perdue.

— Eh bien ! moi, je vous l'achète.

— Vous !

— Oui, moi.

— Mais à un rabais énorme, sans doute ?

— Non, moyennant deux cent mille francs : notre maison, ajouta l'Anglais en riant, ne fait pas de ces sortes d'affaires.

— Et vous payez... ?

— Comptant. »

Et l'Anglais tira de sa poche une liasse de billets de banque qui pouvait faire le double de la somme que M. de Boville craignait de perdre.

Un éclair de joie passa sur le visage de M. de Boville ; mais cependant il fit un effort sur lui-même et dit :

« Monsieur, je dois vous prévenir que, selon toute probabilité, vous n'aurez pas six du cent de cette somme.

— Cela ne me regarde pas, répondit l'Anglais ; cela

regarde la maison Thomson & French, au nom de laquelle j'agis. Peut-être a-t-elle intérêt à hâter la ruine d'une maison rivale. Mais ce que je sais, monsieur, c'est que je suis prêt à vous compter cette somme contre le transport que vous m'en ferez ; seulement je demanderai un droit de courtage.

— Comment, monsieur ! c'est trop juste, s'écria M. de Boville. La commission est ordinairement de un et demi ; voulez-vous deux ? voulez-vous trois ? voulez-vous cinq ? voulez-vous plus enfin ? Parlez !

— Monsieur, reprit l'Anglais en riant, je suis comme ma maison, je ne fais pas de ces sortes d'affaires ; non, mon droit de courtage est de tout autre nature.

— Parlez donc, monsieur, je vous écoute.

— Vous êtes inspecteur des prisons ?

— Depuis plus de quatorze ans.

— Vous tenez des registres d'entrée et de sortie ?

— Sans doute.

— À ces registres doivent être jointes des notes relatives aux prisonniers ?

— Chaque prisonnier a son dossier.

— Eh bien, monsieur, j'ai été élevé à Rome par un pauvre diable d'abbé qui a disparu tout à coup. J'ai appris, depuis, qu'il avait été détenu au château d'If, et je voudrais avoir quelques détails sur sa mort.

— Comment le nommiez-vous ?

— L'abbé Faria.

— Oh ! je me le rappelle parfaitement, s'écria M. de Boville, il était fou.

— On le disait.

— Oh ! il l'était bien certainement.

— C'est possible ; et quel était son genre de folie ?

— Il prétendait avoir la connaissance d'un trésor immense, et offrait des sommes folles au gouvernement si on voulait le mettre en liberté.

— Pauvre diable ! et il est mort ?

— Oui, monsieur, il y a cinq ou six mois à peu près, en février dernier.

— Ainsi soit-il, dit l'Anglais. Mais revenons aux registres.

— Ainsi, vous désirez voir, monsieur, tout ce qui est relatif à votre pauvre abbé ?

— Cela me ferait plaisir.

— Passez dans mon cabinet, et je vais vous montrer cela. »

Et tous deux passèrent dans le cabinet de M. de Boville.

Tout y était effectivement dans un ordre parfait : chaque registre était à son numéro, chaque dossier à sa case. L'inspecteur fit asseoir l'Anglais dans son fauteuil, et posa devant lui le registre et le dossier relatif au château d'If, lui donnant tout le loisir de feuilleter, tandis que lui-même, assis dans un coin, lisait son journal.

L'Anglais trouva facilement le dossier relatif à l'abbé Faria ; mais après avoir pris connaissance de ces premières pièces, il continua de feuilleter jusqu'à ce qu'il fût arrivé à la liasse d'Edmond Dantès. Là il retrouva chaque chose à sa place : dénonciation, interrogatoire, pétition Morrel, apostille de M. de Villefort. Il plia tout doucement la dénonciation, la mit dans sa poche, lut l'interrogatoire et vit que le nom de Noirtier n'y était pas prononcé.

L'inspecteur ne vit pas l'Anglais plier et mettre dans sa poche la dénonciation. Mais, il faut le dire, il l'eût vu, qu'il attachait trop peu d'importance à ce papier et trop d'importance à ses deux cent mille francs, pour s'opposer à ce que faisait l'Anglais, si incorrect que cela fût.

« Merci, dit celui-ci en fermant bruyamment le registre, j'ai ce qu'il me faut. Maintenant c'est à moi de tenir ma promesse. Faites un simple transport de votre créance ; reconnaissez dans ce transport en avoir reçu le montant, et je vais vous compter la somme. »

Et il céda sa place au bureau à M. de Boville, qui s'y assit sans façon et s'empressa de faire le transport demandé, tandis que l'Anglais comptait les billets de banque sur le rebord du casier.

20

La maison Morrel

Celui qui eût quitté Marseille quelques années auparavant, connaissant l'intérieur de la maison Morrel, et qui y fût rentré à l'époque où nous sommes parvenus y eût trouvé un grand changement.

Au lieu de cet air de vie, d'aisance et de bonheur qui s'exhale pour ainsi dire d'une maison en voie de prospérité ; au lieu de ces figures joyeuses se montrant derrière les rideaux des fenêtres ; de ces commis affairés traversant les corridors une plume fichée derrière l'oreille ; au lieu de cette cour encombrée de ballots, retentissant des cris et des rires des facteurs, il eût trouvé, dès la première vue, je ne sais quoi de triste et de mort. Dans ce corridor désert et dans cette cour vide, des nombreux employés qui autrefois peuplaient les bureaux, deux seuls étaient restés : l'un était un jeune homme de vingt-trois ou vingt-quatre ans, nommé Emmanuel Raymond, lequel était amoureux de la fille de M. Morrel, et était resté dans la maison, quoi qu'eussent pu faire ses parents pour l'en retirer ; l'autre était un vieux garçon de caisse, borgne, nommé Coclès, sobriquet que lui avaient donné les jeunes gens qui peuplaient autrefois cette grande ruche bourdonnante.

C'est dans cet état de choses que l'envoyé de la maison Thomson & French de Rome se présenta chez M. Morrel.

Emmanuel le reçut. Mais le nouveau venu déclara qu'il n'avait rien à dire à M. Emmanuel, et que c'était à M. Morrel en personne qu'il voulait parler.

Emmanuel appela en soupirant Coclès. Coclès parut, et le jeune homme lui ordonna de conduire l'étranger à M. Morrel.

Coclès marcha devant, et l'étranger suivit.

Sur l'escalier, on rencontra une belle jeune fille de seize à dix-sept ans qui regarda l'étranger avec inquiétude. Elle continua de descendre, tandis que Coclès et l'étranger continuaient de monter. Coclès, à l'aide d'une clé dont il était possesseur, et qui annonçait ses grandes entrées près du maître, ouvrit une porte placée dans l'angle du palier du deuxième étage, introduisit l'étranger dans une antichambre et, après avoir laissé seul un instant l'employé de la maison Thomson & French, reparut en lui faisant signe qu'il pouvait entrer.

L'Anglais entra ; il trouva M. Morrel assis à une table, et pâlissant devant les colonnes effrayantes du registre où était inscrit son passif.

En voyant l'étranger, M. Morrel ferma le registre, se leva et avança un siège ; puis, lorsqu'il eut vu l'étranger s'asseoir, il s'assit lui-même.

Quatorze années avaient bien changé le digne négociant, qui, âgé de trente-six ans au commencement de cette histoire, était sur le point d'atteindre la cinquantaine : ses cheveux avaient blanchi, son front s'était creusé sous des rides soucieuses, enfin son regard, autrefois si ferme et si arrêté, était devenu vague et irrésolu, et semblait toujours craindre d'être forcé de s'arrêter ou sur une idée ou sur un homme.

L'Anglais le regarda avec un sentiment de curiosité évidemment mêlé d'intérêt.

« Monsieur, dit Morrel, dont cet examen semblait redoubler le malaise, vous avez désiré me parler ?

— Oui, monsieur. Vous savez de quelle part je viens, n'est-ce pas ?

— De la part de la maison Thomson & French, à ce que m'a dit mon caissier du moins.

— Il vous a dit la vérité, monsieur. La maison Thomson & French avait dans le courant de ce mois et du mois prochain trois ou quatre cent mille francs à payer en France, et, connaissant votre rigoureuse exactitude, elle a réuni tout le papier qu'elle a pu trouver portant votre signature, et m'a chargé, au fur et à mesure que ces papiers écherraient, d'en toucher les fonds chez vous et de faire emploi des fonds. »

Morrel poussa un profond soupir, et passa la main sur son front couvert de sueur.

« Ainsi, monsieur, demanda Morrel, vous avez des traites signées par moi ?

— Oui, monsieur, pour une somme assez considérable.

— Pour quelle somme ? demanda Morrel d'une voix qu'il tâchait de rendre assurée.

— En tout deux cent quatre-vingt-sept mille cinq cents francs.

— Deux cent quatre-vingt-sept mille cinq cents francs ! répéta machinalement le malheureux Morrel.

— Oui, monsieur, répondit l'Anglais. Or, continuat-il après un moment de silence, je ne vous cacherai pas, monsieur Morrel, que, tout en faisant la part de votre probité sans reproche jusqu'à présent, le bruit public de Marseille est que vous n'êtes pas en état de faire face à vos affaires. »

À cette ouverture presque brutale, Morrel pâlit affreusement.

« Monsieur, je paierai si, comme je l'espère, mon bâtiment arrive à bon port, car son arrivée me rendra le crédit que les accidents successifs dont j'ai été la victime m'ont ôté ; mais si par malheur le *Pharaon,* cette dernière ressource sur laquelle je compte, me manquait... »

Les larmes montèrent aux yeux du pauvre armateur.

« Eh bien, demanda son interlocuteur, si cette dernière ressource vous manquait... ?

— Eh bien, continua Morrel, monsieur, c'est cruel à dire... mais, déjà habitué au malheur, il faut que je m'habitue à la honte... eh bien, je crois que je serais forcé de suspendre mes paiements.

— Ainsi vous n'avez plus qu'une espérance ?

— Une seule.

— De sorte que, si cette espérance vous manque...

— Je suis perdu, monsieur, complètement perdu.

— Comme je venais chez vous, un navire entrait dans le port.

— Je le sais, monsieur. C'est un navire bordelais, la *Gironde* ; il vient de l'Inde aussi, mais ce n'est pas le mien.

— Peut-être a-t-il eu connaissance du *Pharaon,* et vous apporte-t-il quelque nouvelle.

— Faut-il que je vous dise, monsieur ! je crains presque autant d'apprendre des nouvelles de mon trois-mâts que de rester dans l'incertitude. L'incertitude, c'est encore l'espérance. »

Puis M. Morrel ajouta d'une voix sourde :

« Ce retard n'est pas naturel : le *Pharaon* est parti de Calcutta le 5 février, depuis plus d'un mois il devrait être ici.

— Qu'est cela, dit l'Anglais, en prêtant l'oreille, et que veut dire ce bruit ?

— Ô mon Dieu ! mon Dieu ! s'écria Morrel pâlissant, qu'y a-t-il encore ! »

En effet, il se faisait un grand bruit dans l'escalier ; on allait et on venait, on entendit même un cri de douleur.

Morrel se leva pour aller ouvrir la porte, mais les forces lui manquèrent, et il retomba sur son fauteuil.

Les deux hommes restèrent en face l'un de l'autre, Morrel tremblant de tous ses membres, l'étranger le regardant avec une expression de profonde pitié. Le bruit avait cessé, mais cependant on eût dit que Morrel attendait quelque chose.

Il sembla à l'étranger qu'on montait doucement l'escalier et que les pas, qui étaient ceux de plusieurs personnes, s'arrêtaient sur le palier.

Une clef fut introduite dans la serrure de la première porte, et l'on entendit cette porte crier sur ses gonds.

« Il n'y a que deux personnes qui aient la clef de cette porte, murmura Morrel, c'est Coclès et Julie. »

En même temps la seconde porte s'ouvrit et l'on vit apparaître la jeune fille pâle et les joues baignées de larmes.

Morrel se leva tout tremblant, et s'appuya au bras de son fauteuil, car il n'aurait pu se tenir debout. Sa voix voulait interroger, mais il n'avait plus de voix.

« Ô mon père, dit la jeune fille en joignant les mains, pardonnez à votre enfant d'être la messagère d'une mauvaise nouvelle ! »

Morrel pâlit affreusement, Julie vint se jeter dans ses bras.

« Ô mon père, mon père, dit-elle, du courage !

— Ainsi le *Pharaon* a péri ? » demanda Morrel d'une voix étranglée.

La jeune fille ne répondit pas, mais elle fit un signe affirmatif avec sa tête appuyée à la poitrine de son père.

— Et l'équipage ? demanda Morrel.

— Sauvé, dit la jeune fille, sauvé par le navire bordelais qui vient d'entrer dans le port. »

Morrel leva les deux mains au ciel avec une expression de résignation et de reconnaissance sublime.

« Merci, mon Dieu, dit Morrel, au moins vous ne frappez que moi seul. »

Si flegmatique que fût l'Anglais, une larme humecta sa paupière.

« Maintenant, dit l'armateur à sa fille, laisse-moi seul un instant, j'ai à causer avec monsieur. »

Et il indiqua des yeux le mandataire de la maison Thomson & French.

En se retirant, la jeune fille lança à cet homme un coup d'œil sublime de supplication, auquel il répondit par un sourire qu'un froid observateur eût été étonné de voir éclore sur ce visage de glace.

Les deux hommes restèrent seuls.

« Eh bien, monsieur, dit Morrel en se laissant retomber sur un fauteuil, vous avez tout vu, tout entendu, et je n'ai plus rien à vous apprendre.

— J'ai vu, monsieur, dit l'Anglais, qu'il vous était arrivé un nouveau malheur immérité comme les autres, et cela m'a confirmé dans le désir où j'étais déjà de vous être agréable.

— Oh ! monsieur ! dit Morrel.

— Voyons, continua l'étranger, je suis un de vos principaux créanciers, n'est-ce pas ?

— Vous êtes du moins celui qui possédez les valeurs à plus courte échéance.

— Vous désirez un délai pour me payer ?

— Un délai pourrait me sauver l'honneur, dit M. Morrel, et par conséquent la vie.

— Combien demandez-vous ? »

Morrel hésita.

« Deux mois, dit-il.

— Bien, dit l'étranger, je vous en donne trois.

— Mais, dit Morrel, croyez-vous que la maison Thomson & French... ?

— Soyez tranquille, monsieur, je prends tout sur moi. Nous sommes aujourd'hui le 5 juin.

— Oui.

— Eh bien, renouvelez-moi tous ces billets au 5 septembre, et le 5 septembre, à onze heures du matin (la pendule marquait onze heures juste en ce moment), je me présenterai chez vous.

— Je vous attendrai, monsieur, dit Morrel, et vous serez payé, ou je serai mort. »

Ces derniers mots furent prononcés si bas, que l'étranger ne put les entendre.

Les billets furent renouvelés, on déchira les anciens, et le pauvre armateur se trouva au moins avoir trois mois devant lui pour réunir ses dernières ressources.

L'Anglais reçut ses remerciements avec le flegme particulier à sa nation, et prit congé de Morrel, qui le conduisit, en le bénissant, jusqu'à la porte.

Sur l'escalier il rencontra Julie. La jeune fille faisait semblant de descendre, mais en réalité elle l'attendait.

« Ô monsieur ! dit-elle en joignant les mains.

— Mademoiselle, dit l'étranger, vous recevrez un jour une lettre signée... *Sindbad le Marin*... faites de point en point ce que vous dira cette lettre, si étrange que vous paraisse la recommandation.

— Oui, monsieur, répondit Julie.

— Me promettez-vous de le faire ?

— Je vous le jure.

— Bien ! Adieu, mademoiselle. Demeurez toujours une bonne et sainte fille comme vous êtes, et j'ai bon espoir que Dieu vous récompensera en vous donnant Emmanuel pour mari. »

Julie poussa un petit cri, devint rouge comme une cerise, et se retint à la rampe pour ne pas tomber.

L'étranger continua son chemin en lui faisant un geste d'adieu.

Dans la cour il rencontra un marin, qui tenait un rouleau de cent francs de chaque main et semblait ne pouvoir se décider à les emporter.

« Venez, mon ami, lui dit-il, j'ai à vous parler. »

21

Le 5 septembre

Ce délai accordé par le mandataire de la maison Thomson & French, au moment où Morrel s'y attendait le moins, parut au pauvre armateur un de ces retours de bonheur qui annoncent à l'homme que le sort s'est enfin lassé de s'acharner sur lui. Le même jour il raconta ce qui lui était arrivé à sa fille, à sa femme et à Emmanuel, et un peu d'espérance, sinon de tranquillité, rentra dans la famille.

Malheureusement, soit haine, soit aveuglement, tous les correspondants de Morrel ne firent pas la même réflexion, et quelques-uns même firent la réflexion contraire. Les traites souscrites par Morrel furent donc présentées à la caisse avec une scrupuleuse rigueur, et, grâce au délai accordé par l'Anglais, furent payées par

Coclès à bureau ouvert. Coclès continua donc de demeurer dans sa tranquillité fatidique.

Août s'écoula dans des tentatives sans cesse renouvelées par Morrel de relever son ancien crédit ou de s'en ouvrir un nouveau. Le 20 août on sut à Marseille qu'il avait pris une place à la malle-poste, et l'on se dit alors que c'était pour la fin du mois courant que le bilan devait être déposé, et que Morrel était parti d'avance pour ne pas assister à cet acte cruel, délégué sans doute à son premier commis Emmanuel et à son caissier Coclès. Mais, contre toutes les prévisions, lorsque le 31 août arriva, la caisse s'ouvrit comme d'habitude. Il vint même deux remboursements qu'avait prévus M. Morrel, et que Coclès paya avec la même ponctualité que les traites qui étaient personnelles à l'armateur. On n'y comprenait plus rien, et l'on remettait, avec la ténacité particulière aux prophètes de mauvaises nouvelles, la faillite à la fin de septembre.

Le 1er, Morrel arriva : il était attendu par toute sa famille avec une grande anxiété ; de ce voyage à Paris devait surgir sa dernière voie de salut. Morrel avait pensé à Danglars, aujourd'hui millionnaire et autrefois son obligé, puisque c'était à la recommandation de Morrel que Danglars était entré au service du banquier espagnol chez lequel il avait commencé son immense fortune. Aujourd'hui Danglars, disait-on, avait six ou huit millions à lui, un crédit illimité : il n'avait qu'à garantir un emprunt, et Morrel était sauvé. Morrel avait depuis longtemps pensé à Danglars ; mais il y a de ces répulsions instinctives dont on n'est pas le maître, et Morrel avait tardé autant qu'il lui avait été possible de recourir à ce suprême moyen. Et Morrel avait eu raison, car il était revenu brisé sous l'humiliation d'un refus.

Aussi à son retour Morrel n'avait-il exhalé aucune plainte, proféré aucune récrimination ; il avait embrassé en pleurant sa femme et sa fille, avait tendu une main amicale à Emmanuel, s'était enfermé dans son cabinet du second, et avait demandé Coclès.

« Pour cette fois, avaient dit les deux femmes à Emmanuel, nous sommes perdus. »

Puis, dans un court conciliabule tenu entre elles, il avait été décidé que Julie écrirait à son frère, en garnison à Nîmes, d'arriver à l'instant même.

Les pauvres femmes sentaient instinctivement qu'elles avaient besoin de toutes les forces pour soutenir le coup qui les menaçait.

D'ailleurs, Maximilien Morrel, quoique âgé de vingt-deux ans à peine, avait déjà une grande influence sur son père.

C'était un jeune homme ferme et droit. Au moment où il s'était agi d'embrasser une carrière, son père n'avait point voulu lui imposer d'avance un avenir et avait consulté les goûts du jeune Maximilien. Celui-ci avait alors déclaré qu'il voulait suivre la carrière militaire ; il avait fait, en conséquence, d'excellentes études, était entré par le concours à l'École polytechnique, et en était sorti sous-lieutenant au 53e de ligne.

Depuis un an il occupait ce grade, et avait promesse d'être nommé lieutenant à la première occasion. Dans le régiment, Maximilien Morrel était cité comme le rigide observateur non seulement de toutes les obligations imposées au soldat, mais encore de tous les devoirs proposés à l'homme, et on ne l'appelait que le *stoïcien*. Il va sans dire que beaucoup de ceux qui lui donnaient cette épithète la répétaient pour l'avoir entendue, et ne savaient pas même ce qu'elle voulait dire.

C'était ce jeune homme que sa mère et sa sœur appelaient à leur aide pour les soutenir dans la circonstance grave où elles sentaient qu'elles allaient se trouver.

Elles ne s'étaient pas trompées sur la gravité de cette circonstance, car, un instant après que M. Morrel fut entré dans son cabinet avec Coclès, Julie en vit sortir ce dernier pâle, tremblant et le visage tout bouleversé.

Un instant après, Julie le vit remonter portant deux ou trois registres, un portefeuille, et un sac d'argent.

Morrel consulta les registres, ouvrit le portefeuille, compta l'argent.

Toutes ses ressources montaient à six ou huit mille francs, ses rentrées jusqu'au 5 à quatre ou cinq mille ; ce qui faisait, en cotant au plus haut, un actif de quatorze mille francs pour faire face à une traite de deux cent quatre-vingt-sept mille cinq cents francs. Il n'y avait pas même moyen d'offrir un pareil acompte.

Cependant, lorsque Morrel descendit pour dîner, il paraissait assez calme. Ce calme effraya plus les deux

femmes que n'aurait pu le faire le plus profond abattement.

Le lendemain, M. Morrel se tint dans son bureau
comme à l'ordinaire, descendit pour déjeuner comme
d'habitude, seulement après son dîner il fit asseoir sa
fille près de lui, prit la tête de l'enfant dans ses bras et
la tint longtemps contre sa poitrine.

Le soir, Julie dit à sa mère que, quoique calme en
apparence, elle avait remarqué que le cœur de son père
battait violemment.

Les deux autres jours s'écoulèrent à peu près pareils.

Pendant toute la nuit du 4 au 5 septembre,
Mme Morrel resta l'oreille collée contre la boiserie.
Jusqu'à trois heures du matin, elle entendit son mari
marcher avec agitation dans sa chambre.

À trois heures seulement, il se jeta sur son lit.

Les deux femmes passèrent la nuit ensemble. Depuis
la veille au soir elles attendaient Maximilien.

À huit heures, M. Morrel entra dans leur chambre.
Il était calme, mais l'agitation de la nuit se lisait sur son
visage pâle et défait.

Les femmes n'osèrent lui demander s'il avait bien
dormi.

Morrel fut meilleur pour sa femme, et plus paternel
pour sa fille qu'il n'avait jamais été. Il ne pouvait se ras-
sasier de regarder et d'embrasser la pauvre enfant.

Julie voulut suivre son père lorsqu'il sortit, mais
celui-ci, la repoussant avec douceur :

« Reste près de ta mère », lui dit-il.

Julie voulait insister.

« Je le veux », dit Morrel.

C'était la première fois que Morrel disait à sa fille :
« Je le veux » ; mais il le disait avec un accent empreint
d'une si paternelle douceur, que Julie n'osa faire un pas
en avant.

Elle resta à la même place, debout, muette et immobile. Un instant après, la porte se rouvrit, elle sentit
deux bras qui l'entouraient, et une bouche qui se collait à son front.

Elle leva les yeux et poussa une exclamation de joie.

« Maximilien, mon frère ! » s'écria-t-elle.

À ce cri, Mme Morrel accourut et se jeta dans les
bras de son fils.

« Ma mère, dit le jeune homme en regardant alternativement Mme Morrel et sa fille, qu'y a-t-il donc et
que se passe-t-il ? Votre lettre m'a épouvanté et
j'accours.

— Julie, dit Mme Morrel en faisant signe au jeune
homme, va dire à ton père que Maximilien vient d'arriver. »

La jeune fille se lança hors de l'appartement, mais
sur la première marche de l'escalier elle trouva un
homme tenant une lettre à la main.

« N'êtes-vous point mademoiselle Julie Morrel ? dit
cet homme avec un accent italien des plus prononcés.

— Oui, monsieur, répondit Julie toute balbutiante ;
mais que me voulez-vous ? Je ne vous connais pas.

— Lisez cette lettre », dit l'homme en lui tendant un billet.

Julie hésitait.

« Il y va du salut de votre père », dit le messager.

La jeune fille lui arracha le billet des mains.

Puis elle l'ouvrit vivement et lut :

Rendez-vous à l'instant même aux Allées de Meillan, entrez dans la maison n° 15, demandez à la concierge la clef de la chambre du cinquième, entrez dans cette chambre, prenez sur le coin de la cheminée une bourse en filet de soie rouge, et apportez cette bourse à votre père.

Il est important qu'il l'ait avant onze heures.

Vous avez promis de m'obéir aveuglément, je vous rappelle votre promesse.

SINDBAD LE MARIN.

La jeune fille poussa un cri de joie, leva les yeux, chercha pour l'interroger l'homme qui lui avait remis ce billet, mais il avait disparu.

Elle reporta alors les yeux sur le billet pour le lire une seconde fois, et s'aperçut qu'il avait un *post-scriptum*.

Elle lut :

Il est important que vous remplissiez cette mission en personne et seule ; si vous veniez accompagnée ou qu'une autre que vous se présentât, le concierge répondrait qu'il ne sait pas ce que l'on veut dire.

Ce *post-scriptum* fut une puissante correction à la joie de la jeune fille. N'avait-elle rien à craindre ? N'était-ce pas quelque piège qu'on lui tendait ?

Julie hésitait, elle résolut de demander conseil.

Mais, par un sentiment étrange, ce ne fut ni à sa mère ni à son frère qu'elle eut recours, ce fut à Emmanuel.

Elle descendit, lui raconta ce qui lui était arrivé le jour où le mandataire de la maison Thomson & French était venu chez son père ; elle lui dit la scène de l'escalier, lui répéta la promesse qu'elle avait faite et lui montra la lettre.

« Il faut y aller, mademoiselle, dit Emmanuel.

— Y aller ? murmura Julie.

— Oui, je vous y accompagnerai.

— Mais vous n'avez pas vu que je dois être seule ? dit Julie.

— Vous serez seule aussi, répondit le jeune homme, moi je vous attendrai au coin de la rue du Musée ; et si vous tardez de façon à me donner quelque inquiétude, alors j'irai vous rejoindre, et, je vous en réponds, malheur à ceux dont vous me diriez que vous auriez eu à vous plaindre !

— Ainsi, Emmanuel, reprit en hésitant la jeune fille, votre avis est donc que je me rende à cette invitation ?

— Oui. Le messager ne vous a-t-il pas dit qu'il y allait du salut de votre père ?

« — Mais enfin, Emmanuel, quel danger court-il donc ? » demanda la jeune fille.

Emmanuel hésita un instant, mais le désir de décider la jeune fille d'un seul coup et sans retard l'emporta.

« Écoutez, lui dit-il, c'est aujourd'hui le 5 septembre, n'est-ce pas ?

— Oui.

— Aujourd'hui à onze heures votre père a près de trois cent mille francs à payer.

— Oui, nous le savons.

— Eh bien, dit Emmanuel, il n'en a pas quinze mille en caisse.

— Alors, que va-t-il donc arriver ?

— Il va arriver que, si aujourd'hui, avant onze heures, votre père n'a pas trouvé quelqu'un qui lui vienne en aide, à midi votre père sera obligé de se déclarer en banqueroute.

— Oh ! venez ! venez ! » s'écria la jeune fille en entraînant le jeune homme avec elle.

Pendant ce temps, Mme Morrel avait tout dit à son fils.

Le jeune homme ignorait que les choses en fussent arrivées à ce point.

Il demeura anéanti.

Puis tout à coup il s'élança hors de l'appartement, monta rapidement l'escalier, car il croyait son père à son cabinet ; mais il frappa vainement.

Comme il était à la porte de ce cabinet, il entendit

celle de l'appartement s'ouvrir, il se retourna et vit son père. Au lieu de remonter droit à son cabinet, M. Morrel était rentré dans sa chambre et en sortait seulement maintenant.

M. Morrel poussa un cri de surprise en apercevant Maximilien ; il ignorait l'arrivée du jeune homme. Il demeura immobile à la même place, serrant avec son bras gauche un objet qu'il tenait caché sous sa redingote.

Maximilien descendit vivement l'escalier et se jeta au cou de son père ; mais tout à coup il se recula, laissant sa main droite seulement appuyée sur la poitrine de Morrel.

« Mon père, dit-il en devenant pâle comme la mort, pourquoi avez-vous donc une paire de pistolets sous votre redingote ?

— Oh ! voilà ce que je craignais ! dit Morrel.

— Mon père ! mon père ! au nom du Ciel, s'écria le jeune homme, pourquoi ces armes ?

— Maximilien, répondit Morrel en regardant fixement son fils, tu es un homme, et un homme d'honneur ; viens, je vais te le dire. »

Et Morrel monta d'un pas assuré à son cabinet, tandis que Maximilien le suivait en chancelant.

Morrel ouvrit la porte et la referma derrière son fils, puis il traversa l'antichambre, s'approcha du bureau, déposa ses pistolets sur le coin de la table, et montra du bout des doigts à son fils un registre ouvert.

Sur ce registre était consigné l'état exact de la situation.

« Lis », dit Morrel.

Le jeune homme lut et resta un moment comme écrasé.

Morrel ne disait pas une parole : qu'aurait-il pu dire qui ajoutât à l'inexorable arrêt des chiffres !

« Et vous avez tout fait, mon père, dit au bout d'un instant le jeune homme, pour aller au-devant de ce malheur ?

— Oui, répondit Morrel.

— Vous ne comptez sur aucune rentrée ?

— Sur aucune.

— Vous avez épuisé toutes vos ressources ?

— Toutes.

— Et dans une demi-heure, ajouta-t-il d'une voix sombre, notre nom est déshonoré.

— Le sang lave le déshonneur, dit Morrel.

— Vous avez raison, mon père, dit-il, et je vous comprends. »

Puis, étendant la main vers les pistolets :

« Il y en a un pour vous et un pour moi, dit-il, merci ! »

Morrel lui arrêta la main.

« Et ta mère... et ta sœur... qui les nourrira ? »

Un frisson courut par tout le corps du jeune homme.

« Mon père, dit-il, songez-vous que vous me dites de vivre ?

— Oui, je te le dis, reprit Morrel, car c'est ton

293

devoir ; tu as l'esprit calme et fort, Maximilien... Maximilien, tu n'es pas un homme ordinaire ; je ne te commande rien, je ne t'ordonne rien ; seulement je te dis : examine la situation comme si tu y étais étranger, et juge-la toi-même. »

Le jeune homme réfléchit un instant, puis une expression de résignation sublime passa dans ses yeux ; seulement il ôta d'un mouvement lent et triste son épaulette et sa contre-épaulette, insignes de son grade.

« C'est bien, dit-il en tendant la main à Morrel, mourez en paix, mon père ! Je vivrai. »

Morrel fit un mouvement pour se jeter aux genoux de son fils. Maximilien l'attira à lui, et ces deux nobles cœurs battirent un instant l'un contre l'autre.

« Tu sais qu'il n'y a pas de ma faute ? » dit Morrel.

Maximilien sourit.

« Je sais, mon père, que vous êtes le plus honnête homme que j'aie jamais connu.

— C'est bien, tout est dit : maintenant retourne près de ta mère et de ta sœur.

— Mon père, dit le jeune homme en fléchissant le genou, bénissez-moi ! »

Morrel saisit la tête de son fils entre ses deux mains, et l'approcha de lui, et y imprima plusieurs fois ses lèvres.

« Oh ! mon père, mon père, s'écria le jeune homme, si cependant vous pouviez vivre !

— Si je vis, tout change ; si je vis, l'intérêt se change en doute, la pitié en acharnement ; si je vis, je ne suis plus qu'un homme qui a manqué à sa parole, qui a failli à ses engagements ; je ne suis plus qu'un banqueroutier enfin. Si je meurs, au contraire, songes-y, Maximilien, mon cadavre n'est plus que celui d'un honnête homme malheureux. Vivant, mes meilleurs amis évitent ma maison ; mort, Marseille tout entier me suit en pleurant jusqu'à ma dernière demeure. Vivant, tu as honte de mon nom ; mort, tu lèves haut la tête et tu dis : "Je suis le fils de celui qui s'est tué parce que pour la première fois il a été forcé de manquer à sa parole." »

Le jeune homme poussa un gémissement, mais il parut résigné. C'était la seconde fois que la conviction rentrait non pas dans son cœur, mais dans son esprit.

« Et maintenant adieu, dit Morrel, va, va, j'ai besoin d'être seul ; tu trouveras mon testament dans le secrétaire de ma chambre à coucher. »

Le jeune homme resta debout et inerte, n'ayant qu'une force de volonté mais pas d'exécution.

« Écoute, Maximilien, dit son père, suppose que je sois soldat comme toi, que j'aie reçu l'ordre d'emporter une redoute, et que tu saches que je doive être tué en l'emportant, ne me dirais-tu pas ce que tu me disais tout à l'heure : "Allez, mon père, car vous vous déshonorez en restant, et mieux vaut la mort que la honte !"

— Oui, oui, dit le jeune homme, oui. »

Et serrant convulsivement Morrel dans ses bras :

« Allez, mon père », dit-il.

Et il s'élança hors du cabinet.

Quand son fils fut sorti, Morrel resta un instant

debout et les yeux fixés sur la porte, puis il allongea la main, trouva le cordon d'une sonnette et sonna.

Au bout d'un instant Coclès parut.

Ce n'était plus le même homme, ces trois jours de conviction l'avaient brisé. Cette pensée : « La maison Morrel va cesser ses paiements » le courbait vers la terre plus que ne l'eussent fait vingt autres années sur sa tête.

« Mon bon Coclès, dit Morrel avec un accent dont il serait impossible de rendre l'expression, tu vas rester dans l'antichambre. Quand ce monsieur qui est déjà venu il y a trois mois, tu sais, le mandataire de la maison Thomson & French, va venir, tu l'annonceras. »

Coclès ne répondit point ; il fit un signe de tête, alla s'asseoir dans l'antichambre, et attendit.

Morrel retomba sur sa chaise ; ses yeux se portèrent vers la pendule ; il lui restait sept minutes, voilà tout ; l'aiguille marchait avec une rapidité incroyable ; il lui semblait qu'il la voyait aller.

Ce qui se passa alors, et dans ce moment suprême, dans l'esprit de cet homme, qui, jeune encore, à la suite d'un raisonnement faux peut-être, mais spécieux du moins, allait se séparer de tout ce qu'il aimait au monde et quitter la vie, qui avait pour lui toutes les douceurs de la famille, est impossible à exprimer ; il eût fallu voir, pour en prendre une idée, son front couvert de sueur et cependant résigné, ses yeux mouillés de larmes et cependant levés au ciel.

L'aiguille marchait toujours, les pistolets étaient tout

chargés ; il allongea la main, en prit un, et murmura le nom de sa fille.

Puis il posa l'arme mortelle, prit la plume, écrivit quelques mots.

Il lui semblait alors qu'il n'avait pas assez dit adieu à son enfant chérie.

Puis il se retourna vers la pendule ; il ne comptait plus par minute, mais par seconde.

Il reprit l'arme, la bouche entr'ouverte et les yeux fixés sur l'aiguille ; puis il tressaillit au bruit qu'il faisait lui-même en armant le chien.

En ce moment une sueur plus froide lui passa sur le front, une angoisse plus mortelle lui serra le cœur.

Il entendit la porte de l'escalier crier sur ses gonds.

Puis s'ouvrit celle de son cabinet.

La pendule allait sonner onze heures.

Morrel ne se retourna point, il attendait ces mots de Coclès :

« Le mandataire de la maison Thomson & French. »

Et il approchait l'arme de sa bouche...

Tout à coup il entendit un cri... c'était la voix de sa fille...

Il se retourna et aperçut Julie ; le pistolet lui échappa des mains.

« Mon père ! s'écria la jeune fille hors d'haleine et presque mourante de joie, sauvé ! vous êtes sauvé ! »

Et elle se jeta dans ses bras en élevant à la main une bourse en filet de soie.

« Sauvé, mon enfant ! dit Morrel, que veux-tu dire ?

— Oui, sauvé ! voyez, voyez », dit la jeune fille.

Morrel prit la bourse et tressaillit, car un vague souvenir lui rappela cet objet pour lui avoir appartenu.

D'un côté était la traite de deux cent quatre-vingt-sept mille cinq cents francs.

La traite était acquittée.

De l'autre était un diamant de la grosseur d'une noisette, avec ces trois mots écrits sur un petit morceau de parchemin :

Dot de Julie.

Morrel passa sa main sur son front : il croyait rêver.

En ce moment, la pendule sonna onze heures.

Le timbre vibra pour lui comme si chaque coup du marteau d'acier vibrait sur son propre cœur.

« Voyons, mon enfant, dit-il, explique-toi. Où as-tu trouvé cette bourse ?

— Dans une maison des Allées de Meillan, au numéro 15, sur le coin de la cheminée d'une pauvre petite chambre au cinquième étage.

— Mais, s'écria Morrel, cette bourse n'est pas à toi. »

Julie tendit à son père la lettre qu'elle avait reçue le matin.

« Et tu as été seule dans cette maison ? dit Morrel après avoir lu.

— Emmanuel m'accompagnait, mon père. Il devait m'attendre au coin de la rue du Musée ; mais, chose étrange, à mon retour il n'y était plus.

— Monsieur Morrel ! s'écria une voix dans l'escalier, monsieur Morrel !

— C'est sa voix », dit Julie.

En même temps Emmanuel entra, le visage bouleversé de joie et d'émotion.

« Le *Pharaon* ! s'écria-t-il ; le *Pharaon* !

— Eh bien quoi ? le *Pharaon* ! êtes-vous fou, Emmanuel ? Vous savez bien qu'il est perdu.

— Le *Pharaon* ! monsieur, on signale le *Pharaon* ! le *Pharaon* entre dans le port. »

Morrel retomba sur sa chaise, les forces lui manquaient ; son intelligence se refusait à classer cette suite d'événements incroyables, inouïs, fabuleux.

Mais son fils entra à son tour :

« Mon père, s'écria Maximilien, que disiez-vous donc que le *Pharaon* était perdu ? la vigie l'a signalé, et il entre, dit-on, dans le port.

— Mes amis, dit Morrel, si cela était, il faudrait croire à un miracle de Dieu ! Impossible ! impossible ! »

Mais ce qui était réel et non moins incroyable, c'était cette bourse qu'il tenait dans ses mains, c'était cette lettre de change acquittée, c'était ce magnifique diamant.

« Ah ! monsieur ! dit Coclès à son tour, qu'est-ce que cela veut dire, le *Pharaon* ?

— Allons, mes enfants, dit Morrel en se soulevant, allons voir, et que Dieu ait pitié de nous si c'est une fausse nouvelle. »

Ils descendirent ; au milieu de l'escalier attendait Mme Morrel : la pauvre femme n'avait pas osé monter.

En un instant ils furent à la Canebière.

Il y avait foule sur le port.

Toute cette foule s'ouvrit devant Morrel.

« Le *Pharaon,* le *Pharaon* ! » disaient toutes ces voix.

En effet, chose merveilleuse, inouïe, en face de la tour Saint-Jean, un bâtiment, portant sur sa poupe ces mots écrits en lettres blanches : Le *Pharaon Morrel & fils de Marseille*, absolument de la contenance de l'autre *Pharaon,* et chargé comme l'autre de cochenille et d'indigo, jetait l'ancre et carguait ses voiles ; sur le pont, le capitaine Gaumard donnait ses ordres, et maître Penelon faisait des signes à M. Morrel.

Il n'y avait plus à en douter, le témoignage des sens était là et dix mille personnes venaient en aide à ce témoignage.

Comme Morrel et son fils s'embrassaient sur la jetée aux applaudissements de toute la ville témoin de ce prodige, un homme, dont le visage était à moitié couvert par une barbe noire, et qui, caché derrière la guérite d'un factionnaire, contemplait cette scène avec attendrissement, murmura ces mots :

« Sois heureux, noble cœur ; sois béni pour tout le bien que tu as fait et que tu feras encore, et que ma reconnaissance reste dans l'ombre comme ton bienfait. »

Et avec un sourire où la joie et le bonheur se révélaient, il quitta l'abri où il était caché, et sans que personne fît attention à lui, tant chacun était préoccupé de l'événement du jour, il descendit un de ces petits escaliers qui servent de débarcadère et héla trois fois :

« Jacopo ! Jacopo ! Jacopo ! »

Alors une chaloupe vint à lui, le reçut à bord, et le conduisit à un yacht richement gréé, sur le pont duquel il s'élança avec la légèreté d'un marin ; de là, il regarda encore une fois Morrel qui, pleurant de joie, distribuait de cordiales poignées de main à toute cette foule et remerciait d'un vague regard ce bienfaiteur inconnu qu'il semblait chercher au ciel.

« Et maintenant, dit l'homme inconnu, adieu bonté, humanité, reconnaissance... adieu à tous les sentiments qui épanouissent le cœur !... Je me suis substitué à la Providence pour récompenser les bons... maintenant, que le Dieu vengeur me cède Sa place pour punir les méchants ! »

À ces mots il fit un signal, et, comme s'il n'eût attendu que ce signal pour partir, le yacht prit aussitôt la mer.

22

Le déjeuner

À Paris, dans une maison de la rue du Helder, tout se préparait dans la matinée du 21 mai, pour recevoir les invités d'Albert de Morcerf.

Le jeune homme habitait un pavillon situé à l'angle d'une grande cour, et faisant face à un autre bâtiment destiné aux communs. Deux fenêtres de ce pavillon seulement donnaient sur la rue, les autres étaient percées, trois sur la cour, et deux autres en retour sur le jardin.

Albert avait établi son quartier général dans le petit salon du rez-de-chaussée. Là, sur une table entourée à distance d'un divan large et moelleux, tous les tabacs connus resplendissaient dans les pots de faïence craquelée. À côté d'eux, dans des cases de bois odorant,

303

étaient rangés par ordre de taille et de qualité les puros, les regalias, les havanes et les manilles ; enfin, dans une armoire tout ouverte, une collection de pipes allemandes, de chibouques et de narguilés incrustés d'or attendait le caprice ou la sympathie des fumeurs. Albert avait présidé lui-même à l'arrangement ou plutôt au désordre symétrique, qu'après le café les convives d'un déjeuner moderne aiment à contempler à travers la vapeur qui s'échappe de leur bouche et qui monte au plafond en longues et capricieuses spirales.

En ce moment une voiture légère s'arrêta devant la porte, et, un instant après, le valet de chambre entra pour annoncer M. Lucien Debray. Un grand jeune homme blond, pâle, à l'œil gris et assuré, aux lèvres minces et froides, entra sans sourire, sans parler, et d'un air demi-officiel.

« Bonjour, Lucien, bonjour, dit Albert. Ah ! vous m'effrayez, mon cher, avec votre exactitude ! Que dis-je, exactitude ! Vous que je n'attendais que le dernier, vous arrivez à dix heures moins cinq minutes, lorsque le rendez-vous définitif n'est qu'à dix heures et demie ! C'est miraculeux ! le ministère serait-il renversé, par hasard ?

— Non, très cher, dit le jeune homme en s'incrustant dans le divan, rassurez-vous. J'ai passé la nuit à expédier des lettres : vingt-cinq dépêches diplomatiques. Rentré chez moi ce matin au jour, j'ai voulu dormir ; mais le mal de tête m'a pris, et je me suis relevé pour monter à cheval une heure. À Boulogne, l'ennui et la faim m'ont saisi ; deux ennemis qui vont rarement ensemble, et qui cependant se sont ligués contre moi ; je me suis alors souvenu que l'on festinait chez vous ce matin, et me voilà : j'ai faim, nourrissez-moi ; je m'ennuie, amusez-moi.

— C'est mon devoir d'amphitryon, cher ami ! dit Albert en sonnant le valet de chambre ; Germain, un verre de xérès et un biscuit. Tenez, justement j'entends la voix de Beauchamp dans l'antichambre ; vous vous disputerez, cela vous fera prendre patience.

— À propos de quoi ?

— À propos des journaux.

— Oh ! cher ami, dit Lucien avec un souverain mépris, est-ce que je lis les journaux ?

— Raison de plus, alors vous disputerez bien davantage.

— M. Beauchamp ! annonça le valet de chambre.

— Entrez, entrez, plume terrible ! dit Albert en se levant et en allant au-devant du jeune homme ; tenez, voici Debray qui vous déteste sans vous lire, à ce qu'il dit du moins.

— Il a bien raison, dit Beauchamp ; c'est comme moi, je le critique sans savoir ce qu'il fait. Maintenant, un seul mot, mon cher Albert ; déjeunons-nous ou dînons-nous ? J'ai la Chambre, moi. Tout n'est pas rose, comme vous le voyez, dans notre métier.

— On déjeunera seulement ; nous n'attendons plus que deux personnes, et l'on se mettra à table aussitôt qu'elles seront arrivées.

— Et quelles sortes de personnes attendez-vous à déjeuner ? dit Beauchamp.

— Un gentilhomme et un diplomate, reprit Albert.

— Alors c'est l'affaire de deux petites heures pour le gentilhomme et de deux grandes heures pour le diplomate. Je reviendrai au dessert. Gardez-moi des fraises, du café et des cigares. Je mangerai une côtelette à la Chambre.

— N'en faites rien, Beauchamp ; car le gentilhomme fût-il un Montmorency et le diplomate un Metternich, nous déjeunerons à onze heures précises : en attendant, faites comme Debray, goûtez mon xérès et mes biscuits.

— Allons donc, soit, je reste. Il faut absolument que je me distraie ce matin.

— M. de Château-Renaud ! M. Maximilien Morrel ! dit le valet de chambre en annonçant deux nouveaux convives.

— Complets alors ! dit Beauchamp, et nous allons déjeuner ; car, si je ne me trompe, vous n'attendiez plus que deux personnes, Albert ?

— Morrel ! murmura Albert surpris ; Morrel ! qu'est-ce que cela ? »

Mais avant qu'il eût achevé, M. de Château-Renaud, beau jeune homme de trente ans, gentilhomme des pieds à la tête, c'est-à-dire la figure d'un Guiche et l'esprit d'un Mortemart, avait pris Albert par la main.

« Permettez-moi, mon cher, lui dit-il, de vous présenter M. le capitaine de spahis Maximilien Morrel, mon ami, et de plus mon sauveur. Au reste, l'homme se présente assez bien par lui-même. Saluez mon héros, vicomte. »

Et il se rangea pour démasquer ce grand et noble jeune homme au front large, à l'œil perçant, aux moustaches noires, que nos lecteurs se rappellent avoir vu à Marseille, dans une circonstance assez dramatique peut-être pour qu'ils ne l'aient point encore oublié. Un riche uniforme, demi-français, demi-oriental, admirablement porté, faisait valoir sa large poitrine décorée de la Légion d'honneur, et ressortir la cambrure hardie de sa taille.

Le jeune officier s'inclina avec une politesse pleine d'élégance.

« Monsieur, dit Albert avec une affectueuse courtoisie, M. le comte de Château-Renaud savait d'avance tout le plaisir qu'il me procurait en me faisant faire votre connaissance ; vous êtes de ses amis, monsieur, soyez des nôtres.

— Très bien, dit Château-Renaud, et souhaitez, mon cher vicomte, que, le cas échéant, il fasse pour vous ce qu'il a fait pour moi.

— Et qu'a-t-il donc fait ? demanda Albert.

— Oh, dit Morrel, cela ne vaut pas la peine d'en parler, et monsieur exagère.

— Comment ! dit Château-Renaud, cela ne vaut pas la peine d'en parler ! La vie ne vaut pas la peine qu'on en parle !... En vérité, c'est par trop philosophique ce que vous dites là, mon cher monsieur Morrel... Bon pour vous qui exposez votre vie tous les jours, mais pour moi qui l'expose une fois par hasard...

— Ce que je vois de plus clair dans tout cela, baron, c'est que M. le capitaine Morrel vous a sauvé la vie.

— Oh ! mon Dieu ! oui, tout bonnement, reprit Château-Renaud.

— Et à quelle occasion ? demanda Beauchamp.

— Vous savez tous que l'idée m'était venue d'aller en Afrique. Je m'embarquai pour Oran ; d'Oran je gagnai Constantine, et j'arrivai juste pour voir lever le siège. Je me mis en retraite comme les autres. Pendant quarante-huit heures je supportai assez bien la pluie du jour, la neige la nuit ; enfin la troisième matinée, mon cheval mourut de froid. Pauvre bête ! accoutumée aux couvertures et au poêle de l'écurie... Je faisais donc ma retraite à pied, six Arabes vinrent au galop pour me couper la tête, j'en abattis deux de mes deux coups de fusil, deux de mes deux coups de pistolet, mouches pleines ; mais il en restait deux, et j'étais désarmé. L'un me prit par les cheveux, c'est pour cela que je les porte courts maintenant, on ne sait pas ce qui peut arriver ; l'autre m'enveloppa le cou de son yatagan, et je sentais déjà le froid aigu du fer quand monsieur, que vous voyez, chargea à son tour sur eux, tua celui qui me tenait par les cheveux d'un coup de pistolet et fendit la tête de celui qui s'apprêtait à me couper la gorge d'un coup de sabre. Monsieur s'était donné pour tâche de sauver un homme ce jour-là, le hasard a voulu que ce fût moi.

— Oui, dit en souriant Morrel ; c'était le 5 septembre, c'est-à-dire l'anniversaire d'un jour où mon père fut miraculeusement sauvé ; aussi, autant qu'il est en mon pouvoir, je célèbre tous les ans ce jour-là par une action...

— Cette histoire, à laquelle M. Morrel fait allusion, continua Château-Renaud, est toute une admirable histoire qu'il vous racontera un jour, quand vous aurez fait avec lui plus ample connaissance ; pour aujourd'hui, garnissons l'estomac et non la mémoire. À quelle heure déjeunez-vous, Albert ?

— À dix heures et demie.

— Précises ? demanda Debray en tirant sa montre.

— Oh ! vous m'accorderez bien les cinq minutes de grâce, dit Morcerf ; car moi aussi j'attends un sauveur.

— À qui ?

— À moi, parbleu ! répondit Morcerf. Croyez-vous donc qu'on ne puisse pas me sauver comme un autre et qu'il n'y ait que les Arabes qui coupent la tête. Notre déjeuner est philanthropique, nous aurons à notre table, je l'espère du moins, deux bienfaiteurs de l'humanité.

— Et d'où vient-il ? demanda Debray.

— En vérité, dit Albert, je n'en sais rien. Quand je l'ai invité, il y a deux mois de cela, il était à Rome ; mais depuis ce temps-là qui peut dire le chemin qu'il a fait !

— Et le croyez-vous capable d'être exact ? demanda Debray.

— Je le crois capable de tout, répondit Morcerf.

— Faites attention qu'avec les cinq minutes de grâce, nous n'avons plus que dix minutes.

— Eh bien ! j'en profiterai pour vous dire un mot de mon convive.

— Pardon, dit Beauchamp, y a-t-il matière à un feuilleton dans ce que vous allez nous raconter ?

— Oui, certes, dit Morcerf ; et des plus curieux même.

— Dites alors, car je vois bien que je manquerai la Chambre ; il faut que je me rattrape.

— J'étais à Rome au carnaval dernier.

— Nous savons cela, dit Beauchamp.

— Oui, mais ce que vous ne savez pas, c'est que j'avais été enlevé par des brigands.

— Il n'y a pas de brigands, dit Debray.

— Si fait, il y en a, et de hideux même, c'est-à-dire d'admirables ; car je les ai trouvés beaux à faire peur. Les brigands m'avaient donc enlevé et m'avaient conduit dans un endroit fort triste qu'on appelle les catacombes de Saint-Sébastien. On m'avait annoncé que j'étais prisonnier sauf rançon, une misère, quatre mille écus romains, vingt-six mille livres tournois. Malheureusement je n'en avais plus que quinze cents ; j'étais au bout de mon voyage, et mon crédit était épuisé. J'écrivis à Franz. Et, tenez ! pardieu, Franz en était, et vous pouvez lui demander si je mens d'une virgule. J'écrivis à Franz que, s'il n'arrivait pas à six heures du matin avec les quatre mille écus, à six heures dix minutes j'aurais rejoint les bienheureux saints et les glorieux martyrs dans la compagnie desquels j'avais l'honneur de me trouver ; et M. Luigi Vampa – c'est le nom de mon chef de brigands – m'aurait, je vous prie de le croire, tenu scrupuleusement parole.

— Mais Franz arriva avec les quatre mille écus, dit Château-Renaud. Que diable ! on n'est pas embarrassé pour quatre mille écus quand on s'appelle Franz d'Épinay ou Albert de Morcerf.

— Non, il arriva purement et simplement accompagné du convive que je vous annonce et que j'espère vous présenter.

— Et il traita de votre rançon ?

— Il dit deux mots à l'oreille du chef ; et je fus libre.

— On lui fit même des excuses de l'avoir arrêté, dit Beauchamp.

— Justement, répondit Morcerf.

— Ah çà ! mais c'est donc l'Arioste que cet homme !

— Non, c'est tout simplement le comte de Monte-Cristo.

— On ne s'appelle pas le comte de Monte-Cristo, dit Debray.

— Je ne crois pas, ajouta Château-Renaud avec le sang-froid d'un homme qui connaît sur le bout du doigt son nobiliaire européen ; qui est-ce qui connaît quelque part un comte de Monte-Cristo ?

— Il vient peut-être de Terre sainte, dit Beauchamp ; un de ses aïeux aura possédé le Calvaire, comme les Mortemart la mer Morte.

— Pardon, dit Maximilien, mais je crois que je vais vous tirer d'embarras, messieurs : Monte-Cristo est une petite île dont j'ai souvent entendu parler aux marins qu'employait mon père ; un grain de sable au milieu de la Méditerranée, un atome dans l'infini.

— C'est parfaitement cela, monsieur, dit Albert. Eh bien ! de ce grain de sable, de cet atome, est seigneur et roi celui dont je vous parle ; il aura acheté ce brevet de comte quelque part en Toscane.

— Il est donc riche, votre comte ?

— Ma foi ! je le crois.

— Mais cela doit se voir, ce me semble ?

— Voilà ce qui vous trompe, Debray.

— Je ne vous comprends plus.

— Avez-vous lu les *Mille et Une Nuits* ?

— Parbleu ! belle question !

— Eh bien, savez-vous donc si les gens qu'on y voit sont riches ou pauvres ? si leurs grains de blé ne sont pas des rubis ou des diamants ? Ils ont l'air de misérables pêcheurs, n'est-ce pas ? Vous les traitez comme tels, et tout à coup ils vous ouvrent quelque caverne mystérieuse, où vous trouvez un trésor à acheter l'Inde.

— Après ?

— Après, mon comte de Monte-Cristo est un de ces pêcheurs-là. Il a même un nom tiré de la chose, il s'appelle Sindbad le Marin et possède une caverne d'or.

— Et vous avez vu cette caverne, Morcerf ? demanda Beauchamp.

— Non pas moi, mais Franz. Chut ! il ne faut pas

dire un mot de cela devant lui. Franz y est descendu les yeux bandés, et il a été servi par des muets et par des femmes, près desquelles, à ce qu'il paraît, Cléopâtre n'est qu'une lorette. Seulement, des femmes, il n'en est pas bien sûr, vu qu'elles ne sont entrées qu'après qu'il eut mangé du hatchis ; de sorte qu'il se pourrait bien que ce qu'il a pris pour des femmes fût tout bonnement un quadrille de statues. »

Les deux jeunes gens regardèrent Morcerf d'un œil qui voulait dire : « Ah çà ! mon cher, devenez-vous insensé, ou vous moquez-vous de nous ? »

« En effet, dit Morrel pensif, j'ai entendu raconter encore par un vieux marin, nommé Peneton, quelque chose de pareil à ce que dit là M. de Morcerf.

— Ah ! fit Albert, c'est bien heureux que M. Morrel me vienne en aide. Cela vous contrarie, n'est-ce pas, qu'il jette ainsi un peloton de fil dans mon labyrinthe ?

— Pardon, cher ami, dit Debray, c'est que vous nous racontez des choses si invraisemblables...

— Oui, mais tout cela n'empêche pas mon comte de Monte-Cristo d'exister !

— Pardieu ! tout le monde existe, le beau miracle !

— Tout le monde existe, sans doute, mais pas dans des conditions pareilles. Tout le monde n'a pas des esclaves noirs, des galeries princières, des armes comme à la Casauba, des chevaux de six mille francs pièce, des maîtresses grecques.

— L'avez-vous vue, la maîtresse grecque ?

— Oui, je l'ai vue et entendue. Vue au théâtre, et entendue un jour que j'ai déjeuné chez le comte.

— Il mange donc, votre homme extraordinaire ?

— Ma foi, s'il mange, c'est si peu, que ce n'est point la peine d'en parler.

— Vous verrez que c'est un vampire.

— Œil fauve dont la prunelle diminue et se dilate à volonté, dit Debray ; angle facial développé, front magnifique, teint livide, barbe noire, dents blanches et aiguës, politesse toute pareille.

— Eh bien ! c'est justement cela, Lucien, dit Morcerf, et le signalement est tracé trait pour trait. Oui, politesse aiguë et incisive.

— Ne vous a-t-il pas conduit un peu dans les ruines du Colisée pour vous sucer le sang, Morcerf ? demanda Beauchamp.

— Raillez, raillez tant que vous voudrez, messieurs, dit Morcerf un peu piqué. Quand je vous regarde, vous autres beaux Parisiens, habitués du boulevard de Gand, promeneurs du bois de Boulogne, et que je me rappelle cet homme, eh bien ! il me semble que nous ne sommes pas de la même espèce.

— Je m'en flatte, dit Beauchamp.

— Toujours est-il, ajouta Château-Renaud, que votre comte de Monte-Cristo est un galant homme dans ses moments perdus, sauf toutefois ses petits arrangements avec les bandits italiens.

— Hé ! il n'y a pas de bandits italiens, dit Debray.

— Pas de vampire ! ajouta Beauchamp.

— Pas de comte de Monte-Cristo, reprit Debray. Tenez, cher Albert, voilà dix heures et demie qui sonnent.

— Avouez que vous avez eu le cauchemar et allons déjeuner », dit Beauchamp.

Mais la vibration de la pendule ne s'était pas encore éteinte, lorsque la porte s'ouvrit, et que Germain annonça :

« Son Excellence le comte de Monte-Cristo ! »

Tous les auditeurs firent malgré eux un bond qui dénotait la préoccupation que le récit de Morcerf avait infiltrée dans leurs âmes. Albert lui-même ne put se défendre d'une émotion soudaine. On n'avait entendu ni voiture dans la rue ni pas dans l'antichambre ; la porte elle-même s'était ouverte sans bruit.

Le comte parut sur le seuil, vêtu avec la plus grande simplicité ; mais le *lion* le plus exigeant n'eût rien trouvé à reprendre à sa toilette. Tout était d'un goût exquis, tout sortait des mains des plus élégants fournisseurs, habits, chapeau et linge.

Il paraissait âgé de trente-cinq ans à peine ; et ce qui frappa tout le monde, ce fut son extrême ressemblance avec le portrait qu'avait tracé de lui Debray.

Le comte s'avança en souriant au milieu du salon et vint droit à Albert, qui, marchant au-devant de lui, lui offrit la main avec empressement.

« L'exactitude, dit Monte-Cristo, est la politesse des rois, à ce qu'a prétendu, je crois, un de vos souverains. Mais quelle que soit leur bonne volonté, elle n'est pas toujours celle des voyageurs. Cependant j'espère, mon cher vicomte, que vous excuserez, en faveur de ma bonne volonté, les deux ou trois secondes de retard que je crois avoir mises à paraître au rendez-vous. Cinq cents lieues ne se font pas sans quelque contrariété ; surtout en France, où il est défendu, à ce qu'il paraît, de battre les postillons.

— Monsieur le comte, répondit Albert, j'étais en train d'annoncer votre visite à quelques-uns de mes amis que j'ai réunis à l'occasion de la promesse que vous aviez bien voulu me faire, et que j'ai l'honneur de vous présenter. Ce sont M. le comte de Château-Renaud, dont la noblesse remonte aux douze pairs, et dont les ancêtres ont eu leur place à la Table ronde ; M. Lucien Debray, secrétaire particulier du ministre de l'Intérieur ; M. Beauchamp, terrible journaliste, l'effroi du gouvernement français, mais dont peut-être, malgré sa célébrité nationale, vous n'avez jamais entendu parler en Italie, attendu que son journal n'y entre pas ; enfin, M. Maximilien Morrel, capitaine de spahis. »

À ce nom, le comte, qui avait jusque-là salué courtoisement mais avec une froideur et une impassibilité tout anglaises, fit malgré lui un pas en avant, et un léger ton de vermillon passa comme l'éclair sur ses joues pâles.

« Monsieur porte l'uniforme des nouveaux vainqueurs français ? dit-il ; c'est un bel uniforme. »

On n'eût pas pu dire quel était le sentiment qui donnait à la voix du comte une si profonde vibration, et qui faisait briller, comme malgré lui, son œil si beau, si calme et si limpide quand il n'avait point un motif quelconque pour le voiler.

« Vous n'aviez jamais vu nos Africains, monsieur ? dit Albert.

— Jamais, répliqua le comte redevenu parfaitement maître de lui.

— Eh bien ! monsieur, sous cet uniforme bat un des cœurs les plus braves et les plus nobles de l'armée.

— Oh ! monsieur le comte, interrompit Morrel.

— Laissez-moi dire, capitaine... et nous venons, continua Albert, d'apprendre de monsieur un trait si héroïque, que, quoique je l'aie vu aujourd'hui pour la première fois, je réclame de lui la faveur de vous le présenter comme mon ami. »

Et l'on put encore, à ces paroles, remarquer chez Monte-Cristo ce regard étrange de fixité, cette rougeur fugitive et ce léger tremblement de la paupière qui chez lui décelaient l'émotion.

« Ah ! monsieur est un noble cœur, dit le comte, tant mieux ! »

Cette espèce d'exclamation, qui répondait à la propre pensée du comte plutôt qu'à ce que venait de dire Albert, surprit tout le monde et surtout Morrel, qui regardait Monte-Cristo avec étonnement. Mais en même temps l'intonation était si douce, et pour ainsi dire si suave, que, quelque étrange que fût cette exclamation, il n'y avait pas moyen de s'en fâcher.

« Messieurs, dit Albert, Germain m'annonce que

vous êtes servis. Mon cher comte, permettez-moi de vous montrer le chemin. »

On passa silencieusement dans la salle à manger. Chacun prit sa place.

« Messieurs, dit le comte en s'asseyant, permettez-moi un aveu qui sera mon excuse pour toutes les inconvenances que je pourrais faire : je suis étranger, mais étranger à tel point, que c'est la première fois que je viens à Paris. La vie française m'est donc parfaitement inconnue, et je n'ai guère jusqu'à présent pratiqué que la vie orientale, la plus antipathique aux bonnes traditions parisiennes. Je vous prie donc de m'excuser si vous trouvez en moi quelque chose de trop turc, de trop napolitain ou de trop arabe. Cela dit, messieurs, déjeunons.

— Comme il dit tout cela ! murmura Beauchamp, c'est décidément un grand seigneur.

— Un grand seigneur étranger, ajouta Debray.

— Un grand seigneur de tous les pays, monsieur Debray », dit Château-Renaud.

Le comte, on se le rappelle, était un sobre convive. Albert en fit la remarque en témoignant la crainte que, dès son commencement, la vie parisienne ne déplût au voyageur par son côté le plus matériel, mais en même temps le plus nécessaire.

« Mon cher comte, dit-il, vous me voyez atteint d'une crainte, c'est que la cuisine de la rue du Helder ne vous plaise pas autant que celle de la place d'Espagne. J'aurais dû vous demander votre goût et vous faire préparer quelques plats à votre fantaisie.

— Si vous me connaissiez davantage, monsieur, répondit en souriant le comte, vous ne vous préoccuperiez pas d'un soin presque humiliant pour un voyageur comme moi qui a successivement vécu avec du macaroni à Naples, de la polenta à Milan, de l'olla podrida à Valence, du pilau à Constantinople, du karrick dans l'Inde, et des nids d'hirondelles dans la Chine. Il n'y a pas de cuisine pour un cosmopolite comme moi. Je mange de tout et partout, seulement je mange peu ; et aujourd'hui que vous me reprochez ma sobriété, je suis dans mon jour d'appétit, car depuis hier matin je n'ai point mangé.

— Comment, depuis hier matin ! s'écrièrent les convives ; vous n'avez point mangé depuis vingt-quatre heures.

— Non, répondit Monte-Cristo ; j'avais été obligé de m'écarter de ma route et de prendre des renseignements aux environs de Nîmes, de sorte que j'étais un peu en retard, je n'ai pas voulu m'arrêter.

— Et vous avez mangé dans votre voiture ? demanda Morcerf.

— Non, j'ai dormi ; comme cela m'arrive quand je m'ennuie sans avoir le courage de me distraire, ou quand j'ai faim sans avoir envie de manger.

— Mais vous commandez donc au sommeil, monsieur ? demanda Morrel.

— À peu près.

— Vous avez une recette pour cela ?

— Infaillible.

— Et peut-on savoir quelle est cette recette ? demanda Debray.

— Oh ! mon Dieu, oui, dit Monte-Cristo, je n'en fais pas de secret : c'est un mélange d'excellent opium que j'ai été chercher moi-même à Canton, pour être certain de l'avoir pur, et du meilleur hatchis qui se récolte en Orient, c'est-à-dire entre le Tigre et l'Euphrate ; on réunit ces deux ingrédients en portions égales, et on en fait des espèces de pilules qui s'avalent au moment où l'on en a besoin. Dix minutes après, l'effet est produit. Demandez à M. le baron Franz d'Épinay : je crois qu'il en a goûté un jour.

— Mais, dit Beauchamp, qui en sa qualité de journaliste était fort incrédule, vous portez donc toujours cette drogue sur vous ?

— Toujours, répondit Monte-Cristo.

— Serait-ce indiscret de vous demander à voir ces précieuses pilules ? continua Beauchamp, espérant prendre l'étranger en défaut.

— Non, monsieur », répondit le comte ; et il tira de sa poche une merveilleuse bonbonnière creusée dans une seule émeraude, et fermée par un écrou d'or qui, en se dévissant, donnait passage à une petite boule de couleur verdâtre et de la grosseur d'un pois.

Cette boule avait une odeur âcre et pénétrante ; il y en avait quatre ou cinq pareilles dans l'émeraude, et elle pouvait en contenir une douzaine.

La bonbonnière fit le tour de la table, mais c'était bien plus pour examiner cette admirable émeraude que pour voir ou pour flairer les pilules que les convives se la faisaient passer.

« Voilà une admirable émeraude et la plus grosse que j'aie jamais vue, quoique ma mère ait quelques bijoux de famille assez remarquables, dit Château-Renaud.

— J'en avais trois pareilles, reprit Monte-Cristo ; j'ai donné l'une au Grand Seigneur, qui l'a fait monter sur son sabre ; l'autre à notre Saint-Père le pape, qui l'a fait incruster sur sa tiare ; j'ai gardé la troisième pour moi, et je l'ai fait creuser – ce qui lui a ôté la moitié de sa valeur, mais l'a rendue plus commode pour l'usage que j'en voulais faire. »

Chacun regardait Monte-Cristo avec étonnement ; il parlait avec tant de simplicité qu'il était évident qu'il disait la vérité ou qu'il était fou ; cependant l'émeraude qui était restée entre ses mains faisait que l'on penchait naturellement vers la première supposition.

« Et que vous ont donné ces deux souverains en échange de ce magnifique cadeau ? demanda Debray.

— Le Grand Seigneur, la liberté d'une femme, répondit le comte ; notre Saint-Père le pape, la vie d'un homme. De sorte qu'une fois dans mon existence, j'ai été aussi puissant que si Dieu m'eût fait naître sur les marches d'un trône.

— Monsieur le comte, vous ne vous faites pas l'idée du plaisir que j'éprouve à vous entendre parler ainsi !

dit Morcerf. Je vous avais annoncé d'avance à mes amis comme un homme fabuleux, comme un enchanteur des *Mille et Une Nuits,* comme un sorcier du Moyen Âge ; mais les Parisiens sont gens tellement subtils en paradoxes, qu'ils prennent pour des caprices de l'imagination les vérités les plus incontestables, quand ces vérités ne rentrent pas dans toutes les conditions de leur existence quotidienne. Dites-leur donc vous-même, je vous en prie, monsieur le comte, que j'ai été pris par des bandits, et que, sans votre généreuse intercession, j'attendrais, selon toute probabilité, aujourd'hui la résurrection éternelle dans les catacombes de Saint-Sébastien, au lieu de leur donner à déjeuner dans mon indigne petite maison de la rue du Helder.

— Mon cher vicomte, dit Monte-Cristo, je ne vois pas dans tout ce que j'ai dit ou fait un seul mot qui me vaille de votre part le prétendu éloge que je viens de recevoir. Je le demande à tous ces messieurs, pouvais-je laisser mon hôte entre les mains de ces bandits ? D'ailleurs, vous le savez, j'avais, en vous sauvant, une arrière-pensée qui était de me servir de vous pour m'introduire dans les salons de Paris quand je viendrais visiter la France. Quelque temps vous avez pu considérer cette résolution comme un projet vague et fugitif ; mais aujourd'hui vous le voyez, c'est une belle et bonne réalité, à laquelle il faut vous soumettre sous peine de manquer à votre parole.

— Et je la tiendrai, dit Morcerf ; mais je crains bien

322

que vous ne soyez fort désenchanté, mon cher comte, vous, habitué aux sites accidentés, aux événements pittoresques, aux fantastiques horizons. Chez nous, pas le moindre épisode du genre de ceux auxquels votre vie aventureuse vous a habitué. Notre Cimborazzo, c'est Montmartre ; notre Himalaya, c'est le mont Valérien ; notre Grand Désert, c'est la plaine de Grenelle, encore y perce-t-on un puits artésien pour que les caravanes y trouvent de l'eau. Il n'y a donc qu'un seul service que je puisse vous rendre, mon cher comte, et pour celui-là je me mets à votre disposition : vous présenter partout, ou vous faire présenter par mes amis, cela va sans dire. D'ailleurs, vous n'avez besoin de personne pour cela ; avec votre nom, votre fortune et votre esprit (Monte-Cristo s'inclina avec un sourire légèrement ironique), on se présente partout soi-même et l'on est bien reçu partout. Je ne peux donc en réalité vous être bon qu'à une chose : vous trouver une maison convenable. Je n'ose vous proposer de partager mon logement comme j'ai partagé le vôtre à Rome, moi qui ne professe pas l'égoïsme, mais qui suis égoïste par excellence ; car chez moi, excepté moi, il ne tiendrait pas une ombre, à moins que cette ombre ne fût celle d'une femme.

— Ah ! fit le comte, voici une réserve toute conjugale. Vous m'avez en effet, monsieur, dit à Rome quelques mots d'un mariage ébauché ; dois-je vous féliciter sur votre prochain bonheur ?

— La chose est toujours à l'état de projet, monsieur le comte.

— Et qui dit projet, reprit Debray, veut dire éventualité.

— Non pas ! dit Morcerf ; mon père y tient, et j'espère bien, avant peu, vous présenter sinon ma femme, du moins ma future : Mlle Eugénie Danglars.

— Eugénie Danglars ! reprit Monte-Cristo, attendez donc ; son père n'est-il pas M. le baron Danglars ?

— Oui, répondit Morcerf ; mais baron de nouvelle création.

— Oh ! qu'importe ! répondit Monte-Cristo, s'il a rendu à l'État des services qui lui aient mérité cette distinction.

— D'énormes, dit Beauchamp. Il a, quoique libéral dans l'âme, complété en 1829 un emprunt de six millions pour le roi Charles X, qui l'a, ma foi, fait baron et chevalier de la Légion d'honneur, de sorte qu'il porte le ruban non pas à la poche de son gilet, comme on pourrait le croire, mais bel et bien à la boutonnière de son habit.

— Ah ! dit Morcerf en riant, Beauchamp, Beauchamp, gardez cela pour le *Corsaire* et le *Charivari* ; mais devant moi épargnez mon futur beau-père. »

Puis se retournant vers Monte-Cristo :

« Mais vous avez tout à l'heure prononcé son nom comme quelqu'un qui connaîtrait le baron ? dit-il.

— Je ne le connais pas, dit négligemment Monte-

Cristo ; mais je ne tarderai pas probablement à faire sa connaissance, attendu que j'ai un crédit ouvert sur lui.

— Mais, dit Morcerf, nous nous sommes singulièrement écartés, à propos de M. Danglars, du sujet de notre conversation. Il était question de trouver une habitation convenable au comte de Monte-Cristo : voyons, messieurs, cotisons-nous pour avoir une idée : où logerons-nous cet hôte nouveau du grand Paris ?

— Merci, monsieur, merci, dit Monte-Cristo, j'ai déjà mon habitation toute prête. J'étais résolu d'avoir une maison à Paris, une maison à moi, j'entends. J'ai envoyé d'avance mon valet de chambre, et il a déjà dû acheter cette maison et me la faire meubler. Il savait que j'arriverais aujourd'hui à dix heures ; depuis neuf heures il m'attendait à la barrière de Fontainebleau. Il m'a remis ce papier ; c'est ma nouvelle adresse : tenez, lisez. »

Et Monte-Cristo passa un papier à Albert.

« *Champs-Élysées, n° 30*, lut Morcerf.

— Ah ! voilà qui est vraiment original ! ne put s'empêcher de dire Beauchamp.

— Et très princier, ajouta Château-Renaud.

— Comment ! vous ne connaissez pas votre maison ? demanda Debray.

— Non, dit Monte-Cristo. Je vous ai déjà dit que je ne voulais pas manquer l'heure. J'ai fait ma toilette dans ma voiture, et je suis descendu à la porte du vicomte. »

Les jeunes gens se regardèrent ; ils ne savaient si

c'était une comédie jouée par Monte-Cristo ; mais tout ce qui sortait de la bouche de cet homme avait, malgré son caractère original, un tel cachet de simplicité, que l'on ne pouvait supposer qu'il dût mentir. D'ailleurs pourquoi aurait-il menti ?

« Alors, dit Château-Renaud, vous voilà avec une maison montée, vous avez un hôtel aux Champs-Élysées, il ne vous manque plus qu'une maîtresse. »

Albert sourit : il songeait à la belle Grecque qu'il avait vue dans la loge du comte au théâtre Valle et au théâtre Argentina.

« J'ai mieux que cela, dit Monte-Cristo, j'ai une esclave ; vous louez vos maîtresses au théâtre de l'Opéra, au théâtre du Vaudeville, au théâtre des Variétés, moi j'ai acheté la mienne à Constantinople ; cela m'a coûté plus cher ; mais sous ce rapport-là, je n'ai plus besoin de m'inquiéter de rien.

— Mais vous oubliez, dit en riant Debray, que nous sommes, comme l'a dit le roi Charles, francs de nom, francs de nature ; qu'en mettant le pied sur la terre de France, votre esclave est devenue libre ?

— Qui le lui dira ? demanda Monte-Cristo.

— Mais, dame ! le premier venu.

— Elle ne parle que le romaïque.

— Alors, c'est autre chose.

— Mais la verrons-nous, au moins ? demanda Beauchamp.

— Ma foi, dit Monte-Cristo, je ne pousse pas l'orientalisme jusque-là ; tout ce qui m'entoure est libre de me quitter, et, en me quittant, n'aura plus besoin de moi ni de personne ; voilà peut-être pourquoi on ne me quitte pas. »

Depuis longtemps on était passé au dessert et aux cigares.

« Mon cher, dit Debray en se levant, il est deux heures et demie, votre convive est charmant, mais il n'y a si bonne compagnie qu'on ne quitte, et quelquefois même pour la mauvaise : il faut que je retourne à mon ministère. Au revoir, Albert. Messieurs, votre très humble. »

Et en sortant, Debray cria très haut dans l'anti-chambre :

« Faites avancer.

— Bon, dit Beauchamp à Albert, je n'irai pas à la Chambre, mais j'ai à offrir à mes lecteurs mieux qu'un discours de M. Danglars.

— De grâce, Beauchamp, dit Morcerf, pas un mot, je vous en supplie ; ne m'ôtez pas le mérite de le pré-senter et de l'expliquer. N'est-ce pas qu'il est curieux ?

— Il est mieux que cela, répondit Château-Renaud, et c'est vraiment un des hommes les plus extraordi-naires que j'aie vus de ma vie. Venez-vous, Morrel ? »

Et Maximilien Morrel sortit avec le baron de Châ-teau-Renaud, laissant Monte-Cristo seul avec Morcerf.

23

La présentation

« Maintenant, monsieur le comte, dit Albert, regardez-vous comme étant ici chez vous, et, pour vous mettre plus à votre aise encore, veuillez m'accompagner jusque chez M. de Morcerf, à qui j'ai écrit de Rome le service que vous m'avez rendu, à qui j'ai annoncé la visite que vous m'aviez promise ; et, je puis le dire, le comte et la comtesse attendaient avec impatience qu'il leur fût permis de vous remercier. Vous êtes un peu blasé sur toutes choses, je le sais, monsieur le comte, et les scènes de famille n'ont pas sur Sindbad le Marin beaucoup d'action ; vous avez vu tant d'autres scènes ! Cependant acceptez ce que je vous propose comme initiation à la vie parisienne, vie de politesse, de visites et de présentations. »

Monte-Cristo s'inclina sans répondre ; il acceptait la proposition sans enthousiasme et sans regrets, comme une des convenances de société dont tout homme comme il faut se fait un devoir. Albert appela son valet de chambre, et lui ordonna d'aller prévenir M. et Mme de Morcerf de l'arrivée prochaine du comte de Monte-Cristo.

Albert le suivit avec le comte.

En arrivant dans l'antichambre du comte, Morcerf passa le premier et poussa la porte qui donnait dans le salon.

Dans l'endroit le plus apparent de ce salon se voyait un portrait ; c'était celui d'un homme de trente-cinq à trente-huit ans, vêtu d'un uniforme d'officier général ; le ruban de la Légion d'honneur au cou – ce qui indiquait qu'il était commandeur –, et sur la poitrine, la plaque de grand officier de l'ordre du Sauveur, et celle de grand'croix de Charles III – ce qui indiquait que la personne représentée par ce portrait avait dû faire les guerres de Grèce et d'Espagne, ou avoir rempli quelque mission diplomatique dans les deux pays.

Monte-Cristo était occupé à détailler ce portrait lorsqu'une porte latérale s'ouvrit, et qu'il se trouva en face du comte de Morcerf lui-même.

C'était un homme de quarante à quarante-cinq ans, mais qui en paraissait bien au moins cinquante, et dont la moustache et les sourcils noirs tranchaient étrangement avec des cheveux presque blancs coupés en brosse à la mode militaire ; il était vêtu en bourgeois et portait à sa boutonnière un ruban dont les différents lisérés rappelaient les différents ordres dont il était décoré. Cet homme entra d'un pas assez noble et avec une sorte d'empressement. Monte-Cristo le vit venir à lui sans faire un seul pas ; on eût dit que ses pieds étaient cloués au parquet comme ses yeux sur le visage du comte de Morcerf.

« Mon père, dit le jeune homme, j'ai l'honneur de vous présenter M. le comte de Monte-Cristo, ce généreux ami que j'ai eu le bonheur de rencontrer dans les circonstances difficiles que vous savez.

— Monsieur est le bienvenu parmi nous, dit le comte de Morcerf en saluant Monte-Cristo, avec un sourire, et il a rendu à notre maison, en lui conservant son unique héritier, un service qui sollicitera éternellement notre reconnaissance. »

Et en disant ces paroles, le comte de Morcerf indiquait un fauteuil à Monte-Cristo, en même temps que lui-même s'asseyait en face de la fenêtre.

Quant à Monte-Cristo, tout en prenant le fauteuil désigné par le comte de Morcerf, il s'arrangea de manière à demeurer caché dans l'ombre des grands rideaux de velours et à lire de là, sur les traits empreints de fatigue et de soucis du comte, toute une histoire de secrètes douleurs écrites dans chacune de ses rides venues avant le temps.

« Mme la comtesse, dit Morcerf, était à sa toilette lorsque le vicomte l'a fait prévenir de la visite qu'elle allait avoir le bonheur de recevoir : elle va descendre, et dans dix minutes elle sera au salon.

— C'est beaucoup d'honneur pour moi, dit Monte-Cristo, d'être ainsi, dès le jour de mon arrivée à Paris, mis en rapport avec un homme dont le mérite égale la réputation, et pour lequel la fortune, juste une fois, n'a pas fait d'erreur ; mais n'a-t-elle pas encore, dans les plaines de la Mitidja ou dans les montagnes de l'Atlas, un bâton de maréchal à vous offrir ?

— Oh ! répliqua Morcerf en rougissant un peu, j'ai quitté le service, monsieur. Nommé pair sous la Restauration, j'étais de la première campagne, et je servais sous les ordres du maréchal de Bourmont ; je pouvais donc prétendre à un commandement supérieur, et qui sait ce qui serait arrivé si la branche aînée fût restée sur le trône ! Mais la révolution de Juillet était, à ce qu'il paraît, assez glorieuse pour se permettre d'être ingrate, elle le fut pour tout service qui ne datait pas de la période impériale ; je donnai donc ma démission, car lorsqu'on a gagné ses épaulettes sur les champs de bataille, on ne sait guère manœuvrer sur le terrain glissant des salons ; j'ai quitté l'épée, je me suis jeté dans la politique, je me voue à l'industrie, j'étudie les arts utiles. Pendant les vingt années que j'étais resté au service, j'en avais bien eu le désir, mais je n'en avais pas eu le temps.

— Ce sont de pareilles idées qui entretiennent la supériorité de votre nation sur les autres pays, monsieur, répondit Monte-Cristo : gentilhomme issu de

332

grande maison, possédant une belle fortune, vous avez d'abord consenti à gagner les premiers grades en soldat obscur, c'est fort rare ; puis, devenu général, pair de France, commandeur de la Légion d'honneur, vous consentez à recommencer un second apprentissage, sans autre espoir, sans autre récompense que celle d'être un jour utile à vos semblables... Ah ! monsieur, voilà qui est vraiment beau ; je dirai plus, voilà qui est sublime. »

Albert regardait et écoutait Monte-Cristo avec étonnement ; il n'était pas habitué à le voir s'élever à de pareilles idées d'enthousiasme.

« Hélas ! continua l'étranger, sans doute pour faire disparaître l'imperceptible nuage que ces paroles venaient de faire passer sur le front de Morcerf, nous ne faisons pas ainsi en Italie, nous croissons selon notre race et notre espèce, et nous gardons même feuillage, même taille, et souvent même inutilité toute notre vie.

— Mais, monsieur, répondit le comte de Morcerf, pour un homme de votre mérite, l'Italie n'est pas une patrie, et la France vous tend les bras ; répondez à son appel, la France ne sera peut-être pas ingrate pour tout le monde ; elle traite mal ses enfants, mais d'habitude elle accueille grandement les étrangers.

— Hé ! mon père, dit Albert avec un sourire, on voit bien que vous ne connaissez pas M. le comte de Monte-Cristo. Ses satisfactions à lui sont en dehors de ce monde ; il n'aspire point aux honneurs, et en prend seulement ce qui peut tenir sur un passeport.

— Voilà, à mon égard, l'expression la plus juste que j'aie jamais entendue, répondit l'étranger.

— Monsieur a été le maître de son avenir, dit le comte de Morcerf avec un soupir, et il a choisi le chemin de fleurs.

— Justement, monsieur, répliqua Monte-Cristo avec un de ces sourires qu'un peintre ne rendra jamais, et qu'un physiologiste désespérera toujours d'analyser.

— Si je n'eusse craint de fatiguer M. le comte, dit le général, évidemment charmé des manières de Monte-Cristo, je l'eusse emmené à la Chambre, il y a aujourd'hui une séance curieuse pour quiconque ne connaît pas nos sénateurs modernes.

— Je vous serai fort reconnaissant, monsieur, si vous voulez bien me renouveler cette offre une autre fois ; mais aujourd'hui l'on m'a flatté de l'espoir d'être présenté à Mme la comtesse ; et j'attendrai.

— Ah ! voici ma mère », s'écria le vicomte.

En effet, Monte-Cristo en se retournant vivement vit Mme de Morcerf à l'entrée du salon, au seuil de la porte opposée à celle par laquelle était entré son mari ; immobile et pâle, elle laissa, lorsque Monte-Cristo se retourna de son côté, tomber son bras qui, on ne sait pourquoi, s'était appuyé sur le chambranle doré ; elle était là depuis quelques secondes, et avait entendu les dernières paroles prononcées par le visiteur ultramontain.

Celui-ci se leva et salua profondément la comtesse, qui s'inclina à son tour, muette et cérémonieuse.

« Hé, mon Dieu ! madame, demanda le comte, qu'avez-vous donc ? serait-ce par hasard la chaleur de ce salon qui vous fait mal ?

— Souffrez-vous, ma mère ? » s'écria le vicomte en s'élançant au-devant de Mercédès.

Elle les remercia tous deux avec un sourire.

« Non, dit-elle, mais j'ai éprouvé quelque émotion en voyant pour la première fois celui sans l'intervention duquel nous serions en ce moment dans les larmes et dans le deuil. Monsieur, continua la comtesse en s'avançant avec la majesté d'une reine, je vous dois la vie de mon fils, et pour ce bienfait je vous bénis. Maintenant je vous rends grâce pour le plaisir que vous me faites en me procurant l'occasion de vous remercier comme je vous ai béni, c'est-à-dire du fond du cœur. »

Le comte s'inclina encore, mais plus profondément que la première fois ; il était plus pâle encore que Mercédès.

« Madame, dit-il, M. le comte et vous me récompensez trop généreusement d'une action bien simple. Sauver un homme, épargner un tourment à un père, ménager la sensibilité d'une femme, ce n'est point faire une bonne œuvre, c'est faire acte d'humanité. »

À ces mots prononcés avec une douceur et une politesse exquises, Mme de Morcerf répondit avec un accent profond :

« Il est bien heureux pour mon fils, monsieur, de vous avoir pour ami, et je rends grâce à Dieu qui a fait les choses ainsi. »

Et Mercédès leva ses beaux yeux au ciel avec une gratitude si infinie, que le comte crut y voir trembler deux larmes.

M. de Morcerf s'approcha d'elle.

« Madame, dit-il, j'ai déjà fait mes excuses à M. le comte d'être obligé de le quitter, et vous les lui renouvellerez, je vous prie. La séance ouvre à deux heures, il en est trois, et je dois parler.

— Allez, monsieur, je tâcherai de faire oublier votre absence à notre hôte, dit la comtesse avec le même accent de sensibilité. Monsieur le comte, continua-t-elle en se retournant vers Monte-Cristo, nous fera-t-il la grâce de passer le reste de la journée avec nous ?

— Merci, madame, et vous me voyez, croyez-le bien, on ne peut plus reconnaissant de votre offre ; mais je suis descendu ce matin à votre porte de ma voiture de voyage. Comment suis-je installé à Paris, je l'ignore ; où le suis-je, je le sais à peine. C'est une inquiétude légère, je le sais, mais appréciable cependant.

— Nous aurons ce plaisir une autre fois au moins, vous nous le promettez ? » demanda la comtesse.

Monte-Cristo s'inclina sans répondre, mais le geste pouvait passer pour un assentiment.

« Alors, je ne vous retiens pas, monsieur, dit la comtesse, car je ne veux pas que ma reconnaissance devienne ou une indiscrétion ou une importunité.

— Mon cher comte, dit Albert, si vous le voulez bien, je vais essayer de vous rendre à Paris votre gracieuse politesse de Rome, et mettre mon coupé à votre disposition jusqu'à ce que vous ayez eu le temps de monter vos équipages.

— Merci mille fois de votre obligeance, vicomte, dit Monte-Cristo, mais je présume que je trouverai à la porte une voiture quelconque tout attelée. »

Albert était habitué à ces façons de la part du comte, il savait qu'il était comme Néron à la recherche de l'impossible, et il ne s'étonnait plus de rien ; seulement il voulut juger par lui-même de quelle façon ses ordres avaient été exécutés ; il l'accompagna donc jusqu'à la porte de l'hôtel.

Monte-Cristo ne s'était pas trompé : dès qu'il avait paru dans l'antichambre du comte de Morcerf, un valet de pied s'était élancé hors du péristyle, de sorte qu'en arrivant au perron l'illustre voyageur trouva effectivement sa voiture qui l'attendait.

C'était un coupé sortant des ateliers de Keller, et un attelage dont Drake avait, à la connaissance de tous les lions de Paris, refusé la veille encore dix-huit mille francs.

« Monsieur, dit le comte à Albert, je ne vous propose pas de m'accompagner jusque chez moi, je ne pourrais vous montrer qu'une maison improvisée, et j'ai, vous le savez, sous le rapport des improvisations, une réputation à ménager. Accordez-moi un jour et permettez-moi alors de vous inviter. Je serai plus sûr de ne pas manquer aux lois de l'hospitalité.

— Si vous me demandez un jour, monsieur le

comte, je suis tranquille ; ce ne sera plus une maison que vous me montrerez, ce sera un palais. Décidément, vous avez quelque génie à votre disposition.

— Ma foi, laissez-le croire, dit Monte-Cristo, en mettant le pied sur les degrés garnis de velours de son équipage, cela me fera quelque bien auprès des dames. »

Et il s'élança dans sa voiture, qui se referma derrière lui, et partit au galop, mais pas si rapidement que le comte n'aperçût le mouvement imperceptible qui fit trembler le rideau du salon où il avait laissé Mme de Morcerf.

24

La maison d'Auteuil

La maison choisie par Ali, et qui devait servir de résidence de ville à Monte-Cristo, était située à droite en
montant les Champs-Élysées, placée entre cour et jardin ; un massif fort touffu, qui s'élevait au milieu de la
cour, masquait une partie de la façade ; autour de ce
massif s'avançaient, pareilles à deux bras, deux allées
qui, s'étendant à droite et à gauche, amenaient, à partir de la grille, les voitures à un double perron suppor-
tant à chaque marche un vase de porcelaine plein de
fleurs.

Avant même que le cocher eût hélé le concierge, la
grille massive roula sur ses gonds ; on avait vu venir le
comte, et à Paris comme à Rome, comme partout, il
était servi avec la rapidité de l'éclair. Le cocher entra

donc, décrivit le demi-cercle sans avoir ralenti son allure, et la grille était refermée déjà que les roues criaient encore sur le sable de l'allée.

Au côté gauche du perron la voiture s'arrêta ; deux hommes parurent à la portière : l'un était Ali, qui sourit à son maître avec une incroyable franchise de joie, et qui se trouva payé par un simple regard de Monte-Cristo.

L'autre salua humblement et présenta son bras au comte pour l'aider à descendre de la voiture.

« Merci, monsieur Bertuccio, dit le comte en sautant légèrement les trois degrés du marchepied ; et le notaire ?

— Il est dans le petit salon, Excellence », répondit Bertuccio.

Monte-Cristo donna ses gants, son chapeau et sa canne à ce même laquais français qui s'était élancé hors de l'antichambre du comte de Morcerf pour appeler la voiture, puis il passa dans le petit salon, conduit par Bertuccio, qui lui montra le chemin.

« Voilà de pauvres marbres dans cette antichambre, dit Monte-Cristo, j'espère bien qu'on m'enlèvera tout cela. »

Bertuccio s'inclina.

Comme l'avait dit l'intendant, le notaire attendait dans le petit salon.

C'était une honnête figure de deuxième clerc de Paris élevé à la dignité infranchissable de tabellion de la banlieue.

« Monsieur est le notaire chargé de vendre la maison de campagne que je veux acheter ? demanda Monte-Cristo.

— Oui, monsieur le comte, répliqua le notaire.

— L'acte de vente est-il prêt ?

— Oui, monsieur le comte. Le voici.

— Parfaitement. Et où est cette maison que j'achète ? » demanda négligemment Monte-Cristo, s'adressant moitié à Bertuccio, moitié au notaire.

L'intendant fit un geste qui signifiait : « Je ne sais pas. »

Le notaire regarda Monte-Cristo avec étonnement.

« Comment ? dit-il, monsieur le comte ne sait pas où est la maison qu'il achète ?

— Non, ma foi, dit le comte.

— Monsieur le comte ne la connaît pas ?

— Et comment diable la connaîtrais-je ! J'arrive de Cadix ce matin, je ne suis jamais venu à Paris, c'est même la première fois que je mets le pied en France.

— Alors c'est autre chose, répondit le notaire, la maison que monsieur le comte achète est située à Auteuil. »

À ces mots Bertuccio pâlit visiblement.

« Et où prenez-vous Auteuil ? demanda Monte-Cristo.

— À deux pas d'ici, monsieur le comte, dit le notaire, un peu après Passy, dans une situation charmante, au milieu du bois de Boulogne.

— Si près que cela ! dit Monte-Cristo, mais cela n'est pas la campagne.

— Il est encore temps, dit vivement Bertuccio ; et si Votre Excellence veut me charger de chercher partout ailleurs, je lui trouverai ce qu'il y a de mieux, soit à Enghien, soit à Fontenay-aux-Roses, soit à Bellevue.

— Non, ma foi, dit insoucieusement Monte-Cristo ; puisque j'ai celle-là, je la garderai.

— Et monsieur a raison, dit vivement le notaire, qui craignait de perdre ses honoraires ; c'est une charmante propriété : eaux vives, bois touffus, habitation confortable, quoique abandonnée depuis longtemps.

— C'est convenable alors ?

— Ah ! monsieur, c'est mieux que cela, c'est magnifique.

— Peste ! ne manquons pas une pareille occasion, dit Monte-Cristo ; le contrat, s'il vous plaît, monsieur le notaire. »

Et il signa rapidement, après avoir jeté un regard à l'endroit de l'acte où étaient désignés la situation de la maison et les noms des propriétaires.

« Bertuccio, dit-il, donnez cinquante-cinq mille francs à monsieur. »

L'intendant sortit d'un pas mal assuré, et revint avec une liasse de billets de banque que le notaire compta en homme qui a l'habitude de ne recevoir son argent qu'après la purge légale.

« Mais, hasarda l'honnête tabellion, monsieur le

comte s'est trompé, il me semble ; ce n'est que cinquante mille francs, tout compris.

— Et vos honoraires ?

— Se trouvent payés moyennant cette somme, monsieur le comte.

— Mais n'êtes-vous pas venu d'Auteuil ici ?

— Oui, sans doute.

— Alors il faut bien vous payer votre dérange-
ment », dit le comte ; et il le congédia du geste.

Le notaire sortit à reculons et en saluant jusqu'à
terre ; c'était la première fois, depuis le jour où il avait
pris ses inscriptions, qu'il rencontrait un pareil client.

« Conduisez monsieur », dit le comte à Bertuccio.

Et l'intendant sortit derrière le notaire.

À peine le comte fut-il seul, qu'il tira de sa poche un
portefeuille à serrure, qu'il ouvrit avec une petite clef
qu'il portait au cou et qui ne le quittait jamais.

Après avoir cherché un instant, il s'arrêta à un
feuillet qui portait quelques notes, confronta ces notes
avec l'acte de vente déposé sur la table, et recueillant
ses souvenirs :

« Auteuil, rue de la Fontaine, n° 28 ; c'est bien cela,
dit-il ; maintenant dois-je m'en rapporter à un aveu
arraché par la terreur religieuse ou par la terreur physique ? Au reste, dans une heure je saurai tout. Bertuccio ! cria-t-il en frappant avec une espèce de petit marteau à manche pliant sur un timbre qui rendit un son
aigu et prolongé pareil à celui d'un tam-tam. Bertuccio ! »

L'intendant parut sur le seuil.

« Monsieur Bertuccio, dit le comte, ne m'avez-vous pas dit autrefois que vous aviez voyagé en France ?

— Dans certaines parties de la France, oui, Excellence.

— Vous connaissez les environs de Paris, sans doute ?

— Non, Excellence, non, répondit l'intendant avec une sorte de tremblement nerveux, que Monte-Cristo, connaisseur en fait d'émotions, attribua avec raison à une vive inquiétude.

— C'est fâcheux, dit-il, que vous n'ayez jamais visité les environs de Paris, car je veux aller ce soir même voir ma nouvelle propriété, et, en venant avec moi, vous m'eussiez donné sans doute d'utiles renseignements.

— À Auteuil ! s'écria Bertuccio, dont le teint cuivré devint presque livide. Moi, aller à Auteuil !

— Eh bien ! qu'y a-t-il d'étonnant que vous veniez à Auteuil, je vous le demande ? Quand je demeurerai à Auteuil, il faudra bien que vous y veniez, puisque vous faites partie de la maison. »

Bertuccio baissa la tête devant le regard impérieux du maître, et il demeura immobile et sans réponse.

« Ah çà ! mais que vous arrive-t-il ? Vous allez donc me faire sonner une seconde fois pour la voiture ? » dit Monte-Cristo du ton que Louis XIV mit à prononcer le fameux « J'ai failli attendre ! ».

Bertuccio ne fit qu'un bond du petit salon à l'anti-chambre, et cria d'une voix rauque :

« Les chevaux de Son Excellence ! »

Monte-Cristo écrivit deux ou trois lettres ; comme il cachetait la dernière, l'intendant reparut.

« La voiture de Son Excellence est à la porte, dit-il.

— Eh bien ! prenez vos gants et votre chapeau, dit Monte-Cristo.

— Est-ce que je vais avec monsieur le comte ? s'écria Bertuccio.

— Sans doute ; il faut bien que vous donniez vos ordres, puisque je compte habiter cette maison. »

Il était sans exemple que l'on eût répliqué à une injonction du comte ; aussi l'intendant, sans faire aucune objection, suivit-il son maître, qui monta dans la voiture et lui fit signe de le suivre.

En vingt minutes on fut à Auteuil. En entrant dans le village, Bertuccio, rencogné dans l'angle de la voiture, commença à examiner avec une émotion fiévreuse chacune des maisons devant lesquelles on passait.

« Vous ferez arrêtez rue de la Fontaine, au n° 28 », dit le comte en fixant impitoyablement son regard sur l'intendant, auquel il donnait cet ordre.

La sueur monta au visage de Bertuccio, et cependant il obéit, et, se penchant en dehors de la voiture, il cria au cocher :

« Rue de la Fontaine, n° 28. »

Ce n° 28 était situé à l'extrémité du village. Pendant le voyage, la nuit était venue, ou plutôt un nuage noir tout chargé d'électricité donnait à ces ténèbres prématurées l'apparence et la solennité d'un épisode dramatique. La voiture s'arrêta, le valet de pied se précipita à la portière, qu'il ouvrit.

« Eh bien ! dit le comte, vous ne descendez pas, monsieur Bertuccio ? Vous restez donc dans la voiture, alors ? Mais à quoi diable songez-vous donc ce soir ? »

Bertuccio se précipita par la portière et présenta son épaule au comte, qui, cette fois, s'appuya dessus et descendit un à un les trois degrés du marchepied.

« Frappez, dit le comte, et annoncez-moi. »

Bertuccio frappa, la porte s'ouvrit, et le concierge parut.

« Qu'est-ce que c'est ? demanda-t-il.

— C'est votre nouveau maître, brave homme. »

Et il tendit au concierge le billet de reconnaissance donné par le notaire.

« La maison est donc vendue ? demanda le concierge, et c'est monsieur qui vient l'habiter ?

— Oui, mon ami, dit le comte, et je tâcherai que vous n'ayez pas à regretter votre ancien maître.

— Oh ! monsieur, dit le concierge, je n'aurai pas à le regretter beaucoup, car nous le voyions bien rarement ; il y a plus de cinq ans qu'il n'est venu, et il a, ma foi, bien fait de vendre une maison qui ne lui rapportait absolument rien.

— Et comment se nommait votre ancien maître ? demanda Monte-Cristo.

— M. le marquis de Saint-Méran ; ah ! il n'a pas vendu la maison ce qu'elle lui a coûté, j'en suis bien sûr.

— Le marquis de Saint-Méran ! reprit Monte-

Cristo ; mais il me semble que ce nom ne m'est pas inconnu, dit le comte ; le marquis de Saint-Méran... »

Et il parut chercher.

« Un vieux gentilhomme, continua le concierge, un fidèle serviteur des Bourbons ; il avait une fille unique qu'il avait mariée à M. de Villefort, qui a été procureur du roi à Nîmes et ensuite à Versailles. »

Monte-Cristo jeta un regard qui rencontra Bertuccio plus livide que le mur contre lequel il s'appuyait pour ne pas tomber.

« Et cette fille n'est-elle pas morte ? demanda Monte-Cristo ; il me semble que j'ai entendu dire cela.

— Oui, monsieur, il y a vingt et un ans, et depuis ce temps-là nous n'avons pas revu trois fois le pauvre cher marquis.

— Merci, merci, dit Monte-Cristo, jugeant à la prostration de l'intendant qu'il ne pouvait tendre davantage cette corde sans risquer de la briser ; merci ! Prenez une des lanternes de la voiture, Bertuccio, et montrez-moi les appartements », dit le comte.

L'intendant obéit sans observation ; mais il était facile de voir, au tremblement de la main qui tenait la lanterne, ce qu'il lui en coûtait pour obéir.

On parcourut un rez-de-chaussée assez vaste, un premier étage composé d'un salon, d'une salle de bains et de deux chambres à coucher. Par une de ces chambres à coucher, on arrivait à un escalier tournant dont l'extrémité aboutissait au jardin.

À la porte extérieure, l'intendant s'arrêta.

« Allons donc ! monsieur Bertuccio », dit le comte.

Mais celui auquel il s'adressait était abasourdi, stupide, anéanti. Ses yeux égarés cherchaient tout autour de lui comme les traces d'un passé terrible, et de ses mains crispées il semblait essayer de repousser des souvenirs affreux.

« Eh bien ! insista le comte.

— Non, non, s'écria Bertuccio en posant la lanterne à l'angle du mur intérieur ; non, monsieur, je n'irai pas plus loin, c'est impossible !

— Qu'est-ce à dire ? articula la voix irrésistible de Monte-Cristo.

— Mais vous voyez bien, monseigneur, s'écria l'intendant, que cela n'est point naturel ; qu'ayant une maison à acheter à Paris, vous l'achetiez justement à Auteuil, et que, l'achetant à Auteuil, cette maison soit le n° 28 de la rue de la Fontaine. Comme s'il n'y avait d'autre maison à Auteuil que celle de l'assassinat !

— Oh ! oh ! fit Monte-Cristo s'arrêtant tout à coup, quel vilain mot venez-vous de prononcer là ? Diable d'homme ! Corse enraciné ! toujours des mystères ou des superstitions ! Voyons, prenez cette lanterne et visitons le jardin ; avec moi, vous n'aurez pas peur, j'espère ! »

Bertuccio ramassa la lanterne et obéit. La porte, en s'ouvrant, découvrit un ciel blafard, dans lequel la lune s'efforçait vainement de lutter contre une mer de nuages qui la couvraient de leurs flots sombres qu'elle illuminait un instant, et qui allaient ensuite se perdre, plus sombres encore, dans les profondeurs de l'infini.

Monte-Cristo appuya à droite ; arrivé près d'un massif d'arbres, il s'arrêta.

L'intendant n'y put tenir.

« Éloignez-vous, monsieur, s'écria-t-il, éloignez-vous, je vous en supplie, vous êtes justement à la place !

— À quelle place ?

— À la place même où il est tombé.

— Mon cher monsieur Bertuccio, dit Monte-Cristo en riant, revenez à vous, je vous y engage ; nous ne sommes pas ici à Sartène, ou à Corte. Ceci n'est point un maquis, mais un jardin anglais, mal entretenu, j'en conviens, mais qu'il ne faut pas calomnier pour cela.

— Monsieur, ne restez pas là, ne restez pas là, je vous en supplie !

— Je crois que vous devenez fou, maître Bertuccio, dit froidement le comte ; si cela est, prévenez-moi, car je vous ferai enfermer dans quelque maison de santé avant qu'il n'arrive un malheur.

— Hélas ! Excellence, dit Bertuccio en secouant la tête et en joignant les mains avec une attitude qui eût fait rire le comte si des pensées d'un intérêt supérieur ne l'eussent captivé en ce moment et rendu fort attentif aux moindres expansions de cette conscience timorée, hélas ! Excellence, le malheur est arrivé.

— L'abbé Busoni m'avait donc menti, dit-il, lorsqu'il vous envoya vers moi, muni d'une lettre de recommandation, dans laquelle il me détaillait vos précieuses qualités ? Eh bien ! je vais écrire à l'abbé ; je le rendrai responsable de son protégé, et je saurai sans doute ce que c'est que toute cette affaire d'assassinat.

— Mais, monsieur le comte, reprit en hésitant Bertuccio, ne m'avez-vous pas dit vous-même que M. l'abbé Busoni, qui a entendu ma confession dans les prisons de Nîmes, vous avait prévenu, en m'envoyant chez vous, que j'avais un lourd reproche à me faire ?

— Oui, mais comme il vous adressait à moi en me disant que vous feriez un excellent intendant, j'ai cru que, comme vous étiez corse, vous n'aviez pu résister au désir de faire une peau.

— Eh bien ! oui, monseigneur, oui, mon bon seigneur, c'est cela ! s'écria Bertuccio en se jetant aux genoux du comte ; oui, c'est une vengeance, je le jure, une simple vengeance.

— Je comprends, mais ce que je ne comprends pas, c'est que ce soit cette maison justement qui vous galvanise à ce point.

— Mais, monseigneur, n'est-ce pas bien naturel, reprit Bertuccio, puisque c'est dans cette maison que la vengeance s'est accomplie ? Monsieur, c'est la fatalité qui amène tout cela, j'en suis bien sûr : d'abord vous achetez une maison juste à Auteuil, cette maison est celle où j'ai commis un assassinat ; vous descendez au jardin, juste par l'escalier où il est descendu ; vous vous arrêtez, juste à l'endroit où il reçut le coup ; à deux pas sous ce platane était la fosse où il venait d'enterrer l'enfant : tout cela n'est pas du hasard, non, car en ce cas le hasard ressemblerait trop à la Providence.

— Eh bien ! voyons, monsieur le Corse, supposons que ce soit la Providence ; je suppose toujours tout ce qu'on veut, moi ; d'ailleurs, aux esprits malades il faut faire des concessions. Voyons, rappelez vos esprits et racontez-moi cela.

— Je ne l'ai jamais raconté qu'une fois, et c'était à l'abbé Busoni. De pareilles choses, ajouta Bertuccio en secouant la tête, ne se disent que sous le sceau de la confession.

— Alors, mon cher Bertuccio, dit le comte, vous trouverez bon que je vous renvoie à votre confesseur ; vous vous ferez avec lui chartreux ou bernardin, et vous causerez de vos secrets. Mais moi j'ai peur d'un hôte effrayé par de pareils fantômes ; je n'aime pas que mes gens n'osent point se promener le soir dans mon jardin. Puis, je vous l'avoue, je serais peu curieux de quelque visite de commissaire de police. Vous n'êtes plus à moi, monsieur Bertuccio.

— Oh ! monseigneur ! monseigneur ! s'écria l'intendant frappé de terreur à cette menace ; oh ! s'il ne tient qu'à cela pour que je demeure à votre service, je parlerai, je dirai tout ; et si je vous quitte, eh bien, ce sera pour marcher à l'échafaud.

— C'est différent alors, dit Monte-Cristo ; mais si vous voulez mentir, réfléchissez-y ; mieux vaut que vous ne parliez pas du tout.

— Non, monsieur ! je vous le jure sur le salut de

mon âme, je vous dirai tout car l'abbé Busoni lui-même n'a su qu'une partie de mon secret. Mais d'abord, je vous en supplie, éloignez-vous de ce platane ; tenez, la lune va blanchir ce nuage, et là, placé comme vous l'êtes, enveloppé de ce manteau qui me cache votre taille et qui ressemble à celui de M. de Villefort...

— Comment ! s'écria Monte-Cristo, c'est M. de Villefort... ?

— Votre Excellence le connaît ?

— L'ancien procureur du roi de Nîmes ?

— Oui.

— Qui avait épousé la fille du marquis de Saint-Méran ?

— Lui-même.

— Et qui avait dans le barreau la réputation du plus honnête, du plus sévère, du plus rigide magistrat ?

— Eh bien ! monsieur, s'écria Bertuccio, cet homme, à la réputation irréprochable...

— Eh bien ?

— C'était un infâme.

— Bah ! dit Monte-Cristo, impossible !

— Cela est pourtant comme je vous le dis.

— Ah ! vraiment, dit Monte-Cristo, et vous en avez la preuve ?

— Je l'avais du moins.

— Et vous l'avez perdue, maladroit ?

— Oui ; mais en cherchant bien on peut la retrouver.

— En vérité ! dit le comte, contez-moi cela, monsieur Bertuccio ! car cela commence véritablement à m'intéresser. »

Et le comte, en chantonnant un petit air de *La Lucia,* alla s'asseoir sur un banc, tandis que Bertuccio le suivait en rappelant ses souvenirs.

Bertuccio resta debout devant lui.

25

La vendetta

« Les choses remontent à 1815.

— Ah ! ah ! fit Monte-Cristo, ce n'est pas hier, 1815.

— Non, monsieur, et cependant les moindres détails me sont aussi présents à la mémoire que si nous étions seulement au lendemain. J'avais un frère aîné, qui était au service de l'Empereur. Ce frère était mon unique ami ; nous étions restés orphelins, moi à cinq ans, lui à dix-huit ; il m'avait élevé comme si j'eusse été son fils. En 1814, sous les Bourbons, il s'était marié ; l'Empereur revint de l'île d'Elbe, mon frère reprit aussitôt du service, et, blessé légèrement à Waterloo, il se retira avec l'armée derrière la Loire. Un jour nous reçûmes une lettre ; il faut vous dire que nous habitions le petit village de Rogliano, à l'extrémité du cap Corse : cette lettre était de mon frère, il nous disait que l'armée était licenciée et qu'il revenait ; si j'avais quelque argent, il me priait de le lui faire tenir à Nîmes, chez un aubergiste de notre connaissance, avec lequel j'avais quelques relations.

— De contrebande, reprit Monte-Cristo.

— Hé ! mon Dieu ! monsieur le comte, il faut bien vivre.

— Certainement ; continuez donc.

— J'aimais tendrement mon frère, je vous l'ai dit, Excellence ; aussi je résolus, non pas de lui envoyer l'argent, mais de le lui porter moi-même. C'était chose facile, j'avais ma barque, un chargement à faire en mer. Mais le chargement fait, le vent devint contraire, de sorte que nous fûmes quatre ou cinq jours sans pouvoir entrer dans le Rhône. Enfin nous y parvînmes ; nous remontâmes jusqu'à Arles ; je laissai la barque entre Bellegarde et Beaucaire, et je pris le chemin de Nîmes.

« Or, c'était le moment où avaient lieu les fameux massacres du Midi. Il y avait là deux ou trois brigands qui égorgeaient dans les rues tous ceux qu'on soupçonnait de bonapartisme. En entrant à Nîmes, on marchait littéralement dans le sang ; à chaque pas on rencontrait des cadavres. À la vue de ce carnage, un frisson me prit, non pas pour moi, simple pêcheur corse, mais pour mon frère, soldat de l'Empire, revenant de l'armée de la Loire avec son uniforme et ses épaulettes, et qui par conséquent avait tout à craindre.

« Je courus chez notre aubergiste. Mes pressentiments ne m'avaient pas trompé ; mon frère avait été assassiné.

« Je fis tout au monde pour connaître les meurtriers, mais personne n'osa me dire leurs noms, tant ils étaient redoutés. Je songeai alors à cette justice française, dont on m'avait tant parlé, qui ne redoute rien, elle, et je me présentai chez le procureur du roi.

— Et ce procureur du roi se nommait Villefort ? demanda négligemment Monte-Cristo.

— Oui, Excellence ; il venait de Marseille, où il avait été substitut. Son zèle lui avait valu de l'avancement. Il était un des premiers, disait-on, qui eussent annoncé au gouvernement le débarquement de l'île d'Elbe.

— Donc, reprit Monte-Cristo, vous vous présentâtes chez lui.

— "Monsieur, lui dis-je, mon frère a été assassiné hier dans les rues de Nîmes, je ne sais point par qui, mais c'est votre mission de le savoir. Vous êtes ici le chef de la justice, et c'est à la justice de venger ceux qu'elle n'a pas su défendre.

« — Et qu'était votre frère ? demanda le procureur du roi.

« — Lieutenant au bataillon corse.

« — Un soldat de l'usurpateur, alors ?

« — Un soldat des armées françaises.

« — Eh bien ! répliqua-t-il, il s'est servi de l'épée et il a péri par l'épée.

« — Vous vous trompez, monsieur ; il a péri par le poignard.

« — Que voulez-vous que j'y fasse ? répondit le magistrat.

« — Mais je vous l'ai dit : je veux que vous le vengiez.

« — Et de qui ?

« — De ses assassins.

« — Est-ce que je les connais, moi ?

« — Faites-les chercher.

« — Pour quoi faire ? Votre frère aura eu quelque querelle et se sera battu en duel. Tous ces anciens soldats se portent à des excès qui leur réussissaient sous l'Empire, mais qui tournent mal pour eux maintenant ; or, nos gens du Midi n'aiment ni les soldats ni les excès.

« — Monsieur, repris-je, ce n'est pas pour moi que je vous prie. Moi, je pleurerai ou je me vengerai, voilà tout ; mais mon pauvre frère avait une femme. S'il m'arrivait malheur à mon tour, cette pauvre créature mourrait de faim, car le travail seul de mon frère la faisait vivre. Obtenez pour elle une petite pension du gouvernement.

« — Chaque révolution a ses catastrophes, répondit M. de Villefort ; votre frère a été victime de celle-ci, c'est un malheur, et le gouvernement ne doit rien à votre famille pour cela. Si nous avions à juger toutes les vengeances que les partisans de l'usurpateur ont exercées contre les partisans du roi quand à leur tour ils disposaient du pouvoir, votre frère serait peut-être aujourd'hui condamné à mort. Ce qui s'accomplit est chose toute naturelle, car c'est la loi des représailles.

« — Eh quoi ! monsieur, m'écriai-je, il est possible que vous me parliez ainsi, vous, un magistrat !...

« — Tous ces Corses sont fous, ma parole d'honneur, répondit M. de Villefort, et ils croient encore que leur compatriote est empereur. Vous vous trompez de temps, mon cher ; il fallait venir me dire cela il y a deux mois. Aujourd'hui il est trop tard ; allez-vous-en donc, et si vous ne vous en allez pas, moi, je vais vous faire reconduire."

« Je le regardai un instant pour voir si par une nouvelle supplication il y avait quelque chose à espérer.

« Cet homme était de pierre. Je m'approchai de lui.

« "Eh bien ! lui dis-je à mi-voix, puisque vous connaissez si bien les Corses, vous devez savoir comment ils tiennent leur parole. Vous trouvez qu'on a bien fait de tuer mon frère qui était bonapartiste, parce que vous êtes royaliste, vous ; eh bien ! moi, qui suis bonapartiste aussi, je vous déclare une chose : c'est que je vous tuerai, vous. À partir de ce moment, je vous déclare la vendetta ; ainsi tenez-vous bien, et gardez-vous de votre mieux ; car la première fois que nous nous trouverons face à face, c'est que votre dernière heure sera venue."

« Et là-dessus, avant qu'il fût revenu de sa surprise, j'ouvris la porte et je m'enfuis.

— Ah ! ah ! dit Monte-Cristo, avec votre honnête figure, vous faites de ces choses-là, monsieur Bertuccio, et à un procureur du roi encore ! Fi donc ! Et savait-il au moins ce que voulait dire ce mot *vendetta* ?

— Il le savait si bien, qu'à partir de ce moment il ne sortit plus seul, et se calfeutra chez lui, me faisant chercher partout. Heureusement, j'étais si bien caché qu'il ne put me trouver. Alors la peur le prit ; il trembla de rester plus longtemps à Nîmes ; il sollicita son changement de résidence, et, comme c'était en effet un homme influent, il fut nommé à Versailles ; mais, vous le savez, il n'y a pas de distance pour un Corse qui a juré de se venger de son ennemi, et sa voiture, si bien menée qu'elle fût, n'a jamais eu plus d'une demi-journée d'avance sur moi, qui cependant le suivis à pied.

« L'important n'était pas de le tuer, cent fois j'en avais trouvé l'occasion ; mais il fallait le tuer sans être découvert et surtout sans être arrêté. Pendant trois mois je guettai M. de Villefort ; enfin, je découvris qu'il venait mystérieusement à Auteuil ; je le suivis encore et je le vis entrer dans cette maison où nous sommes ; seulement, au lieu d'entrer comme tout le monde par la grande porte de la rue, il venait soit à cheval, soit en voiture, laissait voiture ou cheval à l'auberge, et entrait par cette petite porte que vous voyez là. »

Monte-Cristo fit de la tête un signe qui prouvait qu'au milieu de l'obscurité il distinguait en effet l'entrée indiquée par Bertuccio.

« Je n'avais plus besoin de Versailles, je me fixai à

Auteuil et je m'informai. La maison appartenait, comme le concierge l'a dit à Votre Excellence, à M. de Saint-Méran ; beau-père de Villefort, M. de Saint-Méran habitait Marseille, par conséquent cette campagne lui était inutile : aussi disait-on qu'il venait de la louer à une jeune veuve que l'on ne connaissait que sous le nom de la baronne.

« En effet, un soir en regardant par-dessus le mur, je vis une belle jeune femme de dix-huit à dix-neuf ans, grande et blonde. Comme elle était en simple peignoir et que rien ne gênait sa taille, je pus remarquer qu'elle était enceinte et que sa grossesse même paraissait assez avancée.

« Quelques moments après, on ouvrit la petite porte ; un homme entra : la jeune femme courut le plus vite qu'elle put à sa rencontre ; ils se jetèrent dans les bras l'un de l'autre, s'embrassèrent tendrement et regagnèrent ensemble la maison.

« Cet homme, c'était M. de Villefort. Je jugeai qu'en sortant, surtout s'il sortait la nuit, il devait traverser seul le jardin dans toute sa longueur.

— Et, demanda le comte, avez-vous su depuis le nom de cette femme ?

— Non, Excellence, répondit Bertuccio ; vous allez voir que je n'eus pas le temps de l'apprendre.

— Continuez.

— Ce soir-là, reprit Bertuccio, j'aurais pu tuer peut-être le procureur du roi ; mais je ne connaissais pas encore assez le jardin dans tous ses détails. Je craignis de ne pas le tuer raide, et, si quelqu'un accourait à ses cris, de ne pouvoir fuir. Je remis la partie au prochain rendez-vous, et pour que rien ne m'échappât, je pris une petite chambre donnant sur la rue que longeait le mur du jardin.

« Trois jours après, vers sept heures du soir, je vis sortir de la maison un domestique à cheval qui prit au galop le chemin qui conduisait à la route de Sèvres ; je présumai qu'il allait à Versailles. Je ne me trompais pas. Trois heures après, l'homme revint tout couvert de poussière ; son message était terminé. Dix minutes après, un autre homme à pied, enveloppé d'un manteau, ouvrait la petite porte du jardin, qui se referma sur lui.

« Je descendis rapidement. Quoique je n'eusse pas vu le visage de Villefort, je le reconnus au battement de mon cœur : je traversai la rue, je gagnai une borne placée à l'angle du mur et à l'aide de laquelle j'avais regardé une première fois dans le jardin.

« Cette fois je ne me contentai pas de regarder, je tirai mon couteau de ma poche, je m'assurai que la pointe était bien affilée, et je sautai par-dessus le mur.

« Mon premier soin fut de courir à la porte ; il avait laissé la clef en dedans, en prenant la simple précaution de donner un double tour à la serrure.

« Rien n'entraverait donc ma fuite de ce côté-là. Je me mis à étudier les localités. Le jardin formait un carré long ; une pelouse de fin gazon anglais s'étendait au milieu ; aux angles de cette pelouse étaient des massifs d'arbres au feuillage touffu et tout entremêlé de fleurs d'automne.

« Je me cachai dans celui le plus près duquel devait passer Villefort ; à peine y étais-je, qu'au milieu des bouffées de vent qui courbaient les arbres au-dessus de mon front, je crus distinguer comme des gémissements. Mais vous savez, ou plutôt vous ne savez pas, monsieur le comte, que celui qui attend le moment de commettre un assassinat croit toujours entendre passer des cris sourds dans l'air. Deux heures s'écoulèrent pendant lesquelles, à plusieurs reprises, je crus entendre les mêmes gémissements. Minuit sonna.

« Comme le dernier coup vibrait encore lugubre et retentissant, j'aperçus une faible lueur illuminant les fenêtres de l'escalier dérobé par lequel nous sommes descendus tout à l'heure.

« La porte s'ouvrit, et l'homme au manteau reparut.

« C'était le moment terrible, mais depuis si longtemps je m'étais préparé à ce moment, que rien en moi ne faiblit ; je tirai mon couteau, je l'ouvris et je me tins prêt.

« L'homme au manteau vint droit à moi ; mais à mesure qu'il avançait dans l'espace découvert, je croyais remarquer qu'il tenait une arme de la main droite ; j'eus peur, non pas d'une lutte, mais d'un insuccès. Lorsqu'il fut à quelques pas de moi seulement, je reconnus que ce que j'avais pris pour une arme n'était rien autre chose qu'une bêche.

« Je n'avais pas encore pu deviner dans quel but

M. de Villefort tenait une bêche à la main, lorsqu'il s'arrêta sur la lisière du massif, jeta un regard autour de lui, et se mit à creuser un trou dans la terre. Ce fut alors que je m'aperçus qu'il y avait quelque chose dans son manteau qu'il venait de déposer sur la pelouse pour être plus libre de ses mouvements.

« Alors, je l'avoue, un peu de curiosité se glissa dans ma haine : je voulus voir ce que venait faire là Villefort, je restai immobile, sans haleine ; j'attendis.

« Puis une idée m'était venue qui se confirma en voyant le procureur du roi tirer de son manteau un petit coffre long de deux pieds et large de six à huit pouces.

« Je le laissai déposer le coffre dans le trou sur lequel il repoussa la terre, puis sur cette terre fraîche, il appuya ses pieds pour faire disparaître la trace de l'œuvre nocturne. Je m'élançai alors sur lui et lui enfonçai mon couteau dans la poitrine en lui disant :

« "Je suis Giovanni Bertuccio ! ta mort pour mon frère, ton trésor pour sa veuve : tu vois bien que ma vengeance est plus complète que je ne l'espérais."

« Je ne sais s'il entendit ces paroles, je ne le crois pas, car il tomba sans pousser un cri ; je sentis les flots de son sang rejaillir brûlants sur mes mains et sur mon visage ; mais j'étais ivre, j'étais en délire ; ce sang me rafraîchissait au lieu de me brûler. En une seconde j'eus déterré le coffret à l'aide de la bêche ; puis, pour qu'on ne vît pas que je l'avais enlevé, je comblai à mon tour le trou, je jetai la bêche par-dessus le mur, je m'élançai par la porte, que je fermai à double tour en dehors, et dont j'emportai la clef. Je courus jusqu'à la rivière, je m'assis sur le talus, et pressé de savoir ce que contenait le coffre, je fis sauter la serrure avec mon couteau.

« Dans un lange de fine batiste était enveloppé un enfant qui venait de naître ; son visage empourpré, ses mains violettes annonçaient qu'il avait dû succomber à une asphyxie causée par des ligaments naturels roulés autour de son cou ; cependant, comme il n'était pas froid encore, j'hésitai à le jeter dans cette eau qui coulait à mes pieds : en effet, au bout d'un instant je crus sentir un léger battement vers la région du cœur ; je dégageai son cou du cordon qui l'enveloppait, et, comme j'avais été infirmier à l'hôpital de Bastia, je fis ce qu'aurait pu faire un médecin en pareille circonstance : c'est-à-dire que je lui insufflai courageusement de l'air dans les poumons, et qu'après un quart d'heure d'efforts inouïs, je le vis respirer, et j'entendis aussitôt un cri s'échapper de sa poitrine.

— Et que fîtes-vous de cet enfant ? demanda Monte-Cristo ; c'était un bagage assez embarrassant pour un homme qui avait besoin de fuir.

— Aussi n'eus-je point un instant l'idée de le garder. Mais je savais qu'il existait à Paris un hospice où on reçoit ces pauvres créatures. En passant à la barrière, je déclarai avoir trouvé cet enfant sur la route, et je m'informai. On m'indiqua l'hospice, qui était situé tout au haut de la rue d'Enfer, et après avoir pris la précaution de couper le lange en deux de manière à ce

qu'une des lettres qui le marquaient continuât d'enve-
lopper le corps de l'enfant, tandis que je garderais
l'autre, je déposai mon fardeau dans le tour, je sonnai
et m'enfuis à toutes jambes. Quinze jours après, j'étais
de retour à Rogliano, et je disais à Assunta :

« "Console-toi, ma sœur ; Israël est mort, mais je l'ai
vengé."

« Alors elle me demanda l'explication de ces paroles,
et je lui racontai tout ce qui s'était passé.

« "Giovanni, me dit Assunta, tu aurais dû rapporter
cet enfant ; nous lui eussions tenu lieu des parents qu'il
a perdus ; nous l'eussions appelé Benedetto, et en
faveur de cette bonne action Dieu nous eût bénis effectivement."

« Pour toute réponse je lui donnai la moitié du lange
que j'avais conservée, afin de faire réclamer l'enfant si
nous étions plus riches.

— Et de quelles lettres était marqué ce lange ?
demanda Monte-Cristo.

— D'un H et d'un N surmontés d'un tortil de
baron.

— Je crois, Dieu me pardonne ! que vous vous ser-
vez de termes de blason, monsieur Bertuccio ! Où
diable avez-vous fait vos études héraldiques ?

— À votre service, monsieur le comte, où l'on
apprend toutes choses.

— Continuez, je suis curieux de savoir deux choses.

— Lesquelles, monseigneur ?

— Ce que devint ce petit garçon ; ne m'avez-vous

pas dit que c'était un petit garçon, monsieur Bertuccio ?

— Non, Excellence ; je ne me rappelle pas avoir parlé de cela.

— Ah ! je croyais avoir entendu, je me serai trompé.

— Non, vous ne vous êtes pas trompé, car c'était effectivement un petit garçon ; mais Votre Excellence désirait, disait-elle, savoir deux choses : quelle est la seconde ?

— La seconde était le crime dont vous étiez accusé quand vous demandâtes un confesseur, et que l'abbé Busoni alla vous trouver sur cette demande dans la prison de Nîmes.

— Peut-être ce récit sera-t-il bien long, Excellence.

— Qu'importe ! il est dix heures à peine, vous savez que je ne dors pas, et je suppose que de votre côté vous n'avez pas grande envie de dormir. »

Bertuccio s'inclina, et reprit sa narration :

« Moitié pour chasser les souvenirs qui m'assiégeaient, moitié pour subvenir aux besoins de la pauvre veuve, je me remis avec ardeur à ce métier de contrebandier, devenu plus facile par le relâchement des lois qui suit toujours les révolutions. Depuis l'assassinat de mon frère dans les rues de Nîmes, je n'avais pas voulu rentrer dans cette ville. Il en résulta que l'aubergiste avec lequel nous faisions des affaires, voyant que nous ne voulions plus venir à lui, était venu à nous et avait fondé une succursale de son auberge sur la route de Bellegarde à Beaucaire, à l'enseigne du *Pont du Gard*.

Nous avions ainsi, soit du côté d'Aigues-Mortes, soit aux Martigues, soit à Bouc, une douzaine d'entrepôts où nous déposions nos marchandises et où, au besoin, nous trouvions un refuge contre les douaniers et les gendarmes.

« Mes courses devinrent de plus en plus étendues, de plus en plus fructueuses. Assunta était la ménagère, et notre petite fortune s'arrondissait. Un jour en rentrant dans la maison, la première chose que je vis à l'endroit le plus apparent de la chambre d'Assunta, dans un berceau somptueux relativement au reste de l'appartement, fut un enfant de sept à huit mois. Je jetai un cri de joie. Les seuls moments de tristesse que j'eusse éprouvés depuis l'assassinat du procureur du roi m'avaient été causés par l'abandon de cet enfant. Il va sans dire que, des remords de l'assassinat lui-même, je n'en avais point eu.

« La pauvre Assunta avait tout deviné : elle avait profité de mon absence, et, munie de la moitié du lange, ayant inscrit, pour ne point l'oublier, le jour et l'heure précis où l'enfant avait été déposé à l'hospice, elle était partie pour Paris et avait été elle-même le réclamer. Aucune objection ne lui avait été faite, et l'enfant lui avait été remis.

« "En vérité, Assunta, m'écriai-je, tu es une digne femme, et la Providence te bénira."

— Ceci, dit Monte-Cristo, est moins exact que votre philosophie ; il est vrai que ce n'est que la foi.

— Hélas ! Excellence, reprit Bertuccio, vous avez

368

bien raison, et ce fut cet enfant lui-même que Dieu chargea de ma punition. Jamais nature plus perverse ne se déclara plus prématurément, et cependant on ne dira pas qu'il fut mal élevé, car ma sœur le traitait comme le fils d'un prince ; c'était un garçon d'une figure charmante ; avec des yeux d'un bleu clair comme ces tons de faïences chinoises qui s'harmonisent si bien avec le blanc laiteux du ton général ; seulement ses cheveux, d'un blond trop vif, donnaient à sa figure un caractère étrange, qui doublait la vivacité de son regard et la malice de son sourire.

« Un jour – Benedetto pouvait avoir cinq ou six ans –, le voisin Wasilio, qui, selon les habitudes de notre pays, n'enfermait ni sa bourse ni ses bijoux, car, M. le comte le sait aussi bien que personne, en Corse il n'y a pas de voleurs, le voisin Wasilio se plaignit à nous qu'un louis avait disparu de sa bourse. Ce jour-là Benedetto avait quitté la maison dès le matin, et c'était une grande inquiétude chez nous, lorsque le soir nous le vîmes revenir traînant un singe qu'il avait trouvé, disait-il, tout enchaîné au pied d'un arbre.

« "On ne trouve pas de singe dans nos bois, lui dis-je, et surtout de singe tout enchaîné ; avoue-moi donc comment tu t'es procuré celui-ci."

« Benedetto soutint son mensonge, et l'accompagna de détails qui faisaient plus d'honneur à son imagination qu'à sa véracité ; je m'irritai, il se mit à rire ; je le menaçai, il fit deux pas en arrière.

« "Tu ne peux pas me battre, dit-il, tu n'en as pas le droit, tu n'es pas mon père."

« Nous ignorâmes toujours qui lui avait révélé ce fatal secret, que nous lui avions caché cependant avec tant de soin. Quoi qu'il en soit, cette réponse, dans laquelle l'enfant se révélait tout entier, m'épouvanta presque, mon bras levé retomba effectivement sans toucher le coupable ; l'enfant triompha, et cette victoire lui donna une telle audace, qu'à partir de ce moment tout l'argent d'Assunta, dont l'amour semblait augmenter pour lui à mesure qu'il en était moins digne, passa en caprices qu'elle ne savait pas combattre, et en folies qu'elle n'avait point le courage d'empêcher. Âgé de onze ans à peine, tous ses camarades étaient choisis parmi les plus mauvais sujets de Bastia et de Corse, et déjà, pour quelques espiègleries qui méritaient un nom plus sérieux, la justice nous avait donné des avertissements.

« Je fus effrayé ; j'allais justement être forcé de m'éloigner de la Corse pour une expédition importante. Dans le pressentiment d'éviter quelques malheurs, je me décidai à emmener Benedetto avec moi.

« Je tirai donc Benedetto à part et lui fis la proposition de me suivre, en entourant cette proposition de toutes les promesses qui peuvent séduire un enfant de douze ans.

« Il me laissa aller jusqu'au bout, et lorsque j'eus fini, éclatant de rire :

« "Êtes-vous fou, mon oncle ? dit-il (il m'appelait

ainsi quand il était de belle humeur) ; moi changer la vie que je mène contre celle que vous menez, ma bonne et excellente paresse contre l'horrible travail que vous vous êtes imposé ! L'argent, j'en ai tant que j'en veux ; mère Assunta m'en donne quand je lui en demande. Vous voyez donc bien que je serais un imbécile si j'acceptais ce que vous me proposez."

« J'étais stupéfait de cette audace et de ce raisonnement. Benedetto retourna jouer avec ses camarades, et je le vis de loin me montrant à eux comme un idiot.

— Charmant enfant ! murmura Monte-Cristo.

— Oh ! s'il eût été à moi, répondit Bertuccio, s'il eût été mon fils, ou tout au moins mon neveu, je l'eusse bien ramené au droit sentier, car la conscience donne la force. Mais l'idée que j'allais battre un enfant dont j'avais tué le père me rendait toute correction impossible. Je donnai de bons conseils à ma sœur, qui, dans nos discussions, prenait sans cesse la défense du petit malheureux ; et comme elle m'avoua que plusieurs fois des sommes assez considérables lui avaient manqué, je lui indiquai un endroit où elle pouvait cacher notre petit trésor.

« Ce plan arrêté, je partis pour la France.

« Toutes nos opérations devaient cette fois s'exécuter dans le golfe du Lion, et ces opérations devenaient de plus en plus difficiles, car la surveillance était augmentée. À Arles, un soir, vers les cinq heures de l'après-midi, comme nous allions nous mettre à goûter, notre petit mousse accourut tout effaré en disant qu'il avait vu une escouade de douaniers se diriger de notre côté. En un instant nous fûmes sur pied, mais il était déjà trop tard ; notre barque était entourée. Parmi les douaniers, je remarquai quelques gendarmes ; et, aussi timide à la vue de ceux-ci que j'étais brave ordinairement à la vue de tout autre corps militaire, je me laissai couler dans le fleuve, puis je gagnai sans être vu une tranchée que l'on venait de faire, et qui communiquait du Rhône au canal qui se rend de Beaucaire à Aigues-Mortes. Une fois arrivé là, j'étais sauvé. Ce n'était pas par hasard que j'avais suivi ce chemin ; j'ai déjà parlé à Votre Excellence d'un aubergiste de Nîmes établi sur la route de Bellegarde à Beaucaire.

— Oui, dit Monte-Cristo, je me souviens parfaitement. Ce digne homme, si je ne me trompe, était même votre associé.

— C'est cela, répondit Bertuccio ; mais depuis sept ou huit ans il avait cédé son établissement à un ancien tailleur de Marseille. Il va sans dire que nos petits arrangements furent maintenus ; c'était donc à cet homme que je comptais demander asile.

— Et comment se nommait cet homme ? demanda le comte qui paraissait commencer à reprendre quelque intérêt au récit de Bertuccio.

— Il s'appelait Gaspard Caderousse, il était marié à une femme du village de la Carconte. C'était une pauvre femme atteinte de la fièvre des marais, qui s'en allait mourant de langueur.

— Et vous dites, demanda Monte-Cristo, que ces choses se passaient vers l'année... ?

— 1829, monsieur le comte.

— En quel mois ?

— Au mois de juin.

— Au commencement ou à la fin ?

— C'était le 3 au soir.

— Ah ! fit Monte-Cristo, le 3 juin 1829... Bien, continuez.

— C'était donc à Caderousse que je comptais demander asile ; mais, comme d'habitude, et même dans les circonstances ordinaires, nous n'entrions pas chez lui par la porte qui donnait sur la route, je résolus de ne pas déroger à nos habitudes, j'enjambai la haie du jardin, je me glissai en rampant à travers les oliviers rabougris et les figuiers sauvages, et je gagnai une espèce de soupente. Cette soupente n'était séparée de la salle commune du rez-de-chaussée de l'auberge que par une cloison en planches dans laquelle des jours avaient été ménagés à notre intention, afin que de là nous pussions guetter le moment opportun de faire reconnaître que nous étions dans le voisinage. Bien m'en prit, car en ce moment-là même, Caderousse rentrait chez lui avec un inconnu, un de ces négociants forains qui viennent vendre des bijoux à la foire de Beaucaire.

« Caderousse entra vivement et le premier.

« Puis, voyant la salle d'en bas vide comme d'habitude et simplement gardée par son chien, il appela sa femme.

« "Hé ! la Carconte, dit-il, ce digne homme de prêtre ne nous avait pas trompés ; le diamant était bon."

« Une exclamation joyeuse se fit entendre, et presque aussitôt l'escalier craqua sous un pas alourdi par la faiblesse et la maladie.

« "Qu'est-ce que tu dis ? demanda la femme plus pâle qu'une morte.

« — Je dis que le diamant était bon, que voilà monsieur, un des premiers bijoutiers de Paris, qui est prêt à nous en donner cinquante mille francs.

« — C'est-à-dire, dit le bijoutier, que j'en ai offert quarante mille francs.

« — Quarante mille ! s'écria la Carconte ; nous ne le donnerons certainement pas pour ce prix-là. L'abbé nous a dit qu'il valait cinquante mille francs, et sans la monture encore.

« — Et comment se nommait cet abbé ?

« — L'abbé Busoni, répondit la femme.

« — C'était donc un étranger ?

« — C'était un Italien des environs de Mantoue, je crois.

« — Montrez-moi ce diamant, reprit le bijoutier, que je le revoie une seconde fois, souvent on juge mal les pierres à une première vue."

« Caderousse tira de sa poche un petit étui de chagrin noir, l'ouvrit et le passa au bijoutier. Le bijoutier prit la bague des mains de Caderousse, et tira de sa poche une petite pince d'acier et une petite paire de balances de cuivre, puis, écartant les crampons d'or qui retenaient la pierre dans la bague, il fit sortir le diamant de son alvéole, et le pesa minutieusement dans les balances.

« "J'irai jusqu'à quarante-cinq mille francs, dit-il, mais je ne donnerai pas un sou avec ; et encore je suis fâché d'avoir offert cette somme, attendu qu'il y a dans la pierre un défaut que je n'avais pas vu d'abord ; mais n'importe, je n'ai qu'une parole, j'ai dit quarante-cinq mille francs, je ne m'en dédis pas.

« — Au moins remettez le diamant dans la bague, dit aigrement la Carconte.

« — C'est juste, dit le bijoutier ; il replaça la pierre dans le chaton.

« — Bon, bon, bon, dit Caderousse en remettant l'étui dans sa poche, on le vendra à un autre.

« — Oui, reprit le bijoutier, mais un autre ne sera pas si facile que moi ; il n'est pas naturel qu'un homme comme vous possède un diamant de cinquante mille francs, il ira prévenir les magistrats, il faudra retrouver l'abbé Busoni, on vous enverra en prison, et si vous êtes reconnu innocent, qu'on vous mette dehors après trois ou quatre mois de captivité, la bague se sera égarée au greffe, ou l'on vous donnera une pierre fausse qui vaudra trois francs au lieu d'un diamant qui en vaut cinquante mille ; cinquante-cinq mille peut-être, mais que, vous en conviendrez, mon brave homme, on court certains risques à acheter."

« Caderousse et sa femme s'interrogèrent du regard.

« "Non, dit Caderousse, nous ne sommes pas assez riches pour perdre cinq mille francs.

« — Comme vous voudrez, mon cher ami, dit le bijoutier ; j'avais cependant, comme vous le voyez, apporté de la belle monnaie."

« Et il tira d'une de ses poches une poignée d'or qu'il fit briller aux yeux éblouis de l'aubergiste, et, de l'autre, un paquet de billets de banque.

« Un rude combat se livrait visiblement dans l'esprit de Caderousse : il était évident que ce petit étui de chagrin qu'il tournait et retournait dans sa main ne lui paraissait pas correspondre, comme valeur, à la somme énorme qui fascinait ses yeux.

« Il se retourna vers sa femme.

« "Qu'en dis-tu ? lui demanda-t-il tout bas.

« — Donne, donne, dit-elle ; s'il retourne à Beaucaire sans le diamant, il nous dénoncera ; et, comme il le dit, qui sait si nous pourrons jamais remettre la main sur l'abbé Busoni ?

« — Eh bien ! soit, dit Caderousse, prenez donc le diamant pour quarante-cinq mille francs ; mais ma femme veut une chaîne d'or, et moi, une paire de boucles d'argent."

« Le bijoutier tira de sa poche une boîte longue et plate qui contenait plusieurs échantillons des objets demandés.

« "Tenez, dit-il, je suis rond en affaires ; choisissez."

« La femme choisit une chaîne d'or qui pouvait valoir cinq louis, et le mari une paire de boucles qui pouvait valoir quinze francs.

« "Et les quarante-cinq mille francs, demanda Caderousse d'une voix rauque ; voyons, où sont-ils ?

« — Les voilà", dit le bijoutier.

« Et il compta sur la table quinze mille francs en or et trente mille francs en billets de banque.

« "Attendez que j'allume la lampe, dit la Carconte, il n'y fait plus clair, et on pourrait se tromper."

« En effet, la nuit était venue pendant cette discussion, et avec la nuit, l'orage qui menaçait depuis une demi-heure. On entendait gronder sourdement le tonnerre dans le lointain ; mais ni le bijoutier, ni Caderousse, ni la Carconte ne paraissaient s'en occuper, possédés qu'ils étaient tous les trois du démon du gain.

« Moi-même j'éprouvais une étrange fascination à la vue de tout cet or et de tous ces billets. Il me semblait que je faisais un rêve, et comme il arrive dans un rêve, je me sentais enchaîné à ma place.

« Caderousse compta et recompta l'or et les billets, puis il les passa à sa femme, qui les compta et recompta à son tour. Pendant ce temps, le bijoutier faisait miroiter le diamant sous le rayon de la lampe, et le diamant jetait des éclairs qui lui faisaient oublier ceux qui, précurseurs de l'orage, commençaient à enflammer les fenêtres.

« "Eh bien ! le compte y est-il ? demanda le bijoutier.

« — Oui, dit Caderousse ; quoique vous nous ayez
soulevé une dizaine de mille francs peut-être, voulez-
vous souper avec nous ? c'est de bon cœur.

« — Merci, dit le bijoutier, il doit se faire tard, et il
faut que je retourne à Beaucaire ; ma femme serait
inquiète." Il tira sa montre. "Morbleu ! s'écria-t-il, neuf
heures bientôt, je ne serai pas à Beaucaire avant
minuit ; adieu, mes petits enfants ; s'il vous revient par
hasard des abbés Busoni, pensez à moi."

Un coup de tonnerre retentit, accompagné d'un
éclair si violent qu'il effaça presque la clarté de la
lampe.

« "Oh ! oh ! dit Caderousse, vous allez partir par ce
temps-là ?

« — Oh ! je n'ai pas peur du tonnerre, dit le bijoutier.

« — Et des voleurs ? demanda la Carconte. La
route n'est jamais bien sûre pendant la foire.

« — Oh ! quant aux voleurs, dit le bijoutier, voilà
pour eux."

« Et il tira de sa poche une paire de petits pistolets
chargés jusqu'à la gueule.

« "Voici, dit-il, des chiens qui aboient et mordent en
même temps : c'est pour les deux premiers qui auraient
envie de votre diamant, père Caderousse."

« Caderousse et sa femme échangèrent un regard

sombre. Il paraît qu'ils avaient en même temps quelque terrible pensée.

« "Alors, bon voyage ! dit Caderousse.

« — Merci !" dit le bijoutier.

« Il prit sa canne, qu'il avait posée contre un vieux bahut, et sortit. Au moment où il ouvrit la porte, une telle bouffée de vent entra, qu'elle faillit éteindre la lampe.

« "Oh ! dit-il, il va faire un joli temps, et deux lieues de pays à faire avec ce temps-là !

« — Restez, dit Caderousse, vous coucherez ici.

« — Non pas, il faut que j'aille coucher à Beaucaire. Adieu."

« Caderousse alla lentement jusqu'au seuil.

« "Ferme donc la porte ! dit la Carconte, je n'aime pas les portes ouvertes quand il tonne.

« — Et quand il y a de l'argent dans la maison, n'est-ce pas ?" répondit Caderousse en donnant un double tour à la serrure.

« Et tous deux se mirent à recompter pour la troisième fois leur or et leurs billets.

« Je n'ai jamais vu expression pareille à ces deux visages dont une maigre lampe éclairait la cupidité. La femme surtout était hideuse ; le tremblement fiévreux qui l'animait habituellement avait redoublé. Son visage, de pâle, était devenu livide ; ses yeux caves flamboyaient.

« "Pourquoi donc, demanda-t-elle d'une voix sourde, lui avais-tu offert de coucher ici ?

« — Mais, répondit Caderousse en tressaillant, pour... pour qu'il n'eût pas la peine de retourner à Beaucaire.

« — Ah ! dit la femme avec une expression impossible à décrire, je croyais que c'était pour autre chose, moi.

« — Femme ! femme, s'écria Caderousse, pourquoi as-tu de pareilles idées, et pourquoi les ayant ne les gardes-tu pas pour toi ? Femme, tu offenses le Bon Dieu. Tiens, écoute..."

« En effet, on entendit un effroyable coup de tonnerre en même temps qu'un éclair bleuâtre enflammait toute la salle, et la foudre décroissant lentement semblait s'éloigner comme à regret de la maison maudite.

« "Jésus !" dit la Carconte en se signant.

« Au même instant, et au milieu de ce silence de terreur qui suit ordinairement les coups de tonnerre, on entendit frapper à la porte.

« Caderousse et sa femme tressaillirent et se regardèrent épouvantés.

« "Qui va là ? s'écria Caderousse en se levant et en réunissant en un seul tas l'or et les billets épars sur la table, et qu'il couvrit de ses deux mains.

« — Moi ! dit une voix.

« — Qui, vous ?

« — Hé ! pardieu ! Joannès, le bijoutier !

« — Eh bien ! que disais-tu donc, reprit la Carconte avec un effroyable sourire, que j'offensais le Bon Dieu ?... Voilà le Bon Dieu qui nous le renvoie !"

« Caderousse retomba pâle et haletant sur sa chaise.

« La Carconte, au contraire, se leva, et allant d'un pas ferme à la porte, qu'elle rouvrit :

« "Entrez donc, cher monsieur Joannès, dit-elle.

« — Ma foi ! dit le bijoutier ruisselant de pluie, il paraît que le Diable ne veut pas que je retourne à Beaucaire ce soir. Les plus courtes folies sont les meilleures, mon cher monsieur Caderousse ; vous m'avez offert l'hospitalité, je l'accepte, et je reviens coucher chez vous."

« Caderousse balbutia quelques mots en essuyant la sueur qui coulait sur son front.

« La Carconte referma la porte à double tour derrière le bijoutier.

26

La pluie de sang

« En entrant, le bijoutier jeta un regard interrogateur autour de lui ; mais rien ne semblait faire naître les soupçons s'il n'en avait pas, rien ne semblait les confirmer s'il en avait.

« Caderousse tenait toujours des deux mains ses billets et son or. La Carconte souriait à son hôte le plus agréablement qu'elle pouvait.

« "Ah ! ah ! dit le bijoutier, il paraît que vous aviez peur de ne pas avoir votre compte, que vous repassiez votre trésor après mon départ.

« — Non pas, dit Caderousse ; mais l'événement qui nous en fait possesseurs est si inattendu que nous n'y pouvons croire, et que, lorsque nous n'avons pas la preuve matérielle sous les yeux, nous croyons faire encore un rêve."

« Le bijoutier sourit.

« "Est-ce que vous avez des voyageurs dans votre auberge ? demanda-t-il.

« — Non, répondit Caderousse.

« — Alors, je vais vous gêner horriblement ?

« — Nous gêner, vous ! mon cher monsieur ! dit gracieusement la Carconte, pas du tout, je vous jure.

« — Voyons, où me mettrez-vous ?

« — Dans la chambre là-haut.

« — Mais n'est-ce pas votre chambre ?

« — Oh ! n'importe ; nous avons un second lit dans la pièce à côté de celle-ci."

« Caderousse regarda avec étonnement sa femme.

« Le bijoutier chantonna un petit air en se chauffant le dos à un fagot que la Carconte venait d'allumer dans la cheminée pour sécher son hôte.

« Pendant ce temps, elle apportait sur un coin de la table où elle avait étendu une serviette les maigres restes d'un dîner, auquel elle joignit deux ou trois œufs frais.

« "Là ! dit la Carconte en posant une bouteille de vin sur la table, quand vous voudrez souper, tout est prêt.

« — Et vous ? demanda Joannès.

« — Moi, je ne souperai pas, répondit Caderousse.

« — Nous avons dîné très tard, se hâta de dire la Carconte.

« — Je vais donc souper seul ? fit le bijoutier.

« — Nous vous servirons", répondit la Carconte, avec un empressement qui ne lui était pas habituel, même envers ses hôtes payants.

« De temps en temps, Caderousse lançait sur elle un regard rapide comme un éclair.

« Le bijoutier commença de souper, et la Carconte continua d'avoir pour lui tous les petits soins d'une hôtesse attentive ; elle d'ordinaire si quinteuse et si revêche, elle était devenue un modèle de prévenance et de politesse.

« Lorsque le souper fut terminé, Joannès resta encore un instant pour s'assurer que l'ouragan ne se calmait point, et lorsqu'il eut acquis la certitude que le tonnerre et la pluie ne faisaient qu'aller en augmentant, il souhaita le bonsoir à ses hôtes et monta l'escalier.

« Il passait au-dessus de ma tête et j'entendais chaque marche craquer sous ses pas.

« La Carconte le suivit d'un œil avide, tandis qu'au contraire Caderousse lui tournait le dos, et ne regardait pas même de son côté.

« Tous ces détails, qui sont revenus à mon esprit depuis ce temps-là, ne me frappèrent point au moment où ils se passaient sous mes yeux ; il n'y avait, à tout prendre, rien que de naturel dans ce qui arrivait, et, à part l'histoire du diamant qui me paraissait bien un peu invraisemblable, tout allait de source.

« Aussi comme j'étais écrasé de fatigue, que je comptais profiter moi-même du premier répit que la tempête donnerait aux éléments, je résolus de dormir quelques heures et de m'éloigner au milieu de la nuit.

« J'étais au plus profond de mon sommeil, lorsque je fus réveillé par un coup de pistolet suivi d'un cri terrible. Quelques pas chancelants retentirent sur le plancher de la chambre, et une masse inerte vint s'abattre dans l'escalier, juste au-dessus de ma tête.

« Je n'étais pas encore bien maître de moi. J'entendais des gémissements, puis des cris étouffés comme ceux qui accompagnent une lutte.

« Un dernier cri, plus prolongé que les autres, et qui dégénéra en gémissement, vint me tirer complètement de ma léthargie.

« Je me soulevai sur un bras, j'ouvris les yeux qui ne virent rien dans les ténèbres, et je portai la main à mon front sur lequel il me semblait que dégouttait à travers les planches de l'escalier une pluie tiède et abondante.

« Le plus profond silence avait succédé à ce bruit affreux. J'entendis les pas d'un homme qui marchait au-dessus de ma tête ; ses pas firent craquer l'escalier ; l'homme descendit dans la salle inférieure, s'approcha de la cheminée et alluma une chandelle.

« Cet homme, c'était Caderousse, il avait le visage pâle et sa chemise était tout ensanglantée.

« La chandelle allumée, il remonta rapidement l'escalier, et j'entendis de nouveau ses pas rapides et inquiets.

« Un instant après il redescendit ; il tenait à la main l'écrin, il s'assura que le diamant était bien dedans, puis il courut à l'armoire, en tira ses billets et son or, mit les uns dans le gousset de son pantalon, l'autre dans la poche de sa veste, prit deux ou trois chemises, et s'élançant vers la porte, il disparut dans l'obscurité. Alors tout devint clair et lucide pour moi ; je me reprochai ce qui venait d'arriver, comme si j'eusse été le vrai coupable. Il me sembla entendre des gémissements : le malheureux bijoutier pouvait n'être pas mort, peut-être était-il en mon pouvoir, en lui portant secours, de réparer une partie du mal non pas que j'avais fait, mais que j'avais laissé faire. J'appuyai mes épaules contre une de ces planches mal jointes qui séparaient l'espèce de tambour dans lequel j'étais couché de la salle inférieure. Les planches cédèrent ; et je me trouvai dans la maison.

« Je courus à la chandelle et je m'élançai dans l'escalier ; un corps le barrait en travers, c'était le cadavre de la Carconte.

« J'enjambai par-dessus son corps et je passai.

« La chambre offrait l'aspect du plus affreux désordre. Deux ou trois meubles étaient renversés ; les draps auxquels le malheureux bijoutier s'était cramponné traînaient par la chambre : lui-même était couché à terre, la tête appuyée contre le mur, nageant dans une mare de sang, qui s'échappait de trois larges blessures reçues dans la poitrine.

« Dans la quatrième était resté un long couteau de cuisine, dont on ne voyait que le manche.

« Cet affreux spectacle m'avait rendu presque

insensé ; du moment où je ne pouvais plus porter de secours à personne, je n'éprouvais plus qu'un besoin, celui de fuir. Je me précipitai dans l'escalier, en enfonçant mes mains dans mes cheveux et en poussant un rugissement de terreur.

« Dans la salle inférieure il y avait cinq ou six douaniers et deux ou trois gendarmes, toute une troupe armée.

« On s'empara de moi ; je n'essayai même pas de faire résistance, je n'étais plus le maître de mes sens. J'essayai de parler, je poussai quelques cris inarticulés, voilà tout.

« Je vis que les douaniers et les gendarmes me montraient du doigt ; j'abaissai mes yeux sur moi-même, j'étais tout couvert de sang. Cette pluie tiède que j'avais senti tomber sur moi à travers les planches de l'escalier, c'était le sang de la Carconte.

« Je montrai du doigt l'endroit où j'étais caché.

« "Que veut-il dire ?" demanda un gendarme.

« Un douanier alla voir.

« "Il veut dire qu'il est passé par là", répondit-il.

« Et il montra le trou par lequel j'avais passé effectivement.

« Alors je compris qu'on me prenait pour l'assassin. Je retrouvai la voix, je retrouvai la force ; je me dégageai des mains des deux hommes qui me tenaient, en m'écriant :

« "Ce n'est pas moi ! ce n'est pas moi !"

« Deux gendarmes me mirent en joue avec leurs carabines.

« "Si tu fais un mouvement, dirent-ils, tu es mort !

« — Mais, m'écriai-je, puisque je vous répète que ce n'est pas moi.

« — Tu conteras ta petite histoire aux juges de Nîmes, répondirent-ils. En attendant, suis-nous ; et si nous avons un conseil à te donner, c'est de ne pas faire résistance."

« Ce n'était point mon intention, j'étais brisé par l'étonnement et par la terreur. On me mit les menottes, on m'attacha à la queue d'un cheval, et l'on me conduisit à Nîmes.

« J'avais été suivi par un douanier ; il m'avait perdu de vue aux environs de la maison, il s'était douté que j'y passerais la nuit ; il avait été prévenir ses compagnons, et ils étaient arrivés juste pour entendre le coup de pistolet et pour me prendre au milieu de telles preuves de culpabilité, que je compris tout de suite la peine que j'aurais à faire reconnaître mon innocence.

« Aussi ne m'attachai-je qu'à une chose ; ma première demande au juge d'instruction fut pour le prier de faire chercher partout un certain abbé Busoni, qui s'était arrêté dans la journée à l'auberge du *Pont du Gard*. Si Caderousse avait inventé une histoire, si cet abbé n'existait pas, il était évident que j'étais perdu, à moins que Caderousse ne fût pris à son tour et n'avouât tout.

« J'allais être jugé à la première session, lorsque le

8 septembre, c'est-à-dire trois mois et cinq jours après l'événement, l'abbé Busoni, sur lequel je n'espérais plus, se présenta à la geôle, disant qu'il avait appris qu'un prisonnier désirait lui parler. Il avait su, disait-il, la chose à Marseille, et il s'empressait de se rendre à mon désir.

« Vous comprenez avec quelle ardeur je le reçus ; je lui racontai tout ce dont j'avais été témoin, j'abordai avec inquiétude l'histoire du diamant ; contre mon attente, elle était vraie de point en point ; contre mon attente encore, il ajouta une foi entière à tout ce que je lui dis. Ce fut alors qu'entraîné par sa douce charité, reconnaissant en lui une profonde connaissance des mœurs de mon pays, pensant que le pardon du seul crime que j'eusse commis pouvait peut-être descendre de ses lèvres si charitables, je lui racontai, sous le sceau de la confession, l'aventure d'Auteuil dans tous ses détails. Ce que j'avais fait par entraînement obtint le même résultat que si je l'eusse fait par calcul : l'aveu de ce premier assassinat, que rien ne me forçait de lui révéler, lui prouva que je n'avais pas commis le second, et il me quitta en m'ordonnant d'espérer, et en promettant de faire tout ce qui serait en son pouvoir pour convaincre mes juges de mon innocence.

« J'eus la preuve qu'en effet il s'était occupé de moi quand je vis ma prison s'adoucir graduellement, et quand j'appris qu'on attendrait pour me juger les assises qui devaient suivre celles pour lesquelles on se rassemblait.

« Dans cet intervalle, la Providence permit que Caderousse fût pris à l'étranger et ramené en France. Il avoua tout, rejetant la préméditation, et surtout l'instigation sur sa femme. Il fut condamné aux galères perpétuelles, et moi mis en liberté.

— Et ce fut alors, dit Monte-Cristo, que vous vous présentâtes chez moi porteur d'une lettre de l'abbé Busoni.

— Oui, Excellence, il avait pris à moi un intérêt visible.

« "Un de mes pénitents, me dit-il, a une grande estime pour moi, et m'a chargé de lui chercher un homme de confiance. Voulez-vous être cet homme ? Je vous adresserai à lui.

« — Oh ! mon père, m'écriai-je, que de bonté !

« — Mais vous me jurez que je n'aurai jamais à me repentir."

« J'étendis la main pour faire serment.

« Maintenant, je le demande avec orgueil à Votre Excellence, a-t-elle jamais eu à se plaindre de moi ?

— Non, répondit le comte, et je le confesse avec plaisir, vous êtes un bon serviteur, Bertuccio, quoique vous manquiez de confiance.

— Moi ! monsieur le comte !

— Oui, vous. Comment se fait-il que vous ayez une sœur et un fils adoptif, et que, cependant, vous ne m'ayez jamais parlé ni de l'une ni de l'autre ?

— Hélas ! Excellence, c'est qu'il me reste à vous dire la partie la plus triste de ma vie. Je partis pour la

Corse. J'avais hâte, vous le comprenez bien, de revoir et de consoler ma pauvre sœur ; mais quand j'arrivai à Rogliano, je trouvai la maison en deuil ; il y avait eu une scène horrible et dont les voisins gardent encore le souvenir ! Ma pauvre sœur, selon mes conseils, résistait aux exigences de Benedetto qui, à chaque instant, voulait se faire donner tout l'argent qu'il y avait à la maison. Un matin il la menaça, et disparut pendant toute la journée. Lorsqu'à onze heures il rentra avec deux de ses amis, compagnons ordinaires de toutes ses folies, l'un des trois s'écria : "Jouons à la question, et il faudra bien qu'elle avoue où est son argent."

« Justement le voisin Wasilio était à Bastia ; sa femme seule était restée à la maison. Nul, excepté elle, ne pouvait ni voir ni entendre ce qui se passait chez ma sœur. Deux retinrent la pauvre Assunta, le troisième alla barricader portes et fenêtres, puis il revint, et tous trois réunis, étouffant les cris que la terreur lui arrachait, approchèrent les pieds d'Assunta du brasier sur lequel ils comptaient pour lui faire avouer où était caché notre petit trésor ; mais dans la lutte le feu prit à ses vêtements : ils lâchèrent alors la patiente, pour ne pas être brûlés eux-mêmes. Alors la voisine entendit des cris affreux : c'était Assunta qui appelait au secours. Bientôt sa voix fut étouffée ; les cris devinrent des gémissements, et le lendemain, on trouva Assunta à moitié brûlée, mais respirant encore ; les armoires forcées, l'argent disparu. Quant à Benedetto, il avait quitté

Rogliano pour n'y plus revenir ; depuis ce jour je ne l'ai plus revu, et je n'ai pas même entendu parler de lui.

« Ce fut, reprit Bertuccio, après avoir appris ces tristes nouvelles, que j'allai à Votre Excellence. Je n'avais plus à vous parler de Benedetto, puisqu'il avait disparu, ni de ma sœur, puisqu'elle était morte.

— Et qu'avez-vous pensé de cet événement ? demanda Monte-Cristo.

— Que c'était le châtiment du crime que j'avais commis, répondit Bertuccio. Ah ! Ah ! ces Villefort, c'était une race maudite.

— Je le crois, murmura le comte avec un accent lugubre.

— Maintenant, continua l'intendant en baissant la tête, vous savez tout, monsieur le comte ; vous êtes mon juge ici-bas comme Dieu le sera là-haut ; ne me direz-vous point quelques paroles de consolation ?

— Vous avez raison, en effet, et je puis vous dire ce que vous dirait l'abbé Busoni : celui que vous avez frappé, ce Villefort, méritait un châtiment pour ce qu'il avait fait à vous et peut-être pour autre chose encore. Benedetto, s'il vit, servira, comme je vous l'ai dit, à quelque vengeance divine, puis sera puni à son tour. Quant à vous, vous n'avez en réalité qu'un reproche à vous adresser ; demandez-vous pourquoi, ayant enlevé cet enfant à la mort, vous ne l'avez pas rendu à sa mère ; là est le crime, Bertuccio.

— Oui, monsieur, là est le crime et le véritable crime, car en cela j'ai été lâche. Une fois que j'eus rappelé l'enfant à la vie, je n'avais qu'une chose à faire, vous l'avez dit, c'était de le renvoyer à sa mère. Mais pour cela, il me fallait faire des recherches, attirer l'attention, me livrer peut-être ; je n'ai pas voulu mourir, je tenais à la vie par ma sœur, par l'amour-propre inné chez nous autres de rester entiers et victorieux dans notre vengeance ; et puis enfin, peut-être tenais-je simplement à la vie par l'amour même de la vie. Oh ! moi, je ne suis pas un brave comme mon pauvre frère ! »

Bertuccio cacha son visage dans ses deux mains, et Monte-Cristo attacha sur lui un long et indéfinissable regard.

Puis après un instant de silence rendu plus solennel encore par l'heure et par le lieu :

« Pour terminer dignement cet entretien qui sera le dernier sur ces aventures, monsieur Bertuccio, dit le comte avec un accent de mélancolie qui ne lui était pas habituel, retenez bien mes paroles, je les ai souvent entendu prononcer à l'abbé Busoni lui-même : à tous maux il est deux remèdes, le temps et le silence. Maintenant, monsieur Bertuccio, laissez-moi me promener un instant dans ce jardin. Ce qui est une émotion poignante pour vous, acteur dans cette terrible scène, sera pour moi une sensation presque douce. Voilà que j'ai acheté un jardin, croyant acheter un simple enclos fermé de murs ; et point du tout : tout à coup cet enclos se trouve être un jardin tout plein de fantômes qui n'étaient point portés sur le contrat. Or, j'aime les fantômes, je n'ai jamais entendu dire que les morts eussent fait en six mille ans autant de mal que les vivants en font en un jour. »

Le comte, après un dernier tour dans ce jardin, alla retrouver sa voiture ; Bertuccio, qui le voyait rêveur, monta sans rien dire sur le siège auprès du cocher.

La voiture reprit le chemin de Paris.

Le soir même, à son arrivée à la maison des Champs-Élysées, le comte de Monte-Cristo visita toute l'habitation comme eût pu le faire un homme familiarisé avec elle depuis de longues années. Il donna à Bertuccio plusieurs ordres pour l'embellissement ou la distribution nouvelle du logis.

Bientôt on entendit héler le concierge ; la grille s'ouvrit, une voiture roula dans l'allée et s'arrêta devant le perron. Le comte descendit ; la portière était déjà ouverte ; il tendit la main à une jeune femme enveloppée d'une mante de soie verte toute brodée d'or qui lui couvrait la tête. La jeune femme prit la main qu'on lui tendait, la baisa avec un certain amour mêlé de respect, et quelques mots furent échangés tendrement de la part de la jeune femme et avec une douce gravité de la part du comte dans cette langue sonore que le vieil Homère a mise dans la bouche de ses dieux.

Alors, précédée d'Ali qui portait un flambeau de cire rose, la jeune femme, laquelle n'était autre que cette belle Grecque, compagne ordinaire de Monte-Cristo en Italie, fut conduite à son appartement ; puis le comte se retira dans le pavillon qu'il s'était réservé.

À minuit et demi, toutes les lumières étaient éteintes dans la maison, et l'on eût pu croire que tout le monde dormait.

27

Le crédit illimité

Le lendemain, vers deux heures de l'après-midi, une calèche attelée de deux magnifiques chevaux anglais s'arrêta devant la porte de Monte-Cristo ; un homme vêtu d'un habit bleu, à boutons de soie de même couleur, d'un gilet blanc sillonné par une énorme chaîne d'or et d'un pantalon couleur noisette, passa sa tête par la portière et envoya son groom demander au concierge si le comte de Monte-Cristo était chez lui.

En attendant, cet homme considérait avec une attention si minutieuse, qu'elle devenait presque impertinente, l'extérieur de la maison, ce que l'on pouvait distinguer du jardin, et la livrée de quelques domestiques que l'on pouvait apercevoir allant et venant. L'œil de cet homme était vif, mais plutôt rusé que spirituel. Ses lèvres étaient si minces, qu'au lieu de saillir en dehors elles rentraient dans la bouche ; enfin la largeur et la proéminence des pommettes, signe infaillible d'astuce, la dépression du front, le renflement de l'occiput qui dépassait de beaucoup de larges oreilles des moins aristocratiques contribuaient à donner pour tout physionomiste un caractère presque repoussant à la figure de ce personnage, fort recommandable aux yeux du vulgaire par ses chevaux magnifiques, l'énorme diamant qu'il portait à sa chemise et le ruban rouge qui s'étendait d'une boutonnière à l'autre de son habit.

Le groom frappa au carreau du concierge, et demanda :

« N'est-ce point ici que demeure M. le comte de Monte-Cristo ?

— C'est ici que demeure Son Excellence, répondit le concierge ; mais Son Excellence n'est pas visible.

— En ce cas, voici la carte de mon maître : M. le baron Danglars. Vous la remettrez au comte de Monte-Cristo, et vous lui direz qu'en allant à la Chambre mon maître s'est détourné pour avoir l'honneur de le voir.

— Je ne parle pas à Son Excellence, dit le concierge : le valet de chambre fera la commission. »

Le groom retourna vers la voiture.

« Eh bien ? » demanda Danglars.

L'enfant, assez honteux de la leçon qu'il avait reçue, apporta à son maître la réponse du concierge.

« Oh ! fit celui-ci, c'est donc un prince que ce monsieur, qu'on appelle Excellence, et qu'il n'y a que son valet de chambre qui ait le droit de lui parler ; n'importe, puisqu'il a un crédit sur moi, il faudra bien que je le voie quand il voudra de l'argent. »

Et Danglars se rejeta dans le fond de sa voiture en criant au cocher de manière à ce qu'on pût l'entendre de l'autre côté de la route :

« À la Chambre des députés ! »

Au travers d'une jalousie de son pavillon, Monte-Cristo, prévenu à temps, avait vu le baron et l'avait étudié à l'aide d'une excellente lorgnette.

« Décidément, fit-il avec un geste de dégoût et en faisant rentrer les tuyaux de sa lunette dans leur fourreau d'ivoire, décidément c'est une laide créature que cet homme. Ali ! » cria-t-il ; puis il frappa un coup sur le timbre de cuivre. Ali parut. « Appelez Bertuccio. »

Au même moment, Bertuccio entra.

« Votre Excellence me faisait demander ? dit l'intendant.

— Oui, monsieur, dit le comte. Avez-vous vu les chevaux qui viennent de s'arrêter devant ma porte ?

— Certainement, Excellence, ils sont même fort beaux.

— Comment se fait-il, dit Monte-Cristo en fronçant le sourcil, quand je vous ai demandé les deux plus beaux chevaux de Paris, qu'il y ait à Paris deux autres chevaux aussi beaux que les miens, et que ces chevaux ne soient pas dans mes écuries ?

— Monsieur le comte, dit Bertuccio, les chevaux dont vous me parlez n'étaient pas à vendre. »

Monte-Cristo haussa les épaules.

« Sachez, monsieur l'intendant, dit-il, que tout est toujours à vendre pour qui sait y mettre le prix. Ce soir, dit-il, j'ai une visite à rendre ; je veux que ces deux chevaux soient attelés à ma voiture avec un harnais neuf. »

Bertuccio se retira en saluant ; près de la porte, il s'arrêta.

« À quelle heure, dit-il, Son Excellence compte-t-elle faire cette visite ?

— À cinq heures, dit Monte-Cristo.

— Je ferai observer à Votre Excellence qu'il est deux heures, hasarda l'intendant.

— Je le sais, se contenta de répondre Monte-Cristo ; puis, se retournant vers Ali : Faites passer tous les chevaux devant madame, dit-il, qu'elle choisisse l'attelage qui lui conviendra le mieux, et qu'elle me fasse dire si elle veut dîner avec moi : dans ce cas on servira chez elle. »

À cinq heures, le comte frappa trois coups sur son timbre. Un coup appelait Ali, deux coups Baptistin, le valet de chambre, trois coups Bertuccio.

L'intendant entra.

« Mes chevaux ! dit Monte-Cristo.

— Ils sont à la voiture, Excellence, répliqua Bertuccio. Accompagnerai-je monsieur le comte ?

— Non, le cocher, Baptistin et Ali, voilà tout. »

Le comte descendit et vit, attelés à sa voiture, les chevaux qu'il avait admirés le matin à la voiture de Danglars.

En passant près d'eux il leur jeta un coup d'œil.

« Ils sont beaux en effet, dit-il, et vous avez bien fait de les acheter, seulement c'était un peu tard.

— Excellence, dit Bertuccio, j'ai eu bien de la peine à les avoir, et ils ont coûté bien cher.

— Les chevaux en sont-ils moins beaux ? demanda le comte en haussant les épaules.

— Si Votre Excellence est satisfaite, dit Bertuccio, tout est bien. Où va Votre Excellence ?

— Rue de la Chaussée-d'Antin, chez M. le baron Danglars. »

Cette conversation se passait sur le haut du perron. Bertuccio fit un pas pour descendre la première marche.

« Attendez, monsieur, dit Monte-Cristo en l'arrêtant. J'ai besoin d'une terre sur les bords de la mer, en Normandie, par exemple entre Le Havre et Boulogne. Je vous donne de l'espace, comme vous voyez. Il faudrait que, dans cette acquisition, il y eût un petit port, une petite crique, une petite baie, où puisse entrer et se tenir ma corvette ; elle ne tire que quinze pieds d'eau. Le bâtiment sera toujours prêt à mettre à la mer à quelque heure du jour ou de la nuit qu'il me plaise de lui donner le signal. Vous vous informerez chez tous les notaires d'une propriété dans les conditions que je vous explique ; quand vous en aurez connaissance, vous irez la visiter, et si vous êtes content vous l'achèterez en votre nom. Aussitôt cette propriété achetée, j'aurai des relais de dix lieues en dix lieues sur la route du Nord.

— Votre Excellence peut compter sur moi. »

Le comte fit un signe de satisfaction, descendit les degrés, sauta dans sa voiture, qui, entraînée au trot du magnifique attelage, ne s'arrêta que devant l'hôtel du banquier.

Danglars présidait une commission nommée pour un chemin de fer, lorsqu'on vint lui annoncer la visite du comte de Monte-Cristo. La séance, au reste, était presque finie.

Au nom du comte, il se leva.

« Messieurs, dit-il, en s'adressant à ses collègues, dont plusieurs étaient des honorables membres de l'une ou l'autre Chambre, pardonnez-moi si je vous quitte ainsi, mais imaginez-vous que la maison Thomson & French, de Rome, m'adresse un certain comte de Monte-Cristo, en lui ouvrant chez moi un crédit illimité. C'est la plaisanterie la plus drôle que mes correspondants de l'étranger se soient encore permise vis-à-vis de moi. Un crédit illimité rend bien exigeant le banquier chez qui le crédit est ouvert. J'ai donc hâte de voir notre homme. Je me crois mystifié. Mais ils ne savent point là-bas à qui ils ont affaire ; rira bien qui rira le dernier. »

En achevant ces mots et en leur donnant une emphase qui gonfla les narines de M. le baron, celui-ci quitta ses hôtes et passa dans un salon blanc et or qui faisait grand bruit dans la Chaussée-d'Antin.

C'était là qu'il avait ordonné d'introduire le visiteur pour l'éblouir du premier coup.

Le comte était debout, considérant quelques copies de l'Albane et du Fattore qu'on avait fait passer au banquier pour des originaux, et qui, toutes copies qu'elles étaient, juraient fort avec les chicorées d'or de toutes couleurs qui garnissaient les plafonds.

Au bruit que fit Danglars en entrant, le comte se retourna.

Danglars salua légèrement de la tête, et fit signe au comte de s'asseoir dans un fauteuil de bois doré garni de satin blanc broché d'or.

Le comte s'assit.

« C'est à monsieur de Monte-Cristo que j'ai l'honneur de parler ?

— Et moi, répondit le comte, à monsieur le baron Danglars, chevalier de la Légion d'honneur, membre de la Chambre des députés ? »

Monte-Cristo redisait tous les titres qu'il avait trouvés sur la carte du baron.

Danglars sentit la botte et se mordit les lèvres.

« Excusez-moi, monsieur, dit-il, de ne pas vous avoir donné du premier coup le titre sous lequel vous m'avez été annoncé ; mais, vous le savez, nous vivons sous un gouvernement populaire, et moi je suis un représentant des intérêts du peuple.

— De sorte, répondit Monte-Cristo, que, tout en conservant l'habitude de vous faire appeler baron, vous aurez perdu celle d'appeler les autres comte.

— Ah ! je n'y tiens pas même pour moi, monsieur, répondit négligemment Danglars ; ils m'ont nommé baron et fait chevalier de la Légion d'honneur pour quelques services rendus, mais...

— Mais vous avez abdiqué vos titres, comme ont fait autrefois MM. de Montmorency et de Lafayette ? C'était un bel exemple à suivre, monsieur.

— Pas tout à fait cependant, reprit Danglars embarrassé ; pour les domestiques, vous comprenez...

— Oui, vous vous appelez monseigneur pour vos gens ; pour les journalistes, vous vous appelez monsieur ; et pour vos commettants, citoyen. Ce sont des nuances très applicables au gouvernement constitutionnel. Je comprends parfaitement. »

Danglars se pinça les lèvres ; il vit que, sur ce terrain-là, il n'était pas de force avec Monte-Cristo, il essaya donc de revenir sur un terrain qui lui était plus familier.

« Monsieur le comte, dit-il en s'inclinant, j'ai reçu une lettre d'avis de la maison Thomson & French.

— J'en suis charmé, monsieur le baron. Je n'aurai pas besoin de me présenter moi-même, ce qui est toujours assez embarrassant. Vous aviez donc, disiez-vous, reçu une lettre d'avis ?

— Oui, répondit Danglars ; mais je vous avoue que je n'en ai pas parfaitement compris le sens. Cette lettre ouvre à M. le comte de Monte-Cristo un crédit illimité sur ma maison.

— Eh bien ! monsieur le baron, que voyez-vous d'obscur là-dedans ?

— Rien, monsieur ; seulement le mot *illimité,* en matière de finances, est tellement vague...

— Qu'il est illimité, n'est-ce pas ? dit Monte-Cristo.

— C'est justement cela, monsieur, que je voulais dire. Or, le vague, c'est le doute, et, dit le Sage, "dans le doute abstiens-toi."

— Ce qui signifie, reprit Monte-Cristo, que, si MM. Thomson & French font les affaires sans chiffres, M. Danglars a une limite aux siennes ; c'est un homme sage, comme il le disait tout à l'heure.

— Monsieur, répondit orgueilleusement le banquier, personne n'a encore compté avec ma caisse.

— Alors, répondit froidement Monte-Cristo, il paraît que c'est moi qui commencerai.

— Qui vous dit cela ?

— Les explications que vous me demandez, monsieur, et qui ressemblent fort à des hésitations. »

Danglars se mordit les lèvres ; c'était la seconde fois qu'il était battu par cet homme, et cette fois sur un terrain qui était le sien. Sa politesse railleuse n'était qu'affectée, et touchait à cet extrême si voisin qui est l'impertinence.

Monte-Cristo, au contraire, souriait de la meilleure grâce du monde, et possédait, quand il le voulait, un certain air naïf qui lui donnait bien des avantages.

« Enfin, monsieur, dit Danglars après un moment de silence, je vais essayer de me faire comprendre en vous priant de fixer vous-même la somme que vous comptez toucher chez moi.

— Mais, monsieur, répondit Monte-Cristo décidé à ne pas perdre un pouce de terrain dans la discussion, si j'ai demandé un crédit illimité sur vous, c'est que je ne savais justement pas de quelles sommes j'avais besoin. »

Le banquier crut que le moment était venu enfin de prendre le dessus ; il se renversa dans son fauteuil, et avec un lourd et orgueilleux sourire :

« Oh ! monsieur, dit-il, ne craignez pas de désirer, vous pourrez vous convaincre alors que le chiffre de la maison Danglars, tout limité qu'il soit, peut satisfaire les plus larges exigences, et dussiez-vous demander un million...

— Plaît-il ? fit Monte-Cristo.

— Je dis un million, répéta Danglars avec l'aplomb de la sottise.

— Et que ferais-je d'un million ? dit le comte. Bon Dieu ! monsieur, s'il ne m'eût fallu qu'un million, je ne me serais pas fait ouvrir un crédit pour une pareille misère. Un million ! mais j'ai toujours un million dans mon portefeuille ou dans mon nécessaire de voyage. »

Et Monte-Cristo retira d'un petit carnet, où étaient ses cartes de visite, deux bons de cinq cent mille francs chacun, payables au porteur, sur le Trésor.

Il fallait assommer et non piquer un homme comme Danglars. Le coup de massue fit son effet, le banquier chancela et eut le vertige ; il ouvrit sur Monte-Cristo deux yeux hébétés dont la prunelle se dilata effroyablement.

« Voyons, avouez-moi, dit Monte-Cristo, que vous vous défiez de la maison Thomson & French ? Mon Dieu ! c'est tout simple ! j'ai prévu le cas, et quoique assez étranger aux affaires, j'ai pris mes précautions. Voici donc deux autres lettres pareilles à celle qui vous est adressée : l'une est de la maison Arestein & Eskoles de Vienne sur M. le baron de Rothschild, l'autre est de la maison Baring de Londres sur M. Laffitte. Dites un mot, monsieur, et je vous ôterai toute préoccupation en me présentant dans l'une ou dans l'autre de ces deux maisons. »

C'en était fait, Danglars était vaincu ; il ouvrit avec un tremblement visible la lettre d'Allemagne et la lettre de Londres que lui tendait du bout des doigts le comte, vérifia l'authenticité des signatures avec une minutie qui eût été insultante pour Monte-Cristo, s'il n'eût pas fait la part de l'égarement du banquier.

« Oh ! monsieur, voilà trois signatures qui valent bien des millions, dit Danglars en se levant comme pour saluer la puissance de l'or personnifiée en cet homme qu'il avait devant lui. Trois crédits illimités sur nos trois maisons ! Pardonnez-moi, monsieur le comte ; mais tout en cessant d'être défiant, on peut demeurer encore étonné.

— Oh ! ce n'est pas une maison comme la vôtre qui s'étonnerait ainsi ! dit Monte-Cristo avec toute sa politesse ; ainsi vous pourrez donc m'envoyer quelque argent, n'est-ce pas ?

— Parlez, monsieur le comte ; je suis à vos ordres.

— Eh bien ! reprit Monte-Cristo, maintenant que vous n'avez plus aucune défiance, fixons, si vous le voulez bien, une somme générale pour la première année, six millions, par exemple.

— Six millions, soit ! dit Danglars suffoqué.

— S'il me faut plus, reprit nonchalamment Monte-Cristo, nous mettrons plus ; mais je ne compte rester qu'une année en France, et pendant cette année, je ne crois pas dépasser ce chiffre... enfin, nous verrons... Veuillez, pour commencer, me faire porter cinq cent mille francs demain, je serai chez moi jusqu'à midi ; et d'ailleurs, si je n'y étais pas, je laisserais un reçu à mon intendant.

— L'argent sera chez vous demain à dix heures du matin, monsieur le comte, répondit Danglars. Voulez-vous de l'or, ou des billets de banque, ou de l'argent ?

— Or et billets par moitié, s'il vous plaît. »

Et le comte se leva.

« Je dois vous confesser une chose, monsieur le comte, dit Danglars à son tour ; je croyais avoir des notions exactes sur toutes les belles fortunes de l'Europe, et cependant la vôtre, qui me paraît considérable, m'était, je l'avoue, tout à fait inconnue ; elle est récente ?

— Non, monsieur, répondit Monte-Cristo, elle est au contraire de fort vieille date : c'était une espèce de trésor de famille auquel il était défendu de toucher, et dont les intérêts accumulés ont triplé le capital ; l'époque fixée par le testateur est révolue depuis quelques années seulement, ce n'est donc que depuis quelques années que j'en use ; et votre ignorance à ce sujet n'a rien que de naturel ; au reste, vous la connaîtrez mieux dans quelque temps.

— Avec vos goûts et vos intentions, monsieur, continua Danglars, vous allez déployer dans la capitale un luxe qui va nous écraser tous, nous autres pauvres petits millionnaires ; je souhaiterais, si vous le permettez, vous présenter à Mme la baronne Danglars ; excusez mon empressement, monsieur le comte, mais un client comme vous fait presque partie de la famille. »

Monte-Cristo s'inclina, en signe qu'il acceptait l'honneur que le financier voulait bien lui faire.

Danglars sonna ; un laquais, vêtu d'une livrée éclatante, parut.

« Mme la baronne est-elle chez elle ? demanda Danglars.

— Oui, monsieur le baron, répondit le laquais.

— Seule ?

— Non, madame a du monde.

— Ce ne sera pas indiscret de vous présenter devant quelqu'un, n'est-ce pas, monsieur le comte ? vous ne gardez pas l'incognito ?

— Non, monsieur le baron, dit en souriant Monte-Cristo, je ne me reconnais pas ce droit-là.

— Et qui est près de madame ? M. Debray ?
demanda Danglars avec une bonhomie qui fit sourire
intérieurement Monte-Cristo, déjà renseigné sur les
transparents secrets d'intérieur du financier.

— M. Debray, oui, monsieur le baron », répondit le
laquais.

Danglars fit un signe de tête.

Puis se tournant vers Monte-Cristo :

« M. Lucien Debray, dit-il, est un ancien ami à nous,
secrétaire intime du ministre de l'Intérieur ; quant à ma
femme, elle a dérogé en m'épousant, car elle appartient
à une ancienne famille : c'est une demoiselle de Ser-
vières, veuve en premières noces de M. le colonel marquis de Nargonne.

— Je n'ai pas l'honneur de connaître Mme Danglars ; mais j'ai déjà rencontré M. Lucien Debray.

— Bah ! dit Danglars, où donc cela ?

— Chez M. de Morcerf.

— Ah ! vous connaissez le petit vicomte ? dit Danglars.

— Nous nous sommes trouvés ensemble à Rome à
l'époque du carnaval.

— Ah ! oui, dit Danglars, n'ai-je pas entendu parler de quelque chose comme une aventure singulière
avec des bandits, des voleurs dans des ruines ! il a été
tiré de là miraculeusement. Je crois qu'il a raconté
quelque chose de tout cela à ma femme et à ma fille à
son retour d'Italie.

— Mme la baronne attend ces messieurs, revint dire le laquais.

— Je passe devant pour vous montrer le chemin, fit Danglars en saluant.

— Et moi, je vous suis », dit Monte-Cristo.

28

L'attelage gris pommelé

Le baron, suivi du comte, traversa une longue file d'appartements remarquables par leur lourde somptuosité et leur fastueux mauvais goût, et arriva jusqu'au boudoir de Mme Danglars, petite pièce octogone tendue de satin rose recouvert de mousseline des Indes, la seule pièce de l'hôtel qui eût quelque caractère ; il est vrai que c'étaient la baronne et Lucien Debray seulement qui s'en étaient réservé la décoration. Aussi, M. Danglars n'était admis qu'à la condition qu'il ferait excuser sa présence en amenant quelqu'un ; ce n'était donc pas en réalité Danglars qui présentait, c'était au contraire lui qui était présenté, et qui était bien ou mal reçu selon que le visage du visiteur était agréable ou désagréable à la baronne.

Lucien avait déjà, avant son arrivée, eu le temps de raconter à la baronne bien des choses relatives au comte. On sait combien, pendant le déjeuner chez Albert, Monte-Cristo avait fait impression sur ses convives. La curiosité de Mme Danglars, excitée par les anciens détails venus de Morcerf et les nouveaux détails venus de Lucien, était portée à son comble. La baronne reçut en conséquence M. Danglars avec un sourire – ce qui de sa part n'était pas chose habituelle. Quant au comte, il eut en échange de son salut une cérémonieuse, mais en même temps gracieuse révérence.

Lucien, de son côté, échangea avec le comte un salut de demi-connaissance, et avec Danglars un geste d'intimité.

« Madame la baronne, dit Danglars, permettez que je vous présente M. le comte de Monte-Cristo. Je n'ai qu'un mot à en dire et qui va en un instant le rendre la coqueluche de toutes nos belles dames : il vient à Paris avec l'intention d'y rester un an et de dépenser six millions pendant cette année ; cela promet une série de bals, de dîners, de médianoches, dans lesquels j'espère que M. le comte ne nous oubliera pas plus que nous ne l'oublierons nous-mêmes dans nos petites fêtes. »

Quoique la présentation fût assez grossièrement louangeuse, c'est, en général, une chose si rare qu'un homme venant à Paris pour dépenser en une année la fortune d'un prince, que Mme Danglars jeta sur le comte un coup d'œil qui n'était pas dépourvu d'un certain intérêt.

« Et vous êtes arrivé, monsieur... ? demanda la baronne.

— Depuis hier matin, madame.

— Et vous venez, selon votre habitude, à ce qu'on m'a dit, du bout du monde ?

— De Cadix cette fois, madame, purement et simplement.

— Oh ! vous arrivez dans une affreuse saison ; Paris est détestable l'été ; il n'y a plus ni bals, ni réunions, ni fêtes. Il nous reste donc pour toute distraction quelques malheureuses courses au Champ-de-Mars et à Satory. Ferez-vous courir, monsieur le comte ?

— Moi, madame, dit Monte-Cristo, je ferai tout ce qu'on fait à Paris, si j'ai le bonheur de trouver quelqu'un qui me renseigne convenablement sur les habitudes françaises.

— Vous êtes amateur de chevaux, monsieur le comte ?

— J'ai passé une partie de ma vie en Orient, madame, et les Orientaux, vous le savez, n'estiment que deux choses au monde, la noblesse des chevaux et la beauté des femmes.

— Ah ! monsieur le comte, dit la baronne, vous auriez dû avoir la galanterie de mettre les femmes les premières.

— Vous voyez, madame, que j'avais bien raison

quand tout à l'heure je souhaitais un précepteur qui
pût me guider dans les habitudes françaises. »

En ce moment la camériste favorite de Mme la
baronne Danglars entra, et, s'approchant de sa maîtresse, lui glissa quelques mots à l'oreille.

Mme Danglars pâlit.

« Impossible ! dit-elle.

— C'est l'exacte vérité cependant, madame »,
répondit la camériste.

Mme Danglars se retourna du côté de son mari.

« Est-ce vrai, monsieur ? demanda la baronne.

— Quoi ! madame ? demanda Danglars visiblement agité.

— Ce que me dit cette fille...

— Et que vous dit-elle ?

— Elle me dit qu'au moment où mon cocher a été
pour mettre mes chevaux à ma voiture, il ne les a plus
trouvés à l'écurie ; que signifie cela ? je vous le
demande.

— Madame, dit Danglars, écoutez-moi.

— Oh ! je vous écoute, monsieur, car je suis
curieuse de savoir ce que vous allez me dire ; je ferai
ces messieurs juges entre nous, et je vais commencer
par leur dire ce qu'il en est : messieurs, continua la
baronne, M. le baron Danglars a dix chevaux à l'écurie ; parmi ces dix chevaux, il y en a deux qui sont à
moi, des chevaux charmants, les plus beaux chevaux
de Paris ; vous les connaissez, monsieur Debray, mes
gris pommelé. Eh bien ! au moment où Mme de Ville-

fort m'emprunte ma voiture, où je la lui promets pour aller demain au bois, voilà les deux chevaux qui ne se retrouvent plus. M. Danglars aura trouvé à gagner dessus quelques milliers de francs, et il les aura vendus. Oh ! la vilaine race, mon Dieu ! que celle des spéculateurs !

— Madame, répondit Danglars, les chevaux étaient trop vifs, ils avaient quatre ans à peine, ils me faisaient pour vous des peurs horribles.

— Hé ! monsieur, dit la baronne, vous savez bien que j'ai depuis un mois à mon service le meilleur cocher de Paris, à moins toutefois que vous ne l'ayez vendu avec les chevaux.

— Chère amie, je vous trouverai les pareils, de plus beaux même, s'il y en a, mais des chevaux doux, calmes, et qui ne m'inspirent plus pareille terreur. »

La baronne haussa les épaules avec un air de profond mépris.

Danglars ne parut pas s'apercevoir de ce geste plus que conjugal, et, se retournant vers Monte-Cristo :

« En vérité, je regrette de ne pas vous avoir connu plus tôt, monsieur le comte, dit-il ; vous montez votre maison ?

— Mais oui, dit le comte.

— Je vous les eusse proposés. Imaginez-vous que je les ai donnés pour rien ; mais, comme je vous l'ai dit, je voulais m'en défaire : ce sont des chevaux de jeune homme.

— Monsieur, dit le comte, je vous remercie ; j'en ai

acheté ce matin d'assez bons et pas trop cher. Tenez, voyez, monsieur Debray, vous êtes amateur, je crois ?

— Oh ! mon Dieu ! s'écria Debray.

— Quoi donc ? demanda la baronne.

— Mais je ne me trompe pas, ce sont vos chevaux, vos propres chevaux attelés à la voiture du comte.

— Mes gris pommelé ! » s'écria Mme Danglars.

Et elle s'élança vers la fenêtre.

« En effet, ce sont eux », dit-elle.

Danglars était stupéfait.

« Est-ce possible ? dit Monte-Cristo, en jouant l'étonnement.

— C'est incroyable ! » murmura le banquier.

La baronne dit deux mots à l'oreille de Debray, qui s'approcha à son tour de Monte-Cristo.

« La baronne vous fait demander combien son mari vous a vendu son attelage.

— Mais je ne sais trop, dit le comte, c'est une surprise que mon intendant m'a faite et... qui m'a coûté trente mille francs, je crois. »

Debray alla reporter la réponse à la baronne.

Danglars était si pâle et si décontenancé, que le comte eut l'air de le prendre en pitié.

« Voyez, lui dit-il, combien les femmes sont ingrates : cette prévenance de votre part n'a pas touché un instant la baronne ; ingrate n'est pas le mot, c'est folle que je devrais dire. Mais que voulez-vous, on aime toujours ce qui nuit ; aussi le plus court, croyez-moi, cher baron, est toujours de les laisser faire à leur tête ; si elles se la brisent, au moins, ma foi ! elles ne peuvent s'en prendre qu'à elles. »

Danglars ne répondit rien, il prévoyait dans un prochain avenir une scène désastreuse ; déjà le sourcil de Mme la baronne s'était froncé, et, comme celui de Jupiter Olympien, présageait un orage ; Debray, qui le sentait grossir, prétexta une affaire et partit. Monte-Cristo, qui ne voulait pas gâter la position qu'il comptait conquérir en demeurant plus longtemps, salua Mme Danglars et se retira, livrant le baron à la colère de sa femme.

« Bon ! pensa Monte-Cristo en se retirant, j'en suis arrivé où j'en voulais venir ; voilà que je tiens dans mes mains la paix du ménage et que je vais gagner d'un seul coup le cœur de monsieur et le cœur de madame ; quel bonheur ! »

Sur cette réflexion, le comte monta en voiture et rentra chez lui.

Deux heures après, Mme Danglars reçut une lettre charmante du comte de Monte-Cristo, dans laquelle il lui déclarait que, ne voulant pas commencer ses débuts dans le monde parisien en désespérant une jolie femme, il la suppliait de reprendre ses chevaux. Ils avaient le même harnais qu'elle leur avait vu le matin, seulement, au centre de chaque rosette qu'ils portaient sur l'oreille, le comte avait fait coudre un diamant.

Danglars aussi eut sa lettre. Le comte lui demandait la permission de passer à la baronne ce caprice de millionnaire, le priant d'excuser les façons orientales dont le renvoi des chevaux était accompagné. Pendant la soirée, Monte-Cristo partit pour Auteuil, accompagné d'Ali.

Le lendemain, vers trois heures, Ali, appelé par un coup de timbre, entra dans le cabinet du comte.

« Ali, lui dit-il, tu m'as souvent parlé de ton adresse à lancer le lasso ? »

Ali fit signe que oui, et se redressa fièrement.

« Bien ! Ainsi, avec le lasso tu arrêterais un bœuf ? »

Ali fit signe de la tête que oui.

« Un lion ? »

Ali fit le geste d'un homme qui lance le lasso, et imita un rugissement étranglé.

« Bien ! je comprends, dit Monte-Cristo, tu as chassé le lion. »

Ali fit un signe de tête orgueilleux.

« Mais arrêterais-tu dans leur course deux chevaux emportés ? »

Ali sourit.

« Eh bien ! écoute, dit Monte-Cristo ; tout à l'heure une voiture passera emportée par deux chevaux gris pommelé, les mêmes que j'avais hier. Dusses-tu te faire écraser, il faut que tu arrêtes cette voiture devant ma porte. »

Ali descendit dans la rue, et traça devant la porte une ligne sur le pavé ; puis il rentra, et montra la ligne au comte, qui l'avait suivi des yeux.

Le comte lui frappa doucement sur l'épaule, c'était sa manière de remercier Ali ; puis le Nubien alla fumer sa chibouk sur la borne qui formait l'angle de la maison et de la rue, tandis que Monte-Cristo rentrait sans plus s'occuper de rien.

Cependant, vers cinq heures, on entendit un roulement lointain, mais qui se rapprochait avec la rapidité de la foudre, puis une calèche apparut dont le cocher essayait inutilement de retenir les chevaux qui s'avançaient furieux, hérissés, bondissant avec des élans insensés.

Dans la calèche, une jeune femme et un enfant de sept à huit ans, se tenant embrassés, avaient perdu par l'excès de la terreur jusqu'à la force de pousser un cri ; il eût suffi d'une pierre sous la roue ou d'un arbre accroché pour briser tout à fait la voiture qui craquait.

Soudain Ali pose sa chibouk, tire de sa poche le lasso, le lance, enveloppe d'un triple tour les jambes de devant du cheval de gauche, se laisse entraîner trois ou quatre pas par la violence de l'impulsion, mais au bout de ces trois ou quatre pas le cheval enchaîné s'abat, tombe sur la flèche qu'il brise, et paralyse les efforts que fait le cheval resté debout pour continuer sa course ; le cocher saisit cet instant de répit pour sauter en bas de son siège, mais déjà Ali a saisi les naseaux du second cheval avec ses doigts de fer, et l'animal, hennissant de douleur, s'est allongé convulsivement près de son compagnon.

Il a fallu à tout cela le temps qu'il faut à la balle pour frapper le but.

Cependant, il a suffi pour que, de la maison en face

de laquelle l'accident est arrivé, un homme se soit élancé, suivi de plusieurs serviteurs : au moment où le cocher ouvre la portière, il enlève de la calèche la dame, qui d'une main se cramponne au coussin, tandis que de l'autre elle serre contre sa poitrine son fils évanoui. Monte-Cristo les emporte tous les deux dans le salon, et les déposant sur un canapé :

« Ne craignez plus rien, madame, lui dit-il, vous êtes sauvée. »

La femme revint à elle, et pour réponse elle lui présenta son fils avec un regard plus éloquent que toutes les prières.

En effet, l'enfant était toujours évanoui.

« Oui, madame, je comprends, dit le comte en examinant l'enfant ; mais soyez tranquille, il ne lui est arrivé aucun mal, et c'est la peur seule qui l'a mis en cet état.

— Oh ! monsieur, s'écria la mère, ne me dites-vous pas cela pour me rassurer ? Voyez comme il est pâle ! Mon fils ! mon enfant ! mon Édouard ! réponds donc à ta mère ! Ah ! monsieur, envoyez chercher un médecin ; ma fortune à qui me rend mon fils ! »

Monte-Cristo fit de la main un geste pour calmer la mère éplorée, et ouvrant un coffret, il en tira un flacon de verre de Bohême incrusté d'or, contenant une liqueur rouge comme du sang, et dont il laissa tomber une seule goutte sur les lèvres de l'enfant.

L'enfant, quoique toujours pâle, rouvrit aussitôt les yeux.

À cette vue, la joie de la mère fut presque un délire.

« Où suis-je ? s'écria-t-elle, et à qui dois-je tant de bonheur après une si cruelle épreuve ?

— Vous êtes, madame, répondit Monte-Cristo, chez l'homme le plus heureux d'avoir pu vous épargner un chagrin.

— Oh ! maudite curiosité, dit la dame ; tout Paris parlait de ces magnifiques chevaux de Mme Danglars, et j'ai eu la folie de vouloir les essayer.

— Comment ! s'écria le comte avec une surprise admirablement jouée, ces chevaux sont ceux de la baronne ?

— Oui, monsieur ; la connaissez-vous ?

— Mme Danglars ?... j'ai cet honneur, et ma joie est double de vous voir sauvée du péril que ces chevaux vous ont fait courir ; car ce péril, c'est à moi que vous eussiez pu l'attribuer ; j'avais acheté hier ces chevaux au baron, mais la baronne a paru tellement les regretter, que je les lui ai renvoyés hier en la priant de les accepter de ma main.

— Mais alors vous êtes donc le comte de Monte-Cristo dont Hermine m'a tant parlé hier ?

— Oui, madame, fit le comte.

— Moi, monsieur, je suis Mme Héloïse de Villefort. »

Le comte salua en homme devant lequel on prononce un nom parfaitement inconnu.

« Oh ! que M. de Villefort sera reconnaissant ! reprit Héloïse, car enfin il vous devra notre vie à tous deux, vous lui avez rendu sa femme et son fils ; assurément, sans votre généreux serviteur, ce cher enfant et moi nous étions tués.

— Hélas ! madame, je frémis encore du péril que vous avez couru.

— Oh ! j'espère que vous me permettrez de récompenser dignement le dévouement de cet homme.

— Madame, répondit Monte-Cristo, ne me gâtez pas Ali, je vous prie, ni par des louanges, ni par des récompenses : ce sont des habitudes que je ne veux pas qu'il prenne. Ali est mon esclave : en vous sauvant la vie il me sert, et c'est son devoir de me servir.

— Mais il a risqué sa vie ! dit Mme de Villefort, à qui ce ton de maître imposait singulièrement.

— J'ai sauvé cette vie, madame, répondit Monte-Cristo ; par conséquent elle m'appartient. »

Mme de Villefort se tut : peut-être réfléchissait-elle à cet homme qui, du premier abord, faisait une si profonde impression sur les esprits.

Pendant cet instant de silence, le comte put alors considérer à son aise l'enfant que sa mère couvrait de baisers. Il était petit, grêle, blanc de peau comme les enfants roux, et cependant une forêt de cheveux noirs, rebelles à toute frisure, couvrait son front bombé, et, tombant sur ses épaules en encadrant son visage, redoublait la vivacité de ses yeux pleins de malice sournoise et de juvénile méchanceté ; sa bouche, à peine redevenue vermeille, était fine de lèvres et large d'ouverture ; les traits de cet enfant de huit ans annon-

çaient déjà douze ans au moins. Son premier mouvement fut de se débarrasser par une brusque secousse
des bras de sa mère, et d'aller ouvrir le coffret d'où le
comte avait tiré le flacon d'élixir ; puis aussitôt, sans en
demander la permission à personne et en enfant habitué à satisfaire tous ses caprices, il se mit à déboucher
les fioles.

« Ne touchez pas à cela, mon ami, dit vivement le
comte, quelques-unes de ces liqueurs sont dangereuses,
non seulement à boire, mais même à respirer. »

Mme de Villefort pâlit et arrêta le bras de son fils
qu'elle ramena vers elle ; mais, sa crainte calmée, elle
jeta aussitôt sur le coffret un court, mais expressif
regard que le comte saisit au passage.

« Monsieur, demanda Mme de Villefort en se levant
pour se retirer, est-ce votre demeure habituelle que
cette maison ?

— Non, madame, répondit le comte, c'est une
espèce de pied-à-terre que j'ai acheté ; j'habite avenue
des Champs-Élysées, n° 30. Mais je vois que vous êtes
tout à fait remise, et que vous désirez vous retirer. Je
viens d'ordonner qu'on attelle ces mêmes chevaux à ma
voiture ; et Ali va avoir l'honneur de vous reconduire
chez vous, tandis que votre cocher restera ici pour faire
raccommoder la calèche. Aussitôt cette petite besogne
indispensable terminée, un de mes attelages la recon-
duira directement chez Mme Danglars.

— Mais, dit Mme de Villefort, avec ces mêmes chevaux je n'oserai jamais m'en aller.

— Oh ! vous allez voir, madame, dit Monte-Cristo ; sous la main d'Ali, ils vont devenir doux comme des agneaux. »

En effet, Ali s'était approché des chevaux qu'on avait remis sur leurs jambes avec beaucoup de peine. Il tenait à la main une petite éponge imbibée de vinaigre aromatique ; il en frotta les naseaux et les tempes des chevaux, couverts de sueur et d'écume. Puis Ali fit atteler les chevaux au coupé du comte et il fut obligé d'user vigoureusement du fouet pour les faire partir, et encore ne put-il obtenir des fameux gris pommelé qu'un trot si mal assuré et languissant, qu'il fallut près de deux heures à Mme de Villefort pour regagner le faubourg Saint-Honoré, où elle demeurait.

Le soir, l'événement d'Auteuil faisait le sujet de toutes les conversations : Albert le racontait à sa mère, Château-Renaud au Jockey-Club, Debray dans le salon du ministre, Beauchamp lui-même fit au comte la galanterie, dans son journal, d'un *fait divers* de vingt lignes, qui posa le noble étranger en héros auprès de toutes les femmes de l'aristocratie.

Beaucoup de gens allèrent se faire inscrire chez Mme de Villefort afin d'avoir le droit de renouveler leur visite en temps utile, et d'entendre alors de sa bouche tous les détails de cette pittoresque aventure.

Quant à M. de Villefort, il prit un habit noir, des gants blancs, sa plus belle livrée, et monta dans son carrosse qui vint, le même soir, s'arrêter à la porte du 30 de la maison des Champs-Élysées.

29

Idéologie

Cependant, si le comte de Monte-Cristo eût vécu depuis longtemps dans le monde parisien, il eût apprécié de toute sa valeur la démarche que faisait près de lui M. de Villefort.

Bien en cour, réputé habile par tous, haï de beaucoup, mais chaudement protégé par quelques-uns sans cependant être aimé de personne, M. de Villefort avait une des hautes positions de la magistrature. Son salon, régénéré par une jeune femme et par une fille de son premier mariage à peine âgée de dix-huit ans, n'en était pas moins un de ces salons sévères de Paris où l'on observe le culte des traditions et la religion de l'étiquette.

Pour ses amis, M. de Villefort était un protecteur

puissant ; pour ses ennemis, c'était un adversaire sourd, mais acharné ; pour les indifférents, c'était la statue de la loi faite homme : abord hautain, physionomie impassible, regard terne et dépoli ou insolemment perçant et scrutateur, tel était l'homme dont quatre révolutions habilement entassées l'une sur l'autre avaient d'abord construit, puis cimenté le piédestal.

M. de Villefort avait la réputation d'être l'homme le moins curieux et le moins banal de France ; il donnait un bal tous les ans et n'y paraissait qu'un quart d'heure ; jamais on ne le voyait ni aux théâtres, ni aux concerts, ni dans aucun lieu public ; quelquefois, mais rarement, il faisait une partie de whist, et l'on avait soin alors de lui choisir des joueurs dignes de lui : c'était quelque ambassadeur, quelque archevêque, quelque prince, quelque président, ou enfin quelque duchesse douairière.

Voilà quel était l'homme dont la voiture venait de s'arrêter devant la porte du comte de Monte-Cristo.

Le valet de chambre annonça M. de Villefort au moment où le comte, incliné sur une grande table, suivait sur une carte un itinéraire de Saint-Pétersbourg en Chine.

Le procureur du roi entra du même pas grave et compassé qu'il entrait au tribunal ; c'était bien le même homme, ou plutôt la suite du même homme que nous avons vu autrefois substitut à Marseille. La nature, conséquente avec ses principes, n'avait rien changé pour lui au cours qu'elle devait suivre. De mince, il était devenu maigre ; de pâle, il était devenu jaune ; ses yeux enfoncés étaient caves, et ses lunettes aux branches d'or, en posant sur l'orbite, semblaient faire maintenant partie de sa figure ; excepté sa cravate blanche, le reste de son costume était complètement noir ; et cette couleur funèbre n'était tranchée que par le léger liséré de son ruban rouge qui passait imperceptible par sa boutonnière, et qui semblait une ligne de sang tracée au pinceau.

Si maître de lui que fût Monte-Cristo, il examina avec une visible curiosité, en lui rendant son salut, le magistrat qui, défiant par habitude, et peu crédule surtout quant aux merveilles sociales, était plus disposé à voir dans le noble étranger – c'était ainsi qu'on appelait déjà Monte-Cristo – un chevalier d'industrie venant exploiter un nouveau théâtre, ou un malfaiteur en état de rupture de ban, qu'un prince du Saint-Siège ou un sultan des *Mille et Une Nuits.*

« Monsieur, dit Villefort avec ce ton glapissant affecté par les magistrats dans leurs périodes oratoires, et dont ils ne peuvent ou ne veulent pas se défaire dans la conversation, monsieur, le service signalé que vous avez rendu hier à ma femme et à mon fils me fait un devoir de vous remercier. Je viens donc m'acquitter de ce devoir, et vous exprimer toute ma reconnaissance. »

Et en prononçant ces paroles, l'œil sévère du magistrat n'avait rien perdu de son arrogance habituelle. Ces paroles qu'il venait de dire, il les avait articulées avec sa voix de procureur général, avec cette roideur

429

inflexible de col et d'épaules qui faisait dire à ses flatteurs qu'il était la statue vivante de la loi.

« Monsieur, répliqua le comte à son tour avec une froideur glaciale, je suis fort heureux d'avoir pu conserver un fils à sa mère, car on dit que le sentiment de la maternité est le plus saint de tous, et ce bonheur qui m'arrive vous dispensait, monsieur, de remplir un devoir, dont l'exécution m'honore sans doute, car je sais que M. de Villefort ne prodigue pas la faveur qu'il me fait, mais qui, si précieuse qu'elle soit cependant, ne vaut pas pour moi la satisfaction intérieure. »

Villefort, étonné de cette sortie à laquelle il ne s'attendait pas, tressaillit comme un soldat qui sent le coup qu'on lui porte malgré l'armure dont il est couvert, et un pli de sa lèvre dédaigneuse indiqua que dès l'abord il ne tenait pas le comte de Monte-Cristo pour un gentilhomme bien civil.

Il jeta les yeux autour de lui pour raccrocher à quelque chose la conversation tombée, et qui semblait s'être brisée en tombant.

Il vit la carte qu'interrogeait Monte-Cristo au moment où il était entré, et il reprit :

« Vous vous occupez de géographie, monsieur ? C'est une riche étude pour vous surtout qui, à ce qu'on assure, avez vu autant de pays qu'il y en a de gravés sur cet atlas.

— Oui, monsieur, répondit le comte, j'ai voulu faire sur l'espèce humaine prise en masse ce que vous pratiquez chaque jour sur des exceptions, c'est-à-dire une

étude physiologique. Mais asseyez-vous donc, monsieur, je vous en supplie. »

Et Monte-Cristo indiqua de la main au procureur du
roi un fauteuil que celui-ci fut obligé de prendre la
peine d'avancer lui-même, tandis que lui n'eut que
celle de se laisser retomber dans celui sur lequel il était
agenouillé quand le procureur du roi était entré : de
cette façon, le comte se trouva à demi tourné vers son
visiteur, ayant le dos à la fenêtre et le coude appuyé sur
la carte géographique qui faisait pour le moment l'objet
de la conversation, conversation qui prenait, comme
elle l'avait fait chez Morcerf et chez Danglars, une tournure tout à fait analogue sinon à la situation, du moins
aux personnages.

« Ah ! vous philosophez, reprit Villefort après un
instant de silence, pendant lequel, comme un athlète
qui rencontre un rude adversaire, il avait fait provision
de forces. Eh bien ! monsieur, parole d'honneur, si
comme vous je n'avais rien à faire, je chercherais une
moins triste occupation.

— C'est vrai, monsieur, reprit Monte-Cristo, et
l'homme est une laide chenille pour celui qui l'étudie
au microscope solaire ; mais vous venez de dire, je
crois, que je n'avais rien à faire. Voyons, par hasard,
croyez-vous avoir quelque chose à faire, vous, monsieur ? ou, pour parler plus clairement, croyez-vous
que ce que vous faites vaille la peine de s'appeler
quelque chose ? »

L'étonnement de Villefort redoubla à ce second coup

si brutalement porté par son étrange adversaire ; il y avait longtemps que le magistrat ne s'était entendu dire un paradoxe de cette force, ou plutôt, pour parler plus exactement, c'était la première fois qu'il l'entendait.

Le procureur du roi se mit à l'œuvre pour répondre.

« Monsieur, dit-il, vous savez combien la justice humaine a chez nous des allures prudentes et compassées. Nos codes existent avec leurs articles contradictoires, tirés des coutumes gauloises, des lois romaines, des usages francs ; or, la connaissance de toutes ces lois-là, vous en conviendrez, ne s'obtient pas sans de longs travaux, et il faut une grande puissance de tête, cette connaissance une fois acquise, pour ne pas l'oublier.

— Je suis de cet avis-là, monsieur ; mais tout ce que vous savez, vous, à l'égard de ce code français, je le sais, moi, non seulement à l'égard de ce code, mais à l'égard du code de toutes les nations ; les lois anglaises, turques, japonaises, hindoues me sont aussi familières que les lois françaises ; et j'avais donc raison de dire que, relativement à tout ce que j'ai fait, vous avez bien peu de chose à faire, et que, relativement à ce que j'ai appris, vous avez encore bien des choses à apprendre.

— Mais dans quel but avez-vous appris tout cela ? » reprit Villefort étonné.

Monte-Cristo sourit.

« Bien, monsieur, dit-il ; je vois que, malgré la réputation qu'on vous a faite d'homme supérieur, vous voyez toutes choses au point de vue matériel et vulgaire de la société.

— Expliquez-vous, monsieur, dit Villefort de plus en plus étonné ; je ne vous comprends pas... très bien...

— Je dis, monsieur, que, les yeux fixés sur l'organisation sociale des nations, vous ne voyez que les ressorts de la machine, et non l'ouvrier sublime qui la fait agir ; je dis que vous ne reconnaissez devant vous et autour de vous que les titulaires des places dont les brevets ont été signés par des ministres ou par un roi, et que les hommes que Dieu a mis au-dessus des titulaires, des ministres et des rois, en leur donnant une mission à poursuivre au lieu d'une place à remplir, je dis que ceux-là échappent à votre courte vue. Tobie prenait l'ange qui devait lui rendre la vue pour un jeune homme ordinaire. Les nations prenaient Attila, qui devait les anéantir, pour un conquérant comme tous les conquérants, et il a fallu que tous révélassent leurs missions célestes pour qu'on les reconnût.

— Alors, dit Villefort de plus en plus étonné et croyant parler à un illuminé ou à un fou, vous vous regardez comme un de ces êtres extraordinaires que vous venez de citer.

— Pourquoi pas ? dit froidement Monte-Cristo.

— Pardon, monsieur, reprit Villefort abasourdi, mais ce n'est point l'usage chez nous, malheureux corrompus de la civilisation, que les gentilshommes possesseurs comme vous d'une fortune immense perdent leur temps à des spéculations sociales, à des rêves philosophiques faits tout au plus pour consoler ceux que le sort a déshérités des biens de la Terre.

— Hé ! monsieur, reprit le comte, en êtes-vous donc arrivé à la situation éminente que vous occupez sans avoir admis, et même sans avoir rencontré des exceptions ; et n'exercez-vous jamais votre regard, qui aurait cependant tant besoin de finesse et de sûreté, à deviner d'un seul coup sur quel homme est tombé votre regard ?

— Monsieur, dit Villefort, vous me confondez, sur ma parole, et je n'ai jamais entendu parler personne comme vous faites.

— C'est que vous êtes constamment resté enfermé dans le cercle des conditions générales, et que vous n'avez jamais osé vous élever d'un coup d'aile dans les sphères supérieures que Dieu a peuplées d'êtres invisibles ou exceptionnels.

— Et vous admettez, monsieur, que ces sphères existent, que les êtres exceptionnels et invisibles se mêlent à nous ?

— Pourquoi pas ? est-ce que vous voyez l'air que vous respirez, et sans lequel vous ne pourriez pas vivre ?

— Ah ! dit Villefort en souriant, j'avoue que je voudrais bien être prévenu quand un de ces êtres se trouvera en contact avec moi.

— Vous avez été servi à votre guise, monsieur ; car vous avez été prévenu tout à l'heure, et maintenant encore je vous préviens.

— Ainsi vous-même...

— Je suis un de ces êtres exceptionnels, oui, monsieur, et je crois que, jusqu'à ce jour, aucun homme ne s'est trouvé dans une position semblable à la mienne. Je ne suis ni italien, ni français, ni hindou, ni américain, ni espagnol ; je suis cosmopolite. Nul pays ne peut dire qu'il m'a vu naître. Dieu seul sait quelle contrée me verra mourir. J'adopte tous les usages, je parle toutes les langues. Je n'ai que deux adversaires ; je ne dirai pas deux vainqueurs, car avec de la persistance je les soumets ; c'est la distance et le temps. Le troisième, et le plus terrible, c'est ma condition d'homme mortel. Celle-là seule peut m'arrêter dans le chemin où je marche, et avant que j'aie atteint le but auquel je tends : tout le reste, je l'ai calculé. Voilà pourquoi je vous dis des choses que vous n'avez jamais entendues, même de la bouche des rois, car les rois ont besoin de vous, et les autres hommes en ont peur. Qui est-ce qui ne se dit pas, dans une société aussi ridiculement organisée que la nôtre : "Peut-être un jour aurai-je affaire au procureur du roi !"

— Mais, vous-même, monsieur, pouvez-vous dire cela ? car, du moment où vous habitez la France, vous êtes naturellement soumis aux lois françaises.

— Je le sais, monsieur, répondit Monte-Cristo ; mais quand je dois aller dans un pays, je commence à étudier, par des moyens qui me sont propres, tous les hommes dont je puis avoir quelque chose à espérer ou à craindre, et j'arrive à les connaître aussi bien, et mieux peut-être, qu'ils ne se connaissent eux-mêmes. Cela amène ce résultat, que le procureur du roi, quel qu'il fût, à qui j'aurais affaire, serait très certainement plus embarrassé que moi-même.

— Ce qui veut dire, reprit avec hésitation Villefort, que, la nature humaine étant faible, tout homme, selon vous, a commis... des fautes.

— Des fautes... ou des crimes, répondit négligemment Monte-Cristo.

— Et que vous seul, parmi les hommes que vous ne reconnaissez pas pour vos frères, vous l'avez dit vous-même, reprit Villefort d'une voix légèrement altérée, et que vous seul êtes parfait ?

— Non point parfait, répondit le comte, impénétrable, voilà tout. Mais brisons là-dessus, monsieur ; si la conversation vous déplaît, je ne suis pas plus menacé de votre justice que vous ne l'êtes de ma double vue.

— Non ! non ! monsieur, dit vivement Villefort, qui, sans doute, craignait de paraître abandonner le terrain ; non ! Par votre brillante et presque sublime conversation, vous m'avez élevé au-dessus des niveaux ordinaires ; supposons que nous faisons de la philosophie théologique, je vous dirai donc celle-ci, toute rude qu'elle est : "Mon frère, vous sacrifiez à l'orgueil ; vous êtes au-dessus des autres, mais au-dessus de vous il y a Dieu."

— Au-dessus de tous, monsieur ! répondit Monte-Cristo, avec un accent si profond que Villefort en frissonna involontairement. J'ai mon orgueil pour les hommes, serpents toujours prêts à se dresser contre celui qui les dépasse du front sans les écraser du pied,

mais je dépose cet orgueil devant Dieu qui m'a tiré du
néant pour me faire ce que je suis.

— Alors, monsieur le comte, je vous admire, dit Villefort, qui, pour la première fois dans cet étrange dia-
logue, venait d'employer cette formule aristocratique
vis-à-vis de l'étranger qu'il n'avait jusque-là appelé que
monsieur. Oui, je vous le dis, si vous êtes réellement
fort, réellement supérieur, réellement saint ou impénétrable – ce qui, vous avez raison, revient à peu près au
même –, soyez superbe, monsieur, c'est la loi des domi-
nations. Mais vous avez bien cependant une ambition
quelconque ?

— J'en ai eu une, monsieur.

— Laquelle ?

— Moi aussi, comme cela est arrivé à tout homme
une fois dans sa vie, j'ai été enlevé par Satan sur la plus
haute montagne de la Terre ; arrivé là, il me montra le
monde tout entier, et comme il avait dit autrefois au
Christ, il m'a dit à moi : "Voyons, enfant des hommes,
pour m'adorer, que veux-tu ?" Alors j'ai réfléchi longtemps, car depuis longtemps une terrible ambition
dévorait effectivement mon cœur ; puis je lui répondis :
"Écoute, je veux être la Providence, car ce que je sais
de plus beau, de plus grand et de plus sublime au
monde, c'est de récompenser et de punir." Mais Satan
baissa la tête et poussa un soupir. "Tout ce que je puis
faire pour toi, c'est de te rendre un des agents de cette
Providence." Le marché fut fait, j'y perdrai peut-être

mon âme ; mais n'importe, reprit Monte-Cristo, et le marché serait à refaire que je le ferais encore. »

Villefort regardait Monte-Cristo avec un suprême étonnement.

« Monsieur le comte, dit-il, avez-vous des parents ?

— Non, monsieur, je suis seul au monde.

— Tant pis !

— Pourquoi ? demanda Monte-Cristo.

— Parce que vous auriez pu voir un spectacle propre à briser votre orgueil. Vous ne craignez que la mort, dites-vous ?

— Je ne dis pas que je la craigne, je dis qu'elle seule peut m'arrêter.

— Et la vieillesse ?

— Ma mission sera remplie avant que je sois vieux.

— Et la folie ?

— J'ai manqué de devenir fou, et vous connaissez l'axiome *non bis in idem* ; c'est un axiome criminel, et qui, par conséquent, est de votre ressort.

— Monsieur, reprit Villefort, il y a encore autre chose à craindre que la mort, que la vieillesse, ou que la folie : il y a, par exemple, l'apoplexie, ce coup de foudre qui vous frappe sans vous détruire, et après lequel cependant tout est fini. Venez, s'il vous plaît, continuer cette conversation chez moi, monsieur le comte, et je vous montrerai mon père, M. Noirtier de Villefort, un des plus fougueux jacobins de la Révolution française ; un homme qui avait aidé à bouleverser un des royaumes les plus puissants ; un homme enfin qui, comme vous, se prétendait un des envoyés non pas de Dieu, mais de l'Être suprême, non pas de la Providence, mais de la fatalité ; eh bien, monsieur, la rupture d'un vaisseau sanguin dans un lobe du cerveau a brisé tout cela, non pas en un jour, non pas en une heure, mais en une seconde. La veille, M. Noirtier, ancien jacobin, ancien sénateur, ancien carbonaro, riant de la guillotine, riant du canon, riant du poignard, M. Noirtier, si redoutable, était le lendemain *ce pauvre M. Noirtier,* vieillard immobile, livré aux volontés de l'être le plus faible de la maison, c'est-à-dire de sa petite-fille Valentine ; un cadavre muet et glacé enfin, qui ne vit sans souffrance, que pour donner le temps à la matière d'arriver sans secousse à son entière décomposition.

— Hélas ! monsieur, dit Monte-Cristo, ce spectacle n'est étranger ni à mes yeux ni à ma pensée. Cependant je comprends que les souffrances d'un père puissent opérer de grands changements dans l'esprit de son fils. J'irai, monsieur, puisque vous voulez bien m'y engager, contempler au profit de mon humilité ce terrible spectacle, qui doit fort attrister votre maison.

— Cela serait sans doute, si Dieu ne m'avait point donné une large compensation. En face du vieillard qui descend en se traînant vers la tombe sont deux enfants qui entrent dans la vie : Valentine, une fille de mon premier mariage avec Mlle Renée de Saint-Méran, et Édouard, ce fils à qui vous avez sauvé la vie.

— Et que concluez-vous de cette compensation, monsieur ? demanda Monte-Cristo.

— Je conclus, monsieur, répondit Villefort, que mon père, égaré par les passions, a commis quelques-unes de ces fautes qui échappent à la justice humaine, mais qui relèvent de la justice de Dieu !... et que Dieu, ne voulant punir qu'une seule personne, n'a frappé que lui seul. »

Monte-Cristo, le sourire sur les lèvres, poussa au fond du cœur un rugissement qui eût fait fuir Villefort si Villefort eût pu l'entendre.

« Adieu, monsieur, reprit le magistrat qui, depuis quelque temps déjà, s'était levé et parlait debout ; je vous quitte, emportant de vous un souvenir d'estime qui, je l'espère, pourra vous être agréable lorsque vous me connaîtrez mieux, car je ne suis point un homme banal, tant s'en faut. Vous vous êtes fait d'ailleurs dans Mme de Villefort une amie éternelle. »

Le comte salua et se contenta de reconduire jusqu'à la porte de son cabinet seulement Villefort, lequel regagna sa voiture, précédé de deux laquais qui, sur un signe de leur maître, s'empressaient de la lui ouvrir.

Puis, quand le procureur du roi eut disparu :

« Allons, dit Monte-Cristo en tirant avec effort un soupir de sa poitrine oppressée ; allons, assez de poison comme cela, et maintenant que mon cœur en est plein, allons chercher l'antidote. »

30

Haydée

Il était midi : le comte s'était réservé une heure pour monter chez Haydée ; la jeune Grecque était dans un appartement entièrement séparé de l'appartement du comte. Elle était dans la pièce la plus reculée, c'est-à-dire dans une espèce de boudoir rond dans lequel le jour ne pénétrait qu'à travers des carreaux de verre rose. Elle était couchée à terre sur des coussins de satin bleu brochés d'argent encadrant sa tête avec son bras droit mollement arrondi, tandis que du gauche elle fixait à ses lèvres le tube de corail dans lequel était enchâssé le tuyau flexible d'un narguilé.

Sa pose, toute naturelle pour une femme d'Orient, eût été pour une Française d'une coquetterie peut-être un peu affectée.

Quant à sa toilette, c'était celle des femmes épirotes, c'est-à-dire un caleçon de satin blanc broché de fleurs roses, une veste à longues raies bleues et blanches, à larges manches fendues par les bras, avec des boutonnières d'argent et des boutons de perles ; enfin une espèce de corset laissant, par sa coupe ouverte en cœur, voir le cou et tout le haut de la poitrine. La tête était coiffée d'une petite calotte d'or brodée de perles, inclinée sur le côté, et au-dessous de la calotte, du côté où elle inclinait, une belle rose naturelle de couleur pourpre ressortait mêlée à des cheveux si noirs qu'ils paraissaient bleus.

Quant à la beauté de ce visage, c'était la beauté grecque dans toute la perfection de son type, avec ses grands yeux noirs veloutés, son nez droit, ses lèvres de corail et ses dents de perles.

Puis sur ce charmant ensemble la fleur de la jeunesse était répandue avec tout son éclat et tout son parfum ; Haydée pouvait avoir dix-neuf ou vingt ans.

Monte-Cristo appela la suivante grecque, et fit demander à Haydée la permission d'entrer auprès d'elle.

Pour toute réponse, Haydée fit signe à la suivante de relever la tapisserie qui pendait devant la porte, dont le chambranle carré encadra la jeune fille couchée comme un charmant tableau.

Monte-Cristo s'avança.

Haydée se souleva sur le coude qui tenait le narguilé,

et tendant au comte sa main en même temps qu'elle l'accueillait avec un sourire :

« Pourquoi, dit-elle dans la langue sonore des filles de Sparte et d'Athènes, pourquoi me fais-tu demander la permission d'entrer chez moi ? N'es-tu plus mon maître, ne suis-je plus ton esclave ? »

Monte-Cristo sourit à son tour.

« Haydée, dit-il, vous savez...

— Pourquoi ne me dis-tu pas *tu* comme d'habitude ? interrompit la jeune Grecque ; ai-je donc commis quelque faute ? En ce cas il faut me punir, mais non pas me dire *vous*.

— Haydée, reprit le comte, tu sais que nous sommes en France, et par conséquent que tu es libre.

— Libre de quoi faire ? demanda la jeune fille.

— Libre de me quitter.

— Te quitter !... et pourquoi te quitterais-je ?

— Que sais-je, moi ? nous allons voir le monde.

— Je ne veux voir personne.

— Et si, parmi les beaux jeunes gens que tu rencontreras, tu en trouvais quelqu'un qui te plût, je ne serais pas assez injuste...

— Je n'ai jamais vu d'hommes plus beaux que toi, et je n'ai jamais aimé que mon père et toi.

— Pauvre enfant, dit Monte-Cristo, c'est que tu n'as guère parlé qu'à ton père et à moi.

— Eh bien ! qu'ai-je besoin de parler à d'autres ? Mon père m'appelait *sa joie*, toi tu m'appelles *ton amour*, et tous deux vous m'appelez *votre enfant*.

— Tu te rappelles ton père, Haydée ? »

La jeune fille sourit.

« Il est là et là, dit-elle en mettant la main sur ses yeux et sur son cœur.

— Et moi, où suis-je ? demanda en souriant Monte-Cristo.

— Toi, dit-elle, tu es partout. »

Monte-Cristo prit la main de la jeune fille pour la baiser ; mais la naïve enfant retira sa main et présenta son front.

« Maintenant, Haydée, lui dit-il, tu sais que tu es libre, que tu es maîtresse, que tu es reine ; tu peux garder ton costume ou le quitter à ta fantaisie ; tu resteras ici quand tu voudras rester, tu sortiras quand tu voudras sortir ; il y aura toujours une voiture attelée pour toi ; Ali et Myrto t'accompagneront partout et seront à tes ordres ; seulement, une seule chose, je te prie.

— Dis.

— Garde le secret sur ta naissance, ne dis pas un mot de ton passé ; ne prononce dans aucune occasion le nom de ton illustre père, ni celui de ta pauvre mère.

— Je te l'ai déjà dit, seigneur, je ne verrai personne.

— Écoute, Haydée ; peut-être cette réclusion tout orientale sera-t-elle impossible à Paris ; continue d'apprendre la vie de nos pays du Nord comme tu l'as fait à Rome, à Florence, à Milan et à Madrid. Mais voyons, dis-moi, crois-tu que tu t'habitueras ici ?

— Te verrai-je ?

— Tous les jours.

— Eh bien ! que me demandes tu donc, seigneur ?

— Je crains que tu ne t'ennuies.

— Non, seigneur, car le matin je penserai que tu viendras, et le soir je me rappellerai que tu es venu ; d'ailleurs quand je suis seule j'ai de grands souvenirs, je revois d'immenses tableaux, de grands horizons avec le Pinde et l'Olympe dans le lointain, puis j'ai dans le cœur trois sentiments avec lesquels on ne s'ennuie jamais : de la tristesse, de l'amour et de la reconnaissance.

— Tu es une digne fille de l'Épire, Haydée, gracieuse et poétique, et l'on voit que tu descends de cette famille de déesses qui est née dans ton pays. Sois donc tranquille, ma fille, je ferai en sorte que ta jeunesse ne soit pas perdue, car si tu m'aimes comme ton père, moi je t'aime comme mon enfant.

— Tu te trompes, seigneur, je n'aimais point mon père comme je t'aime, mon amour pour toi est un autre amour : mon père est mort et je ne suis pas morte, tandis que toi si tu mourais je mourrais. »

Le comte tendit la main à la jeune fille avec un sourire plein de profonde tendresse ; elle y imprima ses lèvres comme d'habitude.

Et le comte partit en murmurant ces vers de Pindare : « *La jeunesse est une fleur dont l'amour est le fruit... Heureux le vendangeur qui le cueille après l'avoir vu lentement mûrir.* »

31

Pyrame et Thisbé

Aux deux tiers du faubourg Saint-Honoré, derrière un bel hôtel remarquable entre les remarquables habitations de ce riche quartier, s'étend un vaste jardin dont les marronniers touffus dépassent les énormes murailles, hautes comme des remparts, et laissent, quand vient le printemps, tomber leurs fleurs roses et blanches dans deux vases de pierre cannelée placés parallèlement sur deux pilastres quadrangulaires dans lesquels s'enchâsse une grille de fer du temps de Louis XIII.

Cette entrée grandiose, qui autrefois donnait sur un potager, est condamnée, et la rouille ronge ses gonds ; il y a même plus : pour que d'ignobles maraîchers ne souillent pas de leurs regards vulgaires l'intérieur de l'enclos aristocratique, une cloison de planches est appliquée aux barreaux jusqu'à la hauteur de six pieds. Il est vrai que les planches ne sont pas si bien jointes qu'on ne puisse glisser un regard furtif entre les intervalles.

Du côté de l'hôtel, les marronniers couronnent la muraille – ce qui n'empêche pas d'autres arbres luxuriants et fleuris de glisser dans leurs intervalles leurs branches avides d'air. À un angle où le feuillage devient tellement touffu qu'à peine si la lumière y pénètre, un large banc de pierre et des sièges de jardin indiquent une retraite favorite à quelque habitant de l'hôtel.

Vers le soir d'une des plus chaudes journées que le printemps eût encore accordées aux habitants de Paris, il y avait sur ce banc de pierre un livre, une ombrelle, un panier à ouvrage et un mouchoir de batiste dont la broderie était commencée : et, non loin de ce banc, près de la grille, debout devant les planches, l'œil appliqué à la cloison à claire-voie, une jeune femme, dont le regard plongeait par une fente dans le terrain désert.

Presque au même moment, la petite porte de ce terrain se refermait sans bruit, et un jeune homme, grand, vigoureux, vêtu d'une blouse de toile écrue, d'une casquette de velours, mais dont les moustaches, la barbe et les cheveux noirs extrêmement soignés juraient quelque peu avec ce costume populaire, se dirigeait d'un pas précipité vers la grille.

À la vue de celui qu'elle attendait, mais non pas probablement sous ce costume, la jeune fille eut peur et se rejeta en arrière.

Et cependant déjà, à travers les fentes de la porte, le jeune homme, avec ce regard qui n'appartient qu'aux amants, avait vu flotter la robe blanche et la longue ceinture bleue ; il s'élança vers la cloison, et appliquant sa bouche à une ouverture :

« N'ayez pas peur, Valentine, dit-il, c'est moi. »

La jeune fille s'approcha.

« Oh ! monsieur, dit-elle, pourquoi donc êtes-vous venu si tard aujourd'hui ? Savez-vous que l'on va dîner bientôt, et qu'il m'a fallu bien de la diplomatie et bien de la promptitude pour me débarrasser de ma belle-mère qui m'épie, de ma femme de chambre qui m'espionne, et de mon frère qui me tourmente, pour venir travailler ici à cette broderie ? Puis, quand vous vous serez excusé sur votre retard, vous me direz quel est ce nouveau costume qu'il vous a plu d'adopter, et qui presque a été cause que je ne vous ai pas reconnu.

— Chère Valentine, dit le jeune homme, je vous remercie de votre gronderie : elle est toute charmante, car elle me prouve... je n'ose pas dire que vous m'atten-diez, mais que vous pensiez à moi. Vous vouliez savoir la cause de mon retard et le motif de mon déguisement, je vais vous les dire, et j'espère que vous les excuserez ; j'ai fait choix d'un état : je me suis fait maraîcher, et j'ai adopté le costume de ma profession.

— Bon ! Quelle folie !

— C'est au contraire la chose la plus sage, je crois,

que j'aie faite de ma vie, car elle nous donne toute sécurité.

— Voyons, expliquez-vous.

— Eh bien, j'ai été trouver le propriétaire de cet enclos, le bail avec les anciens locataires était fini, et je le lui ai loué à nouveau. Toute cette luzerne que vous voyez m'appartient, Valentine. Je suis ici chez moi, je puis mettre des échelles contre mon mur et regarder par-dessus, et j'ai, sans crainte qu'une patrouille vienne me déranger, le droit de vous dire que je vous aime, tant que votre fierté ne se blessera pas d'entendre sortir ce mot de la bouche d'un pauvre journalier vêtu d'une blouse et coiffé d'une casquette. »

Valentine poussa un petit cri de surprise joyeuse ; puis tout à coup :

« Hélas ! Maximilien, dit-elle tristement, maintenant nous serons trop libres ; nous abuserons de notre sécurité, et notre sécurité nous perdra.

— Pouvez-vous me dire cela, mon amie, à moi qui, depuis que je vous connais, vous prouve chaque jour que j'ai subordonné mes pensées et ma vie à votre vie et à vos pensées ? Vous ai-je, par un mot, par un signe, donné l'occasion de vous repentir de m'avoir distingué au milieu de ceux qui eussent été heureux de mourir pour vous ? Vous m'avez dit, pauvre enfant, que vous étiez fiancée à M. d'Épinay ; que votre père avait décidé cette alliance, c'est-à-dire qu'elle était certaine ; car tout ce que veut M. de Villefort arrive infailliblement. Et cependant vous m'aimez, vous avez eu pitié de moi, Valentine, et vous me l'avez dit ; merci pour cette douce parole que je ne vous demande que de me répéter de temps en temps, et qui me fera tout oublier.

— Et voilà ce qui vous a enhardi, Maximilien, voilà ce qui me fait à la fois une vie bien douce et bien malheureuse, au point que je me demande souvent lequel vaut mieux pour moi, du chagrin que me causait autrefois la rigueur de ma belle-mère et sa préférence aveugle pour son enfant, ou du bonheur plein de danger que je goûte en vous voyant.

— Du danger ! s'écria Maximilien ; pouvez-vous dire un mot si dur et si injuste ! Avez-vous jamais vu un esclave plus soumis que moi ? Vous m'avez permis de vous adresser quelquefois la parole, Valentine, mais vous m'avez défendu de vous suivre ; j'ai obéi. Depuis que j'ai trouvé le moyen de me glisser dans cet enclos, de causer avec vous à travers cette porte, d'être enfin si près de vous sans vous voir, ai-je jamais, dites-le-moi, demandé à toucher le bas de votre robe à travers ces grilles ? Avouez cela du moins, pour que je ne vous croie pas injuste.

— C'est vrai, dit Valentine en passant entre deux planches le bout d'un de ses doigts effilés sur lequel Maximilien posa ses lèvres ; c'est vrai, vous m'avez promis l'amitié d'un frère, moi qui n'ai pas d'amis à moi, que mon père oublie, moi que ma belle-mère persécute, et qui n'ai pour consolation que le vieillard immobile, muet, glacé. Dérision amère du sort qui me fait ennemie et victime de tous ceux qui sont plus forts que moi, et qui me donne un cadavre pour soutien et pour ami ! Oh ! vraiment, Maximilien, je vous le répète, je suis bien malheureuse, et vous avez raison de m'aimer pour moi et non pour vous.

— Valentine, dit le jeune homme avec une émotion profonde, quand je pense à vous, mon sang bout, ma poitrine se gonfle, mon cœur déborde. M. Franz d'Épinay sera absent un an encore, dit-on : en un an, que de chances favorables peuvent nous servir, que d'événements peuvent nous seconder ! Espérons donc toujours, c'est si bon et si doux d'espérer ! Mais en attendant, vous, Valentine, vous qui me reprochez mon égoïsme, qu'avez-vous été pour moi ? la belle et froide statue de la Vénus pudique. En échange de ce dévouement, de cette obéissance, de cette retenue, que m'avez-vous promis, vous ? rien : que m'avez-vous accordé ? bien peu de chose. Oh ! Valentine, Valentine ! si j'étais ce que vous êtes, si je me sentais aimé comme vous êtes sûre que je vous aime, déjà cent fois j'eusse passé ma main entre les barreaux de cette grille, et j'eusse serré la main du pauvre Maximilien en lui disant : "À vous, à vous seul, Maximilien, dans ce monde et dans l'autre." »

Valentine ne répondit rien, mais le jeune homme l'entendit soupirer et pleurer.

La réaction fut prompte sur Maximilien.

« Oh ! s'écria-t-il, Valentine ! Valentine ! oubliez mes paroles, s'il y a dans mes paroles quelque chose qui ait pu vous blesser !

— Non, dit-elle, vous avez raison ; mais ne voyez-vous pas que je suis une pauvre créature, abandonnée dans une maison presque étrangère, et dont la volonté a été brisée depuis dix ans, jour par jour, par la volonté de fer de maîtres qui pèsent sur moi ? Le monde dit : "M. de Villefort est trop grave et trop sévère pour être bien tendre envers sa fille ; mais elle a eu du moins le bonheur de retrouver dans Mme de Villefort une seconde mère." Eh bien ! le monde se trompe, mon père m'abandonne avec indifférence, et ma belle-mère me hait avec un acharnement d'autant plus terrible qu'il est voilé par un éternel sourire.

— Vous haïr ! vous, Valentine ! et comment peut-on vous haïr ?

— Hélas ! mon ami, dit Valentine, je suis forcée d'avouer que cette haine pour moi vient d'un sentiment presque naturel : elle adore son fils, mon frère Édouard. Comme elle n'a pas de fortune de son côté, que moi je suis déjà riche du chef de ma mère, et que cette fortune sera encore plus que doublée par celle de M. et de Mme de Saint-Méran qui doit me revenir un jour, eh bien, je crois qu'elle est envieuse ! Ô mon Dieu ! si je pouvais lui donner la moitié de cette fortune et me retrouver chez M. de Villefort comme une fille dans la maison de son père, certes je le ferais à l'instant même. Oh ! Maximilien ! je vous le jure, je ne lutte pas, parce que c'est vous autant que moi que je crains de briser dans cette lutte.

— Mais enfin, Valentine, reprit Maximilien, pourquoi désespérer ainsi et voir l'avenir toujours sombre ?

— Ah ! mon ami, parce que je le juge par le passé.
Dites-moi, continua la jeune fille, est-ce qu'autrefois à
Marseille il y a eu quelque sujet de mésintelligence
entre votre père et le mien ?

— Non pas que je sache, répondit Maximilien, si ce
n'est cependant que votre père était un partisan plus
que zélé des Bourbons, et le mien un homme dévoué
à l'Empereur. Mais pourquoi cette question, Valentine ?

— Je vais vous le dire, reprit la jeune fille, car
vous devez tout savoir. Eh bien ! c'était le jour où
votre nomination d'officier de la Légion d'honneur
fut publiée dans le journal. Nous étions tous chez
mon grand-père, M. Noirtier, et, de plus, il y avait
encore M. Danglars, vous savez, ce banquier dont
les chevaux ont avant-hier failli tuer ma mère et
mon frère. Je lisais le journal tout haut à mon
grand-père. Lorsque j'en vins au paragraphe qui
vous concernait et que j'avais déjà lu, j'étais bien
heureuse... mais aussi bien tremblante d'être forcée
de prononcer tout haut votre nom : donc je ras-
semblai tout mon courage et je lus.

— Chère Valentine !

— Eh bien ! aussitôt que résonna votre nom, mon
père tourna la tête : j'étais si persuadée (voyez comme
je suis folle !) que tout le monde allait être frappé de

454

ce nom comme d'un coup de foudre, que je crus voir tressaillir mon père.

« "Morrel, dit mon père, attendez donc !" Il fronça le sourcil. "Serait-ce un de ces Morrel de Marseille, un de ces enragés bonapartistes qui nous ont donné tant de mal en 1815 ?

« — Oui, répondit M. Danglars ; je crois même que c'est le fils de l'ancien armateur."

— Vraiment ! fit Maximilien ; et que répondit votre père, dites, Valentine ?

— Oh ! une chose affreuse et que je n'ose vous redire.

— Dites toujours, reprit Maximilien en souriant.

— "Leur Empereur, continua-t-il en fronçant le sourcil, savait les mettre à leur place, tous ces fanatiques : il les appelait de la chair à canon, et c'était le seul nom qu'ils méritassent ; je vois avec joie que le gouvernement nouveau remet en vigueur ce salutaire principe."

« Puis ils se levèrent l'instant d'après et partirent. Je vis alors seulement que mon bon grand-père était tout agité. Je me retournai donc vers lui.

« Il me montra le journal du regard.

« "Qu'avez-vous, bon papa ? lui dis-je, êtes-vous content ?"

« Il fit de la tête signe que oui.

« "De ce que mon père vient de dire ?" demandai-je.

« Il fit signe que non.

« "De ce que M. Danglars a dit ?" »

« Il fit signe que non encore.

« "C'est donc de ce que M. Morrel – je n'osai pas dire Maximilien – est nommé officier de la Légion d'honneur ?" »

« Il fit signe que oui.

« Le croiriez-vous, Maximilien ? Il était content que vous fussiez nommé officier de la Légion d'honneur, lui qui ne vous connaît pas, c'est peut-être de la folie de sa part, car il tourne, dit-on, à l'enfance ; mais je l'aime bien pour ce oui-là.

— C'est bizarre, pensa Maximilien ; votre père me haïrait donc, tandis qu'au contraire votre grand-père... Étranges choses que ces amours et ces haines de partis !

— Chut ! s'écria tout à coup Valentine. Cachez-vous, sauvez-vous ; on vient ! »

Maximilien sauta sur une bêche et se mit à retourner impitoyablement la luzerne.

« Mademoiselle, mademoiselle, cria une voix derrière les arbres ; Mme de Villefort vous cherche partout et vous appelle ; il y a une visite au salon.

— Une visite ! dit Valentine tout agitée ; et qui nous fait cette visite ?

— Un grand seigneur, un prince, à ce qu'on dit, M. le comte de Monte-Cristo.

— J'y vais », dit tout haut Valentine.

Ce nom fit tressaillir de l'autre côté de la grille celui

à qui le *J'y vais* de Valentine servait d'adieu à la fin de chaque entrevue.

« Tiens ! se dit Maximilien en s'appuyant tout pensif sur sa bêche, comment le comte de Monte-Cristo connaît-il M. de Villefort ?... »

32

Toxicologie

C'était bien réellement M. le comte de Monte-Cristo qui venait d'entrer chez Mme de Villefort, dans l'intention de rendre à M. le procureur du roi la visite qu'il lui avait faite, et à ce nom toute la maison, comme on le comprend bien, avait été mise en émoi.

Mme de Villefort, qui était seule au salon lorsqu'on annonça le comte, fit aussitôt venir son fils. Après les premières politesses d'usage, le comte s'informa de M. de Villefort.

« Mon mari dîne chez M. le chancelier, répondit la jeune femme ; il vient de partir à l'instant même, et il regrettera bien, j'en suis sûre, d'avoir été privé du bonheur de vous voir.

« À propos, que fait donc ta sœur Valentine ? dit

Mme de Villefort à Édouard ; qu'on la prévienne, afin que j'aie l'honneur de la présenter à M. le comte.

— Vous avez une fille, madame ? demanda le comte ; mais ce doit être une enfant ?

— C'est la fille de M. de Villefort, répliqua la jeune femme ; une fille d'un premier mariage, une grande et belle personne.

— Mais mélancolique », interrompit le jeune Édouard en arrachant, pour en faire une aigrette à son chapeau, les plumes de la queue d'un magnifique ara qui criait de douleur sur son perchoir doré.

Mme de Villefort se contenta de dire :

« Silence, Édouard ! »

Puis elle ajouta :

« Ce jeune étourdi a presque raison, et répète là ce qu'il m'a bien des fois entendu dire avec douleur ; car Mlle de Villefort est, malgré tout ce que nous pouvons faire pour la distraire, d'un caractère triste et d'une humeur taciturne qui nuisent souvent à l'effet de sa beauté. »

Mme de Villefort étendait la main pour sonner lorsque Valentine entra.

Elle semblait triste en effet, et en la regardant attentivement, on eût même pu voir dans ses yeux des traces de larmes.

Valentine, que nous avons, entraîné par la rapidité du récit, présentée à nos lecteurs sans la leur faire connaître, était une grande et svelte jeune fille de dix-neuf ans, aux cheveux châtain clair, aux yeux bleu foncé, à la démarche languissante et empreinte de cette exquise distinction qui caractérisait sa mère.

Elle entra donc, et voyant près de sa mère l'étranger dont elle avait tant entendu parler déjà, elle salua sans aucune minauderie de jeune fille et sans baisser les yeux, avec une grâce qui redoubla l'attention du comte.

Celui-ci se leva.

« Mlle de Villefort, ma belle-fille, dit Mme de Villefort à Monte-Cristo, en se penchant sur son sofa et en montrant de la main Valentine.

— Et M. le comte de Monte-Cristo, roi de la Chine, empereur de la Cochinchine », dit le jeune drôle en lançant un regard sournois à sa sœur.

Pour cette fois, Mme de Villefort pâlit, et faillit s'irriter contre ce fléau domestique qui répondait au nom d'Édouard ; mais tout au contraire le comte sourit et parut regarder l'enfant avec complaisance – ce qui porta au comble la joie et l'enthousiasme de sa mère.

« Mais, madame, reprit le comte en renouant la conversation et en regardant tour à tour Mme de Villefort et Valentine, est-ce que je n'ai pas déjà eu l'honneur de vous voir quelque part, vous et mademoiselle ? Tout à l'heure j'y songeais déjà ; et quand mademoiselle est entrée, sa vue a été une lueur de plus jetée sur un souvenir confus, pardonnez-moi ce mot. Si vous permettez que je me rappelle... attendez... »

Le comte mit la main sur son front comme pour concentrer tous ses souvenirs.

« Non, c'est au dehors... c'est... je ne sais pas... mais

461

il me semble que ce souvenir est inséparable d'un beau soleil et d'une espèce de fête religieuse...

— M. le comte nous a vues peut-être en Italie, dit timidement Valentine.

— En effet, en Italie... c'est possible, dit Monte-Cristo. Vous avez voyagé en Italie, mademoiselle ?

— Madame et moi, nous y allâmes il y a deux ans. Les médecins craignaient pour ma poitrine et m'avaient recommandé l'air de Naples. Nous passâmes par Bologne, par Pérouse et par Rome.

— Ah ! c'est vrai, mademoiselle, s'écria Monte-Cristo, comme si cette simple indication suffisait à fixer tous ses souvenirs. C'est à Pérouse, le jour de la Fête-Dieu, dans le jardin de l'hôtellerie de la Poste, où le hasard nous a réunis, vous, mademoiselle, votre fils et moi, que je me rappelle avoir eu l'honneur de vous voir.

— Je me rappelle parfaitement Pérouse, monsieur, et l'hôtellerie de la Poste, et la fête dont vous me parlez, dit Mme de Villefort ; mais j'ai beau interroger mes souvenirs, et j'ai honte de mon peu de mémoire, je ne me souviens pas d'avoir eu l'honneur de vous voir.

— C'est étrange, ni moi non plus, dit Valentine en levant ses beaux yeux sur Monte-Cristo.

— Je vais vous aider, madame, reprit le comte. Ne vous souvient-il plus, pendant que vous étiez assise sur un banc de pierre et que Mlle de Villefort et M. votre fils étaient absents, d'avoir causé assez longtemps avec quelqu'un ?

— Oui, vraiment, oui, dit la jeune femme en rougissant, je m'en souviens, avec un homme enveloppé d'un long manteau de laine... avec un médecin, je crois.

— Justement, madame ; cet homme, c'était moi ; depuis quinze jours j'habitais dans cette hôtellerie, j'avais guéri mon valet de chambre de la fièvre et mon hôte de la jaunisse, de sorte que l'on me regardait comme un grand docteur. Nous causâmes longtemps, madame, de choses différentes, du Pérugin, de Raphaël, des mœurs, des costumes, de cette fameuse *aquatofana*, dont quelques personnes, vous avait-on dit, je crois, conservaient encore le secret à Pérouse.

— Ah ! c'est vrai, dit vivement Mme de Villefort avec une certaine inquiétude, je me rappelle.

— Je ne sais plus ce que vous me dîtes en détail, madame, reprit le comte avec une parfaite tranquillité ; mais je me souviens parfaitement que, partageant à mon sujet l'erreur générale, vous me consultâtes sur la santé de Mlle de Villefort.

— Mais cependant, monsieur, vous étiez bien réellement médecin, dit Mme de Villefort, puisque vous avez guéri des malades.

— Molière ou Beaumarchais vous répondraient, madame, que c'est justement parce que je ne l'étais pas que j'ai non point guéri mes malades, mais que mes malades ont guéri ; moi, je me contenterai de vous dire que j'ai étudié assez à fond la chimie et les sciences naturelles, mais en amateur seulement... vous comprenez. »

En ce moment six heures sonnèrent.

« Voilà six heures, dit Mme de Villefort visiblement agitée ; n'allez-vous pas voir, Valentine, si votre grand-père est prêt à dîner ? »

Valentine se leva, et, saluant le comte, elle sortit de la chambre sans prononcer un seul mot.

« Oh mon Dieu ! madame, serait-ce donc à cause de moi que vous congédiez Mlle de Villefort ? dit le comte lorsque Valentine fut partie.

— Pas le moins du monde, reprit vivement la jeune femme ; mais c'est l'heure à laquelle nous faisons faire à M. Noirtier le triste repas qui soutient sa triste existence : vous savez, monsieur, dans quel état déplorable est le père de mon mari ?

— Oui, madame, M. de Villefort m'en a parlé : une paralysie, je crois.

— Hélas ! oui, il y a chez le pauvre vieillard absence complète du mouvement : l'âme seule veille dans cette machine humaine, et encore pâle et tremblante, et comme une lampe prête à s'éteindre. Mais pardon, monsieur, de vous entretenir de nos infortunes domestiques, je vous ai interrompu au moment où vous me disiez que vous étiez un habile chimiste.

— Oh ! je ne disais pas cela, madame, répondit le comte avec un sourire ; bien au contraire, j'ai étudié la chimie parce que, décidé à vivre particulièrement en Orient, j'ai voulu suivre l'exemple du roi Mithridate.

— *Mithridates, rex Ponticus,* dit l'étourdi en découpant des silhouettes dans un magnifique album, le même qui déjeunait tous les matins avec une tasse de poison à la crème.

— Édouard ! méchant enfant ! s'écria Mme de Villefort en arrachant le livre mutilé des mains de son fils, vous êtes insupportable, vous nous étourdissez. Laissez-nous, et allez rejoindre votre sœur Valentine chez bon papa Noirtier.

— L'album !... dit Édouard.

— Comment, l'album ?

— Oui, je veux l'album...

— Allez-vous-en ! allez !

— Je ne m'en irai pas si l'on ne me donne pas l'album, fit en s'établissant dans un grand fauteuil l'enfant, fidèle à son habitude de ne jamais céder.

— Tenez, et laissez-nous tranquilles », dit Mme de Villefort ; et elle donna l'album à Édouard, qui partit accompagné de sa mère.

Le comte suivit des yeux Mme de Villefort.

« Voyons si elle fermera la porte derrière lui », murmura-t-il.

Mme de Villefort ferma la porte avec le plus grand soin derrière l'enfant ; le comte ne parut pas s'en apercevoir.

Puis, en jetant un dernier regard autour d'elle, la jeune femme revint s'asseoir sur sa causeuse.

« Permettez-moi de vous faire observer, madame, dit le comte avec cette bonhomie que nous lui connaissons, que vous êtes bien sévère pour ce charmant espiègle.

— Il le faut bien, monsieur, répliqua Mme de Villefort avec un véritable aplomb de mère. Mais à propos
de ce qu'il disait, est-ce que vous croyez, par exemple,
monsieur le comte, que Mithridate usât de ces précautions, et que ces précautions pussent être efficaces ?

— J'y crois si bien, madame, que, moi qui vous
parle, j'en ai usé pour n'être pas empoisonné à Naples,
à Palerme et à Smyrne, c'est-à-dire dans trois occasions
où, sans cette précaution, j'aurais pu laisser ma vie.

— Et le moyen vous a réussi ?

— Parfaitement.

— Et comment vous êtes-vous habitué ?

— C'est bien facile. Supposez que vous sachiez
d'avance de quel poison on doit user contre vous... supposez que ce poison soit de la... brucine, par exemple,
et que vous en preniez un milligramme le premier jour,
deux milligrammes le second, eh bien ! au bout de dix
jours vous aurez un centigramme ; au bout de vingt
jours, en augmentant d'un autre milligramme, vous
aurez trois centigrammes, c'est-à-dire une dose que
vous supporterez sans inconvénient, et qui serait fort
dangereuse pour une autre personne qui n'aurait pas
pris les mêmes précautions que vous. Enfin, au bout
d'un mois, en buvant de l'eau dans la même carafe,
vous tuerez la personne qui aura bu cette eau en même
temps que vous, sans vous apercevoir autrement que
par un simple malaise qu'il y ait eu une substance véné-
neuse quelconque mêlée à cette eau.

— Vous ne connaissez pas d'autre contrepoison ?

— Je n'en connais pas.

— J'ai souvent lu et relu cette histoire de Mithridate, dit Mme de Villefort pensive, et je l'avais prise
pour une fable.

— Non, madame, contre l'habitude de l'histoire,
c'est une vérité ; mais ce que vous me dites là, madame,
ce que vous me demandez n'est point le résultat d'une
question capricieuse, puisqu'il y a deux ans déjà vous
m'avez fait des questions pareilles, et que vous me dites
que depuis longtemps cette histoire de Mithridate vous
préoccupait.

— C'est vrai, monsieur, les deux études favorites de
ma jeunesse ont été la botanique et la minéralogie ; et
puis, quand j'ai su plus tard que l'emploi des simples
expliquait souvent toute l'histoire des peuples et toute
la vie des individus d'Orient, comme les fleurs
expliquent toute leur pensée amoureuse, j'ai regretté
de n'être pas homme, pour devenir un Flamel, un Fon-
tana ou un Cabanis.

— D'autant plus, madame, reprit Monte-Cristo,
que les Orientaux ne se bornent point, comme Mithridate, à se faire des poisons une cuirasse, ils s'en font
aussi un poignard ; la science devient entre leurs mains
non seulement une arme défensive, mais encore fort
souvent offensive : l'une leur sert contre leurs souffrances physiques, l'autre contre leurs ennemis. Il n'est
pas une de ces femmes, égyptienne, turque ou grecque,
qu'ici vous appelez de bonnes femmes, qui ne sache en

fait de chimie de quoi stupéfier un médecin, et en fait de psychologie de quoi épouvanter un confesseur.

— Vraiment ! dit Mme de Villefort dont les yeux brillaient d'un feu étrange à cette conversation.

— Hé, mon Dieu ! oui, madame, continua Monte-Cristo, les drames secrets de l'Orient se nouent et se dénouent ainsi, depuis la plante qui fait aimer jusqu'à la plante qui fait mourir ; depuis le breuvage qui ouvre le ciel, jusqu'à celui qui vous plonge un homme dans l'enfer. L'art de ces chimistes sait accommoder admirablement le remède et le mal à ses besoins d'amour ou à ses désirs de vengeance. »

Mme de Villefort paraissait de plus en plus rêveuse.

« C'est bien heureux, dit-elle, que de pareilles substances ne puissent être préparées que par des chimistes, car, en vérité, la moitié du monde empoisonnerait l'autre.

— Par des chimistes ou des personnes qui s'occupent de chimie, répondit négligemment Monte-Cristo.

— Et puis, dit Mme de Villefort s'arrachant elle-même et avec effort à ses pensées, si savamment préparé qu'il soit, le crime est toujours le crime ; et s'il échappe à l'investigation humaine, il n'échappe pas au regard de Dieu. Il reste la conscience.

— Oui, dit Monte-Cristo, oui, heureusement il reste la conscience, sans quoi l'on serait fort malheureux. Après toute action un peu vigoureuse, c'est la conscience qui nous sauve, car elle nous fournit mille

bonnes excuses dont seuls nous sommes juges , et ces
raisons, si excellentes qu'elles soient pour nous conserver le sommeil, seraient peut-être médiocres devant un
tribunal pour nous conserver la vie. Ainsi Richard III,
par exemple, a dû être merveilleusement servi par sa
conscience après la suppression des deux enfants
d'Édouard IV ; en effet, il pouvait se dire : "Ces deux
enfants d'un roi cruel et persécuteur, et qui avaient
hérité des vices de leur père, que moi seul ai su reconnaître dans leurs inclinations juvéniles ; ces deux
enfants me gênaient pour faire la félicité du peuple
anglais dont ils eussent infailliblement fait le malheur."
Ainsi fut servie par sa conscience Lady Macbeth, qui
voulait, quoi qu'en ait dit Shakespeare, donner un
trône non à son mari, mais à son fils. Ah ! l'amour
maternel est une si grande vertu, un si puissant mobile,
qu'il fait excuser bien des choses ; aussi, après la mort
de Duncan, Lady Macbeth eût-elle été une femme fort
malheureuse sans sa conscience. »

Mme de Villefort absorbait avec avidité ces
effrayantes maximes et ces horribles paradoxes débités
par le comte avec cette naïve ironie qui lui était particulière.

Puis, après un instant de silence :

« Savez-vous, dit-elle, monsieur le comte, que vous
êtes un terrible argumentateur, et que vous voyez le
monde sous un jour quelque peu livide ? Est-ce donc
en regardant l'humanité à travers les alambics et les
cornues que vous l'avez jugée telle ? Car vous aviez rai-

son, vous êtes un grand chimiste, et cet élixir que vous avez fait prendre à mon fils, et qui l'a si rapidement rappelé à la vie...

— Oh ! ne vous y fiez pas, madame, dit Monte-Cristo, une goutte de cet élixir a suffi pour rappeler à la vie cet enfant qui se mourait, mais trois gouttes eussent poussé le sang à ses poumons de manière à lui donner des battements de cœur ; six lui eussent coupé la respiration et causé une syncope beaucoup plus grave que celle dans laquelle il se trouvait ; dix enfin l'eussent foudroyé. Vous savez, madame, comme je l'ai écarté vivement de ces flacons auxquels il avait l'imprudence de toucher ?

— C'est donc un poison terrible ?

— Oh ! mon Dieu, non ! D'abord, admettons ceci, que le mot *poison* n'existe pas, puisqu'on se sert en médecine des poisons les plus violents, qui deviennent, par la façon dont ils sont administrés, des remèdes salutaires.

— Qu'était-ce donc, alors ?

— C'était une savante préparation de mon ami, cet excellent abbé Adelmonte, et dont il m'a appris à me servir.

— Oh ! dit Mme de Villefort, ce doit être un excellent antispasmodique.

— Souverain, madame, vous l'avez vu, répondit le comte, et j'en fais un usage fréquent ; avec toute la prudence possible, bien entendu, ajouta-t-il en riant.

— Je le crois, répliqua sur le même ton Mme de Vil-

470

lefort. Quant à moi, si nerveuse et si prompte à m'évanouir, j'aurais besoin d'un docteur Adelmonte pour m'inventer des moyens de respirer librement et me tranquilliser sur la crainte que j'éprouve de mourir un beau jour suffoquée. En attendant, je m'en tiens aux antispasmodiques de M. Planche. Tenez, voici des pastilles que je me fais faire exprès. »

Monte-Cristo ouvrit la boîte d'écaille que lui présentait la jeune femme, et respira l'odeur des pastilles en amateur digne d'apprécier cette préparation.

« Elles sont exquises, dit-il, mais soumises à la nécessité de la déglutition, fonction qui souvent est impossible à accomplir de la part de la personne évanouie. J'aime mieux mon spécifique.

— Mais bien certainement, moi aussi, je le préférerais d'après les effets que j'en ai vus surtout ; mais c'est un secret sans doute, et je ne suis pas assez indiscrète pour vous le demander.

— Mais moi, madame, dit Monte-Cristo en se levant, je suis assez galant pour vous l'offrir.

— Oh ! monsieur.

— Seulement rappelez-vous une chose, c'est qu'à petite dose c'est un remède, à forte dose c'est un poison. Une goutte rend la vie comme vous l'avez vu, cinq ou six tueraient infailliblement, et d'une façon d'autant plus terrible, qu'étendues dans un verre de vin, elles n'en changeraient aucunement le goût. Mais je m'arrête, madame, j'aurais presque l'air de vous conseiller. »

Six heures et demie venaient de sonner, on annonça une amie de Mme de Villefort qui venait dîner avec elle.

« Si j'avais l'honneur de vous voir pour la troisième ou la quatrième fois, monsieur le comte, au lieu de vous voir pour la seconde, dit Mme de Villefort ; si j'avais l'honneur d'être votre amie, au lieu d'avoir tout bonnement le bonheur d'être votre obligée, j'insisterais pour vous retenir à dîner, et je ne me laisserais pas battre par un premier refus.

— Mille grâces, madame, répondit Monte-Cristo, j'ai moi-même un engagement auquel je ne puis manquer. J'ai promis de conduire au spectacle une princesse grecque de mes amies, qui n'a pas encore vu le grand Opéra, et qui compte sur moi pour l'y mener.

— Allez, monsieur, mais n'oubliez pas ma recette.

— Comment donc, madame, il faudrait pour cela oublier l'heure de conversation que je viens de passer près de vous, ce qui est tout à fait impossible. »

Monte-Cristo salua et sortit.

Mme de Villefort demeura rêveuse.

« Voilà un homme étrange, dit-elle, et qui m'a tout l'air de s'appeler de son nom de baptême Adelmonte. »

Quant à Monte-Cristo, le résultat avait dépassé son attente.

« Allons, dit-il en s'en allant, voilà une bonne terre ; je suis convaincu que le grain qu'on y laisse tomber n'y avorte pas. »

Et le lendemain, fidèle à sa promesse, il envoya la recette demandée.

ALEXANDRE DUMAS
(1802-1870)

Né en 1802 à Villers-Cotterêts (Aisne) et orphelin à quatre ans de son père, il doit très tôt gagner sa vie. Il « monte » à Paris à vingt ans. Autodidacte, il publie très rapidement poèmes et nouvelles. L'immense succès de son drame *Henri III et sa Cour* (1829) en fait un des chefs de file du mouvement romantique. Sa gloire théâtrale, d'*Antony* (1831) à *Kean ou Désordre et Génie* (1836), est considérable. Ses romans (environ quatre-vingts, pas tous de sa plume !) paraissent souvent en feuilletons et connaissent aussi un grand succès populaire : à la trilogie des *Trois Mousquetaires* (1844-1848) succèdent celle des guerres de Religion (autour de *La Reine Margot,* 1845), puis *Le Comte de Monte-Cristo* (1846). Mais d'énormes investissements théâtraux ou journalistiques, une folle équipée aux côtés de Garibaldi (1860-1864) dissiperont son immense fortune. C'est presque dans la misère que meurt Alexandre Dumas, en 1870.

TABLE

Si vous avez aimé ce livre, vous aimerez aussi dans la collection le Livre de Poche Jeunesse :

Les derniers jours de Pompéi
Edward Bulwer-Lytton
La tragédie, en 79 après J.-C., de l'éruption du Vésuve, raconté avec une formidable proximité.
12 ans et +
N° 1102

La nourriture des anges
Muriel Carminati
République de Venise, 1635. Un jeune Lorrain, Nicolas, est d'abord apprenti pâtissier avant de découvrir la peinture.
12 ans et +
N° 493
Prix du roman jeunesse 1993 du Ministère de la Jeunesse et des Sports

La soie au bout des doigts
Anne-Marie Desplat-Duc
1848. Armance et Méline, huit et quatorze ans, travaillent à la fabrique de soie. Pourtant, Armance rêve de s'instruire, d'échapper à ce travail harassant qui laisse si peu de place à la liberté.
11 ans et +
N° 686

Le Roman du Masque de fer
D'après Alexandre Dumas
L'intrigue du masque de fer extraite du Vicomte de Bragelonne est donné à lire par Constance Joly et Erez Lévy comme un petit roman autonome.
Louis XIV a-t-il eu un frère jumeau tenu prisonnier 36 ans sous un masque de fer ? Entre l'Histoire et la légende, le prisonnier masqué a pris de multiples visages.
12 ans et +
N° 1137

Rebekah et le Nouveau Monde
Jackie French Koller
Traduit de l'américain par Daniela Bruneau
En 1633, Rebekah rejoint son père en Nouvelle-Angleterre. Leur mission : christianiser les Indiens.
12 ans et +
N° 595

Une nièce de l'oncle Tom
Betsy Haynes
Traduit de l'américain par Anne Joba
En 1861, une jeune esclave noire de treize ans est vendue cinq cents dollars à un riche propriétaire. Mais elle se sent née pour être libre et rejoint ses frères dans leur combat.
12 ans et +
N° 36

Complot à Versailles
Annie Jay
À la Cour de Versailles, Pauline et Cécile sont plongées dans le tourbillon des manigances de la Montespan, favorite délaissée par Louis XIV.
10 ans et +
N° 478

Le faucon déniché
Jean-Côme Noguès
Pour garder le faucon qu'il a recueilli, Martin, fils de bûcheron, tient tête au seigneur du château. Car à cette époque, l'oiseau de chasse est un privilège interdit aux manants.
11 ans et +
N° 60

La guerre du feu
J.-H. Rosny Aîné
Il y a cent mille ans, le grand combat de l'homme pour la conquête du feu. Un très grand classique.
11 ans et +
N° 1129

Géronimo le dernier chef apache
Leigh Sauerwein
Tragique destin que celui de Géronimo : très vite, il voit un danger en l'homme blanc et son désir de suprématie. L'histoire de sa vie est aussi celle des terribles guerres indiennes.
11 ans et +
N° 513

L'Aigle de Mexico
Odile Weulersse
1517 : à Mexico, l'arrivée des soldats espagnols fait basculer la vie de Totomitl et Pantli, et celle de tous les Aztèques.
11 ans et +
N° 372

Le messager d'Athènes
Odile Weulersse
Les folles aventures de Timoklès et de Chrysilla, en Grèce et en Perse, à la recherche du "trésor des Athéniens". Naufrage, intrigues et pirates garantis !
11 ans et +
N° 194

Les pilleurs de sarcophages
Odile Weulersse
Pour sauver son pays, Tetiki l'Égyptien doit mettre un trésor à l'abri des voleurs. Avec l'aide d'un nain danseur et d'un singe redoutablement malin, il défie les espions, le désert et la mort.
11 ans et +
N° 191

Le secret du papyrus
Odile Weulersse
Une nouvelle et périlleuse mission attend les trois héros des "Pilleurs de sarcophages", chargés cette fois de rapporter une fameuse pierre bleue à Pharaon.
11 ans et +
N° 665

La vie galopante d'Alexandre Dumas
Daniel Zimmermann
De sa jeunesse épique à Villers-Cotterêts à sa mort à la veille de la Seconde République, la vie agitée, théâtrale, passionnée de Dumas est un vrai roman !
24 juillet 2002 : Bicentenaire de la naissance d'Alexandre Dumas
12 ans et +
N° 771

Composition JOUVE – 53100 Mayenne
N° 304307j
Imprimé en Italie par G. Canale & C.S.p.A.-Borgaro T.se (Turin)
Avril 2002 - Dépôt éditeur n° 19616
32.10.2007.6/01 - ISBN : 2.01.322007.3
Loi n° 49-956 du 16 juillet 1949 sur les publications destinées à la jeunesse
Dépôt légal : mai 2002